Der lange Weg

Bert Brune

Der lange Weg

Autobiografische Erzählung

Roland Reischl Verlag, Köln

Coverbild: Erich Keppler, pixelio.de | Satz und Umschlaggestaltung: Roland Reischl, www.rr-koeln.de | Lektorat: Roland Reischl, René Klammer (www.eingeklammert.de)
© 1992 Bert Brune | Überarbeitete Neuausgabe 2023 (Erstauflage: Wolkenstein-Verlag, Köln 1992) | Alle Nutzungsrechte dieser Ausgabe: Roland Reischl Verlag, Herthastraße 56, 50969 Köln, www.rr-verlag.de | Herstellung: BoD – Books on Demand, Norderstedt
ISBN: 978-3-943580-46-4

Inhalt

Vorwort des Autors zur Neuausgabe

Es ist schon lange her, als ich dieses Buch schrieb. Es scheint mir fast, als hätte all das ein anderer erlebt, wenn ich heute diese Geschichten lese. Scheint mir auch schon etwas Historisches zu sein – wie Texte aus einem Geschichtsbuch über die Jahre nach dem Zweiten Weltkrieg.

Tatsächlich hatte ich beim Schreiben immer die Vorstellung: Diese Begebenheiten, Erlebnisse musst du festhalten. Wenn du zu lange wartest, verblassen, oder verschwinden gar die Bilder, die du im Kopf hast. Die Personen, mit denen du zu tun hast oder hattest, sind Zeitzeugen, wie du natürlich auch selbst einer bist.

Es ging mir dabei aber weniger um genaue Zeitangaben, Jahreszahlen, sondern ich wollte den Alltag damals zeigen, das, was auf der Straße, in der Schule, in der Familie, unter Freunden passierte. Was man dachte, fühlte, worüber man diskutierte. Und welche Lösungen, privat oder im sozialen Bereich, man versuchte, wenn Probleme zu bewältigen waren.

Die erste Ausgabe von „Der lange Weg" aus dem Jahr 1992 war bald vergriffen. Und Norbert Rath, der meine schriftstellerische Entwicklung immer verfolgte, mit dem ich auch einen intensiven Briefkontakt hatte, drängte mich, diesen wichtigen Abschnitt meines Lebens doch wieder aufzulegen. Und Roland Reischl, der Verleger, war ebenfalls überzeugt, dass das Geschehen in den 50er-, 60er-, 70er-Jahren auch für die jüngere Leserschaft von Interesse sein könnte.

So kann also wieder „Der lange Weg", in einer Neubearbeitung, beschritten werden. Eine Reise durch eine bewegte Zeit.

Bert Brune, im April 2023

Vorwort des Verlegers

Die meisten Leser von Bert Brune wissen, wer er ist – doch kaum jemand weiß, woher er kommt. Diese Lücke möchte der Verlag mit der Neuausgabe seiner umfassendsten autobiografischen Erzählung schließen, die 1992 erstmals im Wolkenstein-Verlag erschien. Obwohl der Autor damals bereits 49 Jahre alt war, endete sie mit seinem 36. Lebensjahr. Der Grund hierfür war das drei Jahre zuvor publizierte Buch „So weit, dass du die Träume lebst ...". Diese erste autobiografische Erzählung Brunes widmete sich nämlich bereits den Achtzigerjahren. Auch sie wurde neu aufgelegt, 2022 unter dem Titel „Der Aufbruch". Autobiografisch folgt dem *langen Weg* statt einer Ankunft also ein *Aufbruch*, der jedoch nahtlos an das abrupte Ende seines *Weges* anknüpft und ein Jahrzehnt des Klinkenputzens als sich mit anderen Jobs über Wasser haltender und selbst verlegender Autor beschreibt. Letzteres ändert sich, als Frieder Döring in sein Leben tritt: Gemeinsam gründen sie einen Verlag, der durch Heinz Schüssler eine kaufmännisch versierte Verstärkung erfährt und dessen von 1989 bis 2011 währende „unwahrscheinliche Geschichte" die langjährigen Freunde in *Wir Wolkensteiner* (2016) erzählen. Dass ausgerechnet mein 2008 für das Buch über die Jazzkneipe *metronom* gegründeter Verlag 2010 mit Bert Brune seinen ersten Prosa-Autor gewinnen konnte, betrachte ich als Glücksfall. Und freue mich – dank der Unterstützung von Norbert Rath, eines Freundes seit Berts Jugendtagen, und des ebenfalls mit ihm befreundeten Schriftsteller-Kollegen René Klammer – zum 80. Geburtstag des Autors diese Neuausgabe herausbringen zu dürfen. Sie fußt auf einem behutsamem Lektorat, das neben allfälligen Korrekturen, der Anpassung an die reformierte Rechtschreibung und minimalen Kürzungen den Charakter der Originalausgabe so weit wie möglich erhalten hat – und Sie einladen möchte zu einer Lektüre, die mich vor allem durch die erfrischende Eigenwilligkeit des Erzählers und seine ganz persönlichen, aber auch stadt- und zeitgeschichtlich hoch interessanten Erfahrungsberichte begeistert hat.

Roland Reischl, im April 2023

Nachworte zu Vorworten

Die Lebensgeschichte des Autors Bert Brune
brauche ich hier nicht mehr aufzuführen,
sie ist das Thema des folgenden Romanes.
Verfasst wurde er von dem ruhigen,
in seiner inneren und äußeren Haltung
absolut übereinstimmenden,
ständig Menschlichem zugewandten
Laotse-Schüler Bert Brune,
der als Beobachter und Beschreiber
der „kleinen Dinge" im eigenen
wie im Leben anderer
einen neuen Stil in die Literatur
von heute eingebracht hat.
Wie er dazu gekommen ist, lässt
sich in diesem Buch nachlesen.
Als es 1992 erstmals erschien,
regte es mich an zu Vergleichen
mit dem eigenen „Langen Weg",
und zu Versuchen, jene Tao-
oder auch Bergpredigt-Lebensweise
nachzuahmen. Warum gelang und gelingt
das diesem Autor so viel besser als anderen?

Frieder Döring, unter weitgehender Übernahme seiner „Nachworte zu Vorworten" der Originalausgabe 1992

I.

Räuber und Schanditz

1

Ich wusste auch nicht, weshalb mich meine Tante, die bei uns zur Untermiete wohnte, immer zum Abendessen einlud. Dann holte sie ihr altes Silberbesteck raus und die uralten Tischtücher und die schweren Leuchter. Und ich saß, mit sauber gekämmtem Haar, ganz brav und klein am Tisch – ich war gerade erst acht geworden – und versuchte, das Hühnerragout, das es meistens gab, mit Messer und Gabel in den Mund zu kriegen. Das mit dem Messer und der Gabel, das gehörte sich so, so essen die feinen Leute, und ohne Zweifel sollte ich – vielleicht als einziger von meinen Geschwistern – bald zu diesen feinen Leuten gehören.

Abgesehen davon, dass es ein wenig langweilig war, denn beim Essen durfte man nicht reden, gab es diese Schwierigkeit, dass ich versuchte, die Hautstücke, die es in dem Ragout reichlich gab, möglichst nicht auf die Gabel zu bekommen, denn meine Tante hatte die Haut nicht abgezogen von dem Hähnchen, sondern: „Die Haut ist das Beste daran, du musst ALLES essen."

Im Laufe der folgenden Monate stellte sich heraus: Meine Tante hatte Großes mit mir vor. Ich sollte PRIESTER werden: die höhere Schule des Ortes besuchen und dann zum „Akademiker", wie sie es nannte, aufsteigen. Und sie würde – da meine Mutter das finanziell nicht schaffte – das Schulgeld, das man damals noch aufbringen musste, zahlen.

Wieso ausgerechnet ich der Auserwählte war, war mir nicht ganz klar. Denn auch die anderen Geschwister hatten das Zeug, was zu erlernen, sich in diese höheren geistigen Gefilde zu schwingen. – Aber vielleicht war ich der Sanftmütigste, der Gefälligste. Und weil meine Tante Wirtschafterin in einem größeren Betrieb war und wohl ein Auge für Leute besaß, hatte sie eben mich ausgesucht. „Er ist ein Stiller, Ruhiger, ihn kann man am besten in die Arena schicken, ohne größere Proteste zu erwarten."

Und so verließ ich eines Tages tatsächlich meine geliebte Klasse in der Volksschule und begab mich in die Unterstadt. Denn hier stand das „Seminar“, wie es bei den alten Leuten hieß – früher wurden hier erst Theologen, dann unter preußischer Aufsicht Lehrer ausgebildet –, jetzt aber die höhere Schule, mit dem altehrwürdigen Namen Mauritius-Gymnasium.

Seine Existenz und seinen Namen verdankt es Moritz von Büren, der den Jesuiten sein Vermögen unter der Bedingung vermachte, dass diese eine solche Einrichtung „mit einer schönen Kirche dabei“ errichten würden. So bekam unser heute 6.000 Seelen zählendes Städtchen ein schlossähnliches Gebäude, seinerzeit das größte im ganzen Ort – mitsamt einer Kirche, alles im Barockstil, eine Seltenheit in dieser Gegend.

Und weil die Kirche innen bunt aussah und dickbackige Engel oben an den Säulen hingen und Ranken aus Gips überall und Heiligenfiguren und große helle Fenster und alte braune Bänke, in denen – an den Schulmesstagen – die ganz kleinen und die tiefsinnig blickenden älteren Schüler standen, deshalb war dieses Gebäude bekannt, und sonntags sah man Busse in den Seitenstraßen parken, und die Leute von auswärts guckten sich jene von dem Bürener Mauritius gestiftete Kirche an.

Für mich war das alles natürlich ein vertrautes Bild. Aber noch nie hatte ich das große hufeisenförmige Schulgebäude neben der Kirche von innen gesehen. Und da saßen wir denn, die Kandidaten für die Aufnahmeprüfung, in einem dieser hohen, etwas düsteren Räume. Der Lehrer las die Geschichte „Zwei Ziegen begegneten sich auf einem schmalen Steg“ vor – und wir mussten die Story nacherzählen und „interpretieren“, wie es hieß.

Die beiden Ziegen waren störrisch, keine wollte, als sie sich mitten auf der schmalen Brücke trafen, zurückweichen – ähnlich wie beim Autoverkehr, wenn man eine enge Stelle passieren will und ein Fahrzeug kommt einem entgegen. Es gab zwischen den Ziegen also auch eine gewisse Rangelei, weil eben beide störrisch waren und sich im

Recht glaubten. Und dabei fielen sie natürlich von der Brücke in den „reißenden Bach" und ertranken.

Ich weiß nicht mehr, welche Interpretation dieser Geschichte ich geliefert habe. Aber immerhin: Ich hatte, nachdem ich auch noch ein Diktat schreiben musste, die Aufnahmeprüfung geschafft.

Ich durfte also eines Tages umziehen – zusammen mit noch vier oder fünf aus der Klasse.

Ich war wohl wirklich ein empfindsamer Bursche. Denn ich fühlte mich unter den neuen Leuten gar nicht wohl. Und nicht zufällig schrieb ich alle anfallenden Lateinarbeiten - an das Fach erinnere ich mich noch - in dieser Sexta, wie die Klasse seltsamerweise genannt wurde, nicht bloß fünf, sondern glatt sechs.

„Der Bert muss noch mal zurück", sagten die Lehrer zu meiner Mutter, „er ist noch zu jung."

Und so ging ich wieder in die Volksschule. Aber komischerweise, die Jungs in der Klasse, die alten Klassenkameraden, sie zeigten fast ein wenig mit dem Finger auf mich. Ich war der Einzige, der zurückgekommen war. „Du wolltest etwas Besseres sein als wir, da hast du dein Fett. Bist eben zu dumm." Und ich fühlte mich auch hier nicht mehr wohl.

Gott sei Dank – ein Jahr später war ich wieder dran – ohne Aufnahmeprüfung, die ich ja schon geschafft hatte, durfte ich wieder runtertraben in die Unterstadt. Und ich bemühte mich nun und machte meiner Mutter und meiner Tante Ehre.

2

Wir, die kleinen Sextaner, waren die untersten der unteren. Sogar die nächsthöheren, die Quintaner, waren was weit Besseres. Sie kannten sich bereits aus, wussten, wo das Lehrerzimmer, wo die schönste Spielecke auf dem sogenannten Innenhof sich befanden. Wir sahen zu ihnen auf.

Allmählich tasteten wir uns heran: an die neue Umgebung, lernten auch den Banknachbarn, die Klassenkameraden richtig kennen. An diesem Gymnasium gab es drei Kategorien von Schülern: die Internatsschüler, die Jungs also, die von auswärts kamen, die in der Schule selbst wohnten – die Fahrschüler, die Leute aus den umliegenden Dörfern – und wir, die aus der Stadt. Wir bildeten zusammen mit den Fahrschülern die externen, die, die außerhalb der Schule lebten – im Gegensatz zu den internen.

Die Klassenbezeichnungen und all diese anderen seltsamen Begriffe – das war sehr kompliziert. Es war Lateinisch oder Griechisch, Wörter aus einer Sprache, die Leute benutzten, die schon bald zweitausend Jahre tot waren. Aber, es war die Sprache der Gebildeten, und wir, die Schüler des Mauritius-Gymnasiums, wir würden sie in den nächsten Jahren in uns aufnehmen, die „humanistische Bildung", wie man sie nannte.

Und wir lernten also Latein, jeden Tag mindestens eine Stunde, und später Griechisch, und nebenbei noch ein wenig die „lebenden Sprachen", also Englisch, und – wahlweise – Französisch.

Der Direktor der Schule war ein Jesuit; ein Mann mit langem schwarzen Kleid, Brille im Gesicht. Natürlich war der Religionslehrer auch ein Jesuit, und oft der Griechisch- und Lateinlehrer. Diese schwarzen Leute hatten uns fest im Griff. Denn die wollten uns nicht bloß Wissen beibringen, sondern eben diese humanistischen Ideale. Sie wollten uns zu gebildeten, das heißt, menschlichen, toleranten, feinsinnigen, geistig hochstehenden Bürgern heranzüchten.

Doch, das war schon bald klar, es würde nicht leicht sein, die Hürden, die sie vor uns aufbauten, zu überspringen. Denn um gebildet werden zu können, muss man viele Prüfungen, auch harte Prüfungen, so hörten wir, über sich ergehen lassen. Und auch Schmerz und Leid würden wir zu spüren bekommen. Und man musste sich zusammenreißen, Disziplin war wichtig. Und Geduld und natürlich Gehorsam und ein tugendhaftes Leben, oh ja.

Weil die Schule ja nur morgens, vormittags auf die Schüler wirken kann, den Erziehern nur ein Teil des Tages zur Verfügung stand, hatte man sich überlegt, wie man auch in der übrigen Zeit, also am Nachmittag, auf den jungen Menschen Einfluss nehmen könnte.

Und da gab es an dem Gymnasium eine Einrichtung, die sich „Bund Neudeutschland" nannte – ND abgekürzt –, eine Jungengemeinschaft, eine Gruppe von Schülern, die sich auch nach dem Unterricht traf und Spiele machte und Veranstaltungen organisierte und in den Ferien Lager durchführte.

3

So ein Verein war natürlich ganz was Dolles. Ein- oder zweimal in der Woche fand man sich als sogenanntes Fähnlein unten im Keller der Schule zusammen. Und es gab da einen Führer aus der Oberstufe und noch einen stellvertretenden Fähnleinführer. Und die erzählten einem Storys über das Leben, die Schule usw., und auch wenn man morgens mal 'nen Tipp wegen 'ner Klassenarbeit oder Hausaufgaben haben wollte oder einfach nur einen kleinen Plausch - man konnte zu diesen Großen gehen, hinunter zum Brunnen des Innenhofes - denn dort standen die Oberstufenschüler, die Olympier, die Götter für uns Sextaner - und man durfte sich diesen höheren Wesen unbeschadet nahen und das eine oder andere Wort mit ihnen wechseln.

Und dann ging's, meist in den Pfingstferien, los. Man besorgte sich „einen Affen", einen Rucksack mit 'nem Fell hinten drauf, und begab sich zum Stadtjugendamt und lieh Zeltbahnen aus oder schon modern komplette Konstruktionen – und ab in die Natur.

Dort saßen wir kleinen Leute dann, so acht bis zehn, im Wald, in unserem Zelt, einer Kote etwa, in der man Feuer machen konnte – oben war ein Loch, wo der Rauch abzog – und nachts lag man wach, hatte die Ohren offen, und die seltsamen Geräusche drangen hautnah durch die dünne Zeltwand.

Oder der Führer stand plötzlich auf, weckte uns, und wir holten Zweige aus dem Feuer, brennende Aste, und marschierten durch den Wald. Und abends, am Lagerfeuer, beugte sich unser Held, der Boss und Gott und Welterfahrene, er beugte sich, wenn er gute Laune hatte, zu uns herab. Und dann kamen diese Geschichten: Er erzählte uns, er, der mit Spitznamen „Don“ hieß, der Weitgereiste, seine Erlebnisse in der großen weiten Welt. Einmal, bei einem dieser Zeltlager, kam Don einen Tag verspätet an. „War grad in Italien. Komme von Neapel hoch, hatte ’nen tollen Schlitten erwischt, in knapp zwei Tagen war ich hier.“ Eigentlich war er wortkarg, doch zu später Stunde, wenn das Feuer schon ganz klein war, dann kriegte Don manchmal richtig den Mund auf, war sogar aufgeräumt und spritzig, und dann hörten wir solche Abenteuer:

„Eines Tages, in der Normandie, nichts wie Wälder, kilometerweite Wälder, ich ging grad ’ne alte Römerstraße entlang, da hörte ich, es war gegen Abend, Hufgetrappel. Was ist das denn, dachte ich, vielleicht ’ne alte römische Postkutsche, oder ein Postreiter, der von damals noch übrig geblieben ist? Ich sofort runter von der Straße, in ein verfallenes Haus an der Ecke. Ich stieß die Tür auf – und vor mir eine Reihe weißer, bleicher Gesichter. Französische Pfadfinder, wie ich feststellte.

‚Die Tür zu!‘, rief einer – aber, es war schon zu spät. Denn draußen, der Reiter, man hörte ihn vom Pferd springen, und er stand dann riesengroß, die Peitsche in der Hand, in der Tür. ‚Wo ist Pierre?‘, rief er, ‚ihr habt ihn versteckt!‘

‚Nein‘, sagte ein dünner, streng blickender Mensch, offenbar der Leiter der Pfadfinder, ‚er ist nicht hier, ich kenne diesen Pierre nicht. – Außerdem, können Sie nicht wenigstens *Guten Tag* oder *Guten Abend* sagen, bevor Sie hier reinkommen?‘ Aber der kräftige Mann trat knurrend ein, guckte sich die Jungens genau an, sprang dann auf sein Pferd.

Und kaum war er weg, bewegte sich die Decke in der Ecke, ein blutverschmiertes Gesicht tauchte auf. – Pierre, der letzte Spross eines alten adeligen Geschlechts, verfolgt von seinem Onkel, der an das Vermögen ranmöchte, indem er Pierre ins Irrenhaus bringen, ihn für schwachsinnig erklären lassen will."

Und Don, der Erzähler, unser Führer, er wischte sich die dunklen Haare von der Stirn. „Ich konnte diesen Pierre gut leiden. Er brachte mich auf sein Schloss, ein Wasserschloss mitten im Wald. Und als es brenzlich wurde, habe ich ihm geholfen, zusammen mit den Schafhirten seines Vaters."

Und dann erzählte er von der letzten Schlacht: die Hirten und die französischen Pfadfinder gegen die Knechte des Onkels. Und draußen rauschte der feine Regen an den Blättern der Bäume runter, unsere Zeltbahnen herab, wir hörten die Tropfen im Feuer zischen und sahen das rote Gesicht des Don, der diese unglaublichen Sachen ganz nüchtern und trocken vorbrachte.

Und im nächsten Sommer würde er rüberfahren, auf diesem Wasserschloss sozusagen nach dem Rechten sehen.

4

Don, und auch der stellvertretende Fähnleinführer, gingen zwar in die Schul- und die sogenannte ND-Messe am Dienstag und Donnerstag, aber sie waren nicht übermäßig religiös. Und wenn wir draußen waren und Abenteuer erlebten, dann gab es im Grunde keinen Unterschied zwischen den katholischen NDlern, den Sankt-Georgs-Pfadfindern oder den ganz unreligiösen Falken, der parteipolitischen sozialdemokratischen Jugendgruppe, die wir hin und wieder im Gelände trafen.

Nur wenn wir diese ganz großen Lager hatten, in denen alle Fähnlein versammelt waren, dann wurde natürlich ein Lagerkreuz errichtet, und gelegentlich hielt der sogenannte geistliche Leiter der Gruppe eine Morgenmesse unterm Kreuz ab und 'ne Predigt, dass wir alle gute Christen und gute Katholiken sein sollten.

Aber, unser Priester, der junge Jesuit Kern, er war ganz passabel. Zum Beispiel zeichnete er sich durch eine große Unordentlichkeit aus. Wenn man mal zu Hause im Keller saß, und man rüber ging in sein privates Zimmer direkt nebenan, da sah man Bücher rumfliegen und auch mal schmutzige Unterhosen – es machte ihm gar nichts aus.

Und er konnte schimpfen, dieser Priester, und auch rumschäkern – aber auch mal im Religionsunterricht sogar wild mit den Augen rollen und mit dem dicken Schlüsselbund durch die Gegend werfen. – Er war gar nicht der sanfte asketische Mann, wie er wohl sein sollte.

Auch brachte er uns ein paar Tricks bei, wie man umsonst an Bücher kommt: einfach sich welche schicken lassen zur Anschauung, übern Katalog, und dann nicht mehr zurückschicken, einen auf stur machen. So jedenfalls handhabte er es. Und die Bücher, die er sich so organisiert hatte, die flogen also in den Klassenzimmern hin und wieder einem der ungehorsamen vorlauten Schülern an den Kopf. Und immer machte der Priester Eselsohren rein, um zu sehen, wie weit er darin gelesen hatte, oder man sah Fettflecken auf den Seiten.

Und auch menschlich war dieser Mann. „Wenn der Schwanz steht“, sagte er wörtlich – aber das erst, als wir in der Oberstufe waren, „wenn der Schwanz steht, ist der Verstand im Eimer.“

Nun, die Kirche hatte uns wohl im Griff, denn gebetet wurde bei diesen religiösen Sachen wie ND-Messe und auch, wenn einer die höheren Weihen empfing, wenn er Wölfling, Knappe, Ritter wurde, reichlich. Aber an der Basis, im Alltag, da wirkte sich das nicht so sehr aus.

Unser Don, der Landstreicher, der stand weit über solchen Dingen, er hatte im Leben zu viel gesehen, als dass er sich in eine Zwangsjacke stecken lassen würde. Und auch sein Stellvertreter, Torsten, der schon nach einem Jahr die Führung übernahm, da Don das Abitur machte und unseren Blicken entschwand, Torsten war gar nicht der frömmelnde, in sich gekehrte Typ. Er, der aussah wie Siegfried seinerzeit bei den Germanen, unglaublicher Brustumfang, lockige Haare, gedrungene, untersetzte Gestalt, er war mehr darauf aus, Schlachten zu schlagen, handfeste Kämpfe auszufechten, als sich das Knie wundzureiben in der Kirche oder im Beichtstuhl.

„Wenn wir, angenommen, 'ne feindliche Truppe vor uns erblicken, und wir wollen was von denen. Wie gehen wir vor?" – „Nun", sagten wir, „nichts wie drauf und fertiggemacht." – „Sicher, sicher", sagte Torsten, unser noch sehr junger Führer, „aber, man muss systematisch vorgehen." Und wir kriegen jeder eine Aufgabe. Detmar, der Mutige, Starke, musste sich dem Größten, Mächtigsten von den Feinden an die Beine werfen, dann zwei, drei Leichtere, Schwächere von uns sofort hinterher und den Mann festhalten. Auf solch einen stärkeren Gegner kamen immer zwei, drei Mann von unseren Leuten.

Und in der Tat, Torsten trimmte uns. Und als einmal auf der Heide oberhalb der Stadt ein richtiger Kampf losging gegen das Fähnlein, das drei Klassen über uns stand, wenn sie auch weniger Leute zählten – wir machten sie fertig. Und ich sehe noch den langen Ecki vor mir, der, von uns Kleinen überwältigt, gefesselt auf der Erde saß und den Tränen, ob dieser schmählichen Niederlage, nahe war.

Es hatte sich bald rumgesprochen an der Schule, in den Gruppen: Wir, das Fähnlein der „Sachsen", wir waren die Bolzer, die vor nichts zurückschreckten. Und wir verbreiteten eben auch deshalb Furcht und Schrecken, weil unser Haupttrumpf Torsten war – er, der in der Schule als der beste Weitwerfer bekannt war, und als der beste Hallenturner. Und auch im Speerwerfen war er ein Ass. Und wenn es die Sparte Ringen oder Boxen gegeben hätte – er wäre auch da unschlagbar gewesen, obwohl er erst in der Obertertia war. Natürlich, manchmal war es sehr hart, zumal für mich, der ich doch immer ein wenig vorsichtig und bedächtig war. Denn sich einfach so in das Getümmel reinstürzen, den Gegner in den Schwitzkasten nehmen oder ihm von hinten an die Kehle springen – Sachen, die ich bald wie im Schlaf konnte, so oft hatten wir das miteinander geübt –, das war nicht immer leicht.

Und ich stand oft da, zögernd, mit klopfendem Herzen, während sich unser starker Detmar bereits mitten im Chaos, im Gemetzel befand. Aber Torsten, der Führer, er war immer dabei, warf mir dann im gegebenen Moment einen ermunternden Blick zu – und es war eben doch ansteckend, so eine richtige Keilerei. Und wenn ich dann warm geworden war, dann merkte ich selbst, ich war kaum mehr zu bremsen. „Mach ihn alle“, hörte ich mich, den Sanften, Zurückhaltenden, brüllen, „tritt ihm eine rein, ja, so! Warte, ich nehme ihn mir“, und „da, pass auf, du Mistkerl!“ Und ich trat um mich und schrie und jubelte und seufzte – es war eben eine Freude, eine Ekstase fast.

Obwohl übrigens der Krieg, der Zweite Weltkrieg, noch nicht lange her war, wo die Deutschen sich ja nicht besonders mit Ruhm bekleckert hatten und das Soldatsein anschließend ziemlich verpönt war, gingen wir, unser Fähnlein, nicht anders als im Gleichschritt durch das Gelände. Torsten, unser Führer, hatte das gerne. Und auch die Lieder, die wir sangen, irgendwelche Landsknechtslieder, uralte mitreißende Schlager, hatten unsere Väter wohl auch gesungen damals in dieser dunklen Zeit.

Dass dieser Torsten übrigens der Sohn einer bekannten Nazigröße in unserem Städtchen war, der immer Deutschland hochgehalten hatte und stolz war auf die Vergangenheit – wenigstens soweit sie nicht durch die KZ und vor allem durch die Niederlage im Krieg getrübt wurde –, das fiel uns weder weiter auf noch machte es uns irgendwelche Sorgen. Torstens Vater war ein weißhaariger knorriger Mensch, der überall im Haus Bilder hängen hatte von den deutschen Kolonien, auch selbst in Asien und Afrika gewesen war und eine Menge chinesischer Figuren und Tiere aus Elfenbein im Wohnzimmer stehen hatte.

Dieser Mann, der, wie mir meine Mutter, später allerdings erst, erzählte, ziemlich verhasst war in der Bevölkerung, dieser Mensch lebte ganz zurückgezogen und hing nur den Erinnerungen nach.

Von ihm, der ja damals auch einer der – kleineren – Bosse gewesen war, hatte sein Sohn wohl das sportliche Auftreten und gewisse Führereigenschaften geerbt.

Aber, wie gesagt, die Vergangenheit kümmerte uns junge Leute überhaupt nicht. In der Schule hatten wir nicht viel damit zu tun. Hauptsächlich nahmen wir die Zeit Karls des Großen und Alexanders im Geschichtsunterricht durch, und wir hatten keineswegs wegen der Nazizeit ein schlechtes Gewissen, eben weil wir kaum davon wussten.

Und Torsten, er war eben unser Führer, er war in Ordnung.

„Kameradschaft ist alles“, pflegte er zu sagen. Das hieß, wenn einer von unseren Leuten irgendwo angegriffen wurde, oder gar überwältigt, dann konnte man nicht einfach abhauen, sondern man musste zurück, dem Mann beispringen, auch auf die Gefahr hin, selbst ebenfalls gefangen zu werden.

Denn was uns zu einer besonderen Truppe machte, das war dieses Zusammengehörigkeitsgefühl. Einer hilft dem anderen. Wenn einer in Schwierigkeiten gerät, sind auch alle anderen davon betroffen.

Und wenn einmal beschlossen wurde, zum Angriff überzugehen, so musste sich jeder die Beine ausreißen, komme, was da wolle. Und weil unser Torsten eben alles das verkörperte, was wir auch sein wollten, stark war, mutig, kämpferisch, hart im Nehmen, so fiel es uns nicht schwer, auch selbst so zu sein. Unser Boss, was der machte, war richtig. Und wir wollten so sein wie er. Wir wollten unter seinen Blicken das Äußerste geben.

5

Seltsam, wie ernst wir Kinder unsere Gelöbnisse nahmen, unsere Kämpfe ausfochten, unseren Idealen nachhingen ...

Eines Tages waren wir im Sauerland unterwegs, und ich weiß noch: Die Sonne schien heiß, wir waren schon stundenlang marschiert, und wir hatten allen Proviant verbraucht, es gab nichts mehr zu trinken. „Weiter, weiter“, sagte unser Führer, „bis zur nächsten Jugendherberge müssen wir durchhalten.“ Und wir kamen durch Dörfer, schließlich in die Stadt. Und wir schlurften über den Asphalt, die

Sonne brüllte, stach herunter – und die Zunge wurde immer trockener, mir war fast schwindelig vor Augen. Ich sah vor mir ein großes Bassin – kein Schwimmbecken, nicht mit Wasser gefüllt, sondern ein riesiger Teich mit Milch. Und ich sah mich, wie ich reinsprang in die Milch und trank, und es war so köstlich, so köstlich! Und ich trank fast das ganze Bassin aus, und die Sonne schien dort sanft und die Vögel sangen ... Aber, als ich wieder zu mir kam: Die staubige Straße, die Absätze des Vordermanns sah ich bloß, der auch schon schlaff und abgehalftert den Kopf hängen ließ.

Nie werde ich diesen Nachmittag vergessen, diesen unglaublichen Durst, die Hitze, und Torsten, der vor uns her stapfte, uns Mut zusprach, uns ermunterte, uns auch zusammenschiss. Bis wir endlich in der Jugendherberge ankamen – kaputt.

Aber, das musste anscheinend so sein, dieser Härtetest. Und wie stolz waren wir doch nach dieser Leistung! Wir waren die Größten, ohne Zweifel. Es war das Leben, der Kampf, die Freude. Merkwürdig, dieser Zug zur Härte, zur Tapferkeit. War das typisch für dieses Alter? Lag es an der Zeit damals?

Einige Tage später, als wir irgendwo im Gelände unsere Zelte aufgeschlagen hatten und uns mit fremden Leuten aus der Gegend rumschlugen, die nachts an unser Lager sich ranpirschten und es sogar einem gelang, die Pflöcke, die Heringe aus dem Boden zu reißen, sodass das Zelt ganz schief hing – trotz der Wachen, die wir aufgestellt hatten –, da passierte es, dass wir am Nachmittag auf eine Gruppe Jugendlicher stießen.

Eine kurze Klopperei – wir waren in der Überzahl. Sie liefen weg – einen konnten wir festhalten. Und dieser Gefangene lehnte am Baum, die Stricke über der Brust – und plötzlich, als man ihm die Fesseln ein wenig fester ziehen wollte – dem Mann, dem zwölfjährigen etwa – plötzlich riss vorne sein Hemd, und auf der nackten Haut einige dunkle Striche. Und erstaunt zogen wir das Hemd weiter auf: Ein Totenkopf in schwarzer Farbe grinste uns an. Der Gefangene, das

Mitglied einer Totenkopfbande. Und als dieser kleine Mann unsere erstaunten Mienen bemerkte, richtete er sich auf, wölbte seine Brust – und er stand da, ein wenig über uns, an den Baum gebunden, zeigte uns den Totenkopf – und ganz ernst und würdig guckte er auf uns herab –, wie Winnetou vielleicht, oder Unkas, der letzte Mohikaner, als die Irokesen, seine Feinde, das heilige Zeichen der Schildkröte bemerkten.

Und sofort, als wir diese Würde, diesen Ernst des Kindes sahen, benahmen wir uns betont höflich gegenüber unserem Gefangenen.

Sicher, es war auch ein wenig lächerlich, und einige von uns grinsten ein bisschen, aber – in Wirklichkeit stieg dieser Mensch in unserer Achtung. Wie tapfer er war, wie groß, wie mutig! Er zeigte sich als der Starke, er machte uns vor, wie man sich zu verhalten hatte. Und keineswegs beschimpften wir ihn.

Nach einiger Zeit, als wir unsere Zelte abgebaut hatten, machten wir ihn los. Und er trabte dann, als wäre es selbstverständlich, dass man ihm nichts anhaben konnte, davon.

Später, ein, zwei Jahre später hatten wir selbst mit einem übermächtigen Feind zu tun. Nachts waren wir losgezogen, saßen stundenlang auf dem Fahrrad, hatten einige Zelte einreißen können, waren aber zurückgeschlagen worden. Und ich, ich war nicht schnell genug gewesen, hatte mich noch mal umsehen wollen, ob nicht die eine oder andere Fahne zu erbeuten wäre – auf mich hatten sie sich gestürzt. Meine Leute waren schon längst – es war kurz nach Mitternacht – außer Sicht. Und so wurde auch ich an einen Baum gebunden. Und mir war ganz flau in der Magengegend, meine Knie zitterten – aber dann entsann ich mich, ich hatte tapfer zu sein, die sollten nicht sehen, dass ich eigentlich doch sehr viel Bammel hatte.

Und ich stand mitten im Lager des Gegners, während die ersten Sextaner, die zehnjährigen, als sich meine Gefangennahme herumgesprochen hatte, aus den Zelten gekrochen kamen und in dem Morgennebel, der sich gerade erhob, mich anstierten wie ein seltsames Fabelwesen.

Und auch ich bemühte mich nun, stolz zu sein, sah ruhig und gelassen über diese Leute hinweg.

Und einer von den Kleinen versuchte doch tatsächlich, meine Knie zu berühren, mich anzufassen, mich zu kneifen, wohl um mich lächerlich zu machen, oder mich vielleicht zum Schreien oder Protestieren zu bringen. Ich sah diesen feigen Menschen, der sich vor den anderen, dazu einem Gefesselten gegenüber, meinte produzieren zu müssen, vernichtend, wie man wohl sagt, an. Und er hatte wirklich kapiert, zog seine Hand schnell zurück.

Und ich lehnte im Morgengrauen am Baum, umgeben von noch verschlafenen Kindern, die mich mit großen Augen anstarrten – wie Tiere, wie Rehe, die plötzlich etwas Fremdes, Gefährliches, Unbekanntes vor sich sehen.

Nun, damals, kaum dass der Nebel so richtig dicht wurde, war ich auch schon frei. Unsere Leute hatten mein Fehlen bemerkt, und natürlich nichts wie zurück. Und auf die Zelte einen Scheinangriff unternommen, wobei zwei Mann von der anderen Seite heranschlichen, mich losbanden und mitzogen, während die übrigen sofort kehrtmachten, sich auf die Räder warfen – und wir alle zusammen uns absetzten.

6

Nachts. – Die Bäume standen wie graue Gespenster gegen den hellen Himmel. Überall hörte man ein Rascheln. War es der Feind – die Paderborner NDler, oder die Pfadfinder aus Meschede, die in der Nähe kampierten? Waren es Besoffene aus dem Dorf, die auf dem Wege von der Kneipe nach Hause mal herumschnüffeln wollten, um zu sehen, ob sie nicht das eine oder andere Werkzeug oder auch Lebensmittel aus dem Küchenzelt mitgehen lassen konnten?

Einmal saß ich gemütlich mit der Wache am Feuer, spielte Mundharmonika, guckte in die Glut – da tauchten neben uns zwei riesige Gestalten aus dem Dunkeln auf. Zwei unbekannte, grobschlächtige Männer. Und sie hatten ganz schön getankt.

„Na", sagte der eine, „was macht ihr denn hier so Schönes?" Und er setzte sich auf den Baumstamm ans Feuer, ohne uns weiter auch nur eines Blickes zu würdigen. Und, ich traute meinen Augen kaum: In der Hand hatte er eine Axt, ein Mordsding, wie sie gewöhnlich nur Holzfäller, Waldarbeiter haben.

Und er nahm einen Zweig aus dem Feuer und steckte sich eine Zigarette an. Und unterhielt sich mit seinem Kumpel, der neben ihm stand, als wenn die Wache, die ja schließlich das Lager beschützen muss, gar nicht da wäre.

Und schließlich, nachdem der andere auch noch eine Flasche Schnaps aus der Tasche geholt, und sie beide gierig getrunken hatten, wurden sie redefreudiger und lauter.

Eine der Wachen verschwand.

Torsten, unser Führer, erschien. „Hallo Leute. Mit wem habe ich das Vergnügen?"

„Ha ha", sagte der mit der Axt, „‚mit wem habe ich das Vergnügen?' Lass die dummen Sprüche, Junge, trink lieber einen mit."

„Hm hm", sagte Torsten nach dem ersten Schluck, „gar nicht schlecht."

Torsten, der starke – gegen die Axt und auch gegen die beiden Riesen hätte er wohl keine Schnitte gekriegt.

So setzte er sich ruhig zu den Männern. Und zum Schluss, als das Feuer allmählich ausging, sagte er: „Pst, nicht so laut, die Kleinen da in dem Zelt werden sonst wach." Und er legte dem einen der Randalierer begütigend und auch kameradschaftlich die Hand auf den Arm.

„Hm, ja ja", stotterte der und rülpste und guckte sich nach seinem Kumpel um. „Anton", sagte er krächzend, „wir wollen die Kleinen nicht wachmachen. Wollen wir das, die Kleinen wachmachen? Nein, das wollen wir nicht, stimmt's, Anton?"

Und Anton war ebenfalls kinderlieb, und sein Kollege nahm die Axt, warf sie sich über die Schulter, und beide verschwanden aus dem trüben Licht des Lagerfeuers.

Und wir, die wir dabeigesessen, und die anderen, die natürlich wach geworden und mit klopfendem Herzen unter der Decke oder im Schlafsack gelauscht hatten – wir blieben noch eine Weile still. Dann klang's aber hier und da: „Sind sie weg?" Sie waren weg, kamen nicht wieder. Und der Führer, Torsten, kroch zurück in sein Zelt.

Und die Wache wurde abgelöst. Alles war wieder in Butter.

Nachts. – Auf einer meiner ersten Fahrten stand ich stundenlang an dem Steilhang eines Berges, konnte ins Tal runterblicken. Hinter der Anhöhe drüben hatten die Paderborner ihre Zelte, zwar auch NDler, Leute aus unserem Verein – aber, sie waren die traditionellen Gegner: Jungens aus der Großstadt, sie hatten 'ne große Klappe, waren arrogant, sahen auf uns Kleinstädter herab.

Und wir hatten sie geärgert, Torsten war mit Don, dem erfahrenen, rüber, sie hatten einige Zelte flachgelegt, und sogar das Banner, die Gruppenfahne mitgehen lassen.

Und es war klar, diese Leute würden das nicht auf sich sitzen lassen.

Und so musste Wache geschoben werden, verstärkt Wache geschoben werden. Alle zehn Meter ein Posten.

Und dann, gegen zwei Uhr, kamen sie auch schon. Man hörte Äste knacken, leise Schritte, dumpfe, matte Tritte. Und schon flogen die ersten Steine, bzw. dicke Kartoffeln. Und ein Gebrüll ging los wie seinerzeit bei den Indianern, als die Meute den Hang stürmte.

Aber, wir hatten aufgepasst, hielten stand. Das Getümmel verlagerte sich bald abwärts, schließlich wurden die Paderborner auf ihr eigenes Gelände zurückgedrängt.

Wir, die Jüngeren, die Wachen, wir mussten oben auf dem Posten bleiben, nur unsere Größten und Stärksten hatten sich ins Gemenge gestürzt. Und dann, als es schon heller wurde, kamen die Kämpfer zurück. Sie hatten's den Städtern gezeigt. Doch wie sahen sie aus: das

Gesicht zerkratzt, die Trainingshosen zerrissen, die Jacken hingen zerfetzt auf dem nackten Oberkörper.

Aber, sie waren zufrieden. Ihre Taktik war aufgegangen, alles war bestens gelaufen. Während sie nasse Tücher auf die Beulen und blaue Flecken legten, erzählten sie uns, den neugierigen, nun aufatmenden Wachen ihre Abenteuer. Und wir hingen an ihren Lippen, wir Kleinen.

7

Leider musste ich zwischendurch – zwischen den Hoch-Zeiten des Lagerlebens – auch in die Schule. Sicher, die Gruppe existierte auch im Klassenzimmer, man saß zusammen, unterhielt sich in den Pausen, half sich gegenseitig bei den Schularbeiten – aber, trotzdem, im Grunde war dort jeder letztlich ein Einzelkämpfer.

Denn die Konkurrenz bestimmte die Szene. Den Schlechtesten, den Unkonzentriertesten, den Dümmsten bissen die Hunde.

Hier nützte es gar nichts, wenn man stark war, mit den Fäusten sich durchsetzen konnte, einige Judo-Griffe draufhatte.

Der Lehrer war der Boss. Allerdings kein Boss, dem man, wie Torsten, nacheifern konnte.

Unnahbar thronten die Herrscher über uns, verschwanden nach der Stunde im Lehrerzimmer, jenem sagenhaften Raum, den ich in meinem Schülerdasein nie zu Gesicht bekam. Und dann tauchten sie nach dem Schellenzeichen wieder auf. „Pohlmeier!“, rief der Aufpasser an der Tür. Und wir standen wie eine Eins. Und der Kleinkrieg begann.

Wir wunderten uns zunächst ein bisschen: Torsten, unser Führer, so mussten wir vernehmen, er war auf diesem Feld des Lebens keineswegs der Starke. Kein Wunder, wie wir bei genauerer Überlegung dann doch entschuldigend sagten. Denn er, der Mann der Faust, der Mann mit dem Kämpferherzen, er war einfach kein Speichellecker, er pfuschte nicht bei den Arbeiten, KONNTE gar nicht pfuschen. Er, die Eiche, sie wurde im Sturm niedergedrückt, während die weichen dünnen Grashalme leicht überlebten.

Torsten blieb einmal sitzen, unser Held, dann noch einmal. Schließlich befand er sich nur noch eine Klasse über uns. Nun, die Mittlere Reife packte er grad noch so.

Leider musste er dann die Schule verlassen, verschwand aus unseren Blicken.

Wir, „die Sachsen", wir wurden älter. Und eines Tages sagte der Gruppenführer, der oberste Boss aller Fähnlein: „Wie sieht's aus? Die neuen Sextaner, das wär' doch was für dich." – „He", sagte ich, „doch nicht ich – ich kann das nicht ..." – „Doch, doch", sagte der Führer, „du bist jetzt der Boss." Und so beschäftigte ich mich mit den kleinen Sextanern, wir trafen uns samstags um vierzehn Uhr im Keller. Und wir fuhren zelten. Ich war nun selbst Fähnleinführer; wir entwarfen einen Wimpel, nannten uns „die Sturmvögel".

Und eines Abends saß ich in meinem Zelt – und fing an, diesen ganz kleinen zarten Menschlein, den Sextanern, Geschichten zu erzählen, erfundene, halb erfundene oder auch wahre Geschichten. Sie spielten alle in der Ich-Form, ICH war der Held, der Mann, der durchblickt, wenn er auch hin und wieder auf die Schnauze fiel. Auch ich – ein Geschichtenerzähler.

Und wie die Jungens an meinen Lippen hingen. Jeden Nachmittag hieß es: „Heute Abend erzählst du die Geschichte weiter, 'ne Fortsetzung, oder?!"

„Hm", sagte ich, „mal sehen."

Und wenn ich dann Lust hatte, fing ich einfach an, während es dunkler wurde und der Schein des Lagerfeuers immer heller, und Glut lag auf den Gesichtern. Und ich war selbst der Don, mein ehemaliger Führer, mein Vorbild, der diese Geschichten erzählte. Und ich merkte, ich hatte Macht über diese Herzen, eine unbestimmte Kraft war plötzlich in mir. Nie hatte ich mir, wenn ich anfing zu erzählen, vorher etwas zurechtgelegt. Ich probierte ein paar Sätze aus, machte Pause, große gewichtige Pausen, so dachten die Zuhörer, und dann redete ich einfach. – Und siehe da, der Geist kam über mich, ich wusste gar nicht mehr, wo ich war, ich war das Sprachrohr des Lebens geworden, des Gottes, der im Dunkeln war, in den Bäumen. Und erst, als meine Füße kalt wurden, das Feuer runtergebrannt war, wachte ich sozusagen auf. Und die Leute drehten sich um in ihren Schlafsäcken, schweigend, und schliefen und träumten die Geschichten weiter.

8

Die Schule, der Keller hauptsächlich, war mein zweites Zuhause. Ein anderes drittes Zuhause gewissermaßen gab es aber auch noch: Wie jeder Junge aus der Oberstadt raste ich nachmittags mit meinen Freunden aus der Nachbarschaft durchs Gelände. Wir waren auch hier eine Gruppe, eine Bande, und es gab Krieg. - Allenthalben Kampf und Streit und Ärger - aber einen genussvollen Ärger sozusagen.

Leute aus der Unterstadt hatten doch glatt unsere Bude, die wir im Mertens-Tal auf der Wiese gebaut hatten, zerstört. Das zog fürchterliche Rache nach sich. Ein Spion hatte rausgekriegt: Paule und seine Jungens sind unterwegs, hatten zugeschlagen. Und wir uns an ihre Fersen geheftet.

Der Kampf zog sich hin, den Wassergraben schließlich runter, denn hier hatten wir ihnen dann doch aufgelauert. Sie gingen zurück auf die Halbinsel zwischen dem Fluss und dem Mühlenbach, verteidigten den Übergang. Und so stand es, als es dunkel wurde. Drohungen flogen hin und her.

„Kommt doch rüber, wenn ihr Traute habt!“

„Allein fühlt ihr euch stark; so ’ne unschuldige Hütte kaputtschlagen, das könnt ihr grad noch!“

Und wir stürzten dann entschlossen auf diese schmale Brücke zu – aber so richtig rüber wagte sich keiner von uns. – Und die Sonne versank, und wir mussten zurück – das Abendessen wartete auf uns. Die Eltern hatten es gar nicht gern, wenn man zu spät kam.

Bei einem dieser Kinderspiele, ich war erst acht oder neun Jahre alt, lag ich mal irgendwo im Garten auf dem Boden. Es war Herbst, die Erde duftete, und obwohl es früh dunkel wurde, war es warm. Und ich lag da wie ein Hase in seinem Loch, verborgen vor den Augen des Jägers. Und hörte, wie die Gegner aus unserem Spiel „Räuber und Schanditz", wie wir es nannten, die Gärten durchstreiften und leise über die Zäune stiegen, den einen oder anderen von uns Räubern aufstöberten, abschlugen, zum Gefangenen machten – da lag ich also in dieser Furche, und die Erde war so warm, und die Sterne schienen. Und ich hatte allen Kampf und Ehrgeiz, nicht entdeckt zu werden, vergessen – spürte die laue Luft auf der Haut und sah die Krümel der schwarzen Erde direkt unter meiner Nasenspitze.

Und ich hörte sogar, wie der sanfte Wind in der Nähe einige Gräser bewegte. Und im schon schwachen Abendrot standen die Halme wie Bäume gegen den Himmel. Und ich sah 'ne Ameise, wie sie gemütlich da raufkroch auf den Halm, und auch 'nen Käfer, der sich in die Erde wühlte, und ich glaubte sogar, das glitschende Rutschen eines Regenwurmes zu hören.

Ich war allein in der Nacht, und – ich war ein Teil dieser Natur, ein Teil der Sterne, die zu mir runterguckten, und vielleicht auch so eine Art Käfer, der da, ganz natürlich, in den Boden, zu der Mutter sich verkrochen hatte, genährt, lebendig gehalten wurde von der mütterlichen Wärme.

Und alles war mir so vertraut, und ich hatte ein gutes Gefühl. Dieser Käfer, diese Ameise – wahrscheinlich, wenn ich gut drauf wäre, könnte ich mich sogar mit ihnen unterhalten, denn wir waren ja Verwandte, durch die Natur verbunden, von der Natur gezeugt.

Und es war schön, da zu liegen und so ruhig zu sein und solche Gedanken zu haben. Und die Jäger, die ganz nahe vorübergingen, sich leise etwas zurufend, störten mich nicht, weil ich selbst ein Stück Erde war. Ich fiel nicht weiter auf; und während die Sucher immer nach einem Menschen Ausschau hielten, war ich längst weggetaucht – ein Erdklumpen war ich, ein Maulwurf oder ein Grashalm. Ich hatte gar keine Angst.

Als sie weg waren, die Feinde, stand ich auf – ich hatte plötzlich kalte Hände, und die Knie waren feucht – und ging zu dem Treffpunkt an der Hauswand, zu der Stelle, die einen freimachte, die einen rettete vor der Verfolgung. Und weil ich immer noch ruhig war und ohne Eile durchs Dunkel glitt, hin zu dem Ort der Freiheit, weil ich keine hastigen Bewegungen machte, still ein- und ausatmete und im Schatten hin und wieder stehen blieb, und vielleicht ein Zaunpfosten war für neugierige Augen, oder ein Gebüsch, oder auch nur ein Stück Mauer am Rande der Straße – trat ich plötzlich in das Licht der Laterne vor unserem Haus und schlug, unter den Augen der sich schnell, aber zu spät auf mich stürzenden Wache, an die Wand.

9

War dies nun das Leben – das Jagen durch die Natur, das Anschleichen, das Siegen und Besiegtwerden? Oder war es das andere – die Zeit in der Schule? „Nicht für die Schule, sondern für das Leben lernen wir", sagten die Lehrer ...

Das allerdings machte nicht sehr viel Spaß. Sicher, meine Mutter stand nicht so sehr dahinter, kam nicht dauernd mit: „Du musst die Hausaufgeben machen", oder „was hast du für Noten? Wieder 'ne Fünf in Mathe? Du musst Nachhilfestunden nehmen!" – Gott sei Dank, bei mir nicht. Aber Gerolt zum Beispiel, oder auch Herbert und wie sie alle hießen, gewöhnlich Söhne von Doktoren, Ärzten, Lehrern – sie mussten ran. Bekamen zwar für jede Eins fünf Mark zu Ostern oder im Herbst, nach den Zeugnissen, aber, sie mussten sich krümmen, sie wurden sehr schnell erwachsen.

Gerolt, der Erzähler. Ich sehe ihn noch vor mir, wie er sein Fahrrad die Burgstraße hochschob – und als Ausgleich für das Sich-ducken-Müssen in der Schule erzählte er Geschichten. Er hatte wohl Ehrgeiz, allerdings mehr auf sportlichen Gebieten. Dauernd war er auf dem Sportplatz, warf den Speer, sprang in die Grube, machte Langlauf, auch wenn die Sonne noch so heiß schien.

„Man muss sich schon was gefallen lassen", sagte er, „Disziplin ist wichtig." In diesem Punkt riss er sich zusammen. Im Unterricht weniger. Und auch dann nicht, wenn es darum ging, sich nach der Schule von seinen Geschichten und Zuhörern zu trennen. Seine alleinstehende Mutter wartete oft den ganzen Nachmittag am Essenstisch – ihr Gerolt stand neben seinem Fahrrad und traf laufend Bekannte.

Einmal fragte ich ihn: „Gerolt, was willst du eigentlich später studieren?"

„Hm, ich glaube, ich studiere Jura."

„Und was willst du damit, was machst du nach dem Studium?"

„Nun", sagte er, „dann kaufe ich mir eine Black und Decker."

„Black und Decker?"

„Ja, 'nen Schlagbohrer."

„Wozu das?"

„Dann geh ich aus der Haustür und fange an, in der Wand draußen 'n Loch zu bohren."

„Und", ergänzte er, als wir Zuhörer ihn erwartungsvoll ansahen, „dann hänge ich ein Schild dran: ‚Rechtsanwalt'."

Das war Gerolts kühler Humor. Und wir bogen uns natürlich vor Lachen – zumal er so lang gedehnt und witzig und ganz originell sprach.

Aber, er hatte auch einen guten Grund, dieses Gespräch – wie gesagt, bis in den Nachmittag hinein – in die Länge zu ziehen. Er lebte allein mit seiner Mutter, die gehbehindert war, er musste spülen, waschen, die Heizung in Schuss halten, sozusagen den Hausmann spielen, der kleine, große Mann ...

Auch Herbert war oft mit mir zusammen, wir hatten den gleichen Heimweg, er war der Dritte im Bund.

Auch er hatte sein Kratzen. Sicher, die Eltern waren ziemlich aufgeschlossen. Aber immerhin, er musste doch Leistung bringen. Denn wir alle standen unter Zugzwang. Blieb einer sitzen: So was ließ sich in dem Städtchen nicht verbergen. Jeder wusste binnen Kurzem davon. Und die Eltern bekamen Druck.

„Ihr Sohn macht die achte Klasse noch mal? Oho, ist vielleicht doch nicht leicht“, sprach man hinter vorgehaltener Hand, „aus einfachen Verhältnissen hochzukommen, da hat sich schon mancher mit übernommen.“

Oh ja, in diesem Kaff, da hieß es aufpassen, sich keine Blöße geben, allzu schnell war man in der Klatsch-Mühle drin. Da gab es kein Pardon.

Und Herbert, Atze, wie er mit Spitznamen hieß, war allerdings in dieser Hinsicht, was die Schule betraf, ein wenig leichtsinnig. Einmal saß er neben mir im Musikunterricht und las in einem Buch. Was sicher nicht schlimm gewesen wäre – nur, der Musiklehrer schlich sich plötzlich von hinten ran – es war in der Untertertia – schlich sich ran – das Buch muss ziemlich spannend gewesen sein.

Atze, der sonst so vorsichtige, hellhörige, er merkte nichts, blätterte sogar eine Seite weiter. Und der Musiklehrer stand direkt hinter mir und luchste dem Atze in die Lektüre rein. Und dann:

„Ha, das haben wir gerne!“, sagte der Mann und nahm dem Jungen das Buch weg.

Und er gab das Buch nicht aus der Hand, hat es wahrscheinlich zu Hause gelesen. Und auch der Direktor, der Jesuit, durfte reingucken. Es handelte sich um ganz was Schlimmes anscheinend, denn der Fall wurde groß aufgerollt, und es fehlte nicht viel und Atze wäre von der Schule geflogen. „Lady Chatterley“, so hieß die Schwarte, von einem gewissen Lawrence, und es muss ein Porno erster Güte gewesen sein, wenn man die Reaktion der Lehrer in Betracht zieht ...

Ja, der Atze. – Prompt sanken nach diesem Vorfall seine Leistungen in der Schule, er blieb sitzen und später nochmals sitzen, und wäre er nicht vor allem auf mathematischem, naturwissenschaftlichem Gebiet so beschlagen gewesen, er wäre abgesägt worden und seine Zukunft hätte vielleicht düster ausgesehen.

Denn – um das mal kurz anzumerken: Fliegst du in der Klasse acht oder neun nach mehrmaligem Wiederholen vom Gymnasium – du bist schlechter dran als deine Volksschulkameraden. Die haben immerhin einen richtigen Abschluss, können eine Lehre anfangen. Aber, der gescheiterte Gymnasiast hat keinen Abschluss, steht sozusagen mit nichts da, sitzt zwischen allen Stühlen. Es bleibt ihm wahrscheinlich nichts anderes übrig, als Hilfsarbeiter zu werden oder sich vielleicht auch aufzuhängen.

Dies wussten wir natürlich sehr wohl, und oft schlichen wir drei, Atze, Gerolt und ich, mittags nach Hause, und während sich Gerolt mit seinen Witzen Luft zu machen versuchte, rechnete Atze ständig seinen Notendurchschnitt aus, um zu sehen, ob er es diesmal schaffen würde.

Und ich? Eines Tages stand ich vor der Schwierigkeit, eine Vier in Mathe schreiben zu müssen. Hatte bisher 'ne Fünf und 'ne Vier, und es kam auf die letzte, dritte Arbeit an. Hatte von den drei schweren Aufgaben eine vollständig gelöst, eine nicht ganz, ein leichter Rechenfehler hatte sich eingeschlichen. Und weil ich sonst keinen Ausgleich hatte in den anderen Fächern – man musste in einer Fächerkombination mindestens glatt Drei stehen – da hatte es mich erwischt, wegen dieses einen Fehlers in einer Mathe-Aufgabe, weil ich vielleicht an diesem Mittwochmorgen um zehn Uhr einen schwachen Moment hatte. Diese Mathearbeit also war knapp Fünf, ich bekam die Fünf auf dem Zeugnis, hatte keinen Ausgleich, weil mir der unberechenbare Geschichtslehrer keine Drei, sondern eine Vier gab – und, wie gesagt, wegen dieses einen schwachen Momentes an einem Mittwoch um zehn Uhr morgens musste ich eine Klasse zurück, wurde ich aus dem Klassenverband herausgerissen, musste ein ganzes Jahr wiederholen, was hieß: Englisch wiederholen, Physik, Chemie, Erdkunde, Deutsch und so weiter, alles Fächer, in denen ich die erforderlichen Leistungen brachte. Hatte alle Klausuren nochmals zu schreiben wegen dieser einen, nicht ganz korrekt gerechneten Aufgabe eines Mittwochs um zehn.

Nun, an anderen Schulen wäre man deswegen vielleicht wochenlang daneben gewesen. Aber, immerhin, diese Erziehungsanstalt hatte, wie schon früher bemerkt, einen Bildungsfimmel und wollte einen auf Niveau machen. Wir sind was Besonderes, wir sind Jesuiten, wir sind eine Eliteschule. Und so kam es, dass der, der auf der Stelle trat, also kein Stockwerk höher umzog Richtung Olymp, wo die höheren Klassen tagten, dass der fast nur bekannte Gesichter wiedertraf.

Erst fielen die leicht Abzuschießenden, die gar nicht Widerstandsfähigen in die unteren Klassen ein, dann die etwas hartnäckigeren Schüler, schließlich die, die es noch kurz vor dem Abitur erwischte. Und der Direktor war gar nicht so geknickt, als er später feststellte, dass aus meiner alten Klasse, der Sexta, nur vier Leute übrig geblieben waren in der Oberprima; die anderen waren entweder gänzlich vertrieben oder hatten sich im Laufe der Schulzeit in den nächstfolgenden Klassen angesammelt.

Also, wie gesagt, wir Wiederholer waren wieder unter uns. Wir hatten gekämpft – zwar mal verloren – doch was soll's.

Und auch die, die zwei oder gar drei Schlachten verloren hatten, sie konnten noch ganz glücklich sein; denn später – was zählte es denn, wie oft man hängengeblieben war? Hauptsache, man hatte das Endziel, „die Reife", wie es hieß, geschafft.

Und Gerolt und Atze und ich – das Suchen nach dem Lösungsweg, das Ausrechnen, das Sich-gegenseitig-Trösten, es hatte sich gelohnt: Wir drei schafften es – wenn auch in unterschiedlichen Zeiten.

Ach ja, wir wurden fürwahr schnell erwachsen. Vor jeder Griechisch- oder Lateinarbeit: Welches Kapitel von Tacitus, Cäsar, Ovid, Platon, Herodot, Xenophon kommt jetzt dran?, war die ständige Frage. Und die Vokabeln, die die Lehrer in den Stunden vorher an die Tafel schrieben – manche von uns wälzten ganze Nächte in den Büchern: Wo kamen diese Vokabeln vor? Wo kamen diese Vokabeln IM ZUSAMMENHANG vor? Und einigen gelang es tatsächlich, die entsprechende Textstelle rauszukriegen.

Und das Schummeln ging los. „Hast du es?“, flüsterte der Nebenmann, und ich nannte ihm eine Zahl, die Nummer des Kapitels, und er schlug unter der Bank seine Übersetzung auf und versuchte abzuschreiben – diese Übersetzungen, diese kleinen, von einem freundlichen Verlag, der offensichtlich die Sorgen der Schüler verstand, herausgegebenen dünnen schmalen, leicht zu verbergenden Bändchen.

Oh ja, wir hatten schnell den Bogen raus, hatten flinke Finger, konnten etwa blitzschnell jedes beliebige Wort in jenem bekannten kleinen dicken Lexikon finden, aus der hohlen Hand, wie wir es nannten, hervorholen, während es mucksmäuschenstill in der Klasse war und die fieberhafte Tätigkeit keineswegs bis zum Lehrer, der uns mit Argusaugen beobachtete, vordrang. Ach ja, hier wurden die richtigen, die Erwachsenenkämpfe ausgetragen. Und wir spürten: Nicht der Beste siegt immer, nicht der Ehrlichste, sondern: Wenn du nicht mitmachst, fressen dich die Jäger. Wenn du nicht mit den anderen mitziehst, wirst du von den Kollegen geschnitten – keine Information, keine hilfreiche Stütze im Rücken.

Und wer empfindlich war, ein zartes Gewissen hatte – weg, weg war er, verschwunden aus unserer Mitte. Vogel friss oder stirb.

Und das Reifezeugnis, das wir dann – schon einige Falten im Gesicht, um Jahre, um zu viele Jahre gealtert – empfingen – das Zeugnis, es war wirklich ein Beweis der Reife, das besagt: Du hast den Trott glücklich mitgemacht, du hast mitgezockt, du bist ein klasse Schummler, du darfst hinaus in die Welt, du kannst treten, du kannst Hiebe einstecken, du kannst Niederlagen verdauen – du bist der richtige Mann.

Und so wurden wir, im Grunde schon frühzeitig verbogen, mit diesem Papier in das Leben hineingeworfen.

10

Nun, ich will nicht vorgreifen. Noch waren wir nicht so weit. Wir gingen immer noch mit halbwegs frischen Jungengesichtern zur Schule. Und auch Gerolt hatte immer noch viel Spaß am Tischtennisspielen, und Atze las immer noch gern diese Bücher – nun allerdings mehr zu Hause – und guckte den Mädchen nach. Und auch ich hatte meinen Spaß, wenn ich nachmittags zum Beispiel zu den Gruppenstunden schritt – einmal zur Fähnleinrunde, dann aber auch zum Treff mit den Leuten aus meiner Klasse. Denn wir, die wir bereits fast alle junge Führer waren, Jüngeren bereits unser Wissen und unsere Erfahrungen mit dem Zeltaufbauen, mit den Kämpfen und unsere speziellen Tricks weiterreichten – wir „Sachsen" kamen immer noch wöchentlich zusammen. Nicht nur das: zwischen Harald, dem Langen, und Detmar, dem Starken, und mir hatte sich eine Art Freundschaft entwickelt.

Harald bewunderte ich, weil er überaus schnell sprechen und außerdem noch gut singen und Gitarre spielen konnte – er, der Schnellredner, der den Mund aufmachte, eine Frage stellte – und du, sein Gesprächspartner, standest dann 'ne Zeit da, überlegtest, ließest die Wörter noch mal, aber etwas langsamer, an deinem geistigen Auge vorbeiziehen: ach so, ja – und gabst dann erst die entsprechende Antwort. – Aber, singen unter seiner Leitung, das war große Klasse. Wir hatten bald 'ne Menge Kanons drauf: „Schlaf mein Bub", „C-A-F-F-E-E, trink nicht so viel ...", oder auch das kitschig-religiöse „Flamme empor" und irgendwelche russischen Texte über die Taiga, sodass manchem Herbergsvater, dem wir diese Lieder beim Abschied mehrstimmig darbrachten, eine Träne aus dem Auge quoll.

Und erst mal diese flinken Finger auf der Gitarre! (Ich meine natürlich die von Harald.) Detmar und ich versuchten's natürlich auch. – Singen konnten wir nicht so gut, und dirigieren, den andern Leuten diese Kanons eintrichtern, das war noch schwieriger; aber auf der Gitarre brachte uns der Harald dann doch den einen oder anderen Griff bei, und ich ließ vor meinen kleinen Schutzbefohlenen, den „Sturmvögeln", die eine oder andere Melodie vom Stapel, oder brillierte im Lager, wenn die Jungens schliefen und ich Wache hatte, auf den Gitarrensaiten, dass mir das Herz weit wurde.

So weit Harald, das Allround-Ass.

Was Detmar betraf: Er war eben der Starke, Unüberwindliche. – Auch wenn es sich nur um ein harmloses Spiel handelte, Bodenfußball in der Turnhalle etwa – er biss die Zähne zusammen, konzentrierte sich. Und trotz seiner Brille stürzte er sich ins Gefecht, ließ sich nicht, ständig den Sieg vor Augen, zu Unbedachtsamkeiten hinreißen, brachte nur so viel Feuer, wie angemessen war – und stand fast immer auf der Gewinnerseite.

Und kam es wirklich mal vor, dass seine Nebenleute sehr, sehr schwach waren, musste seine Mannschaft zurückstecken, schließlich als Verlierer aus dem Rennen gehen. Detmar wurde ganz rot um die Nase, dann bleich, seine Augen glühten – er sagte kein Wort – und wartete auf das nächste Spiel. Und dann gab es Saures.

Sicher, dieses Nicht-verlieren-Können – Detmar merkte es auch im Laufe der Zeit, dass das nicht unbedingt gut für ihn war. Er setzte sich hart ein, man hatte richtig Angst, es ernsthaft mit ihm aufzunehmen – und er wusste, das schafft ihm nicht besonders viele Freunde. Das war eben seine schwache Seite, sein Unvermögen, sich an Leute ranzumachen, so locker und lustig und mit Wärme und Schwung und Witz aufzutreten wie etwa sein Kumpel Harald – sein immer heimlich oder offen bewundertes Idol in dieser Hinsicht.

Nun, im Laufe der Zeit lernte Detmar dazu. Wenn er verlor, bemühte er sich ernsthaft, sagte sogar auch – ich habe es, glaube ich, ein- oder zweimal gehört: „Na ja, ist weiter nicht schlimm." Aber wenn man ihm dann ins Gesicht sah – so richtig nahm man ihm das doch nicht ab. Aber, was soll's? Wir sind alle keine Engel. Jedem seine Macke. Warum immer unschuldig und vollkommen sein? – Detmar war andererseits jemand, der die Leute mitriss durch Vorwärtsdrang, durch seinen persönlichen Mut, durch seine Willenskraft. Er trieb an, er organisierte, und als solcher, als Organisator, als Führer war er unschlagbar.

Und so kamen wir drei gut miteinander aus: Harald, der musisch veranlagte lustige Mensch – und ich, der stille Mitläufer, den man schicken konnte, der um Ausgleich bemüht war, niemandem in den Rücken fiel – wenn etwas schiefging, sagte: „Ach, ist doch egal, Hauptsache, es hat Spaß gemacht", der auch bewundern konnte, Anerkennung gab: „Toll, toll, wie hast du das geschafft? Wo hast du das her? So was würde ich nie bringen."

Und Detmar war es, der uns auch eines Tages zu der Vervielfältigungsmaschine hintrieb. Sogar Sonntagmorgens, wenn die übrige Menschheit sich noch mal im Bett umdrehte, standen wir an diesem Apparat. Und Harald verfasste Artikel oder sortierte bereits vorgeschriebene, – Detmar hatte vorher das Papier und Fachmaterial besorgt, hatte den Überblick – und ich, ich war der Zeichner. Ich las die Texte durch, die zum Beispiel die einzelnen Fähnleinführer über Fahrten, Bunte Abende oder andere Ereignisse aus dem Schul- und Gruppenleben gemacht hatten, und sagte: „Ich glaube, hier müssen wir Platz lassen, hier passt gut ein Bild hin."

Und während die beiden anderen die Artikel auf die Matrize tippten, zeichnete ich das Titelbild und die übrigen Skizzen – mithilfe des blauen, grünen und roten Durchschlagpapiers. Detmar und Harald sagten immer wieder: „Klasse, wie du das hinkriegst, und so schnell!" Und auch ich selber merkte es: Ich war ebenfalls ein künstlerisch begabter Mensch, ein Grafiker, ein Zeichner, ein Maler. Und ich war stolz, als das erste ND-Heft vorlag, mit MEINEM Titelbild, MEINEN Zeichnungen.

Und diese Hefte – in einer Auflage von 100 oder 200 Exemplaren – wurden für zehn Pfennige das Stück angeboten. Und weil hinten Witze drinstanden und die Artikel übersichtlich und bunt waren, wurden sie auch von Nicht-NDlern, sogar den Pfadfindern, den alten Erbfeinden, gekauft.

Und Detmar, der Werbemanager, der Vertriebsleiter, hatte mal wieder den richtigen Riecher gehabt. Der Andrang von Leuten, die in die Gruppe wollten, er war damals so groß wie nie zuvor in der Geschichte dieses Vereins.

11

Wir spielten Räuber und Schanditz und machten einen auf Lagerfeuerromantik, während meine Kumpels aus der Volksschule bereits die ersten Groschen verdienten und schon Händchen hielten – von zarten angehenden jungen Müttern.

Nun, wir NDler – in dieser Hinsicht waren die Fortschritte, die wir älteren machten, nicht besonders groß. Die einzige Frau, mit der wir intensiv zu tun hatten, war die „heilige Jungfrau Maria“, wie sie hieß, die Schutzpatronin der Gruppe. Normalerweise hatte jeder NDler pro Tag ein Ave-Maria an die Schutzpatronin zu richten. Trotzdem gab es den einen oder anderen unter uns, der sich auch recht irdisch mit den Frauen auseinandersetzte.

Wie zum Beispiel Hubert, der eines Tages mit Mädchen aus dem nahe gelegenen Dorf ins Lager kam, zwei Teenager auf dem Gepäckträger seines Fahrrades hatte, um diesen kecken lustigen Dorfdamen das Innere unserer Zelte vorzuführen.

Als die Mädchen weg waren, gab es eine Führersitzung, und der arme Sünder Hubert bekam eine dicke Rüge.

Nein, Mädchen hatten im Lager nichts zu suchen, Mädchen, das hieß Geschlechtlichkeit, das hieß Lust und Unruhe, das war Sünde.

Und so beteten wir NDler fleißig, dass wir nicht der Versuchung erliegen würden. Und Selbstbefriedigung war natürlich auch eine schwere Sünde.

Und wir bissen die Zähne zusammen.

Ich selbst biss sie weniger zusammen, denn ich hatte mich verliebt – eines Tages, auf dem größten Fest des Jahres, dem Schützenfest. War sogar mit Corinna, meiner Angebeteten, Karussell gefahren, hatte auch mal tief in ihre dunklen Augen geblickt. Allerdings, mehr lief nicht – vielleicht noch ein wenig Händchen gehalten, wenn es hochkam.

Denn – das hatte ich immerhin geschluckt – man durfte sich nicht gehen lassen; ich wusste, was ich mir, meiner körperlichen, wie ich meinte, und seelischen Gesundheit schuldig war.

Ich glaube, auch Harald, der Allround-Mann, hatte damals schon ein paar wärmere Regungen verspürt – bei ihm, dem Musiker, kein Wunder. Aber, so offiziell an ein Mädchen Hand anlegen, auf die Damen zugehen und – natürlich – sich tief verbeugen und die Haut dieses wunderlichen Wesens zu spüren – das ging erst so mit siebzehn, achtzehn. Bis dahin mussten wir warten. Aber dann: Tanzkursus war angesagt.

Und wir NDler, weil wir also nun das erforderliche Alter hatten, und weil Tanzen eben auch was Ritterliches und was Gesellschaftliches war, eigentlich auch zur Bildung eines Gentlemans gehörte, durften offiziell hingehen.

Natürlich, die anderen in diesem Kursus waren um ein oder zwei Jahre jünger, sie hatten eben nicht dieses hohe Ethos, was die Sauberkeit des Körpers und der Seele betraf. Aber, immerhin, Harald und Detmar und ich saßen in diesem Saal nebeneinander auf den Stühlen, und Harald war sehr aufgeregt und summte vor sich hin. „Los, geh du erst“, sagte er.

Ich: „Nein, nein.“

Bis ich mich schließlich überreden ließ – ich wollte es wirklich einmal wissen – und eine Dame gleich zu Beginn dieser Sitzung zum Tanz aufforderte. Einfach mal sehen, wie es so geht, einfach mal ein Feeling kriegen.

Ich weiß nicht mehr, was für ein Mädchen ich da an der Hand hatte – aber, es ging bestens – zwar sehr holperig wohl – aber, ich hatte es gewagt. Ich grinste das Mädchen an, die grinste verlegen zurück. Teufel, Teufel, dachte ich, ist ja was ganz Dolles und Großartiges.

Und nach diesem Einstieg lernten wir dann richtig die Schritte, und ich merkte, mir lag diese Chose. Und wir segelten über das Parkett und tanzten Rumba und Cha-Cha-Cha und den flotten Boogie, oder, wie er später genannt wurde, Rock'n'Roll. Natürlich verliebte ich mich mal wieder, schon zu Beginn des Kurses – und zwar in eine etwas reifere, ganz coole Frau. Und ich fuhr nachmittags mit dem Fahrrad durch die Straße, in der sie wohnte. Und wenn ich sie sah, wackelte der Lenker ziemlich, und ich torkelte mit dem Rad über den Asphalt, dass es nur so eine Art hatte. Und immer wieder versuchte ich, die Aufmerksamkeit der Schönen auf mich zu ziehen, aber, sah sie mal zu mir rüber, guckte ich natürlich sofort weg. Ich befand mich bereits im siebten Himmel, einen direkten netten warmherzigen Blick hätte ich kaum mehr verkraftet.

Meine zweite Liebesbeziehung aus dieser Zeit gestaltete sich schon feuriger. Die Dame ging doch tatsächlich bei einem der Karnevalsfeste auf mich zu, sah mit ihren strahlenden Augen zu mir hoch und drückte mich und schob zum Beispiel beim Tanzen einfach den Oberschenkel zwischen meine Beine und klammerte sich an mich.

Oh, sie war mir weit überlegen. Und einige Stunden später, so gegen Mitternacht, als ich mal wieder die eine oder andere Frau geholt hatte zum Tanzen – du musst dich auch um die nicht so Hübschen kümmern, sagte ich, der ritterliche NDler, du darfst dich nicht so gehen lassen, nicht so egoistisch sein – als ich bei meiner karitativen Tätigkeit meine Angela, wie die Kesse, Feurige hieß, aus den Augen verlor, sah ich sie schließlich im Dunkeln in der Ecke stehen – im

Clinch mit Horst, der ein etwas weniger rücksichtsvoller Zeitgenosse war. Und sie hatte die Augen geschlossen und leckte dem Horst einfach so über den Mund, und dann das Seufzen und Stöhnen, das ich aus dieser Ecke zu vernehmen glaubte. Und schon lag ich am Boden und hatte mein Fett weg.

Trotzdem lief ich täglich die beiden Hauptstraßen der Stadt rauf und runter, nur um mal einen Blick von Angela zu erwischen. Aber – natürlich entwickelte sich nichts weiter. Ich war eben ein blutiger Anfänger, ein noch junges grünes Blatt im Wind.

Sich mit Frauen anlegen, merkte ich, das war schon ein gefährliches Unternehmen. Leicht bekam man einen Schlag ins Kontor. Detmar, der Weitblickende, hielt sich deshalb da ziemlich raus. EIN Vergnügen allerdings leistete er sich nun: Ab und zu ging er mit – abends zum „Franz" in die Kneipe, oder auch nach dem Hochamt sonntagmorgens. Und wir NDler saßen beim Franz hinten in der Ecke und holten die Skatkarten raus. Immerhin: auch dies eine gewisse Notwendigkeit, wie wir erkannten, was die Bildung betraf. Denn wir mischten uns so unters Volk, lernten auf diese Weise die Gesellschaft, das Leben kennen. – Und auch das Bier. Denn ich merkte, wenn ich so zirka fünf, sechs Bier trank, hatte ich ein angenehmes Gefühl. Verlor zwar schnell im Spiel – denn Detmar hielt sich, was das Saufen anging, ziemlich zurück – aber, ich war hochgestimmt und glücklich. Wie gesagt, bei sechs Bier. Bei sieben oder acht erzählte ich schon Storys, die nicht mehr ganz nachvollziehbar waren. Bei zehn Bier hörte mir keiner mehr zu.

Und wenn ich nach ungefähr zehn Bier an die frische Luft trat, war mir so merkwürdig zumute. Und später, als ich unter der Decke lag, da hob sich das Bett vorn und hinten, und das Fensterkreuz hatte auch gar nicht mehr diese typischen rechten Winkel, und es hing schief in der Wand. Und ich musste in solchen Nächten gewöhnlich plötzlich hochstürzen und aufs Klo und RRRahrrah und Ohoh – ein ekliges Gefühl.

So machte ich meine Erfahrungen, das war wichtig, das war das Leben. Sicher, im Eifer des Gefechts erreichte ich auch später gelegentlich diese magische Zahl von zehn Bier, fluchte anschließend wegen dieses Rückfalls.

Aber, nach einiger Zeit wusste ich Bescheid – mit dem Bier.

12

Andererseits war ich ein wenig auf den Geschmack gekommen. In den Kneipen, da war immerhin noch was los. Sicher, die Internatsleute, die Schüler, die „im Kasten", wie es hieß, saßen, die mussten um zehn Uhr zurück sein. „Licht aus, ins Bett - und schön die Hände über die Bettdecke." - Aber, wir aus der Stadt, wir hatten Auslauf.

Während Harald und Detmar gewöhnlich nur am Wochenende in 'ne Kneipe reinguckten, hatte ich fast täglich diesen Drang nach draußen. Harald hörte sich abends in seiner Bude meist klassische Musik an, Detmar organisierte Führerfortbildungen und Gruppentreffs - ich aber stapfte so gegen neun Uhr los. Meine Mutter hatte nichts dagegen einzuwenden: „Komm nur nicht so spät."

Ich hing hauptsächlich bei „Paul" rum, in der Kneipe am Markt. Und hier waren auch meine Freunde Toni und Konrad. Sie knobelten, spielten Chicago oder Doppelkopp.

Und ich probierte vorsichtig meine Biere, und hörte den jungen Bauernsöhnen zu, die sich gegenseitig tiefsinnige, alkoholtiefsinnige Blicke zuwarfen, und alle fünf Minuten das eine oder andere Wort.

Toni, der Sohn eines Schusters, hatte, weil er sehr clever war, den Sprung von der Volksschule in die städtischen Büros gemacht - was für einen Volksschüler schwierig war. Aber – Toni war trotzdem nicht zufrieden. Er spielte mit seinem Freund Konrad Fußball, in der Jugendmannschaft, und sie hatten die Truppe zu einem Spitzen-Team geformt, das sogar gegen großstädtische Jugendmannschaften gewinnen konnte. Und dieser Toni, der mit wuchtigen Schritten sonntags oder samstags über den Platz lief und seinem Freund Konrad die Pässe vorlegte und manchmal der Held des Tages war – er saß ab Montagmorgen in einem Büro, der Star des Rasens, der Sieger mancher Fußballschlacht, und machte Diener vor dem Stadtdirektor und spitzte Bleistifte.

Nein, das war nicht das Richtige auf Dauer. Das Richtige für Toni war vielmehr, seine Kraft insofern sinnvoll einzusetzen – abgesehen sonntags auf dem Fußballfeld –, indem er Leitern an die Wand des Ursulineninternats stellte, wenn die Sonne untergegangen war, um als Gespenst durch die dunklen, nächtlichen Flure zu laufen und die Nonnen zu erschrecken und natürlich die Internatsschülerinnen, die diesen starken Toni, der gut gebaut war und richtig männlich aussah, anhimmelten.

Und Toni und Konrad, sie waren die Hähne im Korb, die vitalen Auf- und Anreißertypen, die vor nichts zurückschreckten und es diesen kleinstädtischen, kleinkarierten Erwachsenen, wie sie sagten, zeigen wollten. Sie galten als die missratenen Jungen der Stadt.

Und als ich dann später – war ich noch Oberschüler oder schon angehender Student? – mit Toni, der auch bereits zu studieren sich anschickte, mal wieder in unserer Kneipe, bei Paul, stand – es war zufällig der Abend vorm ersten Mai – und wir große Sprüche klopften, weil wir schon das eine oder andere Bier getrunken hatten und zum Beispiel sagten: „Toni, ich glaube, dieser Maibaum da draußen – er wird nicht mehr lange stehen bleiben, meinst du nicht?“ und ich damit die umstehenden Kneipengäste auf den Arm nehmen wollte, denn die Bauern, die Einheimischen, sie hatten diesen Maibaum aus dem Wald geholt und waren stolz, das riesige Ding tatsächlich mit vereinten Kräften, mitten auf dem Marktplatz, mit dicken Halteseilen zur Hochstrecke gebracht zu haben – als wir also solche frivolen

Reden hielten, da zeigte es sich, dass diese Landburschen uns allerhand Böses zutrauten.

Denn nachdem wir eine Runde um den Block gemacht hatten, in 'ne andere Kneipe reingeguckt, und zu Paul zurückgekehrt waren, da starrten uns alle Gäste mit giftigen Blicken an, und sie begannen uns zu umringen und Hand an uns zu legen. Und als Toni vorsichtig fragte, was denn los sei, was denn diesen Hass und diesen Unmut heraufbeschworen hätte, da zeigten sie durch das Fenster auf den Platz: Der schöne Baum war umgelegt, mit einer Motorsäge, wie sich herausstellte. – Und die Leute waren erst zufrieden, als wir Stein und Bein schworen, dass wir nichts damit zu tun hatten.

Wir, die Intelligenzler, die Theoretiker, die Sprücheklopfer, wir hatten bei den kernigen gradlinigen Einheimischen oft nicht sehr viel zu bestellen. Und nur Paul, der Wirt, der auch nichts anderes gelernt hatte als Biere zu zapfen und hinterm Tresen zu stehen – er war seltsamerweise auf unserer Seite bzw. hielt sich neutral. Er konnte mit allen. Aber, auch er, wie sich später herausstellte, war mit seinem Los unzufrieden.

Und diese biederen Leute im Ort, als klar wurde, dass auch der einfache Paul plötzlich Höhenflüge antrat, neben der Kneipenarbeit lernte, Bücher las, „was Besseres werden wollte", wie man sagte – da war auch er dann tatsächlich bei ihnen unten durch. Und der eine oder andere Gast wechselte die Kneipe. Denn ein Wirt, der Abitur macht, der studieren will, was soll das denn? *Hat genug an uns verdient*, sagen sie – *und was tut er: Er macht den großen Sprung und lässt uns gleichsam in Elend und Schmach zurück.*

13

Seltsam, dass ich, der ich doch ein eifriger Kirchgänger war und auch Messdiener und immer pünktlich und Vorbild bei den Kleinen – dass ich abends in Kneipen hing mit Burschen wie Toni und Konrad, die nur so hinter den Mädchen herjagten und auch besoffen Auto fuhren und die Sau rausließen, wie sie sagten, und bei den Erwachsenen aneckten und über die meine Mutter und meine Tante nur die Stirn runzelten, wenn sie ihre Namen hörten.

Aber, ich hatte eben diese Janusköpfigkeit: morgens brav sein, und abends – nun, nicht gerade wild und zügellos – aber, mein Umgang, das war es. „Sagst du mir, mit wem du Umgang hast, dann sage ich dir, was du für einer bist" – das ungefähr die Sprüche unserer Altvordern.

Ich hatte es eben gern so. Denn, nicht die Harmlosen, die Zufriedenen, sondern die Unausgeglichenen, die Getretenen, die Unzufriedenen, sie sagten und sagen mir was. Nicht die Glücklichen machen den Reiz des Lebens aus, sondern die Kaputten, die Unglücklichen. Denn sie setzen was in Gang, sie wollen raus aus dem augenblicklichen Zustand, sie verändern die Welt.

Und wenn sich etwas tat, die Welt verändert wurde, da musste ich dabei sein – nicht unbedingt an der Front, in den ersten Reihen, aber doch mindestens so, dass ich alles sehen, spüren, die Atmosphäre atmen konnte.

Einer von diesen, die sich immer querlegten, die immer den Mund auftaten und stänkerten, die dauernd aneckten, das war der liebe gute Erich. Er tat den Mund auf, und schon kam sozusagen Schmutz und Unrat hervor. - Aber weil das alles garniert war mit Witz und Humor, wurde er nicht gleich aufgefressen. Man ließ ihn gewähren, den Clown - bis er es zu dick brachte, und dann holte man den Knüppel raus.

In der Schule lief das so ab: Erich bemühte sich, aber hin und wieder hatte er seinen schlechten Tag, oder der Lehrer hatte seinen schlechten Tag – die bissigen Sprüche, die sonst gut ankamen, die kamen nicht mehr gut an. Erich brachte es nicht, schaffte die Versetzung nicht. „Man muss ihm einen Denkzettel verpassen, sein

Vater zwar ist ein angesehener Arzt, aber er treibt es manchmal wirklich zu sehr auf die Spitze, die REIFE fehlt dem Jungen doch ein wenig."

Doch auch als Erich eine Klasse wiederholen musste, riss er das Maul noch immer auf. Und wieder kriegte er einen rein – was ihn noch bissiger machte.

Ich, der ich brav war, wie schon hin und wieder erwähnt, und dem Vorgesetzten achtungsvoll entgegentrat und Diener machte – ich bewunderte Erich. Er ließ sich nichts gefallen. Er war unten, am Boden, besiegt, aber doch nicht unterworfen, zermalmt.

Und Erich war merkwürdigerweise auch ein NDler. Er machte es seinem Fähnleinführer schwer, aber schließlich, wir waren Christen, wir mussten uns auch um die Bösen, die Sünder kümmern. Denn dass Erich ein Sünder war, verstand sich von selbst. Mädchen beispielsweise, ach ja, er war dauernd verliebt – die kleine Kesse, die direkt neben der Schule wohnte, darauf hatte er es vor allem abgesehen.

Und ohne Zweifel hat sie ihm einiges beigebracht, was mit der keuschen Würde eines Knappen, eines Ritters – so diese verschiedenen ND-Dienstgrade – nicht zu vereinbaren war. Denn woher hatte er immer diese schlüpfrigen Witze?

So hörte ich einmal im Lager, wie er, Erich, der zigarettenrauchend faul im Zelt lag, zu den Jüngeren sagte (wobei er auf den von Detmar, dem angehenden Ingenieur, kunstvoll fertiggestellten Lagerturm guckte): „Worin besteht der Unterschied", sagte also genüsslich Erich, „zwischen diesem Lagerturm und 'ner Frau?"

Wir, die älteren und die weniger älteren Zuhörer rissen fragend die Augen auf. „Nun", sagte Erich, der Witzbold, „auf dem LAGERTURM war Detmar schon drauf ..."

Ha ha, machten wir, die Führer, die Vorbilder, betont sarkastisch, um dem Ganzen die Spitze zu nehmen und ihn zurechtzuweisen; aber, ich merkte doch, es gab den einen oder anderen Lacher. Denn Erich wollte mit diesem Scherz andeuten, dass Detmar, der damals gerade der oberste Boss des ganzen Vereins geworden war, dass Detmar allmählich, statt um kleine Jungens, sich auch mal um Mädchen kümmern sollte, in seinem schon ziemlich fortgeschrittenen Alter ...

Ja ja, der Erich. – Aber, wie gesagt, es zog mich zu ihm. Er war offen, geradeheraus, redete viel über seine Freundin Helga, und ich hatte noch was zu lernen, hörte zu. Und wenn mal grad keiner guckte, nahm ich auch eine Zigarette von ihm an.

Im Grunde, glaube ich, habe ich es ihm zu verdanken, dass ich bald – so Ende der Oberstufe, im Jahr vor dem Abitur – dann doch nicht mehr so oft in die Kirche lief, doch nicht mehr so oft das Messdienergewand anzog – und allmählich mich auch verstärkt nach Mädchen umsah. Und mir dachte: Diese geschlechtlichen Sachen, warum soll das böse, Sünde sein, wenn dieser Erich, sicher, wohl nicht mit der Helga geschlafen, so doch bestimmt sie geküsst hatte und diese anderen schlimmen Sachen wie an die Brust fassen und oh – na ja, so was in der Art.

Und ich lag dann, ich, der ich damals schon nicht mehr Fähnleinführer zu spielen brauchte, in den Lagerzeiten im Zelt, und wir hörten sogar Rockmusik, wie Little Richard und Elvis und diese Jungens, die wilden, wo man sich doch vor hüten musste. Und ich merkte, wie gut das tat, keine Verantwortung mehr zu haben, keinen Posten. Meine ehemaligen Schutzbefohlenen waren nämlich schon selbst so weit, Fähnleinführer sein zu können. Und wir waren die alte Garde und ließen uns bedienen. Und im Grunde machten wir nichts anderes als das, was auch früher unsere ehemaligen Führer taten: sich bedienen lassen.

Ich entsann mich, dass damals, als ich noch ein gläubiger, eifriger NDler und Christ war, dass dieser Illiw, der mir immer als uralt in Erinnerung war, in einem der Zeltlager auf mich zukam, der ich gerade Küchendienst hatte und vor dem Zelt Wache schob, damit kein Unbefugter an diesem hellen Vormittag sich einfach so reinstahl in das Zelt, um den immer hungrigen Magen zu füllen – dass dieser Illiw, der sogar schon mal der oberste Gruppenführer war, zu mir kam und sagte: „Ach ja, wir haben heute wieder tolles Wetter, stimmt's ?!“

„Genau.“

Nach einer Pause sagte der Lange, der mich um drei oder vier Köpfe überragte: „Übrigens, weißt du, wann es Mittagessen gibt?“

„Nun“, sagte ich, zu unseren Leuten, dem Küchendienst blickend, „ich denke, in drei Stunden.“

„Drei Stunden“, sagte entsetzt der lange Illiw, der sicher damals kurz vor dem Abitur stand und so eine Art Gott, einen Olympier also für mich darstellte, mit dem man nur ganz ehrfurchtsvoll sprechen konnte, „drei Stunden! Das ist aber lang.“ Er beugte sich nach einer Weile tiefen Nachdenkens zu mir runter.

„Kannst du mir“ – und Illiw stotterte sogar ein bisschen, „kannst du mir nicht eine von diesen Bemmen rausbringen, aus dem Zelt?“

Hinten im Zelt lagen aufgestapelt die Butterbrote, die schon fertig geschmierten Butterbrote, die es neben der Linsensuppe als Hauptmahlzeit geben sollte.

„Ich habe unheimlichen Hunger – und drei Stunden, das halte ich nie aus.“

„Hm“, sagte ich, „du weißt doch, das dürfen wir vom Küchendienst nicht. Das ist verboten.“

„Ach“, sagte Illiw, „ich dachte, du tätst mir den Gefallen. Ausnahmsweise. Aber wenn du keine Traute hast – kann man nichts machen. Ich dachte, du wärest ein freundlicher lieber Junge.“

Nun, ich kroch ins Zelt, ich, die zuverlässige Küchenwache, und organisierte heimlich ein Wurstbutterbrot und versteckte es sozusagen in der hohlen Hand. Und der lange Illiw stand schon sehnsüchtig draußen, sah sich, der Führer, der ehemalige Führer, ängstlich um und verschwand mit der Schnitte im Wald.

Und immer noch kauend kam er doch glatt nach fünf Minuten wieder an. „Wie wär's mit einem Käsebrot? Komm, stell dich nicht so an. Es ging doch eben ganz gut.“ Er bat mich, fiel fast auf die Knie vor mir, dem Kleinen.

Und ich rückte wieder raus mit ’ner Stulle. Und Illiw grinste sich eins und zog ab. Tja, ich will damit sagen: Das waren die alten, die ehemaligen Führer, ohne Rückgrat, nur auf ihren Vorteil bedacht, faul und gefräßig.

Das fiel mir alles ein, als ich neben diesem Erich im Zelt lag, und wir uns Zigaretten holen ließen von den Jüngeren, die uns vertrauten und dazu noch von dem Erich sich diese kessen Sprüche, die sich doch gegen ihre eigenen Führer richteten, anhören mussten.

14

Aber Erich war, wenn es darauf ankam, keineswegs nur ketzerisch und grob. Denn als eines Tages, in diesem Lager, es zu regnen begann, und es kalt wurde, und schließlich die Sextaner anfingen zu husten, brachten wir die Kleinen zum Gutshof unterhalb des Lagerplatzes, fragten vorsichtig an, ob sie nicht irgendwo in ’ner Scheune unterkommen könnten, die Durchnässten.

Eine ziemlich junge Dame machte uns auf. Sie sei die Verwalterin, und natürlich: „Die Kleinen sehen ja richtig krank aus.“ Und sie brachte sie in die Küche, eine Küche mit mehreren Herden und dicken Kesseln, und sie kochte Pfefferminztee und holte Decken und war ganz der milde Engel, der sich um die Armen und Kranken und Gescheiterten des Lebens kümmert.

„Siehst du“, sagte also Erich, und er hatte ein Auge dafür, „wie jung die ist? Die ist gerade erst knapp über zwanzig.“

„Aber“, sagte ich, „guck doch, wie sicher die mit den Kleinen umspringt – und dieser ernste Zug um den Mund ...“

„Die ist noch jung“, sagte Erich, „nur – sie hat schon viel mitgemacht. Aber die Beine – hast du schon mal so schöne Beine gesehen?“ Und Erich fing an, sehr freundlich zu werden und diesem blonden Mädchen zur Hand zu gehen.

Am nächsten Morgen begaben wir, die sonst Faulen, Trägen, uns natürlich als Erste runter zum Gutshof, guckten uns die Kleinen an, die dort übernachten durften – wir, die Führer, sahen nun nach dem Rechten.

„Wie Sie das machen", sagte Erich zu der Dame, „ich habe diese kleinen Jungens noch nie so zufrieden gesehen."

Denn diese zehn Leute, sie saßen am langen Holztisch und verspeisten gerade dicke Schnitten mit Marmelade, und das blonde Mädchen, die Frau Herterich, wie sie hieß, sie lief herum und verteilte Tee und fragte immer wieder: „Geht's euch gut? Alles in Ordnung?"

Und wir lungerten auf dem Gutshof herum, während droben im Lager Pläne für ein Geländespiel erdacht wurden und die Lagerzeitung gebastelt.

„Fahrt ihr mit?", fragte dann Frau Herterich. Und wir, Erich und ich, nickten.

Und diese ernste Frau setzte sich ans Steuer, und wir fuhren nach Paderborn, fünfzehn Kilometer weit, um Furage zu holen, Teebeutel und Brot und Kaffee.

Erich, der vorne auf dem Beifahrersitz saß, guckte sich hin und wieder zu mir um, grinste, und sagte, wenn Frau Herterich wieder mal den Kopf ein wenig trotzig nach vorn geworfen hatte und wie der Teufel die nächste Kurve nahm – sie, die doch eigentlich so zarte Finger und vor allem diese schön geformten Beine hatte und große dunkle Baby-Augen (so ein Mittelding zwischen 'nem richtig warmherzigen Frauen- und einem naiven Kinderblick) – da also sagte Erich leise: „Ist sie nicht eine eigenartige dolle Frau?"

Und das war sie wirklich, denn – ihr könnt mir glauben oder nicht: Als wir zurückfuhren, aus dem kleinen Tal in die nächste Kurve schossen, auf einen unbeschränkten Bahnübergang zu, der aber eine Signalanlage hatte, und diese Signalanlage gerade Rot zeigte, also jeden Moment ein Zug angebraust kommen konnte – da trat diese zarte energische ernste Frau auf das Gaspedal und raste auf die rote Ampel zu, ohne auch nur mit der Wimper zu zucken, und rüber über die

Schienen gehoppelt, während der Zug, wie ich aus dem Rückfenster bemerkte, einige Sekunden später über die Straße donnerte.

Wir beide wurden ein wenig unruhig, denn Frau Herterich war auf dieser Fahrt einfach wie vom Teufel geritten. – Die nächste Kurve, wir flogen in die Sitze, als sie scharf hinter einem Trecker bremste und dann wieder wie verrückt Gas gab – ein unsinniger, ruckweiser, irrwitziger Fahrstil.

Und als wir dann aus dem Auto taumelten und oben zu unseren Zelten stiefelten, da kratzte sich Erich am Kopf. „Du, das war doch eben fast ein Selbstmordversuch, meinst du nicht?" Und: „Hast du sie schon einmal lachen sehen?" In der Tat, diese Frau mit dem ernsten Zug um den Mund, nicht ein einziges Mal zogen sich die Linien der Haut am Mundwinkel nach oben. Sie kümmerte sich um die Sextaner; die waren auch freundlich und sahen zu ihr, der Lagermutter, dem Lagerengel, wie sie bald allgemein hieß, auf – aber dass sie deswegen zum Beispiel, dankbar wegen dieser Zuneigung, gelächelt hätte oder gar heiter geworden wäre – das gab's für sie nicht. – Und dazu diese selbstmörderischen Autofahrten ...

Und Erich und ich, wir lagen im Zelt und grübelten. - Und an diesem Tag, es war schon dunkel, gingen wir runter, obwohl, weil das Wetter besser geworden war, die Sextaner längst wieder in ihren Zeiten schliefen.

Wir gingen über den Hof. In der Küche brannte noch Licht. Frau Herterich, die blonde junge Verwalterin, saß am Tisch und schälte Kartoffeln. Als sie uns sah, schob sie die Schüssel beiseite und sagte: „So, ich gehe jetzt schlafen, ich muss nach oben."

„Schade", sagte Erich, der sich so schnell nicht abspeisen ließ, „schade, hier ist es so gemütlich." Und nachdem die Frau die Schürze abgenommen und mit uns zusammen in den Flur Richtung Treppe gegangen war – „wir hätten uns gerne mit Ihnen einfach mal unterhalten, stimmt's, Bert?!"

Ich nickte.

„Na gut“, sagte die Frau, ziemlich unwillig, richtig unhöflich eigentlich – und ich, der Bescheidene, hätte schon längst den Rückzug angetreten. Aber Erich ging dann einfach neben ihr die Stufen hoch, die von oben nur schwach beleuchtete Treppe rauf. Es war ein wenig unheimlich: die Stille, die seltsame geheimnisvolle Frau vor uns – und über uns, an den Wänden, wie in einem Ritterschloss, Äxte, Schwerter, auch Gegenstände aus Afrika, Lederschilder, krumme Dolche.

So kamen wir in eine Art Wohnzimmer. Und wir merkten, das war IHR Zimmer. Blume auf dem Tisch, ein paar Teppiche an den Wänden – aber sonst eigentlich ziemlich karg und leer.

Die Frau setzte sich ganz hinten in einen Sessel, nahm aus einem Korb Strickzeug und fing an zu stricken.

„Sind Sie ganz allein hier im Schloss?“, fragte nach einer Weile Erich.

„Im Augenblick ist der Gutsherr nicht da. Die Knechte und Mägde haben drüben am Hof ein extra Gebäude.“

„Und, haben Sie gar keine Angst so allein?“

„Ich habe noch den Harras, den Schäferhund“, sagte sie. „Im Übrigen, warum sollte ich Angst haben? Mir hat noch nie jemand etwas getan, und ich würde niemandem raten, sich mit mir anzulegen.“

Oha, dachte ich, diese zarte Dame haut ja ganz schön auf den Putz. – Das Mädchen, die Frau strickte weiter, während wir ihr einen Satz nach dem anderen aus der Nase zogen. Sie war eben nicht sehr gesprächig. Sie hatte wohl gehofft, uns schnell loszuwerden. Aber Erich fing einfach an zu erzählen, wie toll sie das mit den Sextanern gemacht hätte und wie gut sie mit Kindern umgehen könnte.

Und ich blickte mich um und dachte, das ist ja wie im Film: dieser hohe Raum mit dunklen Holzbalken an der Decke, und der unheimliche Treppenaufgang, und dieser Gutshof, der ziemlich isoliert mitten im tiefsten Wald lag, und dann diese merkwürdige Frau ...

„Wollt ihr vielleicht ’nen Tee?“, sagte das Mädchen plötzlich, legte das Strickzeug hin und ging raus. Erich und ich sahen uns an. „Seltsam, seltsam“, sagte er, „mit der Frau stimmt wirklich was nicht.“

Und als sie den Tee brachte, sagte dann Erich, der Hasardeur, der Wagemutige: „Aber ich glaube, Sie sind nicht besonders glücklich hier, stimmt's?"

„Was?", sagte die Frau hinten in der Ecke, und jetzt lachte sie sogar, aber ziemlich bissig und spöttisch (na, ihr Kleinen, wird sie gedacht haben, ihr Neunmalklugen, jetzt wollt ihr es wohl wissen, wie? Mich aus meinen Bau rauslocken!). Aber, sie machte das Spiel mit.

„Warum sollte ich denn nicht glücklich sein, na?"

„Sie lachen nie", sagte Erich, der nun voll auf Offensive ging, „warum sind Sie immer so ernst? – Und heute, bei diesem Bahnübergang – ich glaube, Sie haben sich selbst nicht besonders gern. Zurzeit sind Sie vielleicht ziemlich verzweifelt, weil Sie so ganz unnahbar tun, so kalt. Dabei", sagte er leise in das Dunkel hinein, zu der strickenden Frau rüber, „dabei sind Sie eigentlich gar nicht so, dabei möchten Sie gern lachen, dabei können Sie, glaube ich, sehr laut und lustig sein."

„Hm, hm", sagte nach einer Weile die Stimme vor uns in der dunklen Ecke, „na ja." Und dann wieder: „Ihr müsst's ja wissen. Ich wüsste nicht, dass ich besonders ernst bin oder waghalsig, wie ihr sagt."

Die Muschel, sie blieb zu. Aber, die Frau Herterich fing dann doch wieder an zu erzählen, schien doch ein wenig warm geworden zu sein. Und sie war, merkten wir, doch froh, nun nicht allein in diesem Zimmer sitzen zu müssen.

„Ich komme aus Kiel", sagte sie, „und ich habe viel mit Pferden zu tun gehabt, Reitstunden gegeben." Und das Wort Offizier kam oft vor, und wir merkten, diese Sache damals in Kiel, das war ihre große Zeit. „Da lernte ich den Herrn von Mühlhausen kennen, den Baron hier. Und ich bin dann als eine Art Sekretärin hier runtergezogen."

„Und was macht der Baron, dieser Herr von Mühlhausen, jetzt?"

„Och, der ist zurzeit in Südfrankreich."

„Ist der noch Junggeselle?"

„Ja", sagte die Frau hinten in der Ecke nach einigem Zögern.

„Er hat zwar ’ne Freundin“, meinte sie nach einer Weile, „aber er ist nicht verheiratet.“

Und sie stand plötzlich auf, sagte: „Ich muss jetzt schlafen.“ Und die Audienz war zu Ende.

Wir beide gingen raus, über den Hof, unter dem vollen Mond hoch zum Lagerplatz und hatten nicht mal Lust, die Wache auf die Probe zu stellen, uns anzuschleichen oder ähnliche Geschichten zu machen.

Wir lagen im Zelt, und wir träumten von dieser Frau, die allein in dem großen Gebäude war.

„Die ist verliebt“, sagte Erich, der zartfühlende, ein ganz neuer Erich, einer mit Fantasie und weichem Herzen und empfindsam, „die ist verliebt, und zwar in diesen Baron. Sie kommt aber nicht ran, weil sie keine Adelige ist und seine Eltern ihn verpflichten, nur ’ne Adelige zur Freundin zu haben. – Und er ist mit dieser Pflichtverlobten gerade in Urlaub.“

„Und sie ist immer noch in diesem Schloss“, sagte ich noch, „und macht für ihn die Arbeit.“

„Also“, sagte Erich, „rechnet sie sich noch Chancen aus. Sonst hätte sie zu viel Stolz, das noch zu machen – einfach so hinter ihm herzulaufen, das würde sie nie tun.“

Und wir hatten unsere Geschichte, unser Abenteuer und wälzten uns im Schlafsack hin und her. Und ich sah sie vor mir, Frau Herterich, das kleine Mädchen, eine hohe Stirn, diesen trotzigen Kindermund, die leidenden, jawohl, leidenden Augen.

Wohin soll das führen? Die Dienstmagd, die hinter dem Prinzen her ist.

„Ob sie wohl schon mit ihm geschlafen hat?“, sagte Erich, bereits halb eingedöst.

„Sicher“, sagte ich, „diese Adeligen sahnen ab, was solche hübschen bürgerlichen Mädchen betrifft. Und dann lassen sie sie mit ihrem Schmerz und ihrer Trauer sitzen ...“

Ach ja, wir hatten unsere Geschichte.

Und am nächsten Abend, als wir in Büren gewesen waren, zwölf Kilometer entfernt, und nachts zurückgingen zum Lager, unter dem vollen Mond durch die Wälder zogen, diesen langen, langen Marsch durch die Natur vor uns hatten, und wir gesprächig wurden und die Herzen sich öffneten – da war unser einziges Gesprächsthema dieses verführte, sitzen gelassene Mädchen im Schloss.

Und als wir nach drei Stunden Fußmarsch angekommen waren, schlichen wir in den Gutshof und legten ihr eine Tulpe, die wir in den städtischen Park-Anlagen geklaut hatten, vor die Tür, auf die Schwelle, als Zeichen unserer Verehrung, Liebe – denn auch wir waren ein wenig verliebt, auch wir litten mit, auch wir waren plötzlich fasziniert vom Leben. „Sie liegt so allein im Bett, sie wird froh sein, dass es auch noch Menschen gibt, die an sie denken. Sie wird sich freuen."

Und als wir Frau Herterich am nächsten Tag antrafen, sagte sie nichts zu dieser Tulpe, natürlich einer roten, dunkelroten Tulpe – aber, sie schien offener und herzlicher zu sein, falls man allerdings von Herzlichkeit bei ihrem zurückhaltenden Wesen überhaupt sprechen konnte.

Sogar zwei Wochen später, auf dem Schützenfest, als Erich und ich an der Raupe standen und den Mädchen unter die fliegenden Röcke guckten und die Besoffenen betrachteten, die in ihrer schönen schwarzen Uniform über den Platz torkelten, zum Fluss runter, um sich auszukotzen – da sagte Erich:

„Bert, ich glaube, wir sollten zu unserem Mädchen fahren. Vielleicht hat sie auch Lust, Schützenfest zu feiern. Vielleicht geht sie sogar mit zum Tanzen heute Abend. Meinst du nicht? So ein schönes Mädchen – und guck dir dagegen diese Vogelscheuchen an, die hier ihre hölzernen plumpen schlaksigen wurstartigen Beine vorzeigen. – Wir müssen's jedenfalls versuchen. – So eine Schönheit kann nicht einfach hinten im Wald brachliegen."

Und so fuhren wir hin, Erich am Steuer des eleganten Wagens seines Vaters, fuhren durch die Junimittagssonne die Straße hoch, die wir damals nachts zu Fuß gelaufen waren, durch die endlosen Wälder, kurvten schließlich in den Hof.

Und wieder keine Menschenseele. Die Mägde und Knechte schienen ununterbrochen auf den Feldern zu arbeiten. Ein Huhn flog träge davon und die Küchentür war nur angelehnt – und als wir vorsichtig klopften, eine Stimme: „Ja." Wir traten in das Halbdunkel des Raums. Und da saß sie, UNSER Mädchen, hinten am Fenster, die Sonne schien in ihr Haar, und sie sah sehr schön aus. – Nur dieser Mund, zwar verzog er sich ein wenig, aber dann wurde er wieder ernst. „Ah, ihr seid es."

Und sie beugte ihren Kopf wieder über den Tisch, über das Papier, sie rechnete und schrieb Zahlen hin. Sie, die Verwalterin, arbeitete, malochte an diesem schönen sonnigen Junitag, der außerdem ein Sonntag war – und überall in den Dörfern und in der Stadt Freude, überall Tanz und Karussell fahren und Süßigkeiten verspeisen und sich einen antrinken und über die Stränge schlagen – und sie saß hier, in der Fron, bei ihrer Arbeit, ihrer sicherlich, wie ich glaubte, ungeliebten Arbeit. Und das einzige Vergnügen, die einzige Erleichterung, die sie sich gönnte: ihre Füße hatte sie unterm Tisch in eine Schüssel Wasser gestellt, um sie in der großen Hitze ein wenig abzukühlen.

„Sie sind beschäftigt?", sagte Erich und trat etwas näher.

„Ja", sagte Frau Herterich, „hier gibt es keinen Sonntag; auf einem Gutshof ist man immer im Dienst."

„Macht das denn Spaß, auch sonntags zu arbeiten?"

„Doch", sagte sie, und rechnete und schrieb weiter, sagte es mit einer unberührten, kalten, mit ihrer schon bekannten abweisenden Stimme.

„Ich – äh – wir hatten uns gedacht – ich habe einen Wagen dabei, von meinem Vater. Sie können einsteigen, und dann fahren wir zum Schützenfest – in Büren ist Schützenfest. Da laufen wir ein bisschen rum und schießen vielleicht Blumen am Schießstand oder essen 'ne Bratwurst und gucken uns die Leute an – können auch, wenn Sie wollen, tanzen. – Meinen Sie nicht, das täte Ihnen mal gut – Pause machen, mal was anderes sehen? – Danach geht die Arbeit viel schneller von der Hand ..."

„Tanzen", sagte Frau Herterich, und sie blickte auf, als hätte sie sich verhört, „mit EUCH tanzen?" – Und sie verzog nun wirklich das Gesicht zu einem – leider immer noch ein wenig spöttischem –Lächeln. – Aber als sie uns dann ansah, uns, die Verliebten, die Pennäler, und sie merkte, wir meinten es durchaus ehrlich, wir wollten ihr nur Gutes tun, wir hatten sie gerne – da wurde sie wieder ernst.

„Nein, nein, das geht nicht", sagte sie, „ich kann hier leider nicht weg. Einer muss ja auf dem Hof bleiben. Aber ich tanze sonst wirklich sehr gerne – doch, es geht nicht."

„Schade, schade", sagte Erich, und wir blieben noch eine Weile da stehen, unterhielten uns. Und ich merkte, wie ruhig es doch hier war, auf dem Hof, zwischen diesen in der Hitze vor sich hin dösenden, aber auch das Unterholz und die Tiere beschützenden, kühlen Wäldern – und vor uns die Frau, die wie auf einem alten Ölgemälde im Halbschatten an dem hölzernen Tisch saß, die nackten Füße im Wasser, mit diesem ernsten Mund.

Und schließlich, als Erich sah, es war wirklich nichts zu machen, sagte er: „Nun denn – auf Wiedersehen."

Und sie nickte, wir waren entlassen.

„Verdammt", meinte Erich, als wir den Berg nach Büren runterfuhren, „die ist verdammt stur. - Oder hat sie was gegen uns? Kann sie uns nicht leiden? Sind wir nicht die Richtigen für sie?"

Ich merkte, Erich hatte eine Niederlage erlitten, er war doch etwas geknickt. Dabei hatte er sich wirklich bemüht – und nicht mal das Auto seines Vaters hatte gezogen ... Nun, immerhin, wir hatten noch unseren Spaß an dem Tag, wenn es auch nur am Tresen war, in der Schützenhalle, wo wir in der dritten oder vierten Säuferreihe standen und unseren Kummer – nun ja, unseren Misserfolg ertränkten, aber unsere Geschichten über die geheimnisvolle Frau natürlich weitersponnen.

Einige Wochen danach, als ich in meinem Zimmer saß, da fiel sie mir plötzlich wieder ein, die Frau Herterich. Und weil ich selbst allein war, wollte ich mich und auch die ebenfalls Einsame trösten, und ich schrieb ihr einen Brief: wie es ihr ginge, was sie so mache – so ganz leicht und locker, wie ich glaubte ... Nun, es kam keine Antwort.

Aber, ein, zwei Jahre später, als ich schon Student war, schlug ich die Zeitung auf. Der große Baron von Mühlhausen hatte geheiratet. Eine prächtige Hochzeit. Die Adeligen aus ganz Deutschland kamen an. Und die Angetraute, die jetzt Frau Baronin oder Freiherrin hieß, sie war keine andere als die frühere Frau Herterich, das blonde Mädchen mit dem harten Mund.

Sie hatte es doch geschafft.

Und auch Erich hatte davon gehört, als ich ihm die Zeitung zeigte. „Sie hat es doch gepackt. Ein Teufelsmädchen. Geduld – also ist auch Geduld und Hartnäckigkeit wichtig in der Liebe, so scheint es." Das sagte Erich, und er wurde ganz nachdenklich, der Spötter, der Ketzer.

Und wir beide waren froh. Das Leben – manchmal hatte es auch positive Überraschungen parat.

„Und wenn wir mal wieder in der Nähe sind, in diesen Wäldern", meinte Erich noch, „dann gucken wir in den Hof; wahrscheinlich sitzt sie, die Baronin, nicht mehr am Tisch, die Füße im Wasser, über Rechnungen. Vielleicht fährt sie im Winter an die Côte d'Azur und im Sommer an die kühle Küste nach Kiel ..."

15

Das waren damals, in der Oberstufe, die Sommer, wo wir in unseren Rundzelten lagen und uns über das Leben unterhielten und philosophierten und auch schon ein wenig nach den Frauen schielten und unser Herz ausschütteten, wenn wir am Lagerfeuer saßen, und uns trösteten.

Und das ging sehr gut, draußen im Dunkeln über das Leben nachzudenken. Denn Zeit hatten wir, keiner war ja, wie das später leider der Fall wurde, im Job. Und Fantasie und Vorstellungskraft und Träumerei – das gab's reichlich. Und das Leben stand uns offen, so sahen wir es, wir wussten, überall warteten Wunder auf uns, es konnte nur aufwärtsgehen. Und manchmal zogen wir nachts wieder los – aber nicht etwa, um ein gegnerisches Lager zu überfallen, sondern um uns die Sterne anzusehen –, doch eben hauptsächlich, um zu reden und hin und wieder die Flasche Wein unter der Jacke hervorzuholen und zu trinken, heimlich zu trinken, denn, immerhin, wir waren noch NDler, gewesene Führer, Vorbilder.

Und wenn wir dann zurückkamen lange nach Mitternacht, dann konnten wir es aber nicht sein lassen: Wir pirschten uns an das Lager heran. Die Wachen wurden nervös – „da ist einer! Ich habe Schritte gehört!" Und dann standen wir ruhig da, wir, die wir ja schon einige Erfahrungen auf diesem Gebiet gemacht hatten. Die Leute suchten uns; wir bewegten uns nicht, standen im Dunkeln, in der Nähe eines Strauches, eines Baumes – aber, eben weil wir uns nicht bewegten, und uns auch nicht versteckten, wurden wir nicht gesehen: Wir waren ein Teil des Busches geworden, eines Baumes. – Und die Wachen, sie kamen den Pfad lang, schnüffelten überall umher und bemerkten uns nicht, die wir nur einige Meter entfernt still, leise atmend dastanden. Und wir näherten uns dem Lager – einige schnelle Schritte vorwärts, dann wieder stopp – wir alten Pfadfinder, wir Old Shatterhands, wir Indianer.

Und manchmal stand ich dort im Dunkeln, und ich vergaß das Anschleichen, vergaß, wo ich war, guckte hoch, über mir die Sterne, und der Nachtwind strich leise durch die Blätter. Und ich stellte mir vor, wie ich selbst von einem dieser Sterne auf die Erde herabguckte, und auf der Erde mich stehen sah, ein winziges Staubkörnchen unter Millionen anderen – ich war irgendwo im Wald, irgendwo auf der nördlichen Erdhälfte.

Und ich fühlte dieses riesige Weltall, und diese riesige Erdkugel, und spürte was von Schöpfung und Ewigkeit und Unendlichkeit und auch von Vergänglichkeit, von Sterblichkeit – denn die Tiere um mich her, die im Laub raschelten, auch sie vergingen, starben, während die Erde, die Sterne Millionen von Jahren existierten. Und wo hier eine Maus langlief oder ein Igel, da standen vor tausenden von Jahren Mammuts oder diese Dinosaurier mit dem langen Hals, oder Säbelzahntiger waren hier vorbeigegangen oder riesige Gletscher hatten hier gelegen oder schneebedeckte Tundren sich erstreckt, oder es hatte sich der Grund eines ungeheuren Meeres hier ausgedehnt, und die Fische hatten sich aus den kleinsten Lebewesen entwickelt, denen dann im Laufe von zigtausend Jahren Flügel oder Beine wuchsen.

Die ganze Evolution der belebten Welt zog an meinem inneren Auge vorbei, während ich so im Dunkeln des Waldes stand, hinten der Schein des Lagerfeuers: auch ich, ein Staubkorn, ein vergängliches Wesen. Was für einen Zweck hat das Leben, überlegte ich, da ich doch sowieso nach kurzer Zeit wieder ins Loch hinabfahre, in den Boden – Dünger werde, Laub, Asche, Erde? Warum war ich eigentlich auf der Erde? Warum lebe ich gerade in dieser Zeit, im 20. Jahrhundert? Habe ich irgendeine Aufgabe? Worin liegt die Bedeutung, der Sinn des Daseins?

Aber, trotz solcher Überlegungen, hatte ich doch nie das Gefühl: Du bist ein mickriges, nutzloses Wesen – alles ist leer und sinnlos. Nein, ich fühlte mich, obwohl ich gleichsam nur ein Staubkorn war, ein einziges Teil unter Milliarden, gerade in dieser Gemeinschaft geborgen. Nun gut, dachte ich, mag ich auch im Vergleich zu der langen Entwicklung der Menschheit ein unbedeutendes Rädchen sein – aber, ich gehöre dazu, ich fülle meinen Platz aus. Und ich lebe. Ich darf dieses alles fühlen, riechen, die Bäume, die Sterne sehen, ich darf zwischen den Bäumen stehen und den Duft des Laubes schnuppern. Ich werde nachher im Zelt liegen und kann meinen Geist vorwärts oder rückwärts lenken, alles in mich aufnehmen. Ich existiere, ich bin ein selbstständiges freies Wesen.

Die Maus fragt auch nicht ängstlich, denkt nicht: Wie lange werde ich noch leben? Kommt nicht morgen der Igel oder eine Katze und frisst mich? Habe ich überhaupt eine Funktion auf dieser Welt? Nein, die Maus ist dankbar, wenn sie die Körner und Eicheln oder sonst einen Leckerbissen gefunden hat, und freut sich, wenn der Frühling kommt und die Sonne scheint, und ist glücklich.

Sie lebt, und alles andere kümmert sie nicht.

So dachte auch ich in jener Nacht, ich ein Teil der Schöpfung und wohl auch ein Teil des Schöpfers selbst. Ich war einerseits sterblich, aber auch unsterblich, menschlich, aber auch göttlich. Und ich war zufrieden.

16

Seltsam, wie mich auch später immer wieder Zelte, wenn ich sie irgendwo im Wald stehen sah, faszinierten. Ich versuchte gewöhnlich mit den Leuten, die da lagerten, in Kontakt zu treten, strich über den Platz, guckte, bückte mich, blickte in die Zelteingänge – und sah mich selbst wieder, wie ich früher, als kleiner NDler, mit dem großen Topfdeckel vor dem Feuer, dem Küchenfeuer hockte und Wind schaufelte, oder die Grasflächen mit dem Spaten in rechteckigen Stücken aus dem Boden hob, sie übereinander stapelte, und zwar zu beiden Seiten der ausgehobenen Grube, und so weit entfernt, dass gerade noch ein großer Topf auf diese Gras- und Erdmauern gesetzt werden konnte – darunter die Feuerstelle, so hergerichtet, dass der Wind, der meist von Westen kam, reinwehen konnte. Und das Feuer fraß sich im Laufe der Zeit in die Erde, in die Grasplocken, und diese Erde wurde hart wie Stein; so eine Feuerstelle war solide und hielt wenigstens für eine Lagerzeit.

Und ich schlenderte dann weiter über diesen fremden Lagerplatz, verglich die Zelttypen, die Art des Aufbaus mit unseren früheren. Und sah nach im Inneren: Haben sie noch Strohsäcke wie wir damals – oder als Unterlagen Luftmatratzen, was seinerzeit bei uns verpönt war?

Und ich steckte meine Nase überall rein. Und manchmal fand ich im Bach auch diese Spaghetti zwischen den Kieseln liegen – denn es war nicht einfach, den großen Topf, nachdem die Nudeln durchgekocht waren, so zu halten, den Deckel so fest zu drücken, dass zwar das Wasser, aber keine Nudeln durch den Schlitz geschwemmt wurden.

Und ich schnüffelte, wenn ich in so ein Zelt kroch, umher: Und es war genau so ein Geruch in der Luft – von stinkenden Socken, von Leder, Schweiß, nassem Stoff – wie damals.

Zelten. – Wir leben später als Erwachsene nur noch in modernen Hochhäusern, in sterilen Küchen und Schlaf- und Wohnzimmern – überall Plastik und Elektrizität und Hygiene und künstlich erzeugte Düfte und Chemie. – Aber hier, im Zeltlager ... Nun, Hygiene war in der Tat nicht groß gefragt, sich die Zähne putzen dann und wann – aber, wir fühlten uns wohl. Und auch wenn manchmal tagelang der Regen runterkam und die Temperatur sank – wir liefen die ganze Zeit durch den Schlamm, manche sogar barfuß – bei einem Wetter, wo der normale Bürger keinen Schritt vor die Tür gemacht hätte. Zwar, der eine oder andere wurde heiser, vielleicht auch nur vom Brüllen, Rumschreien, weniger wegen der Erkältung. Aber, wir waren topfit, auch wenn wir vielleicht nur fünf oder sechs Stunden schliefen und die Klamotten stanken und die Kleider gar nicht mehr trocken wurden.

Und, was das Wichtigste war: Wir waren frei. Es gab keinen, der sagte: Du musst um zehn Uhr ins Bett, du musst das und jenes machen. Sicher, wir hatten einen Lagerplan, einen Küchenplan, einen Tagesablauf. Aber, den bestimmten wir selbst, wenigstens die Älteren (die Jüngeren brauchten natürlich noch eine gewisse Anleitung).

Aber, wenn wir eben Lust hatten und das Wetter danach war, oder auch nicht – dann standen wir einfach auf, gingen ein paar Schritte, waren im Wald und marschierten die ganze Nacht irgendwohin, guckten uns die Sterne an, oder marschierten eben zu anderen Lagerplätzen, schlichen umher, beobachteten, fühlten Spannung, den Geruch des Abenteuers. Und dann gingen wir zurück und legten uns wieder ins Zelt.

Ein einfaches Leben. Und wenn wir scheißen wollten, dann gab es eben diese Donnerbalken, die Grube mit dem Sitzbalken drüber, ein bisschen Kalk rein zur Desinfizierung, und es hatte sich. Die Fliegen summten zwar in dieser Gegend besonders laut und eifrig, aber das war schöne Musik, und wenn man auf diesem Balken saß, dann guckte man sich in Ruhe die Natur an und wusste, man tat ein gutes Werk, man produzierte Dünger: Was die Erde dir gegeben hatte an Früchten, Fleisch, Korn und so weiter, du gabst es ihr wieder zurück, und nicht in irgendeine Kanalisation, sondern du wusstest, wo du deine Ausscheidungen hinterlegt hattest. Und wenn das Loch zugeschissen war, dann ging man los und hob ein neues aus und düngte so die Erde mit kostbarem unverfälschtem natürlichem Stoff.

Schließlich bist du in dieser Hinsicht in guter Gesellschaft: die Vögel, der Fuchs, die Kaninchen, alle machen es so wie du, du brauchst kein kompliziertes Kanalnetz, du brauchst kein Geld bezahlen, keine Gebühren für die Mühe, alles regelt sich von selbst.

Die Zeltwände geben einem auch ein merkwürdiges Gefühl der Geborgenheit. Sie hüllen dich ein; hängen gewöhnlich dicht über der Nase; wenn du dich hinstellen willst, musst du erst rauskriechen, oder nach vorn zur Zeltstange, zum Vorplatz. Es ist eng; neben dir atmet hörbar jemand, und – vor allem, du vernimmst von draußen jeden Ton: ob die Wache am Feuer sich nun leise unterhält, ob die Blätter im Wind die Zeltbahnen sanft streicheln, oder ob Mäuse im Laub wühlen oder Wildtauben in den Bäumen gurren oder die Regentropfen in gleichmäßigem Rhythmus auf den Stoff fallen.

Du hörst alles, bist mitten drin, in der Natur, in der Gemeinschaft der Menschen; du hörst zu, wie jemand im Zelt nebenan sich im Schlafsack dreht, im Schlaf murmelt, sich unterhält; du hörst sogar, wenn jemand an einer Zigarette zieht und den Qualm mit einem leisen Geräusch ausstößt. – Du kriegst hautnah mit, wie sich das Wetter verändert, wie sich die Wolken vor den Mond schieben. Du hörst sogar den Käfer, der durch den Eingang hereinkommt und versucht, sich an einer Decke oder an deinem Schlafsack hochzuziehen. Du hörst das Summen der Mücken innerhalb und außerhalb des Zeltes.

Und du bist sogar im Schlaf nicht völlig weggetreten; sondern, sobald ein ungewohntes Geräusch zwischen all diesen gewöhnlichen, natürlichen Geräuschen zu hören ist – du wirst wach, wirst unruhig, und so mancher Feind, so mancher böse Bube, der ins Küchenzelt oder zu der Fahnenstange sich begab und mal irgendeine Kleinigkeit mit nach Haus nehmen wollte, wurde von so einem scharfsinnigen, empfindlichen, noch im Schlaf aufmerksamen Lagergenossen überrascht und vertrieben.

Im Laufe des Lagerlebens entwickelst du die Fähigkeiten, die auch ein Reh, ein Kaninchen, ein Hase, ein Fuchs besitzt. Immer die Ohren hoch, immer auf dem Sprung. Aber, deswegen bist du keineswegs nervös, kreislaufgeschädigt, gestresst. Du bist wieder ein natürliches Wesen. Die Sinne, die nicht benutzt werden, wenn du hinter Betonmauern schläfst, wenn du mitten im Verkehrsgewühl rumläufst, wenn du in klimatisierten schalldichten Räumen haust, diese dort verkümmerten Sinne schärfen sich, werden wieder lebendig.

17

Diese Augenblicke der Freiheit fanden natürlich nur ziemlich selten statt. Schließlich zog man nur in den Pfingst- und hin und wieder in den Sommerferien los, weg von der Schule, von aller Erinnerung.

In der übrigen Zeit: der gute alte Schülertrott. Doch es ging eigentlich sehr schnell: gerade noch in der Unterstufe, gehörtest du schon bald zu den Göttern, den Primanern, die nur noch ganz würdevoll daherschritten Richtung Pausenhof – die besonders im Flur, unter den Blicken der Tertianer, bis hin zu den Sextanern, sich sehr langsam bewegten, gemessen ruhig.

Und wenn einer der aufsichtführenden Lehrer mal seine Stimme erhob: „Bitte ein wenig schneller, meine Herren, die frische Luft draußen erwartet Sie!“ – dann ging man natürlich keineswegs schneller. Nein, man blieb im Gegenteil sogar noch stehen, unterhielt sich mit dem Nachbarn. Und man trat schließlich im Parterre durch die Tür, guckte über den Hof, schüttelte sich gewöhnlich – „brrr, sehr kalt heute“ – und man kehrte entweder sofort wieder um, vorsichtig nach der Aufsicht führenden Lehrperson blickend, ob man's auch wagen könnte – oder schritt bei besserem Wetter einige Meter bis zum Brunnen, in die Mitte des Innenhofes, stellte das rechte oder das linke Bein auf den Brunnenrand und beugte seinen Kopf herab zum Mund des Kameraden, des Kollegen, der gerade einen Witz riss oder aus Ovid oder Zeilen von Cicero oder Xenophon zitierte.

Wir waren die Olympier – im wahrsten Sinne des Wortes, denn unsere Klassenräume lagen gewöhnlich direkt unterm Dach, im dritten Stock. Und die Internatsschüler brauchten nur eine Treppe von ihrem Wohntrakt, der noch ein wenig höher lag, herunterzugehen, und schon saßen sie im Klassenzimmer. Sie standen also um zwei Minuten vor acht auf, ein Schritt aus dem Bett, ein paar Schritte weiter, und sie saßen in ihrer Schulbank.

Infolgedessen waren die Internatsschüler in der ersten Stunde gewöhnlich ziemlich müde – ausgenommen die, die sehr fromm waren, die in die Messe gingen. – Manche gingen jeden Tag in die Kirche nebenan, andere dagegen machten es grad noch sonntags, hatten immer irgendeinen Grund – nicht einmal die Schulmesse dienstags und freitags besuchten sie. Immer hatten sie in den entscheidenden Zeiten irgendwelche Krankheiten – und an diesem Tag sah man sie mit einem riesigen Schal umhüllt dasitzen – wenigstens in der ersten Stunde. Danach waren sie wieder sehr fidel, diese Internatsschüler.

Überhaupt: Wir Externe waren die Provinzler, sie aber kamen dagegen aus dem Rheinland oft, aus Düsseldorf, aus Köln, waren Großstädter, sprachen schneller und mit mehr modischen, farbigen

Ausdrücken als wir – sie brachten in unser Städtchen den Duft der großen weiten Welt. Denn gewöhnlich waren die Eltern dieser Internen ziemlich betucht, und nach den Ferien erzählten die Jungen von Reisen nach Frankreich, London, Monaco oder sogar nach Amerika. Und wir, die wir gerade aus unserem Zeltlager in den Dörfern der Umgebung kamen, konnten natürlich ihren tollen Geschichten nichts entgegensetzen.

Und weil diese Jungens auch recht kultiviert waren, und eben auch Geld hatten, brachten sie es gewöhnlich, was die Mädchenjagd anbetraf, ziemlich weit. Wer was auf sich hielt, hatte eine Freundin, gewöhnlich eine vom Mädchengymnasium drüben. Und manchmal sah man den einen oder anderen offen Hand in Hand mit einem Mädchen spazieren gehen – das natürlich nur von den ganz Wagemutigen, denn eine Freundin, das passte nicht in das Konzept der Jesuitenschule.

Matthias, ein ganz heißblütiger, blieb sogar gelegentlich mal bis in die Nacht bei seiner Braut. Bevor er ging, öffnete er unten im Keller in der Nähe des ND-Heimes ein Fenster, und er kroch nach Mitternacht durch dieses enge Loch zurück, machte sich immer schmutzig, aber schaffte es jedes Mal, unbemerkt in sein Bett zu kommen.

Das war natürlich erst dann möglich, wenn man ein Zimmer oder sogar ein Ein-Bett-Zimmer hatte – und das war eben frühestens als Unterprimaner drin.

Die Jüngeren schliefen in großen Sälen. Die Älteren, wie der Andy, der hinter der Tochter des Bio-Lehrers her war, hatte zum Beispiel ein enges Zimmer direkt hinter der Turmuhr. Für diese Vergünstigung musste Andy die Uhr stellen und aufziehen. Er hatte also sozusagen in seinem Zimmer drinhängen die schweren Gewichte der Uhr, und er war – wie eine Art mittelalterlicher Wächter – für die Uhrzeit zuständig. Sein Bett stand zwischen rohen Balken, die sehr schön aussahen, besonders, weil er, Andy, auch keine Rücksichten nahm. Denn während ich ihn besuchte, pflegte er mit seinem Fahrtenmesser Buchstaben und Zeichnungen in die Bohlen zu schnitzen, und wenn er schlechter Laune war, stach er mit der Klinge wütend ins Holz.

Obwohl wir ja immerhin neun, oder, wie ich und die meisten anderen, zehn oder elf Jahre mit den Internatsleuten zusammen waren, blieb bis zum Schluss diese Trennung: intern – extern. Denn es kam selten vor, dass zwischen beiden Gruppen Freundschaften geschlossen wurden, dass man zum Beispiel einen aus Köln mit zu sich nach Hause in eine Bürener Familie nahm. Wahrscheinlich auch deshalb, weil der Interne mit sich genug zu tun hatte. Der Tagesablauf war streng geregelt, und in der Freizeit hatte jeder genug damit zu tun, sich ein Eis zu kaufen oder hinter Mädchen herzulaufen oder überhaupt einem Hobby nachzugehen. Für weitere Aktivitäten blieb keine Zeit.

Wir Externen, also die Schüler aus der Stadt und die Fahrschüler aus den umliegenden Dörfern, wir trafen uns gelegentlich bei Horstkötter im Café.

Das ging so ein, zwei Stunden lang nach der Schule. Besonders die Fahrschüler hatten noch Zeit bis zur Abfahrt des Busses, und die anderen schwänzten einfach das Essen oder aßen schnell und kamen nach einer halben Stunde wieder und tranken hier Kaffee zum Nachtisch. Die Skatkarten wurden dann gewöhnlich rausgeholt; nur als man älter wurde, legte man sie doch oft wieder weg, denn seltsamerweise hatten die Mädchen, die Fahrschülerinnen aus dem Mädchengymnasium, auch hin und wieder Kaffeedurst, und die ganz Mutigen mischten sich dann einfach unter die Jesuitenschüler.

Und man lernte nun nicht nur Mathematik und Latein, sondern Geschlechterkunde, Kommunikationsarten, „interdisziplinäre soziale Koedukation“, wie man das später nannte.

18

Es erübrigt sich zu sagen, dass von den ND-Führern kaum jemals einer sich in dieses Café und dazu noch zu diesen Mädchen setzte. Einfach so rumhängen, das schickte sich nicht. – Immerhin, als wir dann aufs Abitur zugingen, ergab es sich, dass auch Harald und Detmar und der eine oder andere Ältere mal übers Wochenende in eine Jugendherberge zog. Nicht etwa zur „Führerschulung", sondern einfach so. Zum reinen Vergnügen. Harald hatte seine Gitarre oder die kleinere Ausgabe, die sogenannte Ukulele, dabei. Und wir saßen im Tagesraum der Herberge und spielten Doppelkopp oder gingen spazieren. Da wir auf Grund unserer früheren Fahrten die Herbergseltern alle gut kannten, wurden wir gern aufgenommen, kriegten oft ein besonders reichliches Essen, bekamen die besten Schlafplätze, durften abends auch länger als bis zehn aufbleiben.

Und es war sehr schön, tagelang hatten wir nur die Karten im Kopf, seitenlang wurden Miese und Pluspunkte aufgeschrieben. Und am besten waren unsere Sprüche, die zwischendurch gekloppt wurden – ein Witz, ein Gag löste den anderen ab. Und abends hatten wir sogar auch mal 'ne Flasche Rotwein dabei. Wir schlenderten durch die Tannenwälder und ließen die Flaschen kreisen und mampften Nüsse und Weißbrotschnitten dazu.

Jugendherbergen. – Meist schön gelegen und billig. – Aber, der alte autoritäre Stil früherer Zeiten, er herrschte noch in diesen Räumen vor. – Der Herbergsvater, der wie ein Diktator durch die Zimmer lief. Abends war er besonders gefürchtet, er brüllte, wenn die Nachtruhe gestört war, wenn also einer nach zehn noch Licht hatte oder Radio hörte. Und er hatte das Recht, die Widerspenstigen umgehend vor die Tür zu setzen.

Wir, als wir noch in der Unterstufe waren, wie haben wir vor diesen Mächtigen gezittert! Sie waren wie die Ausbilder beim Bund, die ich später kennenlernte. Schnüffelten in den Zimmern herum, ob auch alles sauber war, in der Küche, wenn wir abwaschen mussten. Hier war noch die alte preußische Zucht am Werke. Alle Herbergseltern vermutlich auch politisch und moralisch stockkonservativ.

Kein Junge durfte in den Mädchentrakt. Und als mal seinerzeit in Brilon nachts Jungen ihre Mädchen mitbrachten, nur so ein bisschen sich unterhielten – „Abflug", hieß es. Kein Pardon, die Herren und Damen mussten ihre Sachen packen.

Was aber eine gute Gepflogenheit war: Wer zu Fuß kam, mit dem Rucksack, verstaubt, Schweißtropfen auf der Stirn, der hatte Vorfahrt. Der durfte als erster die noch übrig gebliebenen leeren Betten belegen. Die Auto- und Motorradfahrer, und auch die auf dem Fahrrad, sie kamen erst nach ihnen. Und wer von einer Jugendherberge zu Fuß zur anderen zog, dreißig oder vierzig Kilometer am Tag womöglich schaffte, der war der King, der Größte. Die Leute, die die Zähne zusammenbissen, die Harten, Tapferen, sie wurden vergöttert, als Vorbild hingestellt.

„Zäh wie Leder, hart wie Kruppstahl", ja ja, diese Parole galt wohl immer noch.

Und in der Anfangszeit waren die Zimmer tipptopp in Ordnung. Kein Staubkörnchen. Und die Betten mussten vor der Abreise (sie wurden scharf begutachtet) exakt à la Bundeswehr-Tradition gebaut werden. „Erst links gefalten, dann so gehalten, und dann aufs Bett, ist das nicht nett? So freut sich jeder Wandersmann, wenn er sein Bett selbst machen kann." Und der Aufdruck FUSSENDE immer nach oben!

Wenn alles fertig war, die Stuben und die Küchen blitzblank und alles bezahlt und alles verstaut, dann gehörte es sich: Man musste einen auf Wandervogel machen, auf frisch und fröhlich. Was hieß: Der gute Deutsche stimmte in solchen Augenblicken des Abschieds ein Lied an. „Hoch auf dem gelben Wagen", oder „Wildgänse rauschen durch die Nacht mit schrillem Schrei nach Norden" – oder alte Landsknechtslieder, was die spezielle Stärke unserer Truppe war.

Und die Herbergseltern, sie standen da, vor der Küchendurchreiche, hatten fast Tränen in den Augen – sie, die noch kurz vorher den Feldwebel gespielt hatten (der Herbergsvater allerdings hauptsächlich, seine Frau, die Herbergsmutter, sie hatte den stilleren Part, sie war eben die dienende, sie kochte, gab Wäsche aus ...).

Trotzdem ging es in diesen Herbergen, obwohl weder geraucht noch getrunken noch zu laut gelacht werden durfte – trotzdem ging es oft fröhlich zu. Denn abends gehörte es sich, dass man zusammensaß, sich Spiele ausdachte, Bunte Abende machte. Und zwar nicht allein, sondern mit den anderen Gruppen. Die Gemeinschaft der Wandervögel wurde betont. Und die Herbergseltern waren auch dabei. Sie machten mit oder sahen zu; die Herrscher, die Bosse, sie mischten sich unters Volk, nickten wohlmeinend und anerkennend mit dem Kopf; und wenn sie gar selbst aktiv wurden – welche Ehre!

Ich habe im Laufe eines langen Herbergslebens nur einmal einen Typ, einen Wanderburschen getroffen, der nicht so sprang, wie es der Herbergsvater wollte, der nicht gehorchte, der nicht kuschte, der nicht sofort still wurde, wenn einer von diesen Königen im Flur auftauchte.

Ich war noch ein kleiner Sextaner oder Quintaner. Da saß also dieser Bursche tagsüber immer – bei schönem Wetter – auf der Fensterbank und spielte Gitarre und sang ein bisschen mit tiefer Stimme vor sich hin und guckte in die Küche rein und warf hin und wieder ein Wort zu den Mädchen rüber und zur Herbergsmutter. Dieser Mann, der mir damals ziemlich alt vorkam, aber vielleicht achtzehn, neunzehn war, ging zwar hin und wieder in den Wald, aber meist trieb er sich in der Nähe des Hauses herum. Rauchte auch mal 'ne Zigarette. Und abends saß er im Tagesraum und machte Witze, setzte sich einfach zu irgendeiner Gruppe.

„Wie wär's", hörte ich ihn eines Mittags zu der Herbergsmutter sagen, „könnt ich nicht 'nen Teller Linsensuppe haben? Ich hacke dafür auch das Holz, okay?"

Und ich merkte da erst: Er organisierte sich auf diese Weise sein Essen. Er gehörte keinem Verein an, er trieb sich anscheinend in der Weltgeschichte herum. Und zog nach einigen Wochen in eine andere Herberge und fing wieder von vorne an.

Nun, der Bursche, der Roland hieß, er ging also hinten in den Hof, wo die Holzstöße lagen und die Tischtennisplatten aufgestellt waren, setzte ein Stück Holz auf den Hauklotz, hob die Axt – und ließ sie wieder sinken. „So geht das nicht", rief er Heinz zu, dem Kleinsten unseres Fähnleins, „so musst du den Griff halten." Und er ging zur Tischtennisplatte rüber und legte eine Reihe guter Schläge hin – gegen Meinold, unser Ass auf diesem Gebiet. Das Holzhacken hatte Roland unterdessen längst vergessen. Und er nahm danach wieder die Gitarre und spielte vor sich hin, während die gerade neu eingetroffenen jüngeren Mädchen zu ihm hinsahen und sich schließlich zu seinen Füßen setzten.

Der Herbergsvater war natürlich sauer. „Morgen hackst du aber diesen Haufen weg, verdammt noch mal – oder du verschwindest hier." – Am Abend hatte Roland wieder sein Essen beisammen. Und am nächsten Tag – wieder hatte er nur kurz die Axt in der Hand, drückte sich ansonsten rum. „Ich komme hier noch glatt ins Schwitzen", sagte er.

Und abends spielte er auf der Gitarre, und weil der Herbergsvater sah, dass die Gruppe sich freute, ihn im Bunten-Abend-Programm dabei zu haben, gab er ihm noch 'ne Nacht. Und Roland holte sich nachträglich Suppe aus der Küche.

Und so ging es einige Tage. Immer wieder eine Auseinandersetzung, die lautstark geführt wurde, mit dem Boss – aber die Herbergsmutter, sie griff begütigend ein – Roland hatte es mal wieder geschafft.

Und als wir, unser Fähnlein, nach einer Woche abzogen – Roland saß immer noch am Fenster, ließ sich nicht einschüchtern. Er war ganz souverän, ganz selbstständig. Und der Holzhaufen war kaum kleiner geworden.

19

Zu guter Letzt noch mal richtig die Bücher durchgeblättert, die Stirn in Falten gelegt – und schon zog ich eines Tages den dunkelblauen Anzug an: Das Abitur, das Zeugnis der Reife stand an. Ich taumelte nach einer gewissen Vorbereitungszeit ins Prüfungszimmer: Das gesamte Lehrerkollegium saß da und starrte mich an.

Und ich setzte mich vor das Tribunal auf den einsam dastehenden Stuhl und ratterte los, was das Zeug hielt. Und zwischendurch eine kleine Pause – die Lehrer, die Prüfer, sie steckten die Köpfe zusammen – dann kam die nächste Frage.

Und dann noch mal raus und später wieder rein.

Am nächsten Tag waren wir alle angetreten. Und die Lehrer taten plötzlich sehr freundlich, kamen, die Hand ausgestreckt, auf einen zu: „Herzlichen Glückwunsch!"

Und wieder einige Tage später; wieder diese Anzüge. Wir saßen vorne in der ersten Reihe. Und der Schüler, der das beste Abiturzeugnis hingelegt hatte, kriegte 'nen Orden bzw. 'ne Medaille oder zumindest irgend so ein Buch mit Widmung des Direktors. Und wer die beste Deutscharbeit gemacht hatte, wurde auch erwähnt. Und der Baron vom Gutshof aus der Nachbarschaft, der Mäzen der Schule, der trat an das Pult, sagte „Äh" und „Öh" und fing dann an zu erzählen, was nun alles auf uns zukommt, und dass das Leben vor der Tür steht, und dass wir alle seine guten und schlechten Seiten meistern würden, die Hürden nehmen, weil wir ja nun diese Reife hätten. Und am Schluss seiner Rede das obligatorische Gedicht von Goethe.

Der Schulchor stimmte ein Lied an, die Kleinen aus der Mittelstufe fidelten auf den Saiten ihrer Geigen rum, und der Musiklehrer, er runzelte die Stirn, strich sich verzweifelt durchs Haar.

Die Abiturfeier war zu Ende. Allerdings nicht ohne die bei so was üblichen Schwierigkeiten: zu verdauen, dass zwei Leute, zwei unserer Kumpels einen reingewürgt bekommen hatten – zwei Mann fehlten auf der Versammlung. Einer, der erhielt 'ne Sechs in Mathe. Er kam raus aus dem Prüfungszimmer, sagte nur: „Diese verdammten Brüche." – Karl hatte in der Aufregung vergessen, wie man Brüche miteinander dividiert. Und der andere: Der hatte vorher überall 'ne Vier, also eine ganz klare Sache. Ihm konnte nichts passieren – dachte man. Dann kamen diese Klausuren, die schrieb er alle Fünf – was ganz ungewöhnlich war bei einem so beständigen Schüler.

Nun, der Vater war Arzt, er wollte dem Sohn was Gutes tun und griff in die Tablettenkiste. Und der Sohn saß stoned und bekifft oder eingeschläfert vor diesen Prüfungsarbeiten und brachte es nicht. –

Was ja nicht weiter schlimm war, er stand also in den Hauptfächern zwischen Vier und Fünf, musste lediglich noch mal ins Mündliche – in zwei Fächern, die anderen waren ihm erlassen worden, dort bekam er eine runde Vier. Er ging in den Prüfungsraum, die Lehrer glotzten ihn erwartungsvoll an. – Und vermutlich hat der Vater wieder was Gutes tun wollen. Oder er hat den Sohn drohend angesehen: „Mach uns keine Schande."

Denn Helmut, wie er hieß, er flatterte, die Nerven flatterten, er brachte nichts Gescheites über die Lippen – und Fünf und aus und Ende. Er, der Sohn des Arztes, durchs Abitur gefallen. Peinlich. Er, der kleine Helmut, war ein Aussätziger geworden. – Der andere Leidensgenosse war ein Interner, seine Eltern, seine Clique waren weit vom Schuss – er machte das Jahr noch mal und schaffte es und fertig und vergessen. – Aber Helmut, der Mitbürger – oh diese Schande! Er ließ sich kaum mehr auf der Straße blicken. Aber, dann musste er doch wieder in die Schule, machte ein Jahr später die Prüfung – erfolgreich. – Aber ein Schlag ins Kontor trotzdem. Helmut zog schnell aus der Stadt, ließ sich nie mehr sehen, auch später nicht.

Die Prüfungskommission hatte gezeigt, wer der Herr im Hause ist, keine Leistung, keine Reife. – Sie war „gerecht", wie man das nannte, sie waren die Richter über Leben und Tod.

20

Und ich stand plötzlich also draußen. Die Schule, ich gehörte nicht mehr dazu.

Sicher, ich konnte mal hingehen, mich umsehen, ich kannte ja die Figuren, die Lehrer, oder auch diese Ordensbrüder, den Bruder Pförtner etwa und den Bruder Stall, der für die Schweine und die Anlagen rings um die Schule zuständig war.

Ich ging durch den Keller, guckte ins ND-Heim rein, sah die kleinen Jungens da sitzen.

Aber, ich war eben doch nur Gast, ich gehörte nicht mehr dazu.

Wenn ich, der Student, hin und wieder am Wochenende zu Hause war, sah ich wohl Detmar, Harald oder den einen oder anderen Leidens- und Freudengenossen wieder, auch Gerolt und Atze – aber, außer ein bisschen sich unterhalten war nichts mehr.

Die Leute machten ihren Weg, Detmar wurde Ingenieur, baute seinen Doktor, Harald Lehrer – die Gitarre stellte er in die Ecke. Es war, als hätten sie nie ein Lager miterlebt, niemals die Sterne gesehen, nicht den Wind nachts durch die Bäume rauschen hören und kein Knistern eines Lagerfeuers.

Sie wurden Lehrer, Dozenten, Richter, Rechtsanwälte, bekamen Kinder, kauften sich Autos, machten Karriere.

Nur Erich, der Ketzer: Er erbte unverhofft über 100.000 Mark. Er fing zwar an zu studieren, doch sah man ihn häufig in der Disco. Hatte immer noch seine Helga im Auge, die Dame, die neben der Schule wohnte. Er mietete sich, weil er wegen der Erbschaft mit seinen Geschwistern Streit bekam, in einem benachbarten Dorf ein Häuschen, ein ganz romantisches Heim in der Nähe eines stillgelegten Bahnhofs. Und kaufte sich eine Staffelei und fing an zu malen. Und ab und zu nahm er ein Mädchen mit nach Hause und guckte, auf dem Bett neben ihr liegend, durch das Fenster in ein wahres Meer von Unkraut, was hieß, in einen Berg von strahlenden feurigen Blumen.

Und außerdem kaufte er sich ein Auto, eine „Ente“. Strich sie golden an, die Räder lila, und setzte hinten rein einen kostbaren Sessel, einen Thron, auf dem die Freundinnen oder Freunde während der Fahrt ruhig sich die Gegend betrachten konnten und die Beine langmachen. Und hinter den Seitenscheiben Vorhänge – und Teppichboden.

Erich, der Exzentriker – die Leute in dem Städtchen rümpften die Nase: ein Außenseiter, einer, der mit dem Leben nicht klarkommt, sagten sie, ein verkrachter Student.

Und in der Disco arbeitete eines Tages ein neuer Jockey. Und der sagte zum Erich: „Du, ich muss mit dir reden.“ Und setzte eine ernste

Miene auf. „Ich habe Krebs“, sagte er schließlich, „eine Operation kostet 30.000 Mark. Wenn die nicht bald kommt, bin ich am Ende.“

Und Erich fuhr nach Hause bzw. zur Bank und gab ihm das Geld. Und der Discjockey kündigte und verschwand, mit seiner Freundin – nicht ins Krankenhaus, sondern auf Nimmerwiedersehen. Und Erich war natürlich sauer. – Seitdem ist er nicht mehr so gutgläubig. Aber richtig bereut hat er das nicht. Er ist freigebig geblieben, er wollte auch danach nie Garantien haben.

Er wurde weiterhin ausgenommen, denn als er schließlich kein Geld mehr hatte, nach zwei Jahren, da hatte er plötzlich nicht mehr sehr viele Freunde. Doch er lernte dazu, der Erich. Denn als er unten war, tief unten, und keinen Studienplatz mehr hatte und kein Geld, da kam plötzlich ein neues Mädchen. Und das Mädchen erkannte ihn, sah, was für ein toller Kerl dieser Erich in Wirklichkeit war. Sie zogen zusammen. Und Erich war auf einmal nicht mehr so bissig, so aggressiv. Er studierte wieder, zog aber weg aus der Stadt, endgültig. Sie bekamen Kinder – und er machte keine Karriere, vergaß keineswegs das Leben unter den Bäumen und die Abenteuer und den Schmerz und die Freude. Er hatte nun seine ruhige Phase, hatte gelernt, was es zu lernen gab. Und er richtete sein Leben ein, wie er es sich vorgenommen hatte. Und wenn ich ihn mal treffe, dann sagt er nicht: „Du bist ausgestiegen? Meinst du, du kriegst noch mal so ’ne Stelle, wie du gehabt hast? Glaubst du etwa, du kannst noch mal zurück? Kommst du auch mit dem Geld aus? Hast du dir das alles wirklich gut überlegt?“

Nein, Erich, er kennt sich aus mit den Menschen. Er war unten. Und wer mal in der Scheiße gesteckt hat, der hat sich reingewaschen.

21

Und ich – wurde ich Missionar, sitze ich jetzt irgendwo im Dschungel auf der Veranda eines Blockhauses, die Schwarzen, die Heiden um mich herum, bzw. die Frischgetauften, die großen erwachsenen Kommunionkinder? Ich, ein hoffnungsvoller Spross dieser Jesuitenschule? Hatte ich genug Vaterunser und Ave-Maria gebetet und den Rosenkranz, um so wohlgerüstet den Kampf mit dem Teufel zu wagen?

Nein, es hatte nicht gereicht. Und meine Tante, sie sah es wohl nicht gern, und meine Mutter, sie wäre natürlich auch gern Priestermutter geworden – wie etwa die Mutter von Hans-Martin, mein ehemaliger Klassenkamerad, übrigens auch ein NDler. Dieser junge Mann trat ein – nicht in den Jesuitenorden, sondern in eins der üblichen Priesterseminare. Aber er hielt eines Tages die Primiz, und es stand in der Zeitung. Und häufig sah man Hans-Martin dann in der Pfarrkirche; ein schöner Mensch; und meine Mutter, wenn sie von ihm die Kommunion empfangen hatte, kam mit glänzenden Augen zurück aus der Kirche.

Ich selbst hatte eben wohl doch nicht den rechten Glauben. Denn Priester sein, so tröstete ich sie und die Tante, ist eine Berufung, entweder man spürt's oder eben nicht.

Zunächst, nach dem Abitur, wurde ich gemustert; ich hatte vor einem Militärarzt zu erscheinen – und war tauglich und musste ab zum Bund. Und weil ich ein bisschen Geld verdienen wollte, meldete ich mich gar für zwei Jahre freiwillig – wir waren ja zu Hause nicht die Reichsten, 'n halbes Jahr länger dienen als die Wehrpflichtigen, das schaffst du locker, sagte ich mir.

Und ich stieg in die Panzer rein oder stolperte mit dem Helm auf dem Kopf durchs Gelände und legte mich mit unserem Kompaniechef ein bisschen an – was eine andere Geschichte ist.

Als die zwei Jahre um waren, ging ich zur Uni. Und es lief darauf hinaus: Lehrer wollte ich werden, zwar nicht als Seelenbekehrer, aber, dienen wollte ich dann doch, die jungen Menschen auf den rechten Weg bringen. Und viel Nächstenliebe üben und ein barmherziger, selbstloser Pädagoge sein und Helfer der Armen und Kranken und geistig Zurückgebliebenen. – Und vielleicht auch ein bisschen Vorbild und Führer, nicht wahr?!

II.

Große Unruhe

1

Aber so schwierig hatte ich mir das mit meinem neuen Arbeitsplatz an der Uni doch nicht vorgestellt. Immerhin war ich ja vorher schon zwei Jahre sozusagen in der „Fremde", nämlich bei der Bundeswehr, an verschiedenen Standorten, gewesen; hatte mich auch mit vielen Leuten auseinandersetzen müssen. Aber alles war dort vorgeschrieben, auch die kaum vorhandene Freizeit. Nach dem Freitagsappell gab es immer nur eins: Rein ins Auto, nach Hause zu Muttern und Freunden, Freundinnen. Sonntagabends zurück.

Und nun. – Keiner sagte mir, wann ich aufstehen, wohin ich gehen, was ich den lieben langen Tag machen sollte. Sicher, in dem Unigebäude, dem unübersichtlichen, mit den langen Fluren, den tausend Zimmern, da gab es „Schwarze Bretter", Vorlesungen wurden dort angekündigt, und Pro-, Ober-, Hauptseminare und Colloquien, und es gab Termine, und man musste sein Studienbuch nehmen und irgendwelche Deutsch- und Geschichtsvorlesungen oder anderes raussuchen und reinschreiben.

Aber, ich, der ich wegen der Bundeswehrzeit doch um einiges älter war als die meisten Anfänger, ich stand genauso hilflos vor diesen Anschlägen wie die anderen.

Welche Vorlesungen, mein Gott, unter der Vielzahl der Angebote, sollte ich belegen? Was war denn überhaupt ein Pro-, Ober-, Hauptseminar? Welcher Professor war gut? – Und wie füllte man die verschiedenen Formulare richtig aus?

Ich sehe mich noch vor diesen Informationstafeln stehen – hatte keine Ahnung, hatte den Drang, nun wirklich mal was Eigenständiges zu bringen, zu studieren, was zu werden – und das scheiterte schon am rein Organisatorischen.

Und, was das Schlimmste war: Ich traute mich gar nicht zu fragen. Die anderen: sicherlich alte Hasen, dachte ich, die da zielstrebig, den wissenden Blick im Gesicht, an mir vorbeiliefen oder neben mir standen und die Vorlesungen und ähnlichen Kram rausschrieben. Doch ich traute mich überhaupt nicht, an einen heranzutreten und zu fragen. (Die lachen dich ja aus. Du musst schon selbst klarkommen. Die merken ja dann sofort, dass du neu bist. Und natürlich werden sie sich bloß an den Kopf, die Stirn tippen: „Mein Junge, wenn du DAS nicht einmal weißt, dann tust du mir leid, dann, mein Bester, gehörst du hier nicht hin.“)

Doch so wie mir – das erfuhr ich allerdings erst später, als ich nun selbst ein alter Hase war, den wissenden Blick im Gesicht – so wie mir erging es den anderen Neulingen auch. Die Uni-Freiheit, der ganze freiheitliche selbstständige Rahmen war einfach für mich und viele andere eine Nummer zu groß.

Was dann letzten Endes bedeutete: Wer nicht diesen Schocker, diesen Anfangs- und Übergangs-Schocker schnell genug überwand – und es gab sicherlich einige, die schon früh das Handtuch warfen, einfach nicht mehr hingingen zur Uni, was Überschaubares, Praktisches machten, eine Banklaufbahn zum Beispiel anstrebten, oder vielleicht sogar 'ne gute solide Karriere bei der Bundeswehr – der hatte zwar schließlich die Kurve gekriegt, aber, ein Semester, das erste Semester war dabei draufgegangen, denn ein halbes Jahr brauchte man mindestens, um sich einzugewöhnen, um überhaupt ein wenig den Überblick zu kriegen.

Und die Angst, die sich damals einstellte, die Angst, sich durchsetzen zu müssen, hart zu werden – denn sonst kam man einfach nicht mehr weiter – dieses Gefühl, zu versagen, es nicht zu schaffen, und vor allem, grundsätzlich zu dumm zu sein – diese Angst ließ einen so schnell nicht los.

Und auch später, wenn man dann vor den Zimmern des Professors auf die Note der Seminararbeit warten musste – man war geduckt, kleinmütig, machte Diener, wenn der Herr Professor einen schließlich reinließ – überall Schweiß im Gesicht, unter den Armen ...

2

Aber so ein Uni-Leben hatte auch seine guten Seiten. Es war zum Beispiel nicht besonders schwierig, ein Zimmer zu bekommen damals, denn Studenten gab es gar nicht so viele, längst nicht so viele wie in späteren Jahren. Und man war eigentlich überall ein gern gesehener Gast, denn der Student seinerzeit hatte einen gepflegten Haarschnitt, den Scheitel sehr gerade, den Hemdkragen sauber, die Hände stets gewaschen, die Fingernägel waren tipptopp.

Denn man war ja wer. Man zählte nämlich zur Elite des Volkes. Niemand wollte sich ernsthaft mit uns, den Geistesgrößen, den zukünftigen Herren der Welt, den Bossen in der Industrie, des Staates, der Verwaltung anlegen. Sicher, hin und wieder gab es nächtliche Krawalle, hin und wieder Streit in der Kneipe, aber, das war immer so gewesen, das waren Studentenscherze, junges überschäumendes Blut.

Und die Polizei, wenn sie dann eingreifen musste, war im Grunde froh, sich mal richtig mit Akademikern unterhalten zu dürfen – wenn es auch im halbtrunkenen oder ganztrunkenen Zustand (vonseiten der Studenten) auf der Wache war. Ja, die beiden, Polizist und Student, konnten's manchmal ausgesprochen gut miteinander.

Zum Beispiel in der Studentenverbindung SALVATIA. Denn diese Burschen, die Salvaner, hatten den Bogen raus, luden, obwohl Polizisten eben ja nicht zu den Hochgebildeten, der Elite zählten, jedenfalls die nicht, die in Streifenwagen saßen, sie luden also die Streifenwagenpolizisten zu sich „aufs Haus“ ein, gaben ihnen ein paar Bier aus und reichten einen kleinen Imbiss.

Und prompt gab es keine Übergriffe vonseiten der Staatsgewalt mehr. Die Studenten wussten nun genau, wann welcher Polizist wo seine Runden fuhr, und man konnte nachts ganz ruhigen Gewissens, auch wenn man zu viel getankt hatte, sich ins Auto setzen und nach Hause kutschieren. Und gab es doch mal Ärger, schaltete man den betreffenden Polizisten-Freund ein, und schon war wieder alles in Butter.

Über so einen Uniformierten, den ich in einer Kneipe traf, lernte ich die SALVATIA kennen. Um mir zu zeigen, dass es wirklich stimmte, was er mir von dieser Verbindung erzählt hatte, setzten wir, der junge Polizist und ich, uns kurz entschlossen ins Auto und fuhren hin, „aufs Haus“, wo natürlich mal wieder irgendein Fest, ein Vereinsjubiläum, im Gange war.

Ich wurde von einem älteren Semester, der die Honneurs machte, herzlich bewillkommnet.

„Du möchtest vielleicht auch bei uns mitwirken, ja?“

„Hm“, sagte ich, „will mir den Laden mal ansehen.“

„Klar! Klar!“, riefen die gastfreundlichen Menschen, zogen mich in die Bar im Souterrain, drückten mir eine Menge Biermarken in die Hand, die ich dann dem zuständigen Studenten hinterm Tresen zurückgab – Ordnung muss sein – und dann ging’s los – mit dem Saufen.

Neben mir baute sich ein großmäuliger, aber gutmütiger Mensch namens Paule auf.

„Du kommst aus Westfalen?“, dröhnte er mir ins Ohr, „Teufel, dann kennst du dies sicher: ein Korn, ein Bier, ein Korn, ein Bier – stimmt’s?“

„Natürlich“, sagte ich, „unsere Bauern trinken genau in dieser Reihenfolge.“

Und schon hatte ich neben dem Bier einen Schnaps stehen. Paule warf sich in seinen stattlichen Bauch, hob die Hand – und zack war die schöne brennende Flüssigkeit, mit einer zweiten Bewegung das Bier hinter seinen breiten gelben Zähnen verschwunden.

Ohne Zweifel, Paule war ein aufrechter tüchtiger Salvaner. Und offensichtlich, als zwischen den Bieren immer wieder ein Korn vor mich hingestellt wurde: Paule wollte mir zeigen, wer nun wirklich der größere Schlucker war von uns beiden, er, der Rheinländer, der trainierte Salvaner, oder ich, einer von den berüchtigten Westfalen.

Nun, ich fühlte mich in dieser Nacht gut, spielte das Spiel mit. Und gegen vier Uhr torkelte Paule, der wohl schon vorher einiges zu sich genommen hatte, zur Seite und kotzte, oh Schande, kotzte, der große

Salvaner, auf den Teppich – was allerdings die übrig gebliebenen Säufer gleichgültig ließ, so etwas schien nichts Besonderes zu sein.

Und ich, der unbesiegte Westfale, oho!, schwankte im Morgengrauen durch einen feinen Nieselregen den weiten Weg zu Fuß nach Hause.

3

Die gute alte Studentenzeit. – Es hatte aber bekanntlich mal eine Epoche gegeben, da waren die Studenten nicht einfach nur Saufbrüder oder intellektuelle Weichlinge, die bloß Bücherstaub in der Nase hatten.

Damals, zur Zeit des Wartburgfestes, Anfang 19. Jahrhundert, da gab es auch gelegentlich Pulverdampf zu riechen, und die jungen Akademiker seinerzeit hatten alle Waffen zu Hause im Schrank und zogen gegen die Unterdrücker – Kirchenführer, Fürsten, „Edelmänner“, Adlige – zu Felde; sie holten die schwarz-rot-goldene Fahne raus und riefen: „Freiheit! Gleichheit! Brüderlichkeit!“ und sprachen von Verfassung und Demokratie.

Und die Obrigkeit, sie hatte eine Menge zu tun, um diese Freiheitskämpfer niederzuhalten – manch ein Student musste damals seine Jugendjahre im Knast verbringen.

Aber, die Nachfolger der in jener Zeit entstandenen Studentenverbindungen hatten – rund 150 Jahre später – eben nichts mehr von diesem Geist in sich. Vielmehr waren die jungen Leute an den Universitäten nur darauf getrimmt, unterstützt von ehrgeizigen Eltern, beruflich Karriere zu machen. Und wenn man nicht das an Leistung brachte, was der Erzeuger und Ernährer sich so gedacht hatte, dann gab es kein Geld mehr, oh nein, sondern Hass und finsteren Entzug von Liebe.

Trotzdem – abgesehen von solchen mehr privaten Sorgen – ein schönes Leben, diese Studienzeit Anfang der Sechzigerjahre. Sicher, man zitterte hin und wieder vor dem Zimmer des Professors sich einen ab, bevor man dann reinging und die Note für die Klausur oder ein Referat abholte.

Aber, es war ja alles nicht so schlimm; setzte man eine Arbeit in den Teich – man hatte Zeit, ließ alles langsam angehen. Denn die Dauer des Studiums war praktisch nicht begrenzt, man hatte immer noch die Möglichkeit, sich in Ruhe einen Job zu suchen, wenn man Geld brauchte, um dann für einige Monate zum Skifahren in die Schweiz oder zum Sonnen ans Meer zu fahren.

4

Aber irgendwie schienen Mitte der Sechzigerjahre die Studenten doch nicht mehr so ganz mit ihrer Situation einverstanden zu sein. Denn als ich, im zweiten Semester, auf dem Gelände der Uni Köln herumlief, da sah man schon den einen oder anderen jungen Mann mit Flugblättern unter dem Arm dastehen.

Sicher ein paar sektiererische kleine Gruppen, so schien es, die sich hochspielen wollten, einige wortgewaltige Studenten, die Ehrgeiz hatten und politische Sprüche klopften – Kommunisten vor allem, die meinten, die Revolution, die große, sollte nun endlich ausbrechen, das Proletariat wäre allmählich so weit, die Unterdrückung abzuschütteln und die Imperialisten, wie es hieß, zu stürzen.

Aber, kaum jemand von den Kommilitonen hörte hin, niemand nahm diese Leute ernst.

Doch dann, als in Berlin, von der FU, der Freien Universität aus, die immer schon als sehr aktiv und sensibel galt, eine Demonstration gegen den Schah von Persien organisiert wurde, und ein junger Polizist, umringt von Protestlern, aus Angst einfach durchzog, den Abzugshahn seiner Dienstpistole nämlich, und ein unschuldiger, kaum politisch engagierter Mensch, der nur mal sehen wollte, was so läuft, erschossen wurde, da plötzlich, als hätten sie sich alle abgesprochen:

Die Studenten, die satten, fleißigen, bisher wenig politischen, sie standen wie ein Mann hinter ihrem toten Kommilitonen. Die Masse der jungen Leute an den deutschen Universitäten erhob sich. Der alte Geist des Aufruhrs war plötzlich wieder da. Und durch den Tod jenes Benno Ohnesorg fiel der Vorhang, und alle erkannten, von heute auf morgen sozusagen, was gut und böse war.

Und böse, das war ohne Zweifel der Schah, der mit seinen politischen Gegnern, oft Studenten, die Gefängnisse im Iran füllte. Böse waren vor allem die Amerikaner, die solche Diktatoren unterstützten – und in Vietnam einem kleinen Volk mit Gewalt westliches Demokratieverständnis beibringen wollten.

Lieb dagegen war Ho Tschi Minh, der heldenhafte Führer der kommunistischen Nordvietnamesen.

Dies alles las man auf den Flugblättern, die seit jener Zeit ununterbrochen in den Universitäten kursierten.

Und plötzlich fragte sich jeder kritisch: Was machen eigentlich die Amerikaner da hinten in Asien? Was haben die da zu suchen?

„Die Freiheit verteidigen!“, riefen wohl einige altbackene, rückschrittliche Semester, „wir, der Westen, schaffen dort ein Bollwerk gegen den Kommunismus, den Materialismus, den Atheismus!“ Aber, die das schrien, dieses Häufchen Konservativer, wurde immer kleiner. Bald brachte nicht einmal der ganz rechte RCDS solche Sätze.

Ein allgemeiner großer Aufschrei fand statt, und ein Linksruck, politisch gesehen, vollzog sich. Keiner, der sich nicht auf die Seite der Unterdrückten, zunächst der Unterdrückten in fernen Ländern, dann der Unterdrückten im eigenen Staat, der Arbeiter, der sozialen Minderheiten, geschlagen hätte.

Und die paar uralten, eingefleischten Kommunisten konnten sich gar nicht beruhigen: tausende von Leuten standen plötzlich hinter ihnen – die Revolutionsparolen, die diese gediegene kernige Truppe immer wieder verkündet hatte, sie waren nun in aller Munde.

5

In aller Munde ... Ich selbst jedoch, der religiös erzogene Hinterwäldler, ich hielt mich weitgehend da raus.

Warum brüllen die eigentlich immer so, dachte ich, wenn ich über den Universitätsvorplatz schlich und mir die Flugblattverteiler ansah, was interessieren mich die Vietnamesen oder gar die Amerikaner – tausende Kilometer entfernt von Köln? Habe genug mit meinem eigenen Studienkram zu tun, habe meine eigenen Sorgen. Die sogenannte Weltpolitik kann mir gestohlen bleiben. So mein Reden.

Aber, von Natur aus neugierig, war ich natürlich immer dabei, wenn die fast täglich einberufenen Vollversammlungen und Kundgebungen in der großen ehrwürdigen Aula abliefen.

Es war faszinierend, wenn die Studenten, manche jünger als ich, einfach sich vorn ans Pult stellten und vor hunderten von Menschen mit dem Brustton der Überzeugung in die Weltpolitik eingriffen – die Akademiker zur Sau machten, unbedenklich Stellung bezogen, ohne die Fakten, die ihnen zur Verfügung standen, erst groß unter die Lupe zu nehmen. Natürlich, vieles, was diese jungen Eiferer vorbrachten, war widersprüchlich, unsinnig. Aber, WIE diese Burschen sich ins Zeug legten, wie sie innerlich glühten, wie sie beim Reden auf den Zehen wippten – oder andere wiederum, Simon, der kommunistische Jurist zum Beispiel, ganz ruhig, kühl seine Thesen vorbrachte, aber natürlich nicht in Wirklichkeit cool war, zurückhaltend – immer schwang dieses besondere Feuer mit, die starke politische Überzeugungskraft des Sprechers war immer zu spüren.

Und oft war es im Grunde egal, was der Einzelne da vorn ins Mikrofon schrie, flüsterte, dozierte, was da an Argumenten genannt wurde, ob die nun stimmen mochten oder nicht – die Wärme vielmehr, die der Studentenführer, der junge Mann ausstrahlte, die Bestimmtheit, mit der er auftrat – das war wichtiger als jeder Fakt.

Wie bewunderte ich die Überzeugungskraft und die Wortgewalt dieser politischen Cracks ...

Denn ich, wenn ich mal loslegen wollte – natürlich im kleineren Rahmen, in Seminarsitzungen, im Freundeskreis – wie oft kam ich ins Stottern, wusste nicht mehr weiter, wurde ich verlegen (Habe ich auch alles richtig gemacht, gesagt, nimmt auch niemand Anstoß?) – und schämte mich.

Die Texte der Flugblätter allerdings, die man dauernd in die Hand gedrückt bekam vor und nach solchen Versammlungen: grausam, einfach nur Geschwafel, so sah ich es – ein Fremdwort jagte das andere, es wimmelte nur so von „-ismen", und jeder Satz endete mindestens mit vier, fünf Ausrufezeichen. Zugegeben, vielleicht war ich, der Student der deutschen Sprache und Literatur, in dieser Hinsicht besonders empfindlich.

Unglaublich aber, wie plötzlich alles und jedes kritisiert, unter die Lupe genommen, auf den Wahrheitsgehalt untersucht wurde. Es schien in der Luft zu liegen, diese Lust zu zerpflücken, umzustülpen, infrage zu stellen. Man konnte sich auch als unpolitischer nüchterner Mensch – wie ich mich selbst einstufte – dem gar nicht entziehen.

Auch der katholische, relativ konservative Verein „Bund Neudeutschland", bei dem ich auch als Student Mitglied war, machte da keine Ausnahme. Wir beschaulichen Geistesleute, die wir uns wöchentlich trafen und Bier tranken, wir diskutierten plötzlich über Politik, fanden Ungerechtigkeit hier und da.

WARUM, stellten wir beispielweise die Frage, haben eigentlich nur Jungen in unserem Verein Zutritt? Warum eigentlich dürfen keine Mädchen als Mitglieder teilnehmen? Und siehe da, wir erkannten die Frauen als eine Truppe, die von uns, den Männern, unterdrückt wurde.

Und nicht viel später, da hatten wir tatsächlich ohne große Anstrengung dieses uralte Privileg beseitigt – bald befanden sich ein, zwei, schließlich immer mehr Mädchen in unseren Reihen.

6

Wir Katholischen waren natürlich ganz brave Leute. Höfliches Händchenschütteln allenthalben und immer ein dezentes, bescheidenes Lächeln im Gesicht.

Immerhin hatten wir aber ein paar sehr aufmüpfige Burschen unter uns, die die Zeichen der Zeit erkannt hatten. So zum Beispiel Franz, der vor allem durch ein unermüdliches provozierendes Grinsen auffiel. „Hallo, Alter!“, konnte er mir etwa in der Aula zurufen, wo ich mal wieder einem dieser Revolutionäre lauschte, „alles in Ordnung? Hast es wieder mit ’ner Frau getrieben, stimmt’s? – Oder vielleicht selbst an dir rumgespielt?“

„Wieso das denn?“

„Na, du bist heute Morgen so blass um die Nase.“

„Wenn das der Fall wäre“, äußerte ich, und, ich gebe es zu, einigermaßen verlegen, weil die in der Nähe sitzenden Kollegen erstaunt sich zu mir umdrehten, „ich meine“, sagte ich betont locker, „wenn es so wäre, müsste ich doch mindestens gesund und rot und feurig aussehen, oder?“ Aber Franz, ein paar Sitzreihen entfernt, wischte nur grinsend mit der Hand durch die Luft. Er hatte wieder seine Show gehabt, die Leute waren auf ihn aufmerksam geworden, und er hatte seinen alten Freund und Kumpel Bert mal wieder verunsichert – er war zufrieden.

Und natürlich lökte er, wie man so sagt, immer gegen den Stachel. Stand, jedenfalls hatte ich den Eindruck, immer auf des Gegners Seite; auf der Seite der Oppositionellen, der Kritisierer.

„Pillen-Päulchen“ nannte Franz zum Beispiel ziemlich abschätzig den damals regierenden Kirchenfürsten, der gerade heftig gegen die Anti-Baby-Pille zu Felde zog.

Und – es war Franz, der eines Tages ankam und mir ins Ohr flüsterte: „Da ist eine regelrechte Verschwörung im Gange! Die Linken in der Kirche erheben sich! Ich bin mit diesen Leuten schon per Du, muss ständig Flugblätter rumtragen. War neulich bei ’ner Sitzung von denen – das sind Burschen, sage ich dir – richtige Kerle, die vor nichts zurückschrecken!"

Franz ließ im Unklaren, um was für Verschwörer es sich eigentlich handelte. Fest stand, dass sie auch bei dem „Politischen Nachtgebet", das damals gerade anfing, die Hände im Spiel hatten.

Und wenn wir in der Antoniterkirche, wo diese überkirchliche Protestandacht abgehalten wurde, herumstrichen, zeigte Franz immer auf irgendwelche Köpfe in der ersten Reihe. „Der da gehört auch zu diesen katholischen Untergrundkämpfern, und die gerade am Mikrofon steht ebenfalls, und mit dem da links neben der Säule habe ich gestern noch in 'ner Kneipe gesessen und geredet, und der drüben, ein ganz intelligenter Bursche, ich sage dir ..."

Franz war Feuer und Flamme, und fortan schleppte er mich jeden Dienstag- oder Mittwochabend mit rein in die Kirche. Und so lernte ich zum Beispiel die Theologin Dorothee Sölle kennen, die dort sehr aktiv war, eine kleine Frau mit einer zarten, aber ernsthaften, sehr bestimmt klingenden Stimme, und wenn sie vor dem Mikrofon stand und diese einfachen, aber wahren – oh ja, das erkannte ich jetzt auch – diese ganz überzeugenden Sätze sagte, dann wurde es sehr still in der Antoniterkirche. Immer ging es bei ihr um die unterdrückte, von der Kirche unterdrückte Menschheit – und immer schleuderte sie harte Anklagen gegen die Bosse, sowie die satten Pastöre und die im Mercedes herumkutschierenden Bischöfe und den autoritären Papst.

Auch andere Prominente traten vor die Menge, etwa die bei „amnesty international" engagierte Journalistin Carola Stern. – Aber hauptsächlich war die sogenannte Stimme des Volkes zu hören. Denn in diesen Andachten, die aber mehr Diskussionen waren, da reckte sich der Penner von der Bank hoch und krächzte seine Meinung zu den Gewölben empor, oder der von seinen Kindern gestresste Vater zog vom Leder über die verfehlte Familienpolitik im Lande, oder die Oma von nebenan erzählte Geschichten aus ihrem Leben, oder das biedere Muttchen war nun gar nicht mehr bieder, sondern böse und aggressiv wegen der von der Kirche geringgeschätzten Rolle der Hausfrau, oder der schon halb wahnsinnige Psychopath sprang vor und schmetterte dem Volk sein Leid und seinen Schmerz vor die Füße.

Und diese Leute, die sonst doch wohl kaum die Gelegenheit fanden, sich zu äußern, die überall fertiggemacht, niedergeschrien wurden: Hier hörte die große Menge der Gläubigen ihnen geduldig zu – die Kirche war immer bis unter die Orgel besetzt – und jeder wusste: Auch wenn der Redner da vorn vielleicht gerade Unsinn erzählt oder sich gar nicht so richtig artikulieren kann – das ist ein Mensch, der da ist Jesus ähnlich, der ist der geringste unser aller Brüder, auch ihm muss man zuhören, auch ihn muss man achten.

Eine gewisse urchristliche Stimmung war zwischen diesen Kirchenmauern spürbar. Aber vor allem ein revolutionärer Atem wehte, denn manche Faust wurde spontan gegen die bunten Heiligen in den Kirchenfenstern erhoben, manches harte böse Wort musste der Barlach-Engel, der ruhig und gleichgültig in seiner Nische schwebte, mit anhören.

Und sogar Lieder der damals berüchtigten Protestsänger Biermann und Degenhardt wurden auf einem Plattenspieler von der Kanzel herab dem Publikum vorgespielt.

Und immer waren wir, wenn wir nach einer solchen Veranstaltung die Kirche verließen, ganz begeistert und voller Energien – wir, das heißt Franz und sein Bruder Herbert, der von seinen Geschwistern ein anderes Mal Heinz, Fritz oder Peter genannt wurde – eine komische Familie, zu der auch die junge schöne Ursula gehörte, die ich immer sehr gern sah.

Wir gingen dann, zu dritt oder zu viert, gewöhnlich in die Kneipe BEI D'R TANT und diskutierten: Was konnte man tun? Wie konnte man seine Kräfte nutzbringend anwenden? Und manchmal war auch einer von den Leuten unter uns, die Franz die Katholischen Revolutionäre nannte, seine Stars. Sie gaben nämlich, wie Franz jetzt erklärte, den KRITISCHEN KATHOLIZISMUS heraus, das linkeste unter den linken christlichen Blättern; die Autoren fuhren zu den Katholikentagen und verteilten ihre Zeitungen und Zettel und zogen sich regelmäßig den Unmut, ja den Hass der Gläubigen zu, weil sie vor allem gegen den Papst schossen, stellvertretend für alle verkrusteten, autoritären kirchlichen Institutionen.

Und eines Tages, es war in der Adventszeit, legten wir, die Franz-Clique und einige Mitläufer, tatsächlich Hand an: Wir zogen einen Text ab, der schon mal beim Politischen Nachtgebet verteilt worden war, ein umfrisiertes Weihnachtsevangelium. Und dann drückte mir Franz gleich 500 Exemplare unter den Arm: „So, mein Bester", sagte er sehr energisch, „jetzt bist du dran."

So hatte ich, als ich weitab von den Hauptstraßen nach Hause fuhr, nach Ostwestfalen, jene bösartigen ketzerischen Blätter im Gepäck. „Wir", hatte Franz noch erklärt, „verteilen die Zettel vor UNSERER Kirchentür. Und da du ja sowieso über die Tage zu Muttern fährst und nicht untätig sein solltest, könntest du diese neuen Vorstellungen und Ideen der jungen kritischen katholischen Kirche auch in der Provinz unters Volk bringen. Du darfst sozusagen den Missionar spielen, nicht wahr? Jeder an seinem Platz, klar?!"

Die haben, dachte ich im Zug wehmütig, gut lachen. Haben sicherlich eine Menge Helfer in Leverkusen, wo ihre Heimatgemeinde war, können sich gegenseitig bestärken und ermuntern – ich dagegen: allein auf weiter Flur, allein in Feindesland.

Denn bekanntlich ist Ostwestfalen, mit dem Zentrum Paderborn, eine der schwärzesten, reaktionärsten Ecken in der Republik. Hier wachsen die meisten Priester heran, hier werfen die Leute noch dicke Scheine in den Klingelbeutel. Hier gilt noch das Wort des Pfarrers mehr als das weltliche Gesetz. Und hier ist für den Katholiken der Papst der Superstar, der King, und das Dogma von seiner Unfehlbarkeit unantastbar.

7

Es war Heiligabend. Die Straßen in dem Städtchen waren alle sehr sauber, nicht mal ein Stückchen Zigarettenpapier oder altes faules Holz lagen herum. Und die Leute waren gerade dabei, sich ihre Schuhe und Anzugshosen zu bürsten. Denn um zwölf, um Mitternacht, ging's richtig los: Alles, was Beine hatte, begab sich zum Jesuskind an die Krippe der Pfarrkirche.

Auch meine Familie – die Geschwister, unsere Mutter – hatte sich in Schale geworfen. Und ich machte mich ebenfalls startklar. Als mein jüngster Bruder, der frommste unter den schon sehr frommen Familienmitgliedern, nun hörte, was ich mit den Flugblättern vorhatte, da runzelte er missmutig die Stirn – vor allem, als er einen der Zettel, den ich ihm hinhielt, überflogen hatte.

„DAS willst du wirklich heute in der Kirche verteilen?"

„Sicher."

„Lass ihn doch", sagte meine Mutter, die, bereits im Mantel, ausgehbereit dastand, „das versteht ja doch keiner, dieses Studentengeschreibsel", wobei sie wohl im Stillen hoffte, ich würde den entscheidenden Schritt zur Tat doch nicht tun, wollte bloß eine Show abziehen.

„Das weiß man nie", sagte mein misstrauischer Bruder, „und wenn auch nur eine einzige Oma durch solche Sätze im Glauben irritiert würde, das wäre schon zu viel."

Und mein Bruder, der es doch sonst eilig hatte, in die Hütte des Dechanten einzutreten, er fixierte mich seltsam, und seine Mundwinkel zogen sich hart nach unten. Das ist einer von diesen Revolutionären, wird er gedacht haben, die im Augenblick der Kirche Knüppel zwischen die Beine werfen. Sie halten sich für die Größten, die Vorkämpfer der Freiheit, der geistigen, religiösen Freiheit sogar, aber in Wirklichkeit sind sie nichts anderes als Werkzeuge des Teufels, und wissen es nicht einmal.

Und mein Bruder, der fromme, guckte mich von oben herab an, mich, der ich jetzt ruhig an dem weiß gedeckten Tisch neben dem

Weihnachtsmann Platz genommen hatte und Marzipanbrote mampfte.

„Wo sind denn überhaupt diese anderen Blätter?“, sagte er nach einer Weile – unsere Mutter war schon zur Kirche losgetrabt – „wo liegen die? Wie viele davon hast du eigentlich?“ – „Fünfhundert“, sagte ich, „und die werde ich heute auch verteilen.“

Und mein Bruder öffnete den Wohnzimmerschrank und schnupperte im Bücherregal herum und in allen Ecken, und als er nichts fand, hörte ich ihn ein Stockwerk höher in meinem Zimmer rumoren. Schließlich kam er, Staub an den weihnachtsweißen Manschetten – auch auf dem Speicher hatte er sich umgesehen – zurück.

„Wenn du diese Zettel verteilst“, sagte er sehr ernst, „rufe ich den Dechanten an, der wird dich dann schon gebührend an der Kirchentür empfangen.“

„Komm bitte“, sagte meine reizende, in ihrem Sonntagsdress sehr apart aussehende Schwester, „der tut doch nur so. Als wenn er wirklich diese Blätter verteilen würde ... Wir müssen los, es ist spät.“

Und mein Bruder, der fromme, verantwortungsbewusste, er drehte sich dann doch um und ging raus – schließlich, die Krippenfeier, der Prolog der Weihnachtsmesse, war sicher schon angelaufen, er musste sich sputen.

Und ich fasste unter den Tisch, an dem ich saß, holte hinter dem weißen, lang herabhängenden Tuch meine in einer neutralen Ledertasche verborgenen Papiere hervor – und machte mich auf den Weg.

Je näher ich der Pfarrkirche kam, desto langsamer, zögernder wurden meine Schritte. – Oh Gott, musste es wirklich sein, die Flugblattaktion? Sollte ich nun tatsächlich damit anfangen, „wider den Stachel zu löken“? Musste ich unbedingt der Erste sein, der an dem Portal dieses Gotteshauses, das immerhin schon über fünfhundert Jahre alt war, ketzerische Schriften verteilte? War ich der richtige Mann, um diese braven treuherzigen Christen vor den Kopf zu stoßen? Was wollte ich mir eigentlich bei diesem Unternehmen beweisen?

Aber, ich merkte es, mein Dickkopf, der westfälische, er begann, sich wieder durchzusetzen. Du hast vor den Leuten hier groß rumgetönt, du machst das mit den Blättern – und wirst doch jetzt nicht kneifen, oder? Und vor allem, was werden die Leverkusener, deine Kumpels, sagen? Die stehen nun, in diesem Augenblick, ebenfalls vor ihrer Kirche und bemühen sich – und du? Du ziehst den Schwanz ein ...

Die Tasche an meinem Arm wurde immer schwerer, je näher ich – auf Seitenwegen, wie ein Dieb in der Nacht – meinem Ziel kam.

Wie üblich stand eine kleine Traube von Menschen, Männern hauptsächlich, draußen vor dem Portal; nicht etwa, weil die Kirche zu voll war – die Leute wollten möglichst schnell, kaum dass der Dechant nach der Kommunion den Segen gegeben hatte, ins Bett zurückschleichen oder auch in die inoffiziell geöffnete Hinterstube ihrer Stammkneipe verduften.

Ich drängte mich durch die Menge, stellte im Vorraum hinter der Tür die Tasche ab, nahm einen Packen Blätter und trat ins Innere des Gebäudes. Die Kirche war nur durch Kerzen beleuchtet, die Krippenfeier ging gerade ihrem Ende entgegen. Und, wie ich bemerkte, schritten einige Messdiener jetzt an den Bankreihen entlang und verteilten Liedertexte.

Das war die Chance. Ich, in der Dunkelheit kaum auffällig, schloss mich ihnen einfach an.

„Bitte weitergeben“, flüsterte ich, wie die Messdiener vor mir, und reichte dem ersten in der Bank meine Zettel. Der Mann, wie gewohnt, gab nichtsahnend die Blätter an den Nachbarn weiter.

Und ich ging zur nächsten Bank.

Am Altar angekommen, machte ich kehrt und nahm mir die Leute auf der anderen Seite des Kirchenschiffs vor. Unverkennbar in meinem Rücken ein immer mehr sich aufschwingendes Gemurmel. Die Leute hatten offenbar gemerkt, dass es, was meine Blätter anbetraf, sich nicht um Liedertexte handelte, sondern um ein knallhartes Evangelium, frei nach Lukas, Kapitel 2, Vers 1–14:

„Es begab sich aber zu der Zeit", so fing der Text an, *„dass ein Erlass ausging irgendwo in Europa, der einen Anspruch auf Weihnachtsgeld enthielt, aber es nicht erreichte, dass alle sozialen Schichten damit bedacht wurden.*
Dieser Erlass erging zu der Zeit, da in Biafra noch täglich tausend Kinder Hungers starben, da Menschen die ersten Schritte auf dem Mond unternahmen, aber ein Dorf in Niederbayern sich weigerte, ein Heim für geistig behinderte Kinder errichten zu lassen, da ein Papst den amerikanischen Astronauten Audienz gab, aber nicht bereit war, Vertreter der europäischen Priestergruppen, die er seine Söhne nennt, anzuhören ...
Und in diesen Tagen machte sich Maria Carolina aus Sacramento auf den Weg in die Stadt São Paolo, obwohl sie schwanger war; denn sie hoffte, dort Nahrung und Unterkunft zu finden. Und als sie daselbst war, kam die Zeit, da sie gebären sollte. Und sie gebar ihren ersten Sohn, wickelte ihn in Zeitungspapier und legte ihn in einen alten Seifenkarton; denn man hatte keinen Platz für sie in den Krankenhäusern von São Paolo ..."

In diesem Stil also. – Wahrlich keine brave Hausmannskost für autoritätsgläubige und sich an althergebrachten Gebetsformeln orientierende Katholiken.

Und als ich mal wieder zurückschlich, um einen neuen Packen Blätter aus meiner Tasche zu holen, und die Unruhe in der Kirche allmählich fühl- und hörbar wurde, da bemerkte ich meinen Gegner, den Küster, den Handlanger des Dechanten. Der großgewachsene Mensch stürmte, während ich, Zettel unter dem Arm, wieder nach vorn eilte, aus der Sakristei, hatte mich im Blick, wollte offensichtlich zu mir durchstoßen. Aber die Leute rechts und links vom Altar standen dicht gedrängt, er konnte die andächtigen Schäflein doch nicht einfach so umrempeln. So kam es, dass ich meine Mission sozusagen schon beendet hatte, als der Küster hinten am Eingang, wo ich den zu spät kommenden Kirchgängern noch schnell aus meinem letzten Packen Papiere zusteckte, seine schwere Hand auf meine Schulter legte. „Das ist verboten“, sagte der Mann ruhig. Und er drängte mich raus, an die frische Luft.

Ich blieb dicht vor ihm auf der obersten Stufe vor dem Portal stehen, verteilte weiter. Und der große Mensch nahm mich am Arm, und wir überquerten gemeinsam den Kirchenplatz.

„Hier“, sagte der Küster und deutete auf eine undefinierbare Stelle am Boden, „bis hierhin hat der Dechant Hausrecht. Da verläuft die Grenze des Kirchengrundstücks. Wenn Sie weiter Zettel verteilen, ist das Hausfriedensbruch.“

Ich trat einen Schritt nach vorn, stellte die Tasche ab und hielt den allerdings nur noch spärlich auftauchenden Messebesuchern meine Zettel hin. Der Küster sah mir kurze Zeit zu, marschierte dann zurück in die Kirche.

Die Krippenfeier war nun zu Ende, die Messe begann, denn die Stimmen der Christen stiegen hoch zum Kirchengewölbe, und der Organist griff mächtig in die Tasten.

Ich fasste meine Tasche und ging langsam nach Hause.

Der Vollmond schien ruhig auf die verschlafene Stadt. Noch von Weitem hörte man die weihnachtlichen Melodien gedämpft herüberklingen. Einmal traf ich eine Katze, die schnell vorbeilief. – Ein sanfter Wind fuhr durch meine Haare. Ich grinste, die nun federleichte Tasche am Arm, die ganze Zeit vor mich hin. Ich habe es geschafft, dachte ich, verdammt, ich habe es geschafft. Und ich legte mich ins Bett, guckte durch das Dachfenster in den Nachthimmel – schlief ein.

Am nächsten Morgen war mein frommer Bruder zwar nicht gerade fröhlich, aber auch nicht besonders beleidigt. Es war für ihn eben nicht mehr drin gewesen, er hatte seine Pflicht erfüllt, hatte sein Bestes gegeben, um mich vor dieser Sünde, vor dem Bösen zu bewahren – was konnte man machen.

Und: Der Dechant hatte mich zudem in der Morgenmesse von der Kanzel herab öffentlich zurechtgestutzt. Kritik schön und gut, hatte der Mann, auf meine Aktion vor der eigentlichen Predigt kurz eingehend, bemerkt, aber, man solle doch, bitte sehr, eine gewisse Form wahren, eine undisziplinierte, ehrfurchtslose Besserwisserei sei fehl am Platze – der Revolutionär muss, so sollte das wohl heißen, vorher gnädig um Erlaubnis bitten, bevor er den Regierungspalast stürmt.

Und am Nachmittag bekam ich Besuch. Mein alter Schulfreund, der hin und wieder auch noch als Student seinen Job als Vorleser in der Sonntagsmesse wahrnahm, saß mir auf der Couch gegenüber, sprach gütig und sanft zu mir. „Du hast sicher nicht immer Unrecht", so fing er an, der gewiefte Sophist christlicher Prägung, „im Großen und Ganzen kann man natürlich die Kirche in einigen Punkten kritisieren, aber du solltest doch gewisse Umgangsformen beachten, diplomatischer vorgehen, wenn du wirklich etwas verändern willst."

Ordnung muss sein, hieß es also auch bei ihm, das stand an erster Stelle, das Drumherum war wichtig, weniger der Inhalt. Nun, ich brachte meine Argumente, und Willibald, wie mein ehemaliger Klassenkumpel hieß, war anschließend zufrieden, weil er sich bemüht hatte, weil er ein „Streitgespräch" ausgefochten und es gewagt hatte, in die Arena zu treten und einem dieser Verleumder der Kirche die Stirn zu bieten.

Natürlich, sagte ich mir, als ich im Zug saß und ins Rheinland zurückfuhr, sicher, die Leute werden sich durch so eine Aktion kaum ändern, aber, es war einmal was anderes gewesen, dieses Jahr Weihnachten. Nicht so langweilig. Und das ist doch schon ein Fortschritt.

Zurück in Köln, gab ich dann meinen Leverkusener Freunden die Vollzugsmeldung, erstattete ausführlich Bericht.

Und auch die Franz-Clique hatte in ihrer Heimatgemeinde Spaß gehabt und sich mit etlichen Gläubigen vor dem Kirchenportal fast ein Handgemenge geliefert.

8

Denn der Druck, der allerorten von links auf die herrschenden Gesellschaftsstrukturen ausgeübt wurde, erzeugte manchmal eine entsprechende Gegenreaktion, die nicht immer nur verbal ausfiel.

So erblickte ich eines Morgens, als ich zur Uni ging – ich traute meinen Augen kaum – einen meiner Vorgesetzten, den Byzantinistik-Professor Rubin, in voller Aktion. Eine Art Bäckerhemd an, blaue Arbeitshose, stand er vor dem Eingang des Hauptgebäudes, in der Hand eine Farbpistole, und rollte wild mit den Augen.

Denn vor dem Portal hatten doch tatsächlich über Nacht die noch vor kurzem so sanften und fügsamen Studenten eine Barrikade errichtet – aus Holzbänken, die sie aus den Hörsälen herbeigeschleppt hatten.

Und ein junger Mann war gerade oben auf den Haufen geklettert und pinselte, mit roter Farbe natürlich, in großen Buchstaben über dem Tor an die Wand: ROSA LUXEMBURG UNIVERSITÄT. – Der Name Albertus Magnus, bisher mittelalterlicher Schirmherr der Uni, war damit kurzerhand ausgelöscht. Die Neuzeit marschierte.

Eine Gruppe Studenten hatte sich vor der Barrikade eingefunden – die Leute wollten rein, arbeiten, wie sich das gehörte, aber auch die Seiteneingänge waren, wie sich herausstellte, versperrt beziehungsweise von Streikposten besetzt.

Und sie, die eifrigen, fleißigen, unpolitischen Studenten mussten tatenlos zusehen, wie der junge Mann mit dem Farbpinsel kurzerhand aus der seriös nach einem Kirchenvater benannten Hochschule eine kommunistische, sozialistische machte.

Wie gesagt, sie rührten keinen Finger – anders dagegen Professor Rubin, der nun angriff. Bedrohlich seinen Colt schwingend, sprang er vor die Barrikade, verspritzte blaue Farbe über das Holz, versuchte, den Mann oben zu treffen; er schrie laut, der Professor drehte sich nun im Kreis und schoss wild um sich.

Der kleine, bebrillte Herr, etwa Mitte fünfzig, er wollte es den Linken zeigen, wollte nicht kampflos ihnen das Feld überlassen. Im Eifer des Gefechts allerdings, weil er eben ein Professor war und handwerklich nicht so geschickt, spritzte er auch sich selbst an. Zudem beschlug die Brille wegen seines austretenden Geifers, der Professor sah seine Gegner nicht mehr. Als er nämlich die Pistole senkte, hatten meist nicht die Linken, sondern vor allem jene ruhigen unpolitischen Studenten Farbkleckse am Dress. Die standen ganz bedröppelt da – ihre feine Anzüge und sogar die Krawatte und auch das weiße Hemd, sie waren hinüber.

Und diese Burschen, statt das einfach zu schlucken oder zu sagen, wo gehobelt wird, fallen Späne, sie waren sauer und drängten sich durch eine der Seitentüren, die der Professor immerhin freigeschossen hatte, und gingen hoch zum Rektor, um sich zu beschweren.

Und so sah ich sie, als man schließlich wieder, allerdings durch den Hintereingang, offiziell in die Uni konnte, Rubin hatte sich längst zurückgezogen, da stand das Häuflein Misshandelter vor dem Sekretariat – der Rest der alten Studentengarde.

Der alte Herr – einer der wenigen Rechten, die damals aktiv Widerstand leisteten. Während seine Kollegen verschreckt in ihren Löchern, das heißt in ihren Sprech- und Arbeitszimmern hockten und auf bessere Zeiten warteten und sogar während der Vorlesungen sich durch Störtrupps das Heft aus der Hand nehmen ließen, hatte nur er, der kleine Mann, es gewagt und sich ins Kampfgetümmel geworfen.

Nun, es brachte ihm natürlich nichts ein konkret, denn die Rechten waren lange Zeit nicht mehr im Geschäft. Rubin, der im Übrigen kein Unbekannter war, hatte er doch vor Jahren in England, nach einem spektakulären Fallschirmabsprung, Flugblätter verteilt für die Befreiung seines Gesinnungsfreundes, jener Nazigröße namens Rudolf Heß, der immer noch lebte und von den Alliierten in Berlin festgehalten wurde – dieser Professor konnte es auch später nicht lassen, denn vor einer der folgenden Bundestagswahlen fand man ihn eines Tages neben der Autobahn am Baum gefesselt.

Linke Gegner hätten ihn entführt und misshandelt, so erklärte der Mann der Polizei und der Presse – ein Scherz allerdings, wie sich dann herausstellte: Rubin hatte sich, um die Wahl zugunsten der rechten Parteien zu beeinflussen, von seinen Genossen selbst an den Baum binden lassen.

9

Der übrigen Professorenschaft fiel damals nur dieses ein: Sie versuchte, auf die linke Linie einzuschwenken, mit den Wölfen zu heulen. Plötzlich war was dran an dem, was die Jugend wollte, und ohne große Anstrengung, ohne besondere Gegenwehr hatten die Studenten plötzlich das Mitspracherecht, saßen in den entscheidenden Uni-Gremien, beeinflussten sogar die Wahl der Vorlesungsthemen, vergaben wichtige Verwaltungsposten.

Denn die Wucht des allgemeinen Aufruhrs war zu groß. Eine kurze Information genügte, und schon standen tausende von Demonstranten auf dem Neumarkt. Die Studenten gingen raus aus der Uni, prägten das Straßenbild der Stadt. Und es blieb nicht beim bloßen Sprüche-Schreien und der optischen Darbietung der Stärke. Als zum Beispiel der Film GREEN BERETS, mit John Wayne, der den Vietnamkrieg verherrlichte, anlief, und wir bei einer Demonstration an jenem Kino vorbeikamen, da nahmen die Leute neben mir Steine auf, und RUMMS, die Scheiben in den Aushängekästen neben dem Eingang gingen zu Bruch. Und gewöhnlich auch ein paar Scheiben im Amerika-Haus, ein häufiges Ziel unserer „Ausflüge".

Und den armen Polizisten, die zu hunderten diese Gebäude umstellt hatten, ihnen schlotterten oft vor Angst die Hosen, denn das war alles noch sehr neu für sie, sie waren noch nicht so hart geworden, hatten noch nicht die Schlagstockmentalität der späteren Jahre.

Gewöhnlich nahm ich an dem Steinewerfen und den wilden Beschimpfungen nicht teil; es lag mir nicht, herumzubrüllen und sich auf der Straße und vor allem für irgendwelche Ideen so ins Zeug zu legen und zu ereifern – wenn ich natürlich auch diesen üblichen Linksschwenk damals mitgemacht hatte und entsprechend diskutierte und die gängigen Sätze losließ. Ich spürte auch nie – wie es damals bei den meisten Demonstranten der Fall war – Hassgefühle, weder gegenüber der Polizei noch irgendwelchen ins Visier geratenen Politikern oder Wirtschaftsbossen.

Die meist jungen Polizisten taten mir regelrecht leid, wenn sie geduckt und ängstlich hinter ihrem Plexiglas-Visier hervorsahen. Wenn ich eine entsprechende Bemerkung fallen ließ, hörte ich vonseiten der Kommilitonen sofort: „Aber die haben es sich doch selbst zuzuschreiben, wenn sie einen Stein an die Birne kriegen, sollen sie sich eben einen anderen Job suchen." Denn bei den Studenten galten die Uniformierten als die Helfershelfer der Kapitalisten und sollten auch so behandelt werden. Hin und wieder trat ich beim Amerika-Haus an die Gitter heran, die Stahl- und Drahtbarrieren, die vor der Polizeikette und dem Gebäude gezogen waren, und versuchte, ein Gespräch mit den Uniformierten anzufangen.

Und viele der jungen Beamten gaben auch unverblümt zu verstehen, dass sie gar nicht gern diese Arbeit täten, vielmehr eigentlich mit den Studenten sympathisierten. Und tatsächlich steckten sie schnell, wenn es nur irgendwie ging, den Knüppel ein, verdrückten sich, ließen sich manchmal sogar von den Angriffswellen der wütenden Demonstranten absichtlich überrollen. Und, wie gesagt, die Schläge, die sie gelegentlich doch austeilten – harmlos im Vergleich zu dem, was später kam.

10

Ich konnte es nicht sein lassen, war, sobald ein Termin auf den Plakaten, auf den Handzetteln genannt wurde, dabei.

Meist versammelte man sich auf dem zentral gelegenen Neumarkt. Und ich ging von Gruppe zu Gruppe, sah mich um – auch wenn nur der MSB/SPARTAKUS oder der damals entstehende KBW oder sonst welche extreme Vereinigungen zu einer speziellen Demo aufgerufen hatten.

Ich hatte wohl mal meine Nase zu weit vorgestreckt, denn eines Nachmittags wurde ich am Sammelpunkt plötzlich von zehn, fünfzehn fahnentragenden Studenten umringt. „Also“, sagte einer und trat dicht an mich heran, „nun hol’ sie mal raus.“

Und die übrigen Demonstranten blickten mich finster an; es schien, als würden sie sich jeden Moment auf mich stürzen.

„Ha ha“, lachte ich, ein bisschen gequält allerdings, „WAS soll ich denn bitte schön rausholen?“

„Deine dreckige Marke“, sagte der neben mir und fasste mich an meine Jacke, „deinen sauberen Polizistenausweis.“

Ich, in meiner Verwirrung, grinste noch stärker, und fing glatt an, einen auf witzig zu machen.

„Verdammt“, sagte ich und klopfte auf meine Taschen herum, „hab’ meine Blechmarke doch tatsächlich zu Hause vergessen.“ Bis ich dann schnell meinen Studentenausweis vorzeigte.

Und die misstrauischen politischen Menschen besahen sich das Papier von allen Seiten und betrachteten aufmerksam die vielen Semesterstempel.

Erst allmählich beruhigten sich die Demonstranten.

Man muss dazusagen, dass ich schon damals nicht mehr die meisten Haare auf dem Kopf hatte, demnach älter aussah als ich in Wirklichkeit war - und auch, dass ich gewöhnlich ganz brav und bieder und ruhig in die Welt blickte, ohne Argwohn - das schien diesen doch ziemlich schnell erregbaren Figuren verdächtig gewesen zu sein.

Und Spitzel, die gab es leider, sie saßen sogar in den Vorlesungen und Seminaren und versuchten, die Rädelsführer der Unruhen festzustellen und anzuzeigen – den einen oder anderen Polizei-Spion konnte man tatsächlich kaltstellen und entlarven.

Diesen Zwischenfall damals nahm ich nicht sehr krumm. Denn wenig später war alles vergeben und vergessen. Brüderlich hatte man sich untergehakt – und immer wieder dieses faszinierende Erlebnis: Du läufst, Schulter an Schulter, Arm in Arm, mit hunderten, oft tausenden von Gleichgesinnten durch die Straßen, und du schreist – und auch ich, der zurückhaltende, konnte mich oft diesem Sog nicht entziehen – du brüllst wie ein Stier. „HO HO HO TSCHI MINH!", rollte es durch die Häuserschluchten, oder „BEEENDA, WIR KOOOMMEN!" – gemünzt auf Benda, den damaligen Justizminister. Und in gewissen Abständen verfiel man vom Schritt in den Trab, skandierte staccato „U-S-A – S-S – S-A!" und andere Losungen, die von den umliegenden Häuserwänden fürchterlich zurückgeworfen wurden; und die Bürger, die oben in den Fenstern hingen, sie zogen ängstlich die Köpfe ein, zumal ein Spruch hieß: „LEUTE, LASST DAS GLOTZEN SEIN, KOMMT HERUNTER, REIHT EUCH EIN!"

Ich erinnere mich besonders an eine große Veranstaltung in Bonn, eine überregionale Demonstration, zu der auch die Berliner, diese Vorreiter bei allen revolutionären Aktionen, mit einem Sonderzug in die Bundeshauptstadt gefahren kamen. Unvergesslich das Bild, wie sich die Studenten aus dem bunt bemalten und fahnengeschmückten Zug herausstürzten, in das Bahnhofsgebäude strömten, durch das Hauptportal auf der anderen Seite wieder hervorbrachen, die Stufen hinuntereilten, und wie eine Horde Tartaren, die gerade dabei waren, ganz Westeuropa zu unterwerfen, sich in die engen Straßen der Altstadt ergossen, um mit ihren roten Fahnen die Hauptstadt in Besitz zu nehmen – viele in den für uns noch ungewohnten gelben Gummi-Mänteln, auch Ostfriesen-Nerz genannt, als Schutz gegen die Wasserwerfer.

Solche aufsehenerregenden bunten Aufzüge junger Leute waren auch für die Bonner noch was Besonderes. So kamen häufig vor allem auch ältere Menschen aus ihren Löchern hervor, traten vor die Haustür, neugierig, was denn nun für eine Zeit angesagt sei, und man sah eine Menge Grüppchen, Alt und Jung gemischt, auf dem Münsterplatz und vor dem Rathaus stehen. Und heftig und guten Willens wurde diskutiert und Politik gemacht. Der Mann mit dem Berliner Dialekt vertieft im Gespräch mit der biederen, Kölsch redenden Hausfrau, die sich oft natürlich nur mit Hilfe von Gesten überhaupt richtig verständlich machen konnte.

Und die Botschaft der Revolutionäre wurde ernsthaft aufgenommen, wenn auch nicht direkt umgesetzt, so doch wohlwollend betrachtet.

Es war was los, und ich lief von Gruppe zu Gruppe, beobachtete, hörte zu, hatte ein tolles Gefühl und wusste, eine neue Epoche war angebrochen.

Und dann lagerten wir auf der Schlosswiese hinter der Uni. Und irgendeine berühmte Persönlichkeit, der Schriftsteller Heinrich Böll oder der Zukunftsforscher Robert Jungk etwa, die mit den Studenten sympathisierten, hielt eine feurige Rede. Und die Politiker wurden dabei schön und genüsslich fertiggemacht, White-Collar-Gangster waren es durch die Bank, die nur schwachsinniges Zeug erzählten, den Bürger für dumm verkauften und im Übrigen nur in die eigene Tasche wirtschafteten, so die einhellige Meinung der Demonstranten.

Auch wenn wir dann abends, nach getaner Tat, zu Hause vor dem Fenster saßen und die Reaktionen der Öffentlichkeit auf solche Demos verfolgten und hörten, dass die kritisierten Politiker äußerst betroffen seien und zugaben, dass die Studenten in manchem Recht hätten, und es wäre richtig, dass die Jugend auch mal ihre Wünsche artikuliert („obwohl wir, die Politiker, natürlich auch nur ihr Bestes wollen") – dann wussten wir, das war nur Schau, pure Heuchelei, und wir waren sicher, dass die Herren in Wirklichkeit mächtig rotierten und unablässig im Verborgenen wühlten und angestrengt überlegten, wie sie das Ganze wieder in den Griff bekommen und ihre Macht festigen könnten.

11

Das alles passierte so 67, 68, 69 bis 71 – und als ich mein Staatsexamen zu machen begann, waren die Wogen bereits geglättet. Die Leute sprachen anschließend von einer sogenannten gescheiterten Revolution. Denn die Professoren, sie waren keineswegs verschwunden, und ebenfalls nicht die Politiker. Sie kamen wieder aus ihren Löchern hervor, hatten einige Jahre zwar Angst und Schrecken erlebt, möglicherweise ist der eine oder andere vorzeitig grau oder glatzköpfig vor lauter Kummer geworden, hat die Rente vorgezogen, aber, das war's denn schon. Es ging wieder alles seinen normalen, gewöhnlichen Gang.

Äußerlich gesehen jedenfalls. Denn, wir 68er, wie jene unruhige Generation bald genannt wurde, wir, die wir einige Zeit ununterbrochen nur Flugblätter gelesen, über die weltpolitische Lage diskutiert, aber hauptsächlich gelernt hatten, dass man der Meinung der Oberen grundsätzlich misstrauisch gegenüberstehen soll, dass Kritikfähigkeit in jeder Situation wichtig ist – wir traten nun rein, ins Leben.

III.

Streuner

1

Das vollzog sich allerdings bei mir in Etappen – diese Wendung zum Broterwerb, zum beruflichen Alltag. Zunächst wollte ich erst mal, nach meinem Staatsexamen, eine Doktorarbeit schreiben, eine Dissertation, wie man es nennt.

Eine wissenschaftliche Laufbahn an der Uni, wie mein engster Studienfreund Heinz sie anstrebte, schien auch für mich durchaus in Ordnung zu sein. Ein bisschen Forschung betreiben, neue Erkenntnisse gewinnen, den jungen Leuten Wissen und Bildung vermitteln, was gibt es Schöneres. Also bemühte ich mich. Was heißt: Ich stand so gegen acht Uhr auf. Ein leichtes Frühstück, bestehend aus zwei Knäckebrotscheiben, bestrichen entweder nur mit Margarine oder auch dann und wann mit Erdnussbutter.

Um neun saß ich also da, an meinem schon beinahe – aufgrund eines Gewohnheitsrechts – reservierten Tisch. Ich packte meine Papiere, Karten, Bücher aus. Und schon wurde malocht. Ich schlug ununterbrochen Bücher auf, blätterte – und holte im Laufe des Tages immer neue aus dem Regal. Und ununterbrochen schrieb ich bestimmte Textstellen aus den Büchern ab auf meine Karteikarten, die für meine Doktorarbeit erforderlich waren.

Das Thema der Arbeit: Es handelte sich um die deutsch-sowjetischen Beziehungen nach dem Ersten Weltkrieg. Wie seinerzeit die SPD, KPD und auch die konservativen Parteien auf die damals gerade ausgebrochene russische Oktoberrevolution reagierten. Um es kurz zu machen: Die KPD-Leute jubelten – die SPD-Spitzen-Manager dagegen, vor allem Ebert, der sich sogar nach der eben erst verschwundenen Monarchie zurücksehnte, sie waren nicht besonders begeistert. *Chaos, Anarchie, Ausbruch unkontrollierter, teuflischer Kräfte*, das verbanden sie mit diesem Ereignis. Sie, als alte Marxisten, die sich ja immer die Revolution auf die Fahne geschrieben hatten – kaum war sie tatsächlich, im Nachbarland, ausgebrochen, da zogen diese Jungens den Kragen hoch, duckten sich, um keine Erkältung zu bekommen, um nicht von diesem Bazillus angesteckt zu werden.

Ist ja nicht uninteressant, dachte ich, nachdem ich mich erst mal in die Materie reingekniet hatte; die Situation damals schien mir auch vergleichbar mit der 68er-Zeit. Theoretisch waren die Politiker durchaus für selbstständige, selbstbewusste, emanzipierte Volksgruppen, aber in der Praxis, wenn sie Machtbefugnisse abgeben sollten ... Wie gesagt, das Thema lag mir schon.

Aber gleichzeitig merkte ich immer mehr (und das schien das Wichtigste bei der ganzen Angelegenheit zu sein): Eine Doktorarbeit ist nicht einfach ein Ding, was man nach bestem Wissen und Gewissen fertigstellt. So eine Doktorarbeit ist nämlich, das wurde mir dauernd erzählt, was Wissenschaftliches, das heißt: Sie unterliegt gewissen Regeln.

Wissenschaft ist was ganz Strenges, Logisches – wenn man so will, was ganz Kompliziertes. Denn: Ich hatte nicht nur den historischen Sachverhalt dieser Zeitepoche zu schildern, mein eigenes Urteil zu fällen, die Fakten zu interpretieren, den Leuten klarzumachen, um was es ging – ich musste vor allem auch zeigen, beweisen, dass ich Schweiß vergossen hatte.

So eine Doktorarbeit dauerte, jedenfalls auf diesem Gebiet, an die zwei, drei Jahre. Dazu muss man ungefähr 300 bis 400 Bücher gelesen haben, und aus jedem dieser Bücher muss man ZITIEREN, also eine Menge Textstellen rausschreiben und sinnvoll in der Arbeit unterbringen, mit genauer Seitenzahl, Erscheinungsjahr, -ort, Auflage des jeweiligen Artikels und so weiter.

Und je mehr Bücher du zitierst, desto besser. Je mehr Seiten du abschreibst, je mehr Karteikarten du bekritzelst, um so wohlwollender nickt der Professor, dein „Doktorvater“, wie es heißt, er nickt und sagt: „Gut so, Herr Brune, noch mal hundert Bücher, vor allem diese und diese, noch mal ein Jährchen oder deren zwei dranhängen, und Sie sind so weit. Dann haben Sie es GESCHAFFT!“

Wie erwähnt, um neun saß ich täglich in der Uni an meinem Tisch. Um zwölf kam der – schon verinnerlichte, schon unbewusst akzeptierte Gong, eine Uhr war nicht nötig: Mittagspause. Ich schlenderte, den Kopf voll von Ebert-, Noske-Sprüchen, zur Mensa, und aß, ich weiß nicht mehr was – ich hatte ja meistens diese Textstellen über die Genossen im Kopf, garniert von Jahreszahlen, Seitenzahlen ...

Um zwei Uhr, nachdem ich noch mein Gesicht – nach dem Essen – der Sonne gezeigt hatte, hockte ich wieder auf dem Stuhl – bis gegen fünf, halb sechs. Ab nach Hause. Sieben Uhr, Abendessen in der Studentenbude, und dann ein bisschen raus, in die Kneipe. Und dann gegen elf, ein wenig Radiohören, ein wenig lesen – leichtes unwissenschaftliches, mithin unwürdiges Zeug, nur verdummende, zu verachtende Triviallektüre, wie es im Schul- und Uni-Unterricht bezeichnet wurde. Und schließlich noch kurz rübergedreht, vor dem Einschlafen, zum Polizeifunk.

„Arno eins ruft Arno sieben, hilflose Person am Barbarossaplatz“, oder „Schlägerei in der ‚Eiche‘.“ – Einige schöne kernige Sprüche, auf Kölsch häufig, aus dem Leben gegriffen, und ich dämmerte dahin – bis zum nächsten Morgen um acht.

Das Ganze dauerte nun gut ein Jahr – dieses Karteikartenvollschreiben, und dann kam jener bewusste ereignisreiche Tag, wenn ich es mal so ausdrücken darf: Es war gegen drei Uhr am Nachmittag, und ich merkte, der Schwung, der alte, war nicht mehr. Revolution schön und gut, aber immer diesen feinen Staub von diesen ziemlich alten Büchern in der Nase, dieses trockene Papier und diese Stille, diese typische Lesesaal-Atmosphäre um mich herum. Studenten, die immer nur ganz leise flüsterten, wenn sie sich von Tisch zu Tisch unterhielten, bleiche Mädchen, meist in knielangen Kleidern, keine Reize, keine Figur sichtbar, Brille auf der Nase und mit intellektuellem steril-kühlem Blick ...

Ich jedenfalls hatte erst mal die Schnauze voll. Wuchtete mich schließlich von meinem Platz hoch, trabte nach draußen. Und siehe da, ich stellte fest, dass die Wolken ziemlich niedrig über dem Uni-Gebäude dahinzogen, und ich bemerkte und fühlte sie auf meiner Haut, die Sonnenstrahlen, die zwischen den dünnen Baumstämmen durchkamen.

„He", sagte plötzlich jemand mitten in meinem süßen schönen schwebenden Dahindämmern, „altes Haus, hast wohl nicht besonders viel zu tun heute, wie?"

Es war mein alter Bekannter Rainer Kippe – jedenfalls hatte ich in der Uni hin und wieder ein paar Worte mit ihm gewechselt. Rainer also legte sein Fahrrad an die Wand, verschwand im Haus. Nach fünf Minuten kam er zurück.

„Mein Gott", sagte er, „deine Zeit möchte ich haben."

„Was ist denn los?", meinte ich, „warum diese unchristliche Hetze?"

Rainer, in der Tat, legte nun doch eine Verschnaufpause ein, und er erzählte mir von seinem neuen Verein, mit der etwas bedeutsamen Bezeichnung „Sozialpädagogische Sondermaßnahmen Köln", abgekürzt SSK.

„Komm doch mal vorbei", sagte er, bevor er sich wieder auf sein Fahrrad schwang. „Statt Papier zu beschriften, könntest du dich mal als ein wenig nützlicher erweisen. WIR BRAUCHEN NOCH LEUTE!"

2

Kippe, der Action-Mann. Mit seinem Freund und Gesinnungsgenossen Lothar Gothe war er damals in Studentenkreisen eine bekannte Figur. Beide im SDS, dem damaligen fortschrittlichen „Sozialistischen Deutschen Studentenbund", hatten sie seinerzeit aufsehenerregende Happenings veranstaltet, unter anderem auch Sit-ins im Zimmer des Rektors der Universität organisiert, wo sie die Füße auf den Schreibtisch des Chefs legten und die Zigarettenasche auf dem Boden verstreuten; Rainer war auch mal demonstrativ mit dem Fahrrad durch das Gebäude der sogenannten Alma Mater, der heiligen Erziehungsstätte gefahren, mit dem schmutzigen Drahtesel die großen Flure lang, die Treppe rauf und runter – was Unerhörtes damals. Und als der Rektor ihre giftigen revolutionären SDS-Plakate abreißen wollte, hatte Lothar zugegriffen, hatte den Herrn in einem Polizeigriff sozusagen ein wenig beiseitegeschafft.

Und dann kam eines Tages die Erkenntnis: Es reicht. Studieren, was soll das noch? Irgendwo hatte er damals in einer Kneipe gestanden, so erzählte er mir später, als plötzlich neben ihm am Tresen bei einer Frau, einer „Arbeiterfrau", die Wehen einsetzten und sie ein Kind zu kriegen begann.

„Das hat mich umgeworfen. Hier ist das Leben, habe ich mir gesagt, hier läuft alles ab – und nicht in der Uni, nicht in den Büchern – also: weg mit dem Zeug!"

Und Lothar Gothe widmete sich fortan zusammen mit seinem Busenfreund Rainer Kippe dem Proletariat. Keine großen Sprüche mehr, sondern Handarbeit, körperliche Arbeit war gefragt. Keine intellektuelle Distanz mehr zum Leben, zu den „Ausgebeuteten", sondern das Ohr, die Hand, die Seele am Puls des Volkes.

Gothe und Kippe stiegen bei dem damals gerade entstandenen Verein SSK ein – und hatten nach kurzer Zeit das Ruder fest in der Hand.

Der Verein, ursprünglich gefördert von den Stadtvätern, um den radikalen Forderungen der revolutionären Pädagogen und Sozialarbeiter die Spitze zu nehmen und die Aktivitäten in gemäßigtere Bahnen zu lenken, wurde, nachdem die sanfteren Betreuer, die Taktierer draußen waren, nun wirklich zum Vorkämpfer. Die Missstände in den Kölner Erziehungsheimen wurden ans Licht gezerrt, die Verantwortlichen genannt, und die Jugendlichen, die sogenannten Zöglinge, ermuntert, Widerstand zu leisten, nachts sich aus den Fenstern zur Erde zu lassen, zu verschwinden, oder auch hin und wieder dem einen oder anderen brutalen Erzieher heimlich aufzulauern und ihm eins auf den Deckel zu geben.

3

„Wir haben eine Menge zu tun", hatte Kippe gesagt. Und in der Tat, als ich mich am nächsten Abend zur Evangelischen Studentengemeinde begab, da sah ich es selbst: Einige wenige Betreuer waren versammelt, um sie herum ein ganzer Haufen Jugendliche, Zöglinge wohl, die eben erst aus Heimen abgehauen waren, die versorgt werden mussten.

Ich werde es nicht vergessen: Ich wollte eigentlich „nur mal so reingucken". Mein Gott, sich mit irgendwelcher Vereinsmeierei zu befassen, dachte ich, das fehlte mir gerade noch; sicher, auch ich war der Überzeugung, dass an der Gesellschaft was faul war, dass man die Finger auf die wunden Stellen legen sollte. Aber ich hatte mit meiner Dissertation genug anderes zu tun. Man kann nicht alles machen. Doch so kurz mal reinriechen, dachte ich, sozusagen, ein bisschen sich umsehen, informieren, was läuft heutzutage, das konnte nicht schaden – und vielleicht, in Erinnerung an die 68er-Erfahrung, ein wenig Sand ins Getriebe des Staates streuen ...

Ich gehe also in dieses Studentenheim, betrete einen ziemlich dunklen Saal, und ich blicke mich um: Da sitzen sie in der Ecke, halb verdeckt von einem Vorhang. Und Gothes blonde Mähne leuchtete im matten Schein der Wandlampe.

Und als ich näherkomme: Es sind so zwanzig Mann, meist junge Leute. In der Mitte des Kreises zwei Mädchen, circa sechzehn, siebzehn, die gerade dabei sind, ihre Geschichte zu erzählen. „Ja, und dann ha'm wir gedacht", sagte die etwas fülligere, ältere, „da ha'm wir gedacht, hauen wir ab. Das hier hältst'e nicht aus. Und Inge und ich, wir ha'm dann den richtigen Moment abgepasst, ha'm Bettlaken zusammengeknotet, und dann nachts aus'm dritten Stock uns rausgelassen. Und Inge is' dabei gefallen, die Bettlaken rissen oben ab. Und sie fiel hin, und auch mit'm Kopf gegen die Mauer, und ich dachte, die schafft das nicht mehr, als ich sie so im Dreck liegen sah."

Und Inge, die dünne neben ihr, die wirren Haare in der Stirn, sie nickte, und sie schob die Haare weg, und man sah auf der Stirn eine ziemlich frische Schramme.

„Tja, und als wir am Bahnhof standen, da kriegten wir eure Adresse, wir könnten da wohnen, die würden was für uns tun. Und deshalb sind wir hier."

Irmgard, wie sie hieß, guckte, als sie zu Ende erzählt hatte, auf ihre von mindestens fünf Ringen geschmückten Finger. Pause.

Rainer, der sich bisher im Hintergrund gehalten hatte und sich jetzt vorbeugte: „Und nun? Was meint ihr, was nun passieren soll?"

„Tja", sagte die ältere, „ich habe gedacht, wenn ich erst mal einige Zeit irgendwo pennen kann und nicht ins Heim zurückmuss – ich such mir dann 'ne Stelle, am besten in einer Boutique. Ich wollte immer schon Verkäuferin werden, eine Lehre machen."

„Und ich Verkäuferin in einem Schuhgeschäft", ergänzte Inge, die kleine, ruhige. „Aber", sagte sie dann, „ich habe noch keinen Hauptschulabschluss, den müsste ich erst mal machen." „Na ja", meinte Lothar – wieder nach einer längeren Pause, während die Leute vor sich hin guckten oder auch aus dem Fenster, und wohl über die Situation dieser Mädchen nachdachten, Lösungen suchten, „Hauptsache, ihr seid erst mal hier. Und, mit dem Übernachten, das ist natürlich nicht einfach. Wir sind schon ziemlich belegt. – Nun, vielleicht weiß einer, wie wir das mit den Mädchen heute deichseln können?"

Pause. Alle saßen rum, drehten die Daumen.

„Ich glaube", sagte schließlich eine kleine Brünette, „bei uns ist noch Platz. Petra will morgen zu ihren Eltern zurück. Wir könnten zusammenrücken."

So sah er aus, mein erster Tag, meine ersten Stunden beim SSK. So, wie ich es in den nächsten Wochen, Monaten immer wieder erleben würde: Entlaufene Heimzöglinge tauchen auf, erzählen der Gruppe von Betreuern und Jugendlichen ihre Geschichte. Und dann das entscheidende Problem: Wo können sie unterkommen? Wer versorgt sie? – In diesem Fall lief, ohne längere Diskussion, alles glatt.

Nun, heute muss ich darüber grinsen, aber damals: Ich hatte mich also bemüht, hatte gedacht, Rainer Kippe, der braucht Leute, die soziales Engagement mitbringen, gestandene Männer – wie ich sozusagen einer war – wenn ich zunächst auch nur einfach mal „Guten Tag“ sagen wollte – aber immerhin, ich war gekommen, stellte mich zur Verfügung, ein Freiwilliger, der eventuell bereit ist, ranzuklotzen – und dann: Ich war also reingekommen, die Leute hatten sich wohl, der eine oder andere, nach mir umgedreht – aber, damit hatte es sich. Keine persönliche Begrüßung, kein anerkennendes Kopfnicken in meine Richtung. – Um den Hals fallen hatte ich ja nicht direkt erwartet – aber, diese völlige Nichtbeachtung, dieses Desinteresse ...

Sicher, was die Mädchen da erzählten, es war ja nicht unbedingt langweilig, und die Szenen hier im Raum nicht uninteressant. Eine richtige Gangsterbande, bei Licht betrachtet, hatte ich da vor mir. Die Herren zum Beispiel sahen durch die Bank doch sehr mitgenommen aus – bleich, ungewaschen, hier und da Tätowierungen auf dem Handgelenk und Unterarm. Neben mir nervte mich einer in der anschließenden Diskussion über irgendein Wohngemeinschafts-Projekt, das der Verein plante, zusätzlich durch seine seltsame Redeweise – er sprach so eine Art Bayerisch. Und die Grammatik, die Satzstellung – mir als einem Studenten der Germanistik, als feinsinnigem Doktoranden, drehte sich der Magen um. Seine Hose, nebenbei gesagt, die sicherlich früher mal weiß gewesen war, spielte jetzt mehr ins Aschgraue hinein und trug überall eine Menge bunter Stofffetzen. – Was an diesem Mann allerdings sauber glänzte, waren seine silbrig geränderten Wildwest-Stiefel, die er mir direkt vor die Nase auf den Tisch gelegt hatte. Und wenn der Mensch nervös wurde, etwa, wenn er einen seiner merkwürdigen Diskussionsbeiträge, gemütlich im Stuhl zurückgelehnt, losließ, bewegte sich heftig sein dicker Zeh, und er kam glatt durch, der nackte Zeh, durch die Stiefelspitze nach draußen.

Und lange strähnige Haare hatten sie fast alle – Gothe und Kippe nicht ausgenommen. Sicher, heute sind lange Haare nichts Besonderes

– oder vielleicht wieder, die neue Mode trägt ja wieder kurz – aber damals ... Ich zum Beispiel war ordentlich frisiert. Die Haare nicht kurz, aber auch nicht über die Ohren, und bestimmt nicht etwa bis zu den Schultern. Aber die Aufmachung dieser Burschen hier – ich hätte mich mit solchen Leuten nur ungern in der Öffentlichkeit aufgehalten.

Nun, was ich erwähnen wollte: Ich war eigentlich doch schwer enttäuscht. Kein großer Empfang, kein Bahnhof für mich, den selbstlosen Helfer. Die können mich alle mal, sagte ich, nachdem ich etwa eine Stunde dagesessen und zugehört hatte. Wenn sie mich nicht haben wollen, bitte schön. Und ich erhob mich von der Fensterbank, auf der ich, etwas abseits, gehockt hatte, und trollte mich davon. Mein Leben, tatsächlich, hätte wohl eine andere Richtung genommen, wenn nicht in diesem Moment Rainer, der irgendwelche für die Diskussion wichtigen Papiere aus seinem Wagen draußen holen wollte, ebenfalls aufgestanden wäre. Wir trafen uns an der Tür. „Du gehst schon?"

„Ja", sagte ich, „ich hab' noch 'ne Verabredung." Aber Rainer, er war immer schon ein heller Junge: „Okay, aber, ich muss auch gleich gehen, ich könnte dich mit dem Wagen nach Hause bringen." Und ich trottete doch tatsächlich wieder zurück, setzte mich brav auf meine Fensterbank.

Und plötzlich – nach anfänglichem Zögern – hatte ich denn auch den Bogen raus. Man musste, wenn man seine Meinung äußern wollte, einfach dazwischenquasseln, einfach in die Diskussion reinplatzen. „Äh" sagen, ganz laut, und dann seinen Satz loslassen. Nicht etwa die Hand heben, wie ich das von der Schule oder den Seminaren in der Uni her kannte. Einfach rein und sehen, was passiert.

Und ich meldete mich in dieser Weise – und prompt hatte ich meinen ersten Fall.

„Bert", sagte Lothar Gothe zum Schluss, „wir treffen uns morgen im Jugendamt. Hier, das ist Ralf, setz dich mal mit dem zusammen, er wird dir schon erzählen, was los ist."

Und ich unterhielt mich mit Ralf. „Ich will einen Platz im Lehrlingsheim, irgendwo“, meinte der, ein blonder aufgeschossener Fünfzehnjähriger, „ich will auf keinen Fall ins Erziehungsheim zurück.“ – Und ich hatte meinen ersten Zögling.

4

Am nächsten Morgen saß ich also diesmal um neun nicht in der Uni, im Institut, sondern stand im Flur des städtischen Jugendamtes, und Lothar, umringt von ungefähr zehn Jugendlichen, gab seine Anweisungen.

Schließlich war ich an der Reihe.

„Ralf“, sagte Lothar, „du musst zu Frau Reuter“, und er schob mich zusammen mit Ralf zu der betreffenden Sachbearbeiterin ins Zimmer.

Kaum war die Tür hinter uns ins Schloss gefallen, erhob sich Frau Reuter, eine strenge dunkelhaarige Mittvierzigerin, von ihrem Schreibtisch, baute sich vor mir auf. „Würden Sie einen Moment warten“, und sie machte die Tür auf, und schon stand ich wieder draußen.

Ich kratzte mich am Ohr und schritt dann zu Lothar, der in einer Flurnische am Fenster lehnte und die Entwicklung beobachtete.

„Also“, sagte ich, „Frau Reuter hat gemeint, ich sollte erst mal draußen bleiben.“

Lothar nahm mich sozusagen sofort bei der Hand, schritt zu Frau Reuters Tür, öffnete sie, schob mich rein – „Lass dich nur ja nicht einwickeln“ – und schloss sie hinter mir.

„Was wollen Sie denn schon wieder?“ Frau Reuter, die strenge, runzelte die Stirn. „Warten Sie bitte draußen, ich muss mit Ralf allein sprechen.“

„Ich bin Ralfs Freund“, sagte ich, „stimmt’s Ralf?“ Ralf, der mit eingezogenen Schultern auf dem Besucherstuhl hockte, nickte: „Es wäre besser, wenn der Bert hierbliebe.“ Frau Reuter blätterte, ohne mich eines Blickes zu würdigen, in den Akten.

„Also, Ralf“, sagte sie, „du warst im Abtshof, im Reckestift bei Düsseldorf, in mehreren Heimen in Süddeutschland. Nie lange ausgehalten, wie? – Naja“, sie nickte fast verständnisvoll, „aber, was kann ich nun für dich tun?“

„Tja, ich möchte“, sagte Ralf, „eine Lehre machen, am liebsten Bäcker werden.“

„Bäcker. Mal sehen. – Ich glaube“, Frau Reuters Stimme klang zuversichtlich, „das ließe sich sogar einrichten. Bäckerlehrlinge werden gesucht heutzutage.“

„Ich denke“, sagte sie nach einer Weile, während sie wieder in ihren Papieren blätterte, „da kann ich wirklich was tun. Wir stecken dich in ein Lehrlingsheim. Da bist du während der drei Jahre gut aufgehoben. Müssen allerdings noch warten, bis ein Platz frei ist. Aber dann könntest du deine Lehre anfangen. Wie alt bist du? Fünfzehn? Sehr schön.“

„Natürlich“, ergänzte Frau Reuter, wobei sie die Akte schloss und zu einem Blatt griff und es in die Schreibmaschine spannte, „natürlich musst du vorher ins Heim zurück – in den Abtshof also. Sagen wir mal: Wenn du dich einige Zeit gut geführt hast dort, in einigen Monaten vielleicht, wenn du gezeigt hast, dass du – trotz deiner häufigen Ausreißversuche – doch fähig bist, Verantwortung zu tragen, ein Ziel ernsthaft anzustreben, dann werden wir für dich eine Lehrstelle besorgen. Okay, Ralf!“

Und sie lächelte, die tüchtige Sachbearbeiterin, und wollte gerade anfangen zu tippen: Ralf Kreutzer, am soundsovielten vorstellig geworden, ist bereit, ins Heim zurückzukehren, gezeichnet ..., als ich mich zu Wort meldete.

„Frau Reuter“, fing ich an, „ich glaube, das geht nicht.“

„Nein?“

„Nein. Sie wissen wahrscheinlich genauso gut wie ich, dass Ralf nach ein oder zwei Wochen Aufenthalt in der geschlossenen Abteilung, wo er wie üblich nach so einem Ausreißversuch landen wird, wenn die Erzieher ihn ein wenig geknebelt haben werden, aus Rache sozusagen, weil er es unter ihren beschützenden Fittichen nicht mehr ausgehalten hatte, dass er dann also, bei erstbester Gelegenheit, wieder abhaut. Schließlich ist Ralf, wie Sie ja selbst bemerkt haben, schon ein Dutzend Mal aus Heimen weggelaufen. Ralf ist eben nicht der Typ, den man festhalten, ‚erziehen' kann, denke ich. Und wie sieht's dann wieder aus? Er wird aufgegriffen, diesmal womöglich nicht vom SSK, sondern, wie gewöhnlich, von der Polizei. Und wieder steht bzw. sitzt er demnächst vor Ihnen, und wieder müssen Sie in seinen Akten blättern, müssen wieder ein Papier in die Schreibmaschine spannen und wieder ein weiteres Blatt oder mehrere in den Aktenordner heften. Und nach einiger Zeit brauchen Sie für Ralf nicht nur einen Aktenordner, sondern zwei, und Sie haben eine Menge Zeit und Energie und Papier verschwendet. Also, Sie wissen so gut wie ich: zurück in den Abtshof – keine Lösung."

Tja, so redete ich, der beginnende SSK-Mann. Lothar hatte mir eine Lektion erteilt, ich hatte scharf aufgepasst, und ich merkte, ich brachte es. Der Job lag mir anscheinend. Denn, Frau Reuter, sie fiel auf mein sanftes, wohlmeinendes Gesicht herein. Sie guckte mich mit großen Augen erstaunt an, als ich – beinahe väterlich – hinzufügte: „Frau Reuter, wir machen es am besten so. Sie lassen Ralf bei uns, dem SSK, schicken uns nicht die Polizei auf den Hals – und wir kümmern uns dann um ihn, besorgen ihm selbst eine Lehrstelle, soweit es geht, setzen uns auch mit Ralfs Eltern in Verbindung, versuchen zu vermitteln. Wenn er nicht ins Heim muss, hat er eine größere Chance, aus allem rauszukommen."

Und Frau Reuter, nach einigem Hin und Her, erklärte sich einverstanden. Schloss die Akte. Entließ uns.

Und ich schritt mit Ralf, meinem ersten Fall, aus dem Zimmer, strahlte, und sagte, dann allerdings in lässigem Ton, so, als wäre ich bereits ein cooler Profi: „Lothar, alles in Ordnung." Und Gothe grinste, und ich war sozusagen aufgenommen im Verein. Ich war ein SSK-Mann geworden.

5

Das passierte also am Vormittag. Bis alle Fälle besprochen waren, wurde es ein, zwei Uhr. Und nachmittags? – Richtig: Ich saß wieder in der Uni vor meinen Karteikästchen, beschäftigte mich mit den Anfängen der Weimarer Republik, nahm mir die Reden linker Oppositioneller vor wie Liebknecht, Radek, Rosa Luxemburg und wie sie alle hießen. Und zwischendurch hob ich – beim Schreiben – den Kopf. Was würde Ralf wohl in diesem Augenblick tun? Kommt er weiter? Aber ich wusste, Gothe und Kippe und die Betreuer würden sich schon einsetzen – telefonieren, Behördengänge machen und so weiter. Doch, wie viele solcher und schwierigerer Fälle hatten sie! Was für ein Haufen Arbeit!

Und deshalb, am nächsten Abend, stand ich wieder auf der Matte – diesmal nicht mehr in der Evangelischen Studentengemeinde, wo nur alle vierzehn Tage die „Generalversammlungen" stattfanden, sondern in der Subbelrather Straße, wo die sogenannte Zelle Roter Rex tagte. In dieser Wohnung lebten die ehemaligen Heimzöglinge Hans, Robert und Heinrich – und meist noch ein oder zwei Leute, die vorübergehend dort unterkamen.

Rainer Kippe saß, mit Bleistift und Notizbuch bewaffnet, zwischen Betreuern und Jugendlieben – und das übliche Programm rollte ab. Zunächst wurden die alten Fälle besprochen und die Berichte der Betreuer, die in den letzten Tagen mit ihren „Klienten" beim Jugendamt gewesen waren, vorgetragen und weitere Maßnahmen beschlossen. Und schließlich, der interessanteste Teil: Zwei Neue hatten sich eingefunden. Sie kamen nun, nachdem sie erst mal Zeit gehabt hatten, sich an die Umgebung, an die Leute um sie herum zu gewöhnen, zu Wort und erzählten ihre Storys.

Die beiden hießen Horst und Karl, waren einen Tag vorher aus dem „Erziehungsheim Reckestift" bei Düsseldorf abgehauen, hatten sich unterwegs einen Kleinlastwagen geschnappt, nach einigen Kilometern das Auto gleich in den Graben gesetzt und waren dann zu Fuß weitergetürmt, nach Köln, hin zum SSK, von dem sie im Heim bereits gehört hatten – der Verein, eine wichtige Adresse anscheinend für alle geknebelten Jugendlichen. Der erste Schritt: Einer der Betreuer musste am nächsten Morgen gleich zum Jugendamt, wo beide eine Akte stehen hatten. Was mal wieder hieß – Kampf mit den Sachbearbeitern: zurück ins Heim – oder einige Wochen Unterkunft und Betreuung beim SSK waren die Alternativen.

Mein Job bestand darin, die Ausreißgeschichten von Horst und Karl aufzuschreiben. Ich verzog mich mit den beiden in einen Nebenraum, und sie mussten das Ganze noch mal und ausführlicher bringen, und ich tippte auf der Schreibmaschine und erstellte ein sauberes Papier. Diese Protokolle dienen einmal natürlich als Unterlagen für die Arbeit des SSK; hin und wieder werden aber auch die Betreuer bei der jeweiligen Heimleitung vorstellig, die von den Zöglingen unterschriebenen Protokolle in der Hand. „Das also, Leute, nennt man bei euch Sozialarbeit. Der und der Erzieher hat mal wieder die allgemein gültigen Gesetze des Anstands und der menschlichen Würde mit Füßen getreten." Wenn so genügend Beweismaterial gegen die Heime gesammelt worden war, erfolgte eventuell eine Anzeige vor Gericht, oder man ging mit den Fakten an die Öffentlichkeit.

Die größte Schwierigkeit aber auf solchen Zellensitzungen, wenn ein neuer Zögling eingetroffen war: Wohin mit ihm? Wo soll er schlafen? Wo kriegen wir ihn unter? Gott sei Dank begannen sich damals in der Stadt Wohngemeinschaften zu bilden, und fast alle waren bereit – da soziales Engagement zu zeigen richtig „in" war – Leute bei sich aufzunehmen. Und ich war immer wieder erstaunt, welche Opfer diese für uns meist fremden Menschen doch brachten: Alle Zimmer der Wohnung, sogar Verschläge waren belegt, aber: „Nun gut, für ein oder zwei Nächte können wir den Jungen ja aufnehmen. Wie heißt du? Horst? Gut, Horst. Der Kühlschrank ist voll, hier ist die Matratze, bis morgen zum Frühstück dann."

Und, wie es sich so ergab, aus der einen oder den zwei Nächten wurden gewöhnlich zwei Wochen oder mehr.

Die Hilfsbereitschaft solcher Leute – natürlich auch der selbstlose Einsatz der SSK-Mitglieder – wirkten sich auch auf den Zögling positiv aus. Er entwickelte plötzlich auch Initiative, wurde angesteckt durch die Aktivitäten um ihn herum, war selbst bereit, etwas zu unternehmen, meldete sich beispielsweise freiwillig bei seinen Eltern, von denen er schon monatelang nichts mehr gehört hatte, kümmerte sich sogar persönlich um eine Lehrstelle, um eine Wohnung. Und schon war wieder ein Platz frei – für den Nachfolger. Ein immerwährendes Kommen und Gehen von Jugendlichen also. Immer neue Gesichter. Und nur die schwersten Fälle blieben länger, Zöglinge, die nicht mehr die Kraft hatten, auf eigene Faust weiterzumachen. Die sich erst akklimatisieren mussten, deren Selbstbewusstsein nur langsam sich entwickelte. Sie brachten natürlich eine Menge Arbeit, mussten vor allem psychisch gestärkt werden. Hier war aber auch die Freude besonders groß, wenn sich eine gewisse Stabilität zeigte, und man merkte, dass die ganze Mühe, die man mit ihnen hatte, nicht umsonst gewesen war.

6

So ein Fall war Rolf. Er trat eines Abends bei uns in der Subbelrather Straße ins Zimmer. Es war Sommer. Doch er fiel auf, obwohl wir ja alle nicht sehr modisch angezogen waren: die Jeans in Fetzen – und nur noch ein zu großes ausgewaschenes Leinenhemd nannte er sein eigen. Barfuß saß er unter uns und erzählte seine Geschichte – stockend, zurückhaltend – im Gegensatz zu den meisten Neuen, die gewöhnlich, nachdem sie warm geworden waren, munter drauflosplapperten. Rolf hatte sich irgendwo aus einer Einrichtung in Süddeutschland abgesetzt, war nach Köln getrampt, suchte eine Bleibe. Als wir ihm dann einen Zettel mit einer Adresse zum Übernachten gaben, guckte dieser

Mensch, der ungefähr siebzehn Jahre alt war, uns groß an und sagte, indem er uns das Papier zurückgab:

„Damit kann ich nichts anfangen."

Es stellte sich heraus: Rolf konnte gar nicht lesen. Ein Analphabet. Und er holte nun seinerseits einen Zettel aus seiner Hosentasche: Rolf war aus einem Landeskrankenhaus, psychiatrische Abteilung, abgehauen. Man hatte ihm auf dem Zettel schwarz auf weiß bescheinigt, dass er unzurechnungsfähig war.

Rolf blieb länger beim SSK. Lothar Gothe nahm sich seiner an, wurde sein Vormund. Und – natürlich – Rolf war keineswegs gestört, verrückt. Er war nur ein ganz gewöhnlicher Fall von Heimerziehung, hatte seine ganze Kindheit und Jugend in Heimen verbracht. – Jetzt, in Freiheit, blühte er auf, beschäftigte sich mit Fotografie, war immer, den Apparat griffbereit, dabei, wenn der SSK seine durchaus fotogenen Aktionen startete.

Und auch heute, noch Jahre später, treffe ich ihn gelegentlich auf der Straße. Er ist Fensterputzer und, wie es scheint, ist er jetzt mit seinem Leben zufrieden. Es hat geklappt.

7

Nun gut, dachte ich, wenn ich, nach dem üblichen Gang in die Jugendämter oder zur Zellensitzung am Vorabend, nachmittags wie gewöhnlich vor meiner Karteisammlung saß und mir etwa die Reden von Lenin, die deutschen Sozialisten betreffend, durchlas – nun gut, ich habe also mal reingerochen in die SSK-Arbeit, schön und gut, aber: Meine eigentliche Aufgabe ist eben doch diese Dissertation, die Doktorarbeit fertigzustellen. Alles andere ist zweitrangig.

Und ich ging dann doch mal nicht zum Jugendamt, zu den Terminen, riss mich zusammen und arbeitete wie eh und je an meinem Schreibtisch. Und verspeiste abends wie üblich meine geliebten Knäckebrotscheiben und genehmigte mir das obligatorische Bierchen, und früh ins Bett. Ah ja, sagte ich mir, ein kleines Hobby so nebenher ist schließlich nichts Böses, und neue Menschen kennenzulernen, ein durchaus soziales Engagement zu zeigen, Helfer zu sein den Ärmsten der Armen – meine fromme Mutter und der eifrige Dechant meiner Heimatkirche, sie werden mir auf die Schulter klopfen: recht so. Liebe Deinen Nächsten!, heißt es doch.

8

Sicher, wenn ich dann gelegentlich am Wochenende mal nach Hause fuhr und meine spannenden SSK-Geschichten erzählte, sagten meine Mutter, Geschwister, Verwandten: „Schön, schön, dass du dich um die armen Leute kümmerst, Gutes tust. Aber“, gleich runzelten sie die Stirn, „müssen diese Heimzöglinge, die doch oft kriminellen Elemente, auch noch bei dir in der Wohnung SCHLAFEN (was hin und wieder mal vorkam)? Können die nicht woanders unterkommen? Musst du dich, um Gutes zu tun, unbedingt mit dem Bodensatz, der untersten Schicht der Gesellschaft abgeben? Diese Leute ziehen euch doch nur das Geld aus der Tasche. Die kennen nichts anderes. Lasst euch von denen nicht einwickeln.“

Na ja, dachte ich, diese Kritiker ein wenig in Schutz nehmend, sie leben in der Provinz, da ist eben alles engstirniger, rückständiger. Aber, merkte ich dann mit – zugegeben ziemlich naivem – Erstaunen, auch die Christen in der Großstadt Köln, sogar Leute, die als politisch Engagierte ein „C“ in ihrem Parteinamen trugen, sie reagierten nicht anders. Statt uns, den SSK, die wahrhaft Vorbildlichen, in unseren für einen Christen vorbildlichen Anstrengungen zu unterstützen, so empörte ich mich, der Eiferer, der gerechte Sozialhelfer, warfen sie uns Knüppel zwischen die Beine.

SSK MACHT GEMEINSAME SACHEN MIT KRIMINELLEN lautete zum Bespiel einmal eine der Überschriften, die in einer konservativen, das heißt in der Hand von sogenannten Christdemokraten befindlichen Tageszeitung stand.

Die Vorgeschichte (um mal zu zeigen, wie es zu solchen Pressemeldungen kommt): Einige Tage vor Erscheinen dieses Artikels saß ich mit Hans in seiner Wohnung in der Subbelrather Straße, als es Sturm schellte. Ein fein angezogener Herr, ein Ministerialrat aus Düsseldorf, wie sich herausstellte, stand im Eingang. Dieser Herr suchte seinen Sohn Georg, mit dem er nicht mehr fertig geworden war. Georg, bevor er ins Internat abgeschoben werden konnte (was für die armen Leute das Erziehungsheim, ist für die reichen das Internat) – Georg hatte sich rechtzeitig, in seiner Verzweiflung, verdrückt, nach Köln, und Hans und ich hatten ihm Unterstützung, Trost und Übernachtungsmöglichkeiten angeboten. Und dieser Herr Ministerialrat stand nun da und wollte seinen Sprössling umgehend zurück, zurück ins Internat befördern. Und natürlich hatte er, um seinem Wunsch den entsprechenden Nachdruck zu verleihen, gleich zwei Polizisten mitgebracht.

„Ist mein Sohn hier?“

„Äh, Ihr Sohn? Nicht, dass ich wüsste“, sagte Hans, während sich, wie ich aus den Augenwinkeln bemerkte, der Gesuchte durch das Küchenfenster in den Hinterhof schwang und sich verdünnisierte.

Der Ministerialrat wurde eingelassen, blickte durch die Räume, zog wutentbrannt ab.

Und einige Tage später erschien besagter Artikel in jener Zeitung. Man hatte wohl längere Zeit Material gesammelt und klopfte nun auf den Busch. *„Der SSK-Betreuer H.“*, hieß es unter anderem, *„unternimmt mit Zöglingen nächtliche Raubzüge; deckt zumindest die kriminellen Handlungen derer, die er eigentlich davor bewahren sollte.“* In diesem Stil.

Hans, dessen Nerven bei dem ständigen Kommen und Gehen von Zöglingen sowieso nicht die besten waren – Hans traute sich nach diesem Vorfall kaum mehr auf die Straße, vor allem auch deshalb, weil sage und schreibe neun Anzeigen nach dieser Zeitungsmeldung bei der Polizei gegen ihn eingegangen waren, von Eltern, die ihre Söhne und Töchter ebenfalls vermissten und glaubten, dass sie auch beim SSK Stütze und Hilfe gefunden hätten. Aus Wut, erzieherisch versagt zu haben, und um ihr schlechtes Gewissen zu beruhigen, verstiegen sie sich zu solchen gefährlichen Äußerungen.

Und Hans – ich traf ihn eine Woche später vorm Supermarkt beim Einkauf – war wirklich geschafft. Während wir uns unterhielten, huschten seine Augen ständig umher. „Du kannst dir das nicht vorstellen", sagte er, „wie es ist, verfolgt zu werden. – Sicher, die meisten dieser Leute bluffen – aber, weißt du das so genau?"

Die Presse hatte Hans fertigmachen wollen, vor allem auch deshalb, weil er bekannt dafür war, dass er sich ständig beschwerte, kritische Briefe an Zeitungen, Ämter losließ, wenn ihm irgendeine Maßnahme der Behörde nicht passte, oft persönlich bei den Verantwortlichen erschien, einen Tanz aufführte, Aufsichtsbeschwerden am laufenden Band machte. Man wollte ihm einen Denkzettel verpassen.

Und Hans ließ sich die nächsten Monate nur noch mit dem Auto zu seinem Job in einer Druckerei hinfahren, ging kaum mehr auf die Straße.

Die Christen hatten zugeschlagen, so machte ich die Erfahrung. Wenn einer Gutes tun soll, dann nur in der richtigen Form, nur so, wie das Gesetz es befiehlt.

9

Zugegeben, meine lieben Politiker, Geistlichen, Stadtväter, Beamten, Sachbearbeiter, das Benehmen der Zöglinge und auch der SSK-Betreuer war nicht immer das höflichste, korrekteste, unterwürfigste.

Zum Beispiel, entsinne ich mich, musste unsere Truppe, wenn wir in der Schaevenstraße im Jugendamt oder im Landschaftsverband, dem Landesjugendamt am Rhein, so lange warteten und vor uns hin dösten und die Zöglinge aus Angst vor der Zukunft und eben wegen dieser

Warterei nervös wurden, dann mussten wir uns diese schönen, sauberen, gut gewachsten Flure ansehen, und mussten dann, es ging gar nicht anders, unsere Zigaretten einfach auf diesem glatten, spiegelblanken Boden ausdrücken, die Kippen noch zusätzlich mit dem Stiefel- oder Turnschuhabsatz zerquetschen, einen hässlich-schönen Fleck auf dem glatten, beamten-behördlichen Linoleumteppich hinterlassen; und die Tischplatten sahen natürlich auch nicht sehr fein aus nach einiger Zeit. Und es gab sogar Jugendliche, die traten wütend von außen gegen die Amtstüren, hinter denen die Sachbearbeiter stöhnten und Akten wälzten und mit den SSK-Betreuern Schwierigkeiten hatten.

Und es kam auch vor, dass die Zöglinge und auch wir Betreuer uns richtiggehend ausfällig benahmen. Dass wir uns im Eifer des Gefechts einfach bei dem guten Sachbearbeiter, um ihn ein bisschen auf Trab zu bringen, auf den Schreibtisch setzten und mit den herumliegenden Aktennotizen, nur so aus Trotz und einer bösartigen Laune heraus, spielten.

Gothe zum Beispiel, so erinnere ich mich, nahm, als der Sachbearbeiter mit der Erledigung einer Angelegenheit zögerte, einmal einfach ein Papier mit dem richtigen Briefkopf und setzte sich an die Schreibmaschine und machte den Brief selbst fertig, während der Sachbearbeiter, schon halb ermattet, nur noch groggy dabeistand und wild mit den Augen rollte – das war auch alles, was er noch, nach stundenlangem Kampf, an Energie brachte.

Und zum Schluss verschwand, wenn der ganze Haufen aufbrach, der eine oder andere Aschenbecher vom Tisch, wanderte unter die Jacke der Armen, Bedürftigen, und sogar eine Menge Klopapier fand so den Weg nach draußen am Pförtner vorbei – diese bemitleidenswerten Türsteher, die sehr oft von oben, von ganz oben die Anweisung bekamen, uns, die SSK-Leute, auf gar keinen Fall reinzulassen, aber denen dann trotz heftigen Widerstands einfach die Hand vom Türgriff genommen wurde, die einfach zur Seite geschoben wurden – und sie bekamen natürlich, wenn dann wieder im Haus, in den Zimmern der

Sachbearbeiter der Zauber losgegangen war, anschließend Druck von ihren Vorgesetzten, die doch selbst immer außerhalb der Schusslinie standen, die sich meistens in den Hinterzimmern aufhielten und so gewissermaßen ihre Hände in Unschuld waschen konnten.

10

Und ich, der kleine Student, der Doktorand, stand mitten im Chaos. Schüttelte missbilligend das Haupt über das Verhalten der eigenen Leute. Mein Gott, dachte ich oft verblüfft, lassen die sich aber gehen ... Keine Selbstbeherrschung, keine Disziplin.

Denn diese Zöglinge – sie brüllten, wenn ihnen nach brüllen zumute war, sie traten zurück, wenn sie Lust drauf hatten. Ich hatte manchmal ein warnendes, ermahnendes „Das darfst du aber nicht! Das tut man nicht!“ auf den Lippen, diese Beamtenklugheit: „Reiß dich zusammen, so kommst du nicht weiter, verärgere nur nicht die Leute, du bist auf sie angewiesen.“

Ich hatte immer gelernt: Man muss sich zusammenreißen, sich beherrschen ist wichtig. So kommt man durchs Leben.

Und in der Tat, ich, mit meiner sanften Stimme, immer konzentriert, taktisch gut eingestellt, kam bei den Sachbearbeitern gut an. Lächelte, wenn es angebracht war, nahm Rückschläge, Tritte ohne aufzumucken hin, weil ich ja von diesen Angestellten abhängig war. Aber der „Lohn“, der Nachteil dieser Leistung als Sozialmann: Ich hatte nachmittags, wenn der ganze Trubel vorbei war, wenn ich in der Uni vor dem Schreibtisch saß, immer so einen komischen Druck auf dem Kopf. Und wenn ich in der Pause im Erfrischungsraum Leute traf – ich merkte, ich konnte mich gar nicht mehr richtig unterhalten. Ich konnte gar nicht mehr zum Beispiel richtig fröhlich sein oder etwa auch traurig reagieren, wenn mir eine entsprechende Geschichte erzählt wurde. Ich war auch den Rest des Tages, beim Studium und privat, derjenige, der sich zusammenriss, was ja bedeutete, der keine Gefühle hochkommen ließ, alles erst mal überlegte, was man sagte, alles abwägte, bevor man einen Satz von sich gab, eine Entscheidung traf – auch wenn es sich um ganz banale Dinge handelte. Ich war der höfliche, nette Student, ging stets auf die Sorgen der Jungen und Mädchen, die ich traf, ein, nahm Rücksicht, gab Ratschläge; keiner rieb sich natürlich an mir, alle waren meine Freunde.

Was mich selbst betraf – meine persönliche Befindlichkeit, meine Gefühle – wie gesagt: Damit hielt ich hinterm Berg. Warum den Leuten solche Nebensächlichkeiten erzählen? Wen interessierten schon meine kleinen Wehwehchen, Sorgen, Freuden?

Aber da waren diese Kopfschmerzen. Ich wusste, irgendetwas lief nicht ganz richtig. Sicher, ich kam bei den Leuten gut an, wie gesagt, hatte Erfolg als Betreuer der Zöglinge, als Sozialarbeiter.

Aber trotzdem, wenn ich abends im Bett lag und die Bilder des verflossenen Tages mir durch den Kopf gingen: Eigentlich, dachte ich, beneidete ich Ralf, oder Hans, der immer so heftig sein konnte, und die meisten Zöglinge. Sie konnten zum Beispiel mal richtig wütend sein, aus sich herausgehen. Sie kamen mir manchmal wie Götter vor, ohne Hemmungen, ohne irgendwelche Tabus zu akzeptieren, wenn sie etwa die Sachbearbeiter, ohne Rücksicht auf Verluste, runterputzten, fertigmachten; und wie großartig es aussah, wenn sie die Zigarettenkippen lässig auf den Fußboden warfen, wenn sie die Schilder mit der Aufschrift FRISCH GEBOHNERT gegen die Wand schleuderten, wenn sie verächtlich auf den blanken sauberen Fußboden spuckten.

Sicher, ich setzte mich für sie ein, ich war wahrscheinlich für die Zöglinge der Retter hin und wieder. Aber – war es nicht möglich, dass sie mich trotzdem verachteten? – *Guck dir doch diesen Leisetreter, dieses Fähnchen im Winde, diesen klugen berechnenden Typen an! Na gut, er soll ruhig mit seinesgleichen, den Intellektuellen, den Sachbearbeitern reden, wenn für mich Gutes bei rauskommt. Aber, ICH würde mich nicht so anbiedern. Mein Gott, in Wirklichkeit ist das doch nur eine arme Sau, lächelt bloß dauernd ... Mit dem warm werden, mit dem mal einen ganzen Abend klönen, ein Bier trinken gehen? Kann man sich kaum vorstellen.*

Und ich wusste es, ahnte es damals schon: Nicht ICH war im Grunde der Betreuer dieser angeblich Kaputten, nicht ICH war ihr Lehrer, sondern es war oft umgekehrt. ICH war der Lehrling, SIE die Lehrer. Ich war der Kleine, Suchende – und sie waren die, die Bescheid wussten.

Man konnte das schon an der Art erkennen, wie sie sich gaben, sich bewegten, vor allem, wie sie redeten. Wie locker waren sie, war ich immer wieder erstaunt, wie locker und lässig saßen sie da, sogar, wenn sie zum ersten Mal zwischen wildfremden Leuten sich befanden, etwa, wenn sie im ROTEN REX ihre Heimgeschichten erzählten. Sie guckten sich erst im Raum etwas um, stellten die üblichen Fragen, tranken den Kaffee, den wir ihnen einschütteten, und dann redeten sie – langsam, nicht überhastet, mit wohltuenden Pausen, mit ruhiger, aber eindringlicher Stimme. Und ich saß vor ihnen und bewunderte sie: So reden können, dachte ich oft, auch in einer Gruppe, vor einer Menge fremder Leute frei sprechen, einfach ich selbst sein können, auch unter solchen Umständen. Zwar arm sein meinetwegen, schikaniert werden von Institutionen, der Gesellschaft, aber in dieser Weise dasitzen, seinen Gedanken ruhig entwickeln können, und vor allem, seine persönlichen Vorstellungen, Ziele, Gefühle, Leiden ausdrücken können – das schien für mich das Höchste zu sein.

Ich liebte sie, die Zöglinge, gerade deshalb – weil sie ES hatten, diese Ruhe, diese Ausgeglichenheit, was hieß, diesen Mut zu sich selbst, sich zu zeigen, ihr Inneres auf den Tisch zu legen. Nicht weinerlich um Hilfe flehend, sich den Vorhang von ihrer Seele runterreißen, wie ich es mal in einer sogenannten gruppendynamischen Übung bei Intellektuellen gesehen hatte, sondern mit ruhigem Ernst, mit der – oh ja – angebrachten nötigen Reserviertheit und menschlichen Würde von seinen Problemen reden.

Denn das genau war meine Schwierigkeit: Wenn mehr als zwei Leute vor mir saßen – wie stotterte ich, oder wie sprach ich, wie überhastet! Auch wenn ich mich zusammenriss, konzentrierte, oder gerade dann: Entweder kamen meine Sätze, Worte tropfenweise – dann wieder ratterte ich wie ein Maschinengewehr. Ich konnte es selbst nicht mit anhören. Kein Rhythmus, keine Harmonie. Ich wurde immer rot, wenn ich nur den Mund aufmachte. Alle, so hatte ich das Gefühl, starrten mich an, nur darauf aus, mich zu verurteilen, wenn ich ausgeredet hatte, mich lächerlich zu machen.

Aber – ein Hoffnungsschimmer. Beim SSK, in meiner Gruppe, beim Diskutieren mit anderen Betreuern, mit den Fürsorgezöglingen, meinen Vorbildern: Ich bemühte mich nicht nur, sondern zum ersten Mal spürte ich: Auch ich wurde allmählich, vor allem bei diesen spätabendlichen Sitzungen, wenn wir, nach getaner Arbeit, nur so herumsaßen und uns unterhielten und Spaß hatten – ich wurde dann auch ein wenig ruhiger, brachte meine Sätze, meine Diskussionsbeiträge ziemlich sicher und glatt über die Runden, ermuntert, bestärkt durch die Anwesenden, die mir in jeder Hinsicht Selbstbewusstsein gaben.

„Bert", sagte zum Beispiel Rainer, mich mit seinen freundlichen Augen durch die Brillengläser fixierend, „wie du das wieder gemacht hast heute Morgen im Jugendamt – du bist bei uns richtig."

„Ach", sagte ich, „ich werde noch zu schnell verlegen, lasse mich zu schnell an die Wand drücken. Wenn ich mehr auftrumpfen könnte, ich glaube, das wäre besser für mich; ich schlucke viel zu viel."

„Nein, nein", sagte Rainer, „bleib nur so, wie du bist."

Oh ja, er machte mich nie fertig, er bestärkte mich, er lobte mich. Ich fühlte, ich hatte beim SSK Leute, die mich akzeptierten, die mich gernhatten.

11

Es war vorauszusehen: Die Kapazität der Übernachtungsmöglichkeiten war nicht unbegrenzt, irgendwann würde das große Aus kommen: Die Wohngemeinschaften, die Notunterkünfte alle voll belegt – wohin mit den neuen Heimzöglingen?

Deshalb hatten wir uns folgende Lösung überlegt: Ein Kontaktzentrum musste her, ein Haus, in dem die ankommenden Jugendlichen einige Tage – bis zu sechs Wochen – wohnen, leben konnten. In dieser Zeit hatten die Betreuer Gelegenheit, sich über die Zukunft jedes einzelnen Zöglings Gedanken zu machen und entsprechende Schritte einzuleiten, Kontakt mit den Eltern aufzunehmen, sich um Lehrstellen zu kümmern, den Jugendlichen in jeder Hinsicht zu unterstützen.

Eigentlich eine ganz sinnvolle Einrichtung, so ein Kontaktzentrum, meinten nicht nur wir, sondern auch die Stadtväter, die sich für so ein Haus stark machten, weil sie darin auch eine Lösung des Zöglingsproblems sahen. Sicher, sie versuchten, ihre Hand auf das Projekt zu legen, das heißt, die Machenschaften, wie sie es nannten, die Einflussmöglichkeiten der SSK-Betreuer bei diesem geplanten Unternehmen zu beschränken. Doch der SSK ging in dieser Hinsicht keine Kompromisse ein. Deshalb, weil die Stadtväter sich zur Seite gedrängt fühlten, versuchten sie, das Projekt, wofür sie sich zunächst ja eingesetzt hatten, auf die lange Bank zu schieben. „Wir können nichts machen“, sagten sie, „wir sind guten Willens, aber, uns sind die Hände gebunden. Das Land, der Minister für Arbeit, Soziales, Gesundheit hat das letzte Wort.“

Kippe schrieb einige Briefe an diesen Minister, aber es kam keine Antwort. Und deshalb war es eines Morgens so weit. Actions waren angesagt. Die SSK-Leute versammelten sich in Gothes Wohnung am Salierring. Die Druckerpresse lief, einige Verhaltensmaßnahmen wurden erörtert – und schon schwangen wir uns in die Autos, ab nach Düsseldorf, um mit den Verantwortlichen wegen des Kontaktzentrums ein wenig zu reden.

Ich selbst war in einem breiten, weich gepolsterten Mercedes untergekommen – für einen SSK-Mann eigentlich nicht gerade ein standesgemäßes Auto. Aber, immerhin waren die Polster nicht mehr ganz sauber, Asche lag überall herum, die Aschenbecher am Armaturenbrett quollen über, alles verdreckt und vermieft. Nur die Stereo-Anlage war tipptopp in Ordnung.

Der Mann am Steuer: Heinrich, der erste Schmuckverkäufer der Stadt, wie er sich nannte. Und er war wirklich einer der ersten, der mit Zange und Fantasie auf der Straße Silberdraht zu schönem Halsschmuck, Ohrringen, Hippie-Ketten verarbeitete. Heinrich, mit einer breiten Lücke zwischen seinen gelben Zähnen, durch die er stets eine Zigarette steckte, Heinrich saß grinsend am Steuer und erzählte, während wir auf der linken Spur über die Autobahn donnerten, Geschichten. Er kommt an manchen Tagen auf 200 Eier, sagte er stolz, das Schmuckgeschäft ginge glänzend – allerdings nur so lange, räumte er ein, wie ihn „die Schmier", wie er sich ausdrückte, nicht von seinem Platz vertrieb.

Wenn Heinrich genug Geld hatte, machte er sich auf die Reise – Marokko mit seinen Haschisch-Farmen kannte er wie seine Westentasche – und natürlich die meisten großen Städte Deutschlands. Denn wurde ihm in Köln der Boden zu heiß, verzog er sich – die Zeit, dass Straßenhändler offiziell von den Behörden geduldet wurden, war noch nicht gekommen.

Nun, Heinrich, der betuchte Geschäftsmann, war wohl nur so aus Spaß beim SSK - einer von den Randgestalten, die sich aber nie ohne gewissen Eigennutz sozialer Tätigkeit hingaben. Beim SSK zum Beispiel hatte er genügend Gelegenheit, einige Jugendliche unter seine Fittiche zu nehmen, das heißt, ohne große Unkosten für sich arbeiten zu lassen. Sie lernten bei ihm dafür die Kunst des Silberdrahtbiegens, mussten tagsüber mitverkaufen, bekamen allerdings auch Kost und Logis.

Doch einige Tage nach diesem Düsseldorf-Trip – um die Sache abzurunden – verschwand Heinrich aus der Szene. Er hatte sich mit einem jungen Türken überworfen, der sich von ihm ausgenutzt fühlte. Außerdem sei Heinrich „ein Homo", der sich unter dem Vorwand selbstloser Hilfe an ihn und andere Jugendliche heranzumachen versuchte, hieß es.

Heinrich seilte sich ab – bis ich ihn zwei Jahre später wiedersah. Er hatte in der Zwischenzeit überall Konkurrenz bekommen, erzählte er, bessere, fleißigere Verkäufer, geschicktere als er seien aufgetaucht.

„Hast du nicht ein paar Groschen?", meinte er dann in der Kneipe, wo ich ihn ziemlich heruntergekommen zufällig angetroffen hatte. Er war von einer Stadt zur anderen gezogen, nirgendwo konnte er so richtig warm werden. Sein Mercedes – ach ja, das waren noch Zeiten ... Heinrich bewegte sich seit Monaten nur noch per Anhalter durch die Gegend.

Damals auf dem Weg nach Düsseldorf jedoch war Heinrich noch der Größte. In der Nähe dieser Ministerhochhäuser, nicht weit vom Rhein, machte unser Autokonvoi halt. Ein kurzes Die-Köpfe-Zusammenstecken, dann marschierte die Truppe ohne Weiteres in das entsprechende Gebäude – durch den Hintereingang allerdings. Nur Rainer Kippe und ich traten vorn herein und begaben uns zum Pförtner.

„Wir waren schon mal hier", sagte Rainer, „ist der Minister da?"

Der Pförtner erkannte uns wieder.

In der Tat hatten wir beide bereits am Tage vor dieser Aktion in Düsseldorf die Lage sondiert. „Wir sind von der Gewerkschaftszeitung RAN, wir hätten gern ein Statement vom Minister", hatte Rainer, der nebenberufliche Journalist, verkündet.

„Oh", hatte der Pförtner höflich erwidert, „warten Sie hier. Ich weiß nicht, ob der Minister im Hause ist."

Er war es nicht. Stattdessen kamen dann drei sehr sauber und dezent angezogene Herren die Treppe herunter, führten uns in einen mit Polstersitzen ausgestatteten Besucherraum, und, nachdem wir uns die Hände geschüttelt hatten, versuchten sie herauszubekommen, was wir auf dem Herzen hatten. Rainer holte tief Luft. Und ich erfuhr, dass die Gewerkschaftszeitung RAN wirklich existierte, und Rainer und ich, hörte ich, hätten gerade dort einen Job angenommen, und unsere Leser – es handelte sich um eine Jugendzeitung – unsere jungen Leute wollten also einiges vom Minister wissen – speziell Informationen über die Ausbildungsbestimmungen im Metallgewerbe, und welche die allgemeinen Arbeitsbedingungen kontrollierenden Gesetze noch in dieser Legislaturperiode in Aussicht ständen – wie gesagt, Rainer, der Intelligenzler, hatte neben einem beachtlichen Sachverstand auch eine Menge Fantasie.

Und die Herren nickten beeindruckt, schrieben sorgfältig die Fragen auf. „Der Minister ist leider nicht da“, hatte man zum Schluss erwidert, „wir werden ihm die Fragen sobald wie möglich vorlegen, er wird die Antworten Ihnen dann umgehend zuschicken.“

„Ist der Minister denn längere Zeit weg? Vielleicht in Urlaub?“

„Nein, nein“, sagten die Herren, „er ist nur auf einer Dienstreise.“

Und am nächsten Tag, an diesem Morgen also, versuchten wir unser Glück. Während Rainer und ich uns möglichst weit in die Pförtnerkombüse vorbeugten, damit der Mann nicht sofort unsere Jungens und Mädchen sah, die drüben wie die Wilden gerade die Treppe hochstürmten, drückte der Pförtner die Knöpfe, um für uns die Verbindung zu der entsprechenden Dienststelle herzustellen.

„Was ist denn da los?“, rief er plötzlich, über unsere Schultern blickend.

In diesem Augenblick hörten wir auch schon die Polizeipfeifen mächtig trillern – denn wegen Bombendrohungen, die damals gang und gäbe waren, und anderer terroristischer Aktivitäten wurden alle besonderen öffentlichen Gebäude von der Polizei bewacht – seltsamerweise hatten die beiden Uniformierten, die vorne an der Straße standen, den Hintereingang außer Acht gelassen.

Wir grinsten den schockierten Pförtner ziemlich mitleidlos, muss ich schon sagen, an, und sprinteten los, hinter unserer Meute her, dem ungefähr zwanzig Mann starken Trupp. Und da wir beide uns am Tag vorher schon im Gebäude etwas umgesehen hatten und Bescheid wussten, kamen wir ungefähr gleichzeitig mit der Spitze des Zugs vor der Tür des Ministerzimmers an.

Ich drückte die Klinke runter, sprang in den Raum – drei Damen, eine an der Schreibmaschine, eine am Kaffeekochen, eine mit einer Tasse in der Hand – rissen erstaunt die Augen auf.

Blitzschnell drangen die Leute hinter mir ins Zimmer, verteilten sich auf die Sessel, das Sofa, den Teppich.

„He", sagte die ältere Frau, mit weißer Rüschenbluse und dezentem Make-up, nachdem sie sich vom ersten Schreck erholt hatte, und stellte die Kaffeetasse auf das Fensterbrett, „was soll das?"

„Wir hätten gern den Minister gesprochen", sagte Lothar, der auf einer Tischkante Platz genommen hatte, auf seine ruhige, aber bestimmte Art.

„Der Minister", sagte die Dame, nun wieder ganz gefasst und mit der entsprechenden Würde einer Chefsekretärin, die sie offensichtlich war, „der Minister ist nicht im Haus – und im Übrigen nur nach Voranmeldung zu sprechen."

„Na ja", sagte Rainer und blickte grinsend in die Runde, „wir hatten es etwas eilig, stimmt's Leute? Keine Zeit sich anzumelden."

Währenddessen trat ich auf die Tür zu, die ins Zimmer nebenan führte. „Wagen Sie das ja nicht!", rief die Dame, doch ich hatte schon die Tür, die Tür zum Zimmer des Ministers, aufgestoßen - ein dunkler Raum mit einer Reihe alter Polsterstühle, die um einen sterilen braunen blanken Holztisch standen. „Der Minister ist wirklich nicht da", verkündete ich.

„Wie können Sie ohne Erlaubnis des Ministers einfach sein Zimmer betreten!", rief die Dame.

„Der Minister ist kein König", sagte Lothar, „wir leben in einer Demokratie, wir haben den Minister gewählt, und wir haben das Recht, mit diesem Mann zu sprechen."

Die Tür zum Flur, die wir hinter uns geschlossen hatten, ging auf. Ein Herr Mitte fünfzig, grauer Anzug, baute sich vor uns im Rahmen auf; hinter ihm erblickten wir das Gesicht eines Polizeibeamten.

„Ich zähle bis drei", sagte der Mittfünfziger und hakte die Daumen hinter seine den Bauch straff bedeckende Weste. „Wenn Sie dann nicht freiwillig hier verschwinden, lasse ich Sie verhaften. Was Sie machen, ist nämlich Hausfriedensbruch."

Der Mann hatte wohl mal den einen oder anderen Wildwest-Film gesehen, denn er hatte ein kerniges Gesicht aufgesetzt, und er stand wie seinerzeit John Wayne da, lässig auf den Zehenspitzen wippend.

Er fing tatsächlich an zu zählen. „Eins. Zwei." Lange Pause. Lothar wandte sich ihm zu. „Wenn Sie mir den Minister bringen, und wenn wir uns dann mit ihm unterhalten haben, können Sie mit dem Zählen fortfahren."

Der Mann holte tief Luft, stotterte, verschwand.

Fünf Minuten später. Die Tür ging auf. Diesmal ein blauer Anzug. „Ich bin Ministerialdirigent", sagte der dünne Mensch mit schütterem grauen Haar. „Ich muss Sie darauf aufmerksam machen: Was Sie gerade begangen haben, ist Nötigung, Hausfriedensbruch" – und der Mann nannte noch das eine oder andere Gesetz, das wir gebrochen haben sollten.

Lothar auf seiner Tischkante winkte ab. „Holen Sie mir den Minister."

Fünfzehn Minuten später. Ein weiterer Herr, breit gebaut, jovial lächelnd, trat ein. „Ah ja." Er warf einen Blick über die Versammlung, betrachtete die von wirren Haaren gerahmten asketischen Gesichter, sah Tätowierungen auf den bleichen, sehnigen Armen der von Hunger und Entbehrung gezeichneten Gestalten, bemerkte die zerschlissenen Jeans und ausgewaschenen Hemden in den sauberen Ministervorzimmersesseln.

„Um was geht es denn?"

Rainer Kippe redete, erklärte.

„Ich verstehe ja Ihre Nöte", antwortete der Mann, „aber", er zuckte die Schultern, „der Minister ist wirklich nicht da."

„Wahrscheinlich", sagte Lothar, „hat der Mann ein Telefon im Auto, rufen Sie ihn."

„Glauben Sie mir, wir können den Minister wirklich nicht erreichen."

„Gut“, sagte Lothar nach einigen Minuten Bedenkzeit, „dann holen Sie mir den zuständigen Sachbearbeiter, den für uns zuständigen Mann. Eher gehen wir hier nicht raus.“

Und was soll man sagen – wieder fünfzehn Minuten später: Ein etwas jüngerer Herr, braunes Sommerurlaubsgesicht – und er war der Mann, mit dem Gothe und Kippe schon beruflich verkehrt hatten, den sie auch eigentlich suchten, ein Staatssekretär, im Dienstgrad hoch genug, um verantwortlich Verhandlungen führen zu können.

Zwei Stunden verbrachten wir mit diesem Menschen. Ganz unbürokratisch hatte sich der Staatssekretär mitten unter uns niedergelassen – allerdings nicht ohne zwei Herren im Rücken, die plötzlich, als er zu uns ins Zimmer trat, aufgetaucht waren, junge sportliche Figuren, die sich zu beiden Seiten des Türrahmens räkelten, und hin und wieder stand ihre Jacke offen, und wir konnten unter dem Stoff die Griffe von Pistolen erkennen. Aber, sie sagten nichts, die beiden Gestalten, sondern, wie es sich gehört: Ihr Boss lächelte, war freundlich und sanft zu uns – wir hatten also auch von ihnen nichts zu befürchten.

Nach zwei Stunden war die Sache abgeschlossen. Gothe und Kippe machten zufriedene Gesichter. „Auf Wiedersehen!“, rief der Staatsekretär fröhlich und zog seine Bewacher ab. Die Meute bequemte sich aus dem Zimmer. Auf dem Gang trafen wir eine Sekretärin, eine einfache kleine Sekretärin, die uns erstaunt musterte. „Ihr Jungs seht mir aber sehr heruntergekommen aus“, sagte sie, „wisst ihr was? Ich lade euch alle zum Mittagessen ein.“

Eine Finte? Wartete irgendwo die Polizei auf uns? Immerhin befanden wir uns auf feindlichem Gebiet. – Ein linker Trick der Bürokraten?

Aber nein – eine mitleidige Seele, die wusste, was los war. Wir hoch in die Kantine, und dann: mampf, mampf.

„Ach Fräulein!“, riefen wir zum Abschied, „vielen Dank! Hoffentlich kriegen Sie keinen Ärger.“

Aber das starke nette großmütige Fräulein lächelte nur gerührt. Sie würde sich schon durchbeißen.

Wie link die Burschen hier aber doch waren, merkten wir kurz darauf: „Wo ist Hans?", fragte Rainer, als wir die anderen vor der Kantine trafen.

„Hans, der läuft doch durchs Haus und verteilt die Flugblätter." Nun, Hans und sein Freund Robert waren, wie wir bald feststellten, gleich zu Beginn der Aktion, ohne dass wir es bemerkt hatten, von der Polizei ergriffen und in der Pförtnerkombüse eingesperrt worden.

Wir stürmten natürlich sofort runter. Der Pförtner wollte uns doch tatsächlich die Tür zuhalten, er, mit Schnäuzer, in seiner amtlich drohenden grüngoldenen Uniform, er schrie Zeter und Mordio. Aber er stand allein auf weiter Flur. Also nahmen wir, das heißt einige Kräftige von uns, ihn zwischen uns. „Kleiner, tritt mal ein wenig zur Seite." Er wurde einfach hochgehoben, an die Wand gestellt, Hans und Robert aus dem kleinen Nebenraum, der abgeschlossen war, befreit – Hans, der noch einen Packen Flugblätter unter dem Arm hatte – und schon bequemten wir uns in unsere Autos und ab nach Hause.

Die meisten von uns waren satt und zufrieden.

„Er hat unterschrieben und uns feierlich versprochen, dass wir nun grünes Licht haben", sagte Lothar, als wir am Salierring noch mal kurz zusammensaßen, „ich glaube, dass es mit dem Kontaktzentrum endlich aufwärtsgeht."

Tja, Abenteuer – das war es sicher auch, was viele Menschen zum SSK hinzog. Die Lust, Grenzen zu überschreiten, Risiken einzugehen, sich mit den bisher übermächtigen Autoritäten anzulegen; alles was man gelernt hatte – Ehrfurcht, Gehorsam gegenüber dem Staat, den Gesetzen – infrage zu stellen. Immer mehr junge Leute studierten Sozialarbeit, Sozialpädagogik. Randgruppen der Gesellschaft standen plötzlich im Blickpunkt des Interesses – und die Institutionen, die sich um sie kümmerten. Vorher hatte niemand den Heimen, den Heimen jeder Güte – Erziehungsheim, Waisenheim, auch den Gefängnissen – Beachtung geschenkt. Und nun: Alles, was der Staat in diesem Zusammenhang geleistet hatte, anstrebte, wurde verworfen, verurteilt – und humanitäre Akzente, wie man sagte, gesetzt: Die Menschen sollten in diesen Heimen nicht mehr bloß „verwahrt", die Umwelt vor diesen Gestrauchelten, von der Gesellschaft Vernachlässigten nicht mehr bloß „geschützt" werden – stattdessen wollte man nun die Mauern solcher Einrichtungen niederreißen, die Insassen in die Gesellschaft integrieren, die Zöglinge und Knastologen zu richtigen anerkannten selbstständigen Staatsbürgern heranbilden.

Eine der Hauptforderungen war deshalb auch eine bessere Schulung des betreffenden Personals und vor allem auch Schaffung von Arbeitsplätzen im sozialen Bereich.

Tatsächlich hatten zum Beispiel die Wärter in den Gefängnissen, mit denen ich damals als SSK-Mann gesprochen hatte, nie eine pädagogische oder gar psychologische Ausbildung erhalten. Sie waren „Schließer", wie sie ja auch genannt wurden, Leute, die den Schlüsselbund rumtrugen und nur dazu da waren, die stählernen Türen vor den Knastologen auf- und hinter ihnen wieder abzuschließen.

Und in den Heimen war es auch nicht anders. Im Don-Bosco-Heim in Köln gab es Erzieher, die Boxer, Metzger gewesen waren und entsprechend – ohne irgendwelchen pädagogischen Ehrgeiz – mit den Zöglingen umsprangen und nur darauf aus waren, sie ruhig zu halten.

Die Studenten wiesen nun auf die Statistik hin, die das Ergebnis solcher Erziehungsmethoden zeigte: Die Rückfallquote bei Knast-Entlassung betrug achtzig Prozent – und der Großteil der Gefängnisinsassen waren ehemalige Heimzöglinge.

Hier wollte die neue Pädagogik den Hebel ansetzen.

13

Was die „Justizvollzugsanstalten", wie unsere Gefängnisse amtsdeutsch genannt werden, betrifft – schon bald nach meinem SSK-Eintritt bekam ich die Adresse von einem ehemaligen, vom SSK betreuten Zögling, der im Knast in Köln-Ossendorf gelandet war.

Es war kurz vor Weihnachten. Wir, meine damalige Freundin Gesina und ich, besorgten uns Kaffee, Süßigkeiten, Zigaretten und die zur Verschickung der Waren notwendige Paketmarke, und sandten es ab.

Detmar Blessemer, so hieß der Adressat, war natürlich aus dem Häuschen; er hatte sonst kaum Bekannte und war froh, Kontakt nach draußen zu haben. Und Detmar war leidenschaftlicher Schreiber. Jede Woche flatterten zwei, drei Umschläge in unseren Kasten – erst die üblichen paar Zeilen, schließlich sogar mal ein 25 Seiten langes Buch. Detmar – der Geschichtenerzähler, der Stimmung, Gefühle hautnah wiedergeben kann. Gewöhnlich war er in seiner Zelle gut gelaunt: *„Oha, jetzt ist die Dave-Coleman-Show im Radio. Moment, muss gerade aufhören mit dem Schreiben, eine heiße Platte der Rolling Stones – oh, ich habe eben in der Zelle getanzt, sagenhaft, diese Platte, die macht mich ganz fertig, jippie! Juchhee!!!"*

Wenig später: *„Ist gerade Pferderennen im Radio. Weißt du, ich hatte damals auch mal zwei Pferdchen am Laufen. Und dann habe ich auch mal gesagt: Heute machen wir den langen Ritt. Und ich hab' mich auf das Pferdchen geschmissen und dann ging's los, im Galopp. Das Pferdchen hat unter mir gestöhnt und gewinselt – aber ich habe nicht lockergelassen, auch wenn es um Gnade geschrien hat, und es hat geschwitzt und geseufzt. – Es war ein sehr langer Ritt, aber, wie schön war es, als wir beide durchs Ziel gekommen sind! Oh ja, ich verstehe eine Menge von Pferderennen."*

Doch es gab auch einige Tiefpunkte bei Detmar, von denen er in seinen Briefen schrieb: *„Komme eben aus der B-*(=Bunker-)*Zelle"*, hieß es zum Beispiel. *„Die haben mir sogar eine Beruhigungsspritze verpassen müssen. Ich frage so 'nen Tünnes aus der Nachbarzelle: ‚He, hast du wohl 'ne Zigarette für mich?' Der Tünnes sagt: ‚Nee.' – ‚Und warum nicht?' – ‚Ich gebe dir keine Zigarette.' Dabei hat der mich so von oben herab angesehen. Und ein Wort ergab das andere, und dann hab' ich gesagt: ‚Ich weiß, du hast eine Frau und zwei Kinder, um die tut es mir leid.' Und dann hat* *der Tünnes an der Erde gelegen und gewinselt wie ein Hund. Und ein paar Zähne hat er ausspucken müssen. – Ich weiß, es war nicht richtig. Und ich kam dann zu Recht in die B-Zelle. Aber ich kann wirklich nichts dafür. Der hat mich bis aufs Blut gereizt. Mich kann man eben schnell aus der Ruhe bringen. Das habe ich auch dem Beamten gesagt, aber in die B-Zelle musste ich doch. Weißt du, Bert, ich habe immer in Heimen gesessen, und alle, die in Heimen gesessen haben, die sind eben so. Damals, als ich beim Bauern im Allgäu war, hat der mich auch angeschrien auf'm Feld, und da ging ich dann mit 'ner Holzlatte auf ihn los, und der hat die Polizei gerufen. – Und auch schon als kleines Kind, da haben die Nonnen mich auch immer angemacht, die geilen Biester, und ich habe mich immer gewehrt.*"

Beim Briefeschreiben lebte Detmar richtig auf, so hatte man den Eindruck; er versuchte, sich auf diese Weise wieder hochzubringen. Aber nicht immer gelang es ihm, seine depressiven Phasen zu überwinden. „*Tschuldigung*", heißt es zum Beispiel nach einer zweiwöchigen Briefpause, „*dass das Papier ein wenig schmutzig – blutig – geworden ist. Liege im Lazarett, habe einfach die Flasche abgenommen und bin hier zum Tisch hin. Etwas krakelig, die Schrift, ihr müsst verzeihen, aber mit diesen Dingern in den Adern oder Venen schreibt's sich so schwierig. Habe gestern einen Selbstmordversuch gemacht, oh ja, ihr dürft nicht mit mir schimpfen. Aber, die Justiz, die macht mich noch zu Tode.*"

Kurz vor Weihnachten fuhren wir, Gesina und ich, dann nach Willich-Anrath bei Krefeld, wohin Detmar von Köln-Ossendorf aus „verlegt" worden war, um unserem Briefpartner endlich Auge in Auge gegenüberzutreten. Wir hatten einige Geschenke in der Tasche, als wir, um zur Besucherzelle zu gelangen, über den Gefängnishof marschierten. Und ich sehe noch dieses Bild vor mir: Wir betreten diesen weiten, von hohen Mauem umgebenen Platz. – Vor uns zwei Gefangene in ihren grauen Knastanzügen, von denen einer einen zweirädrigen Karren hinter sich herzog; neben ihm ein Wärter, ein Justizvollzugsbeamter, wie es offiziell heißt; und hinter dem Karren der zweite Gefangene, mit einem Besen fegt er in rhythmischen Bewegungen den Boden. Dieser Boden besteht aus sehr glatten und sauberen Pflastersteinen, und auch aus dem Karren fällt kein Dreck auf die Erde, der beseitigt werden müsste, denn der Karren ist leer. Trotzdem, der schon alte Mann mit den kurzgeschnittenen Haaren fegt und fegt, laut schallt es über den Hof. Die beiden anderen marschieren ungerührt voraus, der Alte ist ihnen mit seinem Besen auf den Fersen und arbeitet. Und es sieht so aus, als wollte der Gefangene die Fußspuren der vor ihm Gehenden auslöschen, ausradieren, auch die winzigsten Rückstände menschlichen Lebens von diesem Gefängnishof entfernen.

Und ich blickte mich um: niemand, der diesem seltsamen Gebaren des Alten Einhalt gebietet. Und auch der Wärter scheint so etwas durchaus in Ordnung zu finden. Sein Verhalten, dachte ich, als die Dreiergruppe hinter einer Hausecke verschwand, ist nicht unlogisch. Da das jahrelange Einsperren von Menschen hinter Mauem im Ganzen sinnlos ist, aber allgemein akzeptiert und als notwendig angesehen wird, ist die Sinnlosigkeit im Einzelnen ebenfalls akzeptierbar und passt in den Rahmen. Das Verhalten dieser Leute ist also durchaus vernünftig und der Situation angemessen.

Solche Gedanken gingen mir durch den Kopf, als ich dann in die Besuchszelle trat und Detmar gegenüberstand – ein blonder starker Jüngling, 25 Jahre alt, mit einem jungenhaften Grinsen im Gesicht. Und wir unterhalten uns wie alte Bekannte, und ich schiebe ihm zwischendurch einzelne Zigaretten über den Tisch zu, was erlaubt ist – schließlich eine ganze Packung, und greife dann in die Tasche, die neben dem Tischbein steht, und hole die Geschenke raus. Zunächst eine dicke bunte Wollmütze, von Gesina gestrickt – sie wandert über den Tisch und verschwindet auf Detmars Schoß. Der Wärter, der aufsichtführende Beamte blickt demonstrativ aus dem Fenster – es ist Weihnachtszeit, das Fest der Liebe und des Friedens, wer wird das alles so genau nehmen – und ich ziehe nun zu guter Letzt das große braune Plüschtier raus, einen langohrigen Hasen, etwas zum Knubbeln über die Festtage – Detmar hatte sich ihn im Brief extra gewünscht – und der Hase rutscht über die Platte, verschwindet hinter der Tischkante, WILL gerade hinter der Tischkante verschwinden – da hören wir die Stimme des Wärters: „Geschenke“, sagt der Mann förmlich, „dürfen während der Besuchszeit nicht gemacht werden“ – und eine energische Kopfbewegung, und die Mütze und die Zigarettenschachtel und der Hase wandern über den Tisch zu mir zurück ...

Diese Sachen haben wir dann später – vorschriftsmäßig – Detmar in einem Paket zugeschickt. Aber da war das Fest der Liebe leider schon vorbei.

Einige Wochen danach hatte Detmar einen weiteren Briefpartner gefunden – ein „süßes, hübsches, sexy“ Fräulein, wie es hieß, aus Willich-Anrath. Und er fing an, nun ihr seine Geschichten zu erzählen, verfasste sogar Verse, wie er schrieb. Und dieses Fräulein biss an, besuchte Detmar schon bald. Und als auch die „künftige Schwiegermutter“ mitkam und der schöne starke Detmar seinen Charme spielen ließ, erhielt er fleißig Post und Besuch und vor allem dicke Wurstpakete in die Zelle. Der Briefkontakt zu uns wurde spärlicher.

„Ich habe jetzt zwei Frauen am Laufen“, erklärte Detmar, „muss mich heftig um sie kümmern. Aber ich lebe wie ein König. Nächsten Monat komme ich raus. Die Schwiegermutter hat mir schon ’nen Job besorgt.“

Und dann war alles vorbei. Wir hörten nichts mehr von Detmar. Er war wohl draußen und versuchte, wie jedermann, mit dem Alltag klarzukommen. Und wenn man von einem ehemaligen Knastologen, ehemaligen Heimzögling, ehemaligen Waisenkind nichts mehr hört, keine Bittbriefe, -Karten ankommen, dann geht’s mit ihm gewöhnlich aufwärts. Keine Betreuung, keine Unterstützung mehr nötig. Oder: Andere sind hervorgetreten und helfen.

14

In der Zeit des Briefwechsels mit Detmar flatterte plötzlich ein anderer Knastbrief in unseren Kasten. *„Ich höre“*, schrieb ein gewisser Ted Hermans, *„mein Kumpel aus der Nachbarzelle kriegt ständig Post von euch. Mir schreibt niemand.“* Nun, ich setzte mich hin und schrieb. Unser neuer Briefpartner war schon 29 Jahre alt; außerdem ein erfahrener Knastologe, denn er hatte, wie er offen erklärte, schon zwei mal zwei Jahre Haft hinter sich, in Kürze war seine Entlassung fällig. Ted hatte noch im alten Kölner Gefängnis, im Klingelpütz, gesessen. *„Ein morscher Bau“*, urteilte er, *„aber angenehmer als der moderne Vollzug in Ossendorf.“*

Im alten Klingelpütz, erzählte Ted später, konnten die Insassen von ihren Fenstern auf die Straße gucken, vor allem den Nutten zusehen, wie sie hier ihren Geschäften nachgingen. Es kam vor, dass die Gefangenen Geld herunterwarfen, und die Damen kauften ihnen Schnaps; sie banden die Flaschen an von der Wand herabhängenden Seilen, und die Häftlinge zogen in aller Ruhe die Pullen, die mit Stoff umwickelt und so vor dem Zerbrechen geschützt waren, nach oben.

Ted, wie gesagt, stand kurz vor seiner Entlassung – er war wegen eines Überfalls auf einen Supermarkt verknackt worden, die 7.000 Mark Beute hatte er in drei Wochen bis zu seiner Festnahme fast ganz ausgegeben. – Kaum in Freiheit, saß er auch schon bei uns auf der Couch, ständig verlegen vor sich hin grinsend, bemüht, uns lustige Geschichten aus seiner bewegten Vergangenheit zu erzählen. Und während Ted, ein dünner Mensch mit dünnen Lippen und eingezogenem Kopf zwischen seinen mageren Schultern, plauderte, drehte er ununterbrochen seine Zigaretten, Roth Händle, und wischte seine Finger dauernd an der Hose ab, legte das eine Bein über das andere und umgekehrt. Ted war ein Rastloser, und wenn er mal für einen Moment still saß, dann huschten wenigstens seine kleinen Augen unruhig hin und her – und immer dieses seltsame Grinsen ...

Er glaubte wohl, uns, die wir ihn ja kaum kannten, unterhalten zu müssen. Keine tragischen Storys, oh nein.

„Wir haben immer – im alten Klingelpütz – Kaffee gekocht. Und jetzt fragt ihr sicherlich (wobei er Gesina und mich pfiffig ansah), nun fragt ihr sicher: Wie haben die Jungs das so gemacht? – Tja, schlau muss man sein. Man organisiert sich“, erklärte Ted, „einfach eine kleine Milchdose, Bärenmarke oder so was, schneidet sie auf, nimmt den Deckel und den Boden, befestigt daran jeweils einen Draht. Der Draht wird an die Deckenlampe angeschlossen, zwischen die Metallscheiben noch ein Stück Holz geschoben – und schon hast du den besten Tauchsieder. Sicher“, wandte Ted ein, „man muss sich im Knast ein bisschen absprechen – bei uns im Block flogen dauernd die Sicherungen raus, weil die Jungens alle zur gleichen Zeit am Kaffeekochen waren.“

Tja, Ted, der Mann, der den Durchblick hat, der die Tricks, die Überlebens-Tricks kennt.

Zum Beispiel, wie man sich durch die Kunst des Tätowierens ein paar Groschen nebenher verdienen kann. Die Burschen im Knast waren anscheinend scharf auf solche Verzierungen. Auch Ted hatte sich geschmückt: ein brüllender Tigerkopf auf seinem Handgelenk. „Hab' ich mir selbst beigebracht; das kann nicht jeder.“

Und wenn einer von euch, meine lieben Leser, mal in den Knast muss, es soll ja schneller passieren, als man gemeinhin denkt, und sich so eine Tätowierung verpassen lassen oder vielleicht sich selbst verpassen will: Man nehme Graphitstaub, also fein geriebene Bleistiftminen, ein bisschen was von einem Radiergummi, alles vermischt mit dem Ruß einer Kerze, und zu guter Letzt gibt man noch einen Schuss vom eigenen Saft dazu, ein paar Tröpfchen Urin also – und schon hast du die Tinktur, den Grundstoff für jede Tattoo-Kunst. Man nehme nun drei Nähnadeln, binde sie fest zusammen, und zwar so, dass die Spitzen unterschiedlich hochstehen, tunke das Ganze in die gewonnene Flüssigkeit – und jage dann das Ding blitzschnell unter die Haut, kurze kleine Stiche, Millimeterarbeit: und die Windrose, die Lieblingsfrau, der Anker, der Tiger – für alle Zeiten auf dem Körper festgehalten.

Nun, Ted, nachdem er sich bei uns aufs Ohr gelegt hatte, seine erste Nacht in Freiheit, nach zwei Jahren – der abgebrühte Knastologe und Lebenskünstler Ted zeigte am nächsten Tag doch eine kleine menschliche Schwäche. „Ah", meinte er nämlich, als wir gerade rausgehen wollten und einkaufen, „ich glaube, ich habe da irgendwas an der Hand, am Handgelenk, 'ne Verstauchung vermutlich. Tut weh. Ich glaube, da muss ein Verband her." Nun, am linken Handgelenk war wirklich nichts zu sehen, keine Verdickung, keine Rötung – eben nur dieser das Maul aufreißende Tigerkopf unter den blonden Körperhaaren.

Aber es half alles nichts, ein Verband musste her, und Gesina wickelte ihm die Mullbinde über den Tigerkopf.

„Die Polizei könnte mich zu schnell erkennen", gab Ted einige Tage später tatsächlich zu, „und überhaupt, wer mich damit sieht, der weiß doch gleich, dass ich aus'm Knast bin."

Ted war unser ständiger Gast. Er wohnte zwar bei einem früheren Bekannten in der City, aber er kam doch alle naselang vorbei, holte sich sein Abendessen, verbrachte die Nacht hin und wieder auf der Couch; und morgens hatte er es gerne, wenn er sich mit Gesinas Wässerchen und Parfüms bespritzen durfte – er konnte Stunden im Badezimmer zubringen.

Gewöhnlich erkundigte er sich dann, bevor er das Haus verließ, nach einem „Heiermann", den wir vielleicht zufällig in der Tasche locker hätten – für Zigaretten, betonte er. Und wir drückten ihm ein Fünfmarkstück in die Hand.

Und Ted zog glücklich ab.

15

Noch immer jedoch saß ich am Tisch in der Uni und betrieb Wissenschaft, ein eifriger Student, der, hofften meine Mutter, meine Geschwister, meine Tante, es sicherlich noch zu etwas bringen würde – Lehrer zumindest, wenn es schon nicht das Priesteramt, wie es zunächst alle frommen Verwandten erwartet hatten, sein sollte. Aber nun – die Zeit für meine Doktorarbeit wurde knapper, die SSK-Tätigkeit nahm immer größeren Raum ein.

Und mein Bekanntenkreis änderte sich. Ich trieb mich fast nur noch mit rastlosen Gestalten herum, die nie einer geregelten Arbeit nachgegangen waren, die keinen Job erhielten, weil sie aus dem Gefängnis kamen, oder wenn sie eine Arbeit hatten, es erst gar nicht schafften, jeden Morgen früh aufzustehen, die Belastung einer normalen Tätigkeit auszuhalten. Ich verkehrte mit kriminellen Elementen, wie man es ja wohl nennt, echten Knackis sogar. Meine früheren Freunde und Bekannten, wenn sie von meiner SSK-Arbeit hörten, sie schüttelten missbilligend die Häupter.

Aber ich merkte, dass ich auf dem richtigen Weg war. Dies war Leben, das war Wirklichkeit – und unser Einsatz war sinnvoll und notwendig. Und wir SSK-Leute wussten, wie wir vorzugehen hatten.

Denn es war im Grunde ganz einfach: Man musste mit den Heimzöglingen oder Knastologen menschlich umgehen, Wärme zeigen, dem Jungen oder Mädchen das geben, was sie bisher kaum zu spüren bekommen hatten – Zuneigung, Vertrauen. Man musste ihnen das Gefühl vermitteln, dass es doch noch Leute gab, denen sie sich anvertrauen konnten, die sich bedenkenlos für sie einsetzten.

Das war der erste Schritt, den sogenannten Schwererziehbaren Mündigkeit, Selbstständigkeit zu geben. Sie würden irgendwann, wenn man sie anfangs bei der Suche nach einem geregelteren Leben unterstützte, wenn man sie nach einem Rückfall wieder aufrichtete, schon bald den Weg allein, ohne SSK-Betreuer, finden.

Natürlich tauchten im SSK immer wieder Leute auf, die unsere Arbeit scharf verurteilten: *Das bringt doch nichts,* hieß es, *ihr mit eurer humanistisch-christlichen Ader. Ihr müsst, statt karitativ, POLITISCH tätig sein. Gefängnisse, Erziehungsheime gehören abgeschafft. Letztlich muss die ganze verrottete kapitalistische Gesellschaft, die ja prinzipiell diese krassen Unterschiede zwischen Arm und Reich verursacht hat, beseitigt, erneuert werden. Die regierende Klasse kann man am besten treffen dadurch, dass das Volk die richtige Partei wählt. Der SSK sollte die Bürger entsprechend aufklären, auf dass bei der nächsten Wahl nicht die CDU oder die SPD ans Ruder kommt, sondern zum Beispiel die DKP, die KPD/ML oder der KBW (oder wie auch immer damals die verschiedenen kommunistischen, marxistischen Parteien hießen). Darauf solltet ihr in erster Linie eure Kräfte richten, sagten die Politischen. Was hilft es, wenn ihr einen oder meinetwegen zwanzig Zöglinge vor dem Knast später bewahrt oder vor der Rückführung ins Heim – ein Tropfen auf den heißen Stein. – Und, was schlimmer ist: Ihr versucht, die Jungen und Mädchen in den kapitalistischen Arbeitsprozess wieder einzugliedern, beschafft ihnen Lehrstellen, drillt sie darauf, dass sie auch noch dem Arbeitgeber aus der Hand fressen, nur um ihnen den guten alten Ausbildungsplatz zu erhalten. Damit stärkt ihr das System.*

Nun, es war nicht ganz falsch, was die Politischen da erzählten. Tatsächlich aber kümmerte sich der SSK durchaus um die politischen Verhältnisse im Lande, versuchte, Druck auf die Parteien auszuüben, griff in Wahlkämpfe durch Verteilung von Flugblättern, durch Aufkleber ein, und machte die Parteien für die Vernachlässigung der gesellschaftlichen Randgruppen verantwortlich. Diese politische Arbeit war eine Folge der praktischen Tätigkeit, des direkten Umgehens mit den Betroffenen.

Unsere Kritiker dagegen waren hauptsächlich Theoretiker, Idealisten. Sie machten sich ihre Hände lediglich schmutzig beim Drucken von Aufrufen und Wahlkampfzetteln, aber einen entlaufenen Zögling bei sich zu Hause aufzunehmen, der es sich mit seinen nicht ganz sauberen Sachen in ihrer Polstergarnitur bequem machte oder seinen geschundenen Körper eventuell auf ihre weißen Bettlaken legte – dagegen verwahrten sie sich. Es ging ihnen mehr um die große Linie in der Politik, nicht um den konkreten Einzelfall.

Und Gothe und Kippe, ehemalige SDS-Leute, also ebenfalls ehemalige Politische, hatten es manchmal schwer, diesen ideologischen scharfzüngigen, wortgewandten Angriffen standzuhalten. Allerdings ließen es sich beide nicht nehmen, hin und wieder bissig zurückzuschlagen. „Sicher", pflegten sie zu sagen, „Wahlkampf, schön und gut. Wir sind ja auch dafür, dass CDU und SPD abgesägt werden. Aber nur rumreden hilft auch nicht. Und auch nicht, sämtliche Bücher von Marx und Engels und Mao von vorn bis hinten durchgelesen zu haben. Ihr werdet unglaubwürdig, wenn ihr euch für die Proletarier einsetzt – und in Wirklichkeit nie mit einem gesprochen habt. Und ein gewisser Widerspruch liegt auch darin, dass ihr nur deshalb eure Bäuche vollschlagen könnt und Zeit habt zu diskutieren und Flugblätter zu drucken, weil ihr vom Staat, den ihr so radikal bekämpft, euer Studiengeld bezieht."

16

Eines Tages wurde uns ein gewisser Richard Breiten während einer Zellensitzung vorgestellt. Richard, 17 Jahre alt, klein, aber zäh, mit energischen Bewegungen, lebte mit Mia zusammen, seiner um einen Kopf größeren gleichaltrigen Freundin, mit der er ein Kind, Klaus, hatte.

„Wir brauchen für Richard einen neuen Vormund", sagte Rainer Kippe, „wie wär's, Bert?"

„Ich?"

„Sicher. Ich glaube, du gibst einen richtigen würdigen Vormund ab. Bist unbescholten, wie es gefordert wird, ein angesehener Bürger,

Doktorand noch dazu, ein Mann mit Staatsexamen. Was kann man mehr verlangen?“

„Hm, hm“, sagte ich, „Vormund, mein Gott, das hört sich so respektvoll an; nach Verantwortung tragen und so. Das ist nichts für mich. Und sicherlich muss ich mich den ganzen Tag um Richard kümmern. Ich glaube nicht, dass ich das bringe.“

„Ich wüsste nicht“, sagte Rainer, „wer das sonst noch von uns übernehmen könnte. Ich bin ja selbst schon Vormund – von Hans. Und Lothar hat bereits Rolf unter seine Fittiche genommen. – Du hast im Übrigen nicht viel zu tun, im Grunde eine Formalität; du musst die Urkunde unterschreiben – und fertig. Vielleicht, wenn Richard und Mia eine größere Anschaffung machen, oder sich Geld leihen wollen, ist deine Unterschrift fällig – oder falls sie beabsichtigen, zu heiraten.“

Ich drehte und wandte mich, sagte schließlich: „Ich weiß gar nicht, ob Richard mit mir als Vormund überhaupt einverstanden ist.“

Doch leider – Richard war es.

„Okay“, ließ ich mich doch breitklopfen, „her mit der Urkunde.“

Ich also am nächsten Tag mit Richard und Rainer zum alten Vormund, einem 80-jährigen Opa, der sichtlich froh war, von seinem Job loszukommen, und ich musste beim Gericht besagte Urkunden unterschreiben, und schon war ich ein gestandener Vormund, und hatte, wie man es juristisch nennt, ein Mündel. Ich war gewissermaßen Vater geworden. Und weil ich nun mal diesen Schritt getan hatte, wollte ich mich natürlich nicht lumpen lassen – ich nahm mir im Stillen vor, für Richard in jeder Hinsicht zu sorgen, wollte alle Unbilden der Welt, soweit es in meinen Kräften stand, ihm vom Leibe halten.

Leider war Richard, wie ich bald erfuhr, kein unbeschriebenes Blatt. Er hatte hin und wieder mit Gerichten zu tun gehabt – Autoradios geklaut oder auch Zigaretten, Socken und Unterhosen und eine Jacke in einem Kaufhaus in der City. Ein Wunder, dass er, der eine Menge Erziehungsheime von innen kennengelernt hatte, noch nie im Knast gelandet war. Er verstand es, im richtigen Moment immer Leute an der Hand zu haben, meist wohlmeinende engagierte Sachbearbeiter in den Jugendämtern, die wohl deshalb, weil Richard noch einen kleinen Sohn hatte, immer ein Auge zudrückten – natürlich unter der Voraussetzung, dass er sich in Zukunft bessern würde.

Aber, Richard hatte die schlechte Angewohnheit, immer gerade nachts topfit zu sein. Tagsüber konnte er ausgezeichnet schlafen. Aber sobald es dunkel wurde, trieb es ihn auf die Straße. Sicher, hin und wieder brachte ihm dieser spezielle Lebensrhythmus einen Job ein, vornehmlich als Nachtwächter, Schichtarbeiter. Aber, wie schon als Heimzögling, hielt er es nie lange an einem Platz aus. Also schlenderte er nachts häufig durch die Straßen, an parkenden Autos vorbei – und immer wieder fand sich das eine oder andere Türschloss, das nicht richtig abgeschlossen war. Und auch zu meiner Zeit als Vormund konnte es sein, dass sich Autoradios, mehr als genug, in dem Abstellraum unter der Treppe stapelten.

Richard scheute auch vor größeren Unternehmungen nicht zurück – die sich aber Gott sei Dank nur selten anboten. Für solche Fälle hatte er sogenannte Freunde, die ihm beim Leerräumen ungesicherter, in dunklen Seitenstraßen abgestellter Lkw zur Hand gingen.

Aber das war alles nur ein Tropfen auf den heißen Stein. Die junge Familie Breiten schlug sich, finanziell gesehen, mehr schlecht als recht durchs Leben.

Und es gab andere Schwierigkeiten. Mia, das junge fleißige Mädchen, das nebenbei auch als Putzfrau arbeiten ging, besaß leider eine Mutter, die gar nichts mit ihrer bescheidenen, selbstlosen Tochter gemeinsam hatte. Diese Frau, die auf dem Land wohnte, kam eines Tages in Köln vorbei, sagte: „Ach, der Klaus ist aber süß! Kann er nicht mal bei mir bleiben übers Wochenende?“ – und sie nahm das Kind mit – und behielt es. Als Richard und Mia am Dienstagabend den kleinen Klaus abholen wollten, schlug Frau Heller – Mias Mutter – ihnen die Tür vor der Nase zu: „Bei mir kriegt er wenigstens genug zu essen; in eurer dreckigen Wohnung verkommt er nur!“

Und Mia, die brave ordentliche Hausfrau, die zärtliche Mutter, sie war geschockt.

Freitagmorgen schellte Hans um neun Uhr an meiner Haustür.

„Man hat Mia heute Nacht bewusstlos auf einer Parkbank gefunden – sie hatte zu viele Schlaftabletten genommen.“

Wir beide sofort los, ins Krankenhaus – aber Mia war schon entlassen worden, nachdem man ihr den Magen ausgepumpt hatte. Blass und bleich saß sie zu Haus in der Küche und löffelte einen Joghurt. Sie fühlte sich einsam und verloren – ohne Klaus, den ihre Mutter immer noch nicht rausgerückt hatte.

„Es gibt nur eins“, sagte der energische Hans, „das Kind muss her.“ – Mia, die empfindsame, könnte jeden Moment wieder durchdrehen, meinte er.

Hans lief auch gleich zur nächsten Telefonzelle, organisierte.

Zwei Stunden später bereits saßen wir zu dritt in einer verbeulten schrottreifen Ente – und ab Richtung Klein-Büllesheim, wo Mias Mutter wohnte.

Richard, der Vater, hatte sich gedrückt: „Wenn die Alte mich sieht, habt ihr überhaupt keine Chance.“

„Gut, gut“, sagte ich großzügig, „das schaffen wir schon.“ In Klein-Büllesheim, einem traurigen verschlafenen Nest, stellten wir unseren Wagen in einer Seitenstraße ab. Mia führte uns zu einem niedrigen, mit kleinen Fenstern versehenen Reihenhaus. Wir bauten uns vor der Tür auf, schellten. – Mia, die immer noch sehr blass aussah, hatte zwar zunächst vorgeschlagen: „Sollen wir es nicht lieber von hinten, über den Hof, probieren? Vielleicht ist meine Mutter gar nicht zu Hause. Wir schnappen und das Kind, und ab!“ Aber wir wollten diplomatisch vorgehen, zunächst den friedlichen ordentlichen Weg beschreiten.

„Aber Vorsicht!“, hatte Mia noch hinzugefügt, „meine Mutter kann ziemlich wütend werden.“

Wir also klingelten ganz seriös vorn an der Haustür. Ich hatte mir schon ein paar Sätze überlegt. Ganz höflich sein, sagte ich mir, höflich und zuvorkommend; sind wir erst mal im Gespräch, wird schon alles laufen. So redete ich, der Student, der Intellektuelle, der glaubte, alles sei mit wohldurchdachten Formulierungen, wohlgebauten Sätzen zu erreichen.

Hans, nachdem er den Klingelknopf betätigt hatte, drückte auf die Klinke – die Tür ging auf. Vorsichtig traten wir in den dunklen Flur – als plötzlich eine mächtige weiße Gestalt vor uns auftauchte – Frau Heller, im Unterrock, mit breitem ausladendem Busen.

„Äh, Frau Heller", sagte ich, gewinnend lächelnd. „Wir hätten ...", ich wollte hinzufügen: *uns gern mal mit Ihnen unterhalten*. Aber, dazu kam es gar nicht. Die Frau hatte überhaupt keine Lust, sich auf das von mir ausgesuchte Terrain zu begeben, die Entscheidungsschlacht, die verbale, mitzuschlagen. Denn kaum hatte sie uns – Hans, Mia, mich – gesehen, wölbte sich ihre Oberlippe, ein pfeifendes Geräusch kam zwischen ihren Zähnen hervor, ihre Nasenflügel bebten, und sie hob die Arme und schritt auf uns zu. – Der Unterrock flog, die roten Arme leuchteten im Licht, das durch das Fenster hereinfiel, der Busen wurde wie ein Rammbock nach vorn getragen. Hans, der Überraschte, fing den ersten Stoß auf, taumelte, von einem Schlag getroffen, an die Wand, stieß mit seinem Kopf gegen die Wand, über ihm fiel, wie in einem Comic-Film, der Blumentopf langsam, in Zeitlupentempo, so schien es, vom Brett, zersplitterte auf seiner Schulter. Hans, der sonst starke, forsche, hielt, Hilfe rufend, die Arme schützend über den Kopf. Frau Heller donnerte, wild schreiend, mit ihren Fäusten auf ihn ein.

„Hilfe! Einbrecher! Zu Hilfe!", schrie sie ihrerseits.

Hans wich zurück, trat mir auf den Fuß, drückte mich nach hinten raus.

Die Tür fiel ins Schloss.

Draußen drängten sich die ersten Gesichter in die umliegenden Fenster.

„Mein Gott – wie seh' ich denn aus!“ Hans betrachtete sich erschrocken nebenan in der Schaufensterscheibe eines Friseurladens: eine Beule auf der Stirn, in seinem Gesicht vier kräftige rote Streifen.

„Eine richtige Ohrfeige“, stotterte Hans, „die Alte hat mir eine Ohrfeige verpasst!“

„Und wo ist Mia?“, meinte ich plötzlich, um mich blickend. Mia, die junge Mutter, war verschwunden.

Und dann sahen wir sie: hinter der Fensterscheibe der nun abgeschlossenen Haustür – im Clinch mit einem kleinen gedrungenen Mann.

„Ihr Stiefvater!“, schrie Hans, der über die familiären Verhältnisse Bescheid wusste. Der Mann drückte – hinter dem Glas, man konnte alles deutlich sehen – Mia, die kratzte und biss, mit dem Kopf gegen die Wand.

Schreie und Schläge – dumpf drang es durch die Tür. Dann verlagerte sich der Kampf in den rückwärtigen Teil des Hauses – und zwischendrin das Wimmern und Hüsteln eines kleinen Kindes. „Klaus!“ schrie Hans, „wir müssen was unternehmen. Die Alten bringen den Kleinen noch glatt um, nur damit wir ihn nicht kriegen und mitnehmen.“

Und wir sahen bereits vor uns, wie Klaus, in Decken eingewickelt, irgendwo im Haus eilig versteckt wurde, in einer engen Kommode auf dem Dachboden nach Luft schnappte ...

„Wir müssen die Polizei holen!“, rief Hans, „die ist ja wahnsinnig!“ Und er sprang an dem Friseur vorbei, der gerade in der Tür erschien, in den Laden – zum Telefon.

Zehn Minuten später ein Polizeiauto. Die Herren kletterten gemächlich und mit Würde aus dem Wagen.

„Um was geht's?“

Hans erklärte es ihnen.

In diesem Moment tauchte Mia auf. Sie war über die Mauer im Hinterhof entkommen; sie konnte kaum sprechen. Ihre Frisur war ganz durcheinander, die Strümpfe überall zerfetzt – eine Beule an der Stirn.

Ich brachte sie zum Wagen.

Hans schilderte der Polizei die Situation. Die Herren gingen ins Haus – kamen wieder. „Da können wir nichts machen", sagte der eine, „Frau Heller hat das Aufenthaltsbestimmungsrecht über das Kind."

„Aber", rief Hans, „das Kind ist in Lebensgefahr! Haben Sie die Frau da drin gesehen? Die ist zu allem fähig."

„Tut mir leid", sagte der Polizist, „uns sind die Hände gebunden." Sprach's und stieg ins Auto.

Wir standen da, wollten es nicht glauben. Die Polizei, dein Freund und Helfer ...

Und zu allem Überfluss trat in diesem Moment Mias Mutter vor die Haustür, diesmal im Morgenmantel, und blickte triumphierend auf uns herab und stemmte die wuchtigen Arme in die Hüfte.

Wir schlichen bedröppelt ab, setzten uns zu Mia in den Wagen.

„Eine einstweilige Verfügung wäre noch die einzige Möglichkeit", sagte Hans, der juristisch beschlagene, nach einigen Minuten deprimierten Schweigens, „wir müssen nur dem Richter klarmachen, dass sich das Kind in Lebensgefahr befindet oder zumindest Schaden erleiden würde, wenn es hierbliebe."

„Eine einstweilige Verfügung? Wo kriegt man die?"

„Am Gericht. Am Reichenspergerplatz in Köln."

Es gab doch noch Hoffnung – natürlich, es musste sich machen lassen! – Zwar war es bereits ein Uhr mittags, und dazu Freitag; sicher standen die Beamten bereits in den Startlöchern, mit Blick auf das Wochenende.

Aber, wir los. Reichenspergerplatz. Das Gericht, ein großes Schloss mit Freitreppe und allen fürstlichen Schikanen.

„Der Schnellrichter macht das", sagte der Pförtner, „er müsste noch hier sein."

Und dann begann unsere Odyssee durch diesen riesigen Gebäudekomplex. Hin und wieder begegneten wir auf den Fluren grün uniformierten Wächtern, die einen von unseren armen Knastologen zur Verhandlung und wieder zurückführten – ein seltsames Bild: überall pompöse Figuren in den Nischen, von irgendwelchen Königen, oder vielleicht auch angesehenen Richtern, Staatsanwälten, Kurfürsten, alles blitzblank, fein geleckt, großzügig, hochherrschaftlich – und dazwischen diese armseligen Gestalten in Handschellen, die sich ja meist durch kleine Gaunereien mühsam über Wasser hielten, und oft nur deshalb eine Haftstrafe riskierten, um ihre vielköpfige Familie durchzubringen.

Hier, in diesem Haus, so spürte man förmlich, hier herrscht das Gesetz. Ihr, die Verbrecher, Sünder, ihr müsst sehr leise und bescheiden auftreten, benehmt euch; hier herrscht Gerechtigkeit, Ordnung.

Und richtig, die Gefangenen, im Gegensatz zu den Justizbeamten, sie zogen, zwischen den hohen Marmorsäulen gehend, den Kopf zwischen die Schultern – das ist also die große Welt, das hier sind die, die über uns stehen, die Welt der Mächtigen, Reichen. – Und es war klar, wenn man dann allein vor dem Richter in der schwarzen Robe saß, der erhöht vor einem thronte, der Richter mit seinem großen Wortschatz, der so gut redete, alles so glatt rausbrachte, der Richter, der Vertreter der Herrschenden, der Klugen, der Mächtigen – und auf der anderen Seite der arme Sünder, der verlegen und schüchtern auf seine ausgetretenen Schuhe und ausgebeulten Hosen herabblickte, gerade nur stottern konnte in solcher hochherrschaftlichen Umgebung, wenn er gefragt wurde – sich seiner dialektgefärbten und fehlerhaften Sätze schämen musste – dann war klar, auf welcher Seite die Wahrheit stand, das Gesetz zumindest, das Recht, das Gute, die Moral.

Und kein Zweifel an den Paragrafen trübte die Selbstsicherheit des Richters.

„Stehlen“, habe ich damals in einer Verhandlung einen Richter sprechen hören, wobei der sich weit von seinem Pult herab zum Angeklagten runterbeugte, und vorwurfsvoll, ehrlich vorwurfsvoll klang die Stimme dieses Mannes, der wohl mehrere tausend Mark im Monat verdiente, während er missbilligend den Angeklagten fixierte, der, Hilfsarbeiter, eines Nachts in die Lagerhalle eines Betriebes eingestiegen war und Bleirohre, ein paar, geklaut hatte, „stehlen", sagte also dieser Richter ganz entrüstet, „DAS TUT MAN DOCH NICHT!"

Wir nun, in dem schlossartigen Gerichtsgebäude mit den unzähligen Zimmern, auf der Suche nach dem Schnellrichter - Mia mit ihren kaputten Strümpfen, Hans mit Beule und den roten Flecken auf der Backe, und ich, der Student, nach Gerechtigkeit, Wahrheit strebend.

Klaus, das gefährdete Kind, vor Augen, sprangen wir in die Fahrstühle, die Treppen rauf und runter, rissen zu guter Letzt einfach irgendwelche Zimmertüren auf – die Insassen sprangen hoch, wir: „Befindet sich hier der Schnellrichter?" – ein Kopfschütteln, Schulterzucken – und weiter. Vor Feierabend mussten wir es geschafft haben. Ein Wochenende länger warten – das Kind sahen wir bereits tot, zumindest blau geschlagen, gemartert, verdorben, geschädigt vor uns liegen.

Schließlich, oben unterm Dach, in einem kleinen dunklen Zimmer, setzten wir uns bei den beiden anwesenden Herren, die gerade dabei waren, ihre Sachen zusammenzupacken, auf die Schreibtischplatte.

„Wir gehen hier nicht eher raus, als bis Sie uns den Schnellrichter herbeigeschafft haben", sagte Hans.

Wir erklärten den Beamten die Situation. Die beiden, ein wenig ängstlich - Hans hatte, auf der Tischkante sitzend, ein Lineal genommen und schlug damit drohend durch die Luft, sagten: „Wir können ja mal sehen." Und als wir uns in dem Zimmer umgeschaut hatten, merkten wir an der Ausstattung, dass es sich um ziemlich hohe Gerichtstiere handeln musste.

„Wenn Sie uns nicht helfen", sagten wir, „zeigen wir Sie an wegen unterlassener Hilfeleistung. Es besteht Lebensgefahr."

Nachdem der eine Beamte tatsächlich im Haus herumtelefoniert hatte, meinte er: „Der Schnellrichter hat wahrscheinlich schon das Gebäude verlassen."

„Wo wohnt er?"

„Nicht in Köln", sagte der Mann, „ich glaube, in Bonn."

„Okay“, sagte Hans, „wir gehen jetzt mit Ihnen runter, und Sie fahren uns mit dem Wagen hin.“

Da atmete der Mann, dieser sauber angezogene Beamte, auf, sagte lächelnd: „Tut mir leid. Ich habe gar keinen Wagen. Ich fahre immer mit der Straßenbahn!“

Sein Justizkollege blickte inzwischen, während wir weiter überlegten, was wir noch unternehmen konnten, auf die Karte an der Wand. „Klein-Büllesheim!“, rief er plötzlich, „das liegt doch gar nicht in unserem Bezirk“ – und dann kam der Satz, den ich während meiner Tätigkeit im SSK immer wieder als das Totschlagargument, als das letzte Wort hörte, „DA SIND WIR JA GAR NICHT ZUSTÄNDIG!“ Und die beiden Beamten, nun ganz würdig und ernst und auf einmal sicher geworden: „Tut uns leid. Aber Klein-Büllesheim liegt außerhalb unserer Verfügungsgewalt.“

Das gab uns, vorher schon erschöpft, den Rest. Wir hatten nichts mehr zuzusetzen, schlichen wie begossene Pudel die nun ganz verlassen daliegende Freitreppe hinunter. Nur der Pförtner saß noch in seiner Loge, blickte uns, über seine Zeitung hinweg, neugierig an. Hans nahm das Schild mit der Aufschrift FRISCH GEBOHNERT!, das an der Wand lehnte, hob es, vor den Augen des Pförtners, hoch und ließ es krachend auf den Boden fallen.

Der Pförtner verzog keine Miene. – Ein verzweifelter, aber lautstarker Abgang. Vor dem Gerichtsgebäude verabschiedeten wir uns. „Bis Montag“, sagte Hans. „Wir geben nicht auf.“

Am Montagmorgen standen wir tatsächlich wieder vor Justizbeamten, diesmal einer Frau, einer Richterin – im Vormundschaftsgericht.

„Tja“, sagte sie, nachdem Hans und ich unsere Geschichte – nun etwas ruhiger, gelassener, resignierter wohl auch, erzählt hatten, „sicher, das sagen SIE. Aber was wird Frau Heller dazu meinen? Sie werden verstehen: Wir müssen beide Seiten hören, erst dann kann man eine Entscheidung fällen.“

Frau Heller, Mias Mutter, musste also Stellung nehmen. Das Ganze wurde der zuständigen Familienfürsorgerin übergeben, und diese, als sie noch einen Platz im Terminkalender frei hatte, notierte sich den Fall. Und dann irgendwann guckte sie bei Mia und Richard vorbei – und natürlich war die Wohnung in Ordnung, alles tipptopp und kindgerecht. – Und es wurde schließlich die Entscheidung gefällt: Frau Heller zog den Kürzeren.

Mia schloss den Kleinen in ihre Arme – vier Wochen waren vergangen.

Der Familienfrieden war wiederhergestellt. Richard fing sogar wieder an zu arbeiten, brachte regelmäßig Geld ins Haus. – Und was den Kleinen betraf: Der wurde größer und größer, konnte bald auf eigenen Beinen herumlaufen – bis, eines Tages, Richard und Mia mal in die Stadt zum Einkaufen mussten und sie das Kind der Nachbarin anvertrauten.

Die Nachbarin machte mit Klaus und ihren eigenen Kindern einen Spaziergang. Und der kleine, selbstständige, neugierige Klaus ging seine eigenen Wege, riss sich los, fiel eine Böschung runter, in einen Bach. Einige Stunden später wurde er tot aus dem Wasser gefischt.

Trotzdem, nach diesem fürchterlichen Schlag – Mia und Richard erholten sich allmählich. Die Beziehung hielt – wenn auch Richard in dieser Zeit verstärkt seine nächtlichen Raubzüge unternahm. Aber, es kam ein weiteres Kind, und es gab sogar, ein Jahr später, unter Beteiligung der sich nun friedlich gebenden Schwiegermutter, eine Hochzeit, eine staatlich anerkannte Trauung, mit Amt und Siegel.

18

Und immer noch hatte ich meinen mir fast allein gehörenden Sitzplatz in der Uni. Und die fein angezogenen Studentinnen gingen parfümiert an mir vorüber, und immer noch beugte man sich – die Stimme ein leises Flüstern, man wollte ja wirklich den anderen nicht stören – zum

Tischnachbarn herüber, und immer noch wurden Bücher gewälzt, und die SPD etablierte sich – nach 1918 – zusehends, und Ebert sagte: „Die Revolution, ich hasse sie wie den Teufel", und Noske, den man den Bluthund nannte, ließ auf die streikenden Arbeiter schießen, und in Russland erlitt Lenin zwei Schlaganfälle, musste das Handtuch werfen, und Stalin, der Bürokrat, der Organisator, der berechnende, machtlüsterne, übernahm das Ruder.

Während ich das las – und zwischendurch zur Erholung im ruhigen riesigen Lesesaal die Wände anguckte oder aus dem Fenster –, malochte Richard, wie ich wusste, in Ehrenfeld in einer Ofenrohrfabrik, fast als einziger Inländer zwischen schwarzhaarigen Türken und Italienern, und der Chef wurde reich dabei.

Die Leute in dieser Fabrik forderten für jeden Arbeitsplatz den gesetzlich vorgeschriebenen Rauchabzug, aber, er kam nicht, die Arbeiter mussten bei 35 Grad Hitze schuften. Und Richard vor allem konnte nicht groß aufmucken, weil er mit seiner Familie in einer Werkswohnung saß, und Mia außerdem noch ein bisschen Geld mit dem Saubermachen der Büroräume der Firma verdiente und nicht den Job verlieren wollte.

Und ich stand in der Mittagspause mit den sogenannten Kommilitonen zusammen, und wir unterhielten uns über die Macken der Professoren, auf uns zukommende Prüfungen, die langweiligen Vorlesungen, und natürlich über die große Politik, während in diesem Augenblick Ted vielleicht, wie er mal erzählte, von der Polizei gefilzt wurde, weil er mit einigen Pennern auf der Wiese am Aachener Weiher gelegen hatte, wo häufig Kontrollen stattfanden – und er auch schon mal vorübergehend in Haft genommen worden war.

Wie gesagt, solche Bilder kamen in mir hoch, während ich in der Uni saß und zu arbeiten versuchte – aber, immer weniger Ehrgeiz, immer weniger Kraft entwickelte ich. Immer häufiger verirrten sich meine Gedanken – die Vergangenheit in den Geschichtsbüchern wurde von der Gegenwart überdeckt. Und auch: Meine Kommilitonen, wie weit weg waren sie, und Rainer Kippe, Lothar Gothe und Richard Breiten und Ted – sie waren nah. Hier handelte es sich nicht um Literatur, um Historie – das war Wirklichkeit.

Und ich, wie konnte ich, dachte ich oft erstaunt, wie konnte ich eigentlich noch hier sitzen, leere, tote Papierseiten wälzen, trockenes, verstaubtes Zeug lesen? – Während draußen ...

19

Ted Hermans und Richard Breiten – die beiden standen mir von den Zöglingen am nächsten: Ted, der Mann, der sich schon keine Illusionen über das Leben mehr machte. Mit drei Jahren adoptiert und – seit er neun war – immer wieder von zu Hause weggelaufen. In der Schule, wie mir Teds Pflegemutter erzählte, wurde er schon früh wegen seiner übergroßen Scheu und Kontaktarmut von den Kameraden gehänselt. Und bald darauf die ersten Konflikte mit dem Gesetz.

Als wir es mit Ted zu tun bekamen, hatte er seine Pflegemutter fast zehn Jahre nicht mehr gesehen. Eines Tages, als wir beim Frühstück saßen, meinte er: „Bert, ruf meine Mutter doch mal an – Ted, ihr kleiner Ted wäre hier."

„Meinst du, sie besucht dich dann?"

„Sicher."

Ted hatte plötzlich wieder Sehnsucht. Seine Pflegeeltern hatten damals vielleicht vieles falsch gemacht – aber, das schien nun vergessen. Er nahm einen neuen Anlauf.

Ich telefonierte, und wirklich, zur verabredeten Zeit, zwei Tage später, schellte es an der Tür, eine ältere, etwas tattrige Frau trat ein.

„Mein kleiner Ted", schluchzte sie und schloss ihren lang vermissten Sohn in die Arme. Auch Ted war gerührt, wusste nicht, wie er sich benehmen sollte.

„Mutter, Mutter", sagte er immer wieder und drehte sich, auf der Couch sitzend, verlegen eine Zigarette.

Und Frau Hermans verbrachte bei Kaffee und Kuchen über zwei Stunden mit uns, und so erfuhr ich Teds Geschichte.

„Er war drei Jahre alt“, sagte die Frau, und hin und wieder, während sie erzählte, traten ihr Tränen in die Augen, „als wir endlich in diesem katholischen Heim standen und ein Kind adoptieren durften. Ted war ein süßer kleiner Junge, der uns sofort gefiel. Aber, wie das damals so war: Die Kinderbetten befanden sich alle in einem großen Saal, fast eine Halle, und Ted, er war wohl sehr sauber gekleidet, und hatte, wie die andern auch, ob Junge oder Mädchen, eine Schürze an, die stand ihm sehr gut, und auch die Schwestern waren nett; aber, sagte ich dann zu der Oberschwester, warum bückt Ted sich denn immer und wischt an seinen Schuhen rum? Die sind doch ganz sauber! Was ist nur mit dem Kind?

Und es stellte sich heraus: Ted, und auch alle andern, hatten unter ihrer Schürze einen Lappen, und man hatte ihnen, diesen Kleinen, schon beigebracht: Wenn du dich schmutzig machst, musst du selbst dafür sorgen, es wieder wegzukriegen. Daher dieser Lappen. Und Ted meinte immer, seine doch schon sehr glänzenden Schuhe wären immer schmutzig – auch wenn nur ein Staubkorn, ein Flusen zu sehen war. – Er bückte sich dann, nahm diesen Lappen und wienerte drauf los. So hatten sie da die Kinder erzogen.“

Das Bild mit den Putzlappen schien auf die Frau tiefen Eindruck gemacht zu haben. Sie weinte.

„Muttchen“, sagte Ted, selbst Tränen in den Augen, „ist doch schon gut.“

„Und mit neun Jahren ist er dann zum ersten Mal von zu Hause weg. Wissen Sie“, sagte Frau Hermans, „mein Mann, der hat ein Geschäft, und hatte auch nicht die Geduld – und als dann später immer wieder ein Polizeiauto vor dem Haus stand, wenn Ted nach einem Ausreißversuch zurückgebracht wurde, dann redeten natürlich die Leute. ‚Wir müssen auch an das Geschäft denken‘, hat mein Mann gesagt. Und dann haben wir ihn ins Erziehungsheim gegeben. Aber“, wiederholte die Frau immer wieder, „mit neun Jahren schon zum ersten Mal weg, drei Tage – das haben wir nicht gewollt, das verstehe ich nicht – er hatte sich in den Schrebergärten an der Neusser Straße versteckt – mit neun Jahren schon“, und sie fing wieder an zu weinen.

Die weitere Story kannte ich zum Teil aus Teds früheren Schilderungen: zahlreiche Ausbrüche aus dem Heim; erst kam er nach Hause zurück, dann blieb er einfach weg, schlief irgendwo. „Und eines Tages“, begann nun Ted selbst zu erzählen, „haben sie mich nach so einem Ausbruch nicht mehr ins Heim, sondern zum Gesundheitsamt nach Köln gebracht. Ich wurde von Doktor Korn, dem Chefarzt, untersucht. Der stellte nur ein paar Fragen, und plötzlich kamen von oben, ein Stockwerk höher, zwei so Männer, in weißen Kitteln, starke Männer, die immer da oben hocken und nur auf solche Fälle spezialisiert sind, und brachten mich nach unten ins Auto, das da immer bereitstand, und ab ging's nach Bonn in die Landesklinik, die Irrenanstalt.“

Drei Tage musste er dann auf einem kleinen niedrigen Hocker sitzen, „so niedrig“, sagte Ted und zeigte mit der Hand – irgendwie schien die Höhe bedeutsam zu sein – „drei Tage saß ich da, und um mich her Verrückte, die mich anstierten, und ich hatte schreckliche Angst.“

Ted, den Erinnerungen nachhängend, war ganz aufgewühlt. Und die Mutter griff dauernd zu ihrem Taschentuch – aber sie schien wirklich froh zu sein, ihren Adoptivsohn wiederzusehen und mit ihm gemeinsam über die Vergangenheit sprechen zu können.

Aber dass Ted nun seinerseits ihr einen Besuch abstattete, das ging nicht. „Mein Mann, wenn der dich sieht, das gibt Mord und Totschlag.“

Teds Pflegevater schien ein ziemlich unangenehmer Mensch gewesen zu sein. „Einmal“, erzählte Frau Hermans, „hatte ich schon vorgehabt, ihn zu verlassen. Auch wegen der Auseinandersetzung um Ted.“ Doch ihr Mann hatte damals sämtliche erreichbaren Wäschestücke aus den Schubladen geholt, sie in der Wohnung, mitten auf dem Teppich, gestapelt – und angezündet – „genau so“, hatte er erklärt, „werde ich mich selbst in Brand stecken, wenn du aus dem Haus gehst, wenn du mich verlässt."

Offenbar ein Verrückter. Und seine Frau, die arme, war schon so weit heruntergekommen, unter seiner Führung, unter seiner Herrschaft, dass sie einige Tage nach diesem zweistündigen Besuch bei uns zwar Ted ein dickes Paket schickte – aber, als wir es aufmachten und schon an Schinken, Würste, Geld, Schokolade (und Ted vor allem sicherlich an Schnaps) dachten: Es fielen nur Socken und Unterhosen raus. „Ich kriege von meinem Mann kein Geld. Doch ich habe alles zusammengesucht, was du vielleicht noch brauchen könntest", hieß es in dem beiliegenden Brief.

Ted war geschafft. „Mit der Alten ist wirklich nicht mehr viel los."

Dieses Kapitel war für ihn abgeschlossen.

20

Ted und Richard, meine beiden Zöglinge. Ted, das Waisenkind; Richard, dessen Eltern zwar noch irgendwo lebten, aber: „Ich habe keine Lust, meinem Alten über den Weg zu laufen. Der hat mich jeden Tag mit seinem Gartenschlauch verdroschen."

Man sollte meinen, aufgrund einschlägiger Erfahrungen träten solche Leute wie Ted oder Richard sehr vorsichtig auf. Nur ja nicht auffallen, nur ja nicht dem Gesetz in die Maschen laufen. Aber: Richard kaufte sich eines Tages ein Luftgewehr und fing an, aus dem Dachfenster seiner Wohnung auf die Katzen im Garten des Nachbarn zu schießen.

Der Nachbar fahndete allerdings vergeblich. – Und so etwas tat Richard, obwohl er noch eine Bewährung laufen hatte und bei dem geringsten Vergehen mit mindestens einem Jahr Knast rechnen musste.

In der Silvesternacht nahm er seine Büchse mit in die Stadt und stellte sich an einer großen Straßenkreuzung auf und schoss, während ringsum die Leute ihre Knaller und Raketen losließen, auf die umliegenden Ampeln.

Ich war zu diesem Zeitpunkt über Weihnachten, wie das so üblich ist, bei meiner Mutter. Im Zug, auf der Rückreise, las ich in der Zeitung: „Am Rudolfplatz sind in der Nacht zu Neujahr sämtliche Ampeln auf mutwillige Weise durch Gewehrkugeln zerstört worden; 14 Polizisten mussten in Wechselschicht den Verkehr regeln. Der Schaden beläuft sich auf mehrere tausend Mark. Vom Täter fehlt jede Spur."

Ich ahnte sofort, wer dieser Täter nur sein konnte. – Und richtig. Richard zeigte mir am nächsten Tag die Einschüsse, und er war noch stolz drauf. „Ich dachte: Die andern knallen – was die können, kann ich auch. Ich wollte einfach nur ein bisschen in der Gegend herumballern. Hat doch keinem wehgetan, oder?!"

Ted war die Sorglosigkeit in Person. Eines Tages kam er wie immer lässig in unsere Wohnung spaziert. Wie gewöhnlich verschwand er erst einmal im Badezimmer, um sich frisch zu machen. Er pflegte dann in Gesinas Parfümerie herumzustöbern – und kam anschließend stinkend und duftend und strahlend wieder zum Vorschein.

Diesmal hörte ich sogar die Dusche rauschen.

Ted war noch nicht fertig, als es schellte. Zwei Polizisten vor der Tür, dahinter ein etwas gerötetes, vor Aufregung gerötetes Jungengesicht.

„Da ist sie ja!", rief der Junge, und ehe ich mich versah, war er an mir, der ich die Tür etwas geöffnet hatte, vorbei und ging zu der Lederjacke, die Ted auf der Couch abgelegt hatte.

„Das ist meine Lederjacke", sagte der Junge.

Die Polizisten: „Woher willst du das wissen?"

„Hier, ich habe Ihnen ja gesagt, die Tasche", und der Junge krempelte das Innenfutter raus, „hat ein Loch – außerdem", und er holte triumphierend einen Knopf aus seiner Hose, hielt ihn gegen das Leder, „außerdem fehlt hier, an dieser Stelle, dieser Knopf." Und man sah in der Tat: Der Knopf gehörte zur Jacke.

„Können Sie den Herrn mal aus dem Badezimmer holen?!"

Die Polizisten waren sehr höflich.

Ich klopfte an die Tür, brüllte: „Ted! Hier sind zwei Männer, die möchten sich mit dir unterhalten.“

Und Ted kam raus, duftend, strahlend. Und auch, als er die beiden Uniformen sah, war er keineswegs geknickt oder auch nur überrascht.

„Guten Tag. Was gibt's?“

„Können wir Ihren Ausweis sehen?“

Ted kramte ihn aus der Brusttasche seines Oberhemds. „Herr Hermans, Sie werden verdächtigt, dem Jungen diese Jacke gestohlen zu haben.“

Ted, ganz erstaunt: „Die Jacke? Das ist meine!“

„Wo haben Sie die denn her?“

„Na, die hab' ich letzte Woche in der Südstadt, in 'ner Kneipe, von 'nem Kumpel gekriegt; 'n Pfund hab' ich dafür bezahlt.“

„Tja, ich glaube, Sie beide müssen mit zur Wache kommen, hier können wir den Fall nicht lösen.“

Und Ted, der arme Teufel, wenn auch jetzt mich pfiffig und verschmitzt ansehend, als wollte er sagen: *Lass nur, Bert, das kriegen wir schon hin* – er schlurfte los, dahinter der Junge, die beiden Polizisten, und ich.

Auf der Straße sagte der Junge: „Meine Ausweise sind nicht mehr in der Jacke, die hat er bestimmt weggeworfen.“

Und die Polizisten und der Junge stöberten in den Büschen herum, während die Nachbarn sich hinter den Gardinen bewegten und mich, den sie ja kannten, sicherlich skeptisch ansahen.

Nun, die Truppe fand nichts, und wir marschierten zum Niehler Kirchweg, der Polizeiwache.

Das Verhör begann. Ted war ganz souverän. Zwischendurch fragte er zum Beispiel: „Und was macht denn Herr Baldrian?“ – und nannte noch andere Namen – Polizisten, die Ted, der ja schon lange sich in diesem Kreis bewegte, wohl alle kannte. Die Beamten, vor allem der Obermacker, waren, so hatten ich jedenfalls den Eindruck, ziemlich verständnisvoll.

„Ich wollte mit Ted eigentlich Geburtstag feiern – er hat nämlich heute Geburtstag“, sagte ich – und es stimmte in der Tat, ich hatte schon einige Flaschen Bier im Kühlschrank stehen. Ich ließ ebenfalls durchblicken, dass Ted es immer ziemlich schwer hatte im Leben – die verschiedenen Aufenthalte in Heimen, im Knast ...

„Falls Sie Ted wirklich das mit der Jacke anhängen“, meinte ich anschließend, „und er wieder reinkommt in den Bau – weil er ja noch Bewährung hat – das bringt doch nichts. Dann ist er bald wieder draußen, und er sitzt noch tiefer drin als vorher. Kein Job und so weiter. Und alles geht wieder von vorn los. Ich habe“, fuhr ich fort, „so eine Art Vormundschaft für ihn übernommen. Ich bin sozusagen sein Pflegevater, kümmere mich um ihn. Und seitdem ich meinen Einfluss auf ihn ausübe, hat er sich noch nie was zuschulden kommen lassen.“

Und Ted brachte ebenfalls sein süßestes Lächeln, und wir stiegen voll ein, zogen sämtliche Register.

Und – konnte man es glauben? Der Oberpolizist meinte doch tatsächlich: „Es sieht zwar so aus, als hätte Herr Hermans die Jacke an sich genommen. Trotzdem, Aussage steht gegen Aussage. Ich glaube, Herr Brune, wir können ihn mit gutem Gewissen laufen lassen.“

Ted strahlte: „Hab’ ich doch gleich gesagt! Ich und ’ne Jacke klauen? Und noch von ’nem armen Jungen? Nie!“

Und er nahm eine Zigarette, die der Polizist ihm anbot, und wieder unterhielten sie sich über gemeinsame Bekannte. Ein richtiger lockerer Schnack – während ich wie auf heißen Kohlen saß. Ist Ted denn des Teufels? Nur nichts wie weg! Er war billig davongekommen – schnell abhauen, das war mein einziger Gedanke.

„Ted“, sagte ich wiederholt, „ich glaube, wir gehen lieber ...“

Aber Ted nahm noch eine weitere Zigarette, erzählte von seinen verschiedenen Knastabenteuern und spielte wie üblich den großen King. Er hatte den Durchblick; er wusste Bescheid, er war „in“, was die Szene betraf.

Doch dann – Gott sei Dank – erhob er sich von der Schreibtischkante, auf der er, als wäre er hier zu Hause, gesessen hatte.

„Also, nichts für ungut“ – und er hatte seinen gewohnt lässigen Abgang.

Leider, die Wolken, die drohenden, hatten sich schon über ihm zusammengezogen. Wir waren kaum an der Tür, als sie auch schon von selbst aufging – und der Junge, mit seinen Freunden, stand vor uns.

„Wir haben die Ausweise in einem Busch gefunden“, sagte er, „und diese beiden haben gesehen, wie der“, er zeigte auf Ted, „sie aus meiner Jacke genommen und weggeschmissen hat.“

Der Polizist sah mich an, dann Ted, zuckte mit den Schultern.

„Wir müssen Sie leider hierbehalten, Herr Hermans“, sagte er. Und die Personalien wurden aufgenommen, ein Protokoll geschrieben, und ein Arzt kam auch noch, nahm eine Spritze, zack, die Nadel in Teds rechten Arm – der alles mit unbewegtem Gesicht über sich ergehen ließ – die Kanüle mit dem Blut wurde in ein Holzkästchen verfrachtet, der Arzt, ein schnoddriger älterer Mensch, schrieb mit Kreide eine Zahl auf den Kasten.

Und dann war ich entlassen.

Ted wurde abtransportiert, zum Waidmarkt, in Untersuchungshaft.

Tja, Ted, dachte ich, du Schaf – wir hätten über alle Berge sein können und gemütlich Geburtstag feiern.
Am nächsten Morgen ging ich zum Polizeipräsidium. „Herr Hermans?“, sagte der zuständige Beamte, „der ist eben entlassen worden.“ Der Haftrichter, der jeden Morgen die Fälle behandelt und feststellt, ob eine weitere Inhaftierung angebracht ist, war ein äußerst gnädiger Mensch gewesen – obwohl Ted ja nur auf Bewährung draußen war!

Wie Ted, den ich am Nachmittag traf, bei einem Bier, dem nachgeholten Geburtstagstrunk, erzählte, hatte er natürlich den jungen Oberpolizisten von der Wache so eingewickelt, dass der am Waidmarkt seinen Kollegen einen entsprechenden Wink gab. Nun, Ted war noch einmal davongekommen.

21

Mitleid, Menschlichkeit - oft verpönte Eigenschaften, aber ohne sie würde die Sozialarbeit nicht funktionieren. Sicherlich, Geld, ein guter Job ist wichtig - aber, Verständnis, Wärme zu vermitteln, ist entscheidend. - Nur, das ist nicht so einfach. Die Gesellschaft, der Mensch hat im Laufe der Zeit einige Mechanismen entwickelt, um das, was fehlerhaft, schwach ist, in gehörigem Abstand, mit Distanz zu erleben – um ja nicht erst solche Reaktionen wie „Mitleiden" aufkommen zu lassen.

Für die Tattrigen, Gebrechlichen gibt es die Altersheime, für die Irren die entsprechenden Anstalten, für die getretenen Jugendlichen die Erziehungsheime, und Kriminelle, Gewalttätige verschwinden hinter noch dickeren Mauem.

Wer will, kann sie – unsere Kranken, Lahmen, Blinden, Gescheiterten – dort besichtigen, aber, wer interessiert sich schon für sie?

Tote beispielsweise werden auch nicht mehr vor den Augen der Öffentlichkeit durch die Straßen getragen. – Die Organisation der Verdrängung klappt. Die Kaputten, Abnormen werden in Kategorien eingeteilt, und in die entsprechende Schublade gesteckt. Fertig. – Mitgefühl? Oh nein, das ist, hört man doch überall, fehl am Platze. Die Leute sind dort in den Heimen, Anstalten doch durchaus ihrer Situation angemessen aufgehoben. Wie gesagt, alles nur eine Frage der Registrierung, der Organisation.

So war ich mal mit Ted bei einem Arzt, einem Professor sogar, der auch in Ossendorf im Knast Dienst tat. Der Arzt hatte neben Medizin auch Psychologie studiert, und somit glaubte er, den großen Durchblick zu haben.

Ted brauchte eine Untersuchung, wollte sich krankschreiben lassen.

„Ja ja", sagte dieser goldbebrillte, graumelierte Herr, „in der Gesellschaft haben wir immer, wir können machen, was wir wollen, eine gewisse Anzahl kranker, ‚debiler' Menschen, wie es heißt. Zum Beispiel, als die Bundeswehr aufgebaut wurde: Hier hatten wir Gelegenheit, in dieser Hinsicht besonders sorgfältig vorzugehen, nur ausgesuchtes Material, Menschenmaterial, einzusetzen. – Und, was ist passiert? Nach einigen Jahren führten wir eine Untersuchung durch. Und wieder fünf Prozent Debile. Die übliche Zahl also."

Und er dozierte, während wir beiden Akademiker, wir zwei Oberschlaue in dem Behandlungszimmer hin und her schritten. Und der Doktor, er kam von seiner Zahl, nämlich diesen fünf Prozent, einfach nicht runter, („Auch in jeder größeren Firma stoßen wir, bei Untersuchungen, auf diese Ziffer – ein Phänomen") – und Ted saß, mit nacktem Oberkörper, seinem typisch bitteren Zug um den Mund, mit seinen Narben und Tätowierungen, dabei, und musste sich alles von uns, den Intelligenzlern, anhören. „Und er hat", kam schließlich der Professor wieder auf seinen Patienten zurück, „schon mehrmals Suizidversuche hinter sich? Pulsadern oder was?"

Ted: „Na ja, ich war damals hauptsächlich im Knast, man dreht da schnell durch. Und sonst meistens im Suff."

Der Professor sah mich vielsagend an. *Da haben Sie's,* hieß das, *Sie vom SSK tun doch alles Menschenmögliche. Aber es hilft alles nichts. Sie können machen, was Sie wollen. Es GIBT eben in jeder Gesellschaft soundsoviel Prozent Kaputte. Immer.* – Was bedeutet: Also kann man ruhig seine Hände in den Schoß legen. – *Von dieser Zahl kommt man nicht runter, die ist wissenschaftlich erwiesen* – die Logik des angeblichen Fachmanns, der damit jedem eine bequeme Entschuldigung liefert, sich nicht um andere kümmern zu müssen.

In diesem Zusammenhang fällt mir auch die ähnlich arrogante Haltung eines geistlichen Herrn ein, der im Jugendamt, als wir mit den Sachbearbeitern im Clinch lagen, plötzlich im Flur auf uns zukam. Er baute sich, in seinem schwarzen Anzug, mit seinem ziemlich dicken Bauch, mit seinem blendend weißen Priesterkragen, vor uns auf.

„Ich habe ja auch", erklärte er, „zwei Heime unter mir, Mädchenheime – DAS passiert bei mir nicht: dass die Mädchen abhauen, dass bei uns geschlagen wird, dass die Zöglinge schlechtes Essen kriegen, dass sie geprügelt, getreten werden. Bei MIR verschwinden keine Mädchen.“ Und der Geistliche, ruhig ein- und ausatmend, blickte, selbstzufrieden lächelnd, zu uns herüber – während wir mit heißen und nervösen Gesichtern beratschlagten, wie wir unsere Schützlinge am besten vor dem Zugriff des Staates bewahren konnten. Er – der unbescholtene Bürger, der seinen Laden in Ordnung hält, der sich auf dem Pfad der Tugend und des Gesetzes, der Vorschriften bewegt. IHM jedenfalls kann man nicht an den Karren fahren.

Sicher, wenn mal das eine oder andere Mädchen durchdreht, so die Argumentation solcher Heimleiter – was natürlich nicht an den Erziehungsmethoden des Hauses liegt, vielmehr an einer Fehlentwicklung in der Kindheit, an den Eltern und so weiter – dann, in so einem Fall, gibt es natürlich die gesetzlich zugelassenen Maßnahmen: Hausarrest, Essensentzug, auch mal die Beruhigungsspritze. Alles aber durchaus in Ordnung, im Rahmen des Üblichen.

Es war also kein Wunder, dass unsere SSK-Zöglinge, angesichts solcher Vertreter der Gesellschaft (und die Politiker, mit denen wir es zu tun hatten, legten keineswegs eine andere, bessere Haltung an den Tag), dass die Jugendlichen keine große Lust hatten, sich mit dem Staat, den solche Menschen für sie ja verkörpern, zu identifizieren. Wie sollten diese Männer für die Zöglinge und auch für uns Vorbild sein? Und wie hätten wir dann auch den Gesetzen, die solche Leute aufstellen, Respekt entgegenbringen können?

22

Als zum Beispiel eines Tages ein vom SSK betreutes 15-jähriges Mädchen von einem Zuhälter am Bahnhof aufgegriffen und festgehalten und an ein Ausländerwohnheim an der Aachener Straße verkauft wurde – jeder Mann hatte, um mit dem Mädchen schlafen zu können, 30 Mark zu bezahlen – und wir davon Wind bekamen, da das Mädchen nach zwei Wochen türmen konnte und bei uns auftauchte – da wurde auch überlegt: anzeigen? Das Gesetz zu Hilfe rufen?

Aber, da war dieses Misstrauen gegenüber der Polizei, dem Staat. Die hauen statt des Zuhälters doch glatt uns in die Pfanne, hieß es. Wir müssen schon selbst mit der Sache fertig werden.

Ich entsinne mich noch dieser Diskussion, die an einem Freitagabend im Evangelischen Studentenheim stattfand. Seltsamerweise waren fast alle Zöglinge für die brutalere Lösung. – „Wir gehen morgen zum Bahnhof", sagte Hans, stellvertretend für die Gruppe, „und kaufen uns den Jungen." – Und wir Übrigen, die Betreuer, die meist Intellektuellen, wir fanden das nicht richtig: „Einfach so ein Straf- und Überfallkommando losschicken, Gewalt anwenden ... Man muss doch erst den Mann verwarnen, ihm die Chance einer Besserung geben – wenn das noch mal passiert, dann ..."

„Hört doch auf", sagte Robert, „der lacht sich doch nur ins Fäustchen."

„Wie sollen wir ihn verwarnen?", meinte Hans, „ihm etwa einen Brief schreiben: *Lieber Freddy, du hast neulich eins unserer Mädchen festgehalten und vergewaltigt und auf den Strich geschickt. Tu es bitte nicht noch mal ...*"

Wir Betreuer sträubten uns. „Wir können doch nicht einfach Selbstjustiz ausüben!"

„Alles andere hilft nicht", erklärten die Zöglinge, „nur auf diese Weise können wir dem Mann sagen, was wir wollen. Das ist die einzige Sprache, die er versteht."

Nun, wir Theoretiker hatten sicherlich eine Menge Bücher gelesen, wie man mit Problemen fertig wird, wie man Schwierigkeiten beseitigt. Und die Lösung immer: Man muss drüber reden. Den Kampf verbal ausfechten. – Aber, hatte ich damals bei Mias Mutter nicht auch die Grenzen dieses Vorgehens gesehen? Hatten wir damals nicht den Kürzeren gezogen?

Nach der Diskussion führten wir eine Abstimmung durch: Die Mehrheit war gegen uns, die Betreuer. Ein Termin für die Aktion wurde genannt.

Ich sehe mich noch, wie ich am Neumarkt aus der Straßenbahn steige und durch die Schildergasse zum vereinbarten Treffpunkt gehe. Meine Knie, sie zitterten, mein Herz, es schlug heftig. Mit Zuhältern soll ich mich denn also auch noch rumschlagen, seufzte ich vor mich hin. Ach, säße ich doch jetzt in der Uni auf meinem schon seit einiger Zeit verwaisten Platz. Ach, die Bücher, die tun einem nicht weh, beißen nicht, schlagen nicht.

Wir versammelten uns Ecke Hohe Straße und marschierten los, etwa zehn Mann stark.

In der Bahnhofshalle fragten wir vorsichtig die entsprechenden Figuren: „Na, wie läuft's? Ist Freddy nicht da? Wir wollten uns mal mit ihm unterhalten."

Und – wer beschreibt meine Freude: Freddy war an diesem Tag nicht anwesend. Unser ganzer Haufen zog unverrichteter Dinge wieder ab.

„Er muss einen Denkzettel bekommen", ließen die Zöglinge nicht locker.

Ein paar Tage später. Wieder: Mit klopfendem Herzen taumelte ich in unserem Trupp Richtung Bahnhof – und mir schwante nichts Gutes: Wenn Freddy mich nun zu Gesicht bekommt und seine Freunde mich an einem anderen Tag, wenn ich allein bin, wenn ich mal mit dem Zug nach Hause, zu Muttern fahre, am Bahnhof antreffen, die machen mich doch glatt fertig, kaputt!

Aber, Freddy, ein unruhiger Geist anscheinend, war an diesem Tag wieder unterwegs, war nicht an seinem Arbeitsplatz sozusagen.

Erst ein dritter Versuch hatte Erfolg – ohne mich, ich hatte tatsächlich – Gott sei Dank – einen wichtigen Uni-Termin. Hans erzählte mir abends, wie die Sache abgelaufen war.

„Wir hatten also gehört, der Junge fährt zum Fußballspiel Köln gegen Schalke. Deshalb hatten wir uns um sechs Uhr in der U-Bahnstation aufgebaut. Und tatsächlich, die Fans kamen nach dem Spiel grölend und singend, Köln hatte gewonnen, angefahren, stiegen aus der Bahn. Unter ihnen Freddy. Er wollte gerade die Treppe hoch, zur Halle, sah uns oben stehen, kriegte plötzlich Muffensausen. Und da hatte ihn auch schon einer von uns gepackt. Ein kurzes Handgemenge – mitten zwischen den vorbeieilenden Fußballfans – und dann war alles vorbei. Wir gaben Freddy, der am Boden lag, noch einige Verhaltensregeln mit auf den Weg, und dann verdrückten wir uns."

Und Freddy musste einige Tage im Krankenhaus verbringen – Gehirnerschütterung, eine Menge Blutergüsse.

Und, kaum zu glauben: Seit dieser Zeit, soviel ich weiß, hat niemand mehr vom Bahnhof versucht, sich an vom SSK betreuten Jugendlichen zu vergreifen.

23

Trotzdem, einfach so Gewalt anwenden – ich glaubte mich in finstere Zeiten versetzt.

„Der Junge, Freddy, ist im Grunde natürlich auch nur ein armes Schwein", sagte Hans, „hat wahrscheinlich das ganze Leben was einstecken müssen, sicher auch jahrelanger Heimbewohner. Und nun mussten wir, seine Leidensgenossen, ihm ebenfalls eins draufgeben. Aber – eine andere Art der Verständigung, andere Maßnahmen hätte er einfach nicht kapiert."

Die Unbekümmertheit, mit der die Zöglinge ihren Stil durchzogen, ihre Ziele zu erreichen versuchten, ohne sich um Vorschriften, Paragrafen zu kümmern, verblüffte mich immer wieder.

So ging Robert eines Tages, kurz vor Weihnachten, als der Nebel gerade schön dicht war, mit einem Freund los, zu einem Musikgeschäft, und rums-bums, die Schaufensterscheibe klirrte. Das große schöne Saxofon dahinter hatte es ihm schon lange angetan.

Und wochenlang hörte man Robert nun in seiner Wohnung auf dem Saxofon spielen.

Es war sein Weihnachtsgeschenk. „Ich habe keine Eltern", erklärte er, „die mir so etwas spendiert hätten. Also musste ich selbst aktiv werden."

Eines Nachmittags schlenderte ich mit Robert und seinem Freund über die Subbelrather Straße, stand am „Gürtel". Plötzlich – Sirenengeheul, und zwei blaulichtversprühende Feuerwehrautos kamen angerast, stoppten. Versperrten die Kreuzung. Und Robert kicherte neben mir so seltsam vor sich hin, blickte auf den Feuermelder, der nicht weit von uns an der Wand angebracht war. Die Schutzscheibe war zerbrochen – der Knopf anscheinend betätigt. Ohne dass ich es bemerkt hatte, hatte Robert, wie er dann erklärte, im Vorbeigehen das Glas eingedrückt und den Alarm ausgelöst.

Einige Feuerwehrleute sprangen von den Autos, liefen hin und her, blickten an den Häusern hoch. Und wir drei schlenderten ruhig weiter und reckten wie die anderen aufmerksam gewordenen Spaziergänger ebenfalls unsere Hälse.

„Siehst du irgendwo 'nen Brand?", fragte Robert betont laut seinen Freund.

„Nee. Sehe ich nicht. War sicher mal wieder falscher Alarm. Soll ja öfter vorkommen ..."

Und die Feuerwehrleute sprangen einige Minuten später, nachdem sie eine neue Glasscheibe eingesetzt und den Apparat in Ordnung gebracht hatten, zurück in die Autos; die roten Wagen donnerten davon. Der Verkehr begann wieder anzurollen.

„Bist du verrückt!", schrie ich Robert an, als wir in die nächste Seitenstraße einbogen, „dafür kannst du glatt in den Bau kommen!"

Doch die beiden grinsten nur. „'n bisschen Spaß wirst du uns doch wohl noch gönnen, oder?!"

24

Nerven, das war wahrhaftig das, was man bei der SSK-Arbeit brauchte. Es war nicht immer logisch und vernünftig, was unsere Schutzbefohlenen so anstellten – jedenfalls aus der Sicht der Betreuer. So zeigte mir mal Richard Breiten, als er mich in Brück, wo ich damals wohnte, besuchte, stolz einen Hundert-Mark-Schein. Den hatte er gerade erst verdient. Allerdings stand in den nächsten Tagen, vielleicht sogar Wochen, keine weitere Arbeit in Aussicht.

Legte er nun das Geld beiseite, kaufte er sich zumindest etwa schöne warme Schuhe, die er gebraucht hätte, oder was für sein Kind, oder für Mia, irgendetwas Nützliches, wie man so sagt, Ordentliches, Dauerhaftes, Nahrhaftes meinetwegen?

Nein, als wir nebenan in die Kneipe gingen, um kurz mal ein Bier zu trinken, stellte sich Richard – der Gott sei Dank kaum Alkohol zu sich nimmt – an den Spielautomaten.

Nach einer Stunde gingen wir raus, und es blieb ihm ein Rest von 20 Mark: Das übrige Geld, so sehr Gesina und ich ihn vorsichtig, behutsam, aber auch energisch daran zu hindern versucht hatten, hatte er verspielt. „Es ist mein Geld“, sagte er, „und ich kann damit machen, was ich will.“

Vielleicht, dachte ich später, hat er das eben gebraucht, dieses Sich-vergessen-Können beim Spielen, das Gefühl, vielleicht gewinne ich jetzt dick was, habe wenigstens hier etwas Glück, was mir sonst im Leben gefehlt hat – es war eine Möglichkeit, sein getretenes, zerstörtes Selbstbewusstsein wiederaufzubauen.

Im Übrigen, überlegte ich, habe ich mit meiner doch relativ glatt verlaufenen Erziehung, meinem gradlinigeren Lebensweg eigentlich auch gar kein Recht, dem Jungen sein Tun und Handeln vorzuschreiben. Und: War es denn etwa so ganz falsch, zu genießen, Spaß zu haben, Geld auszugeben, solange man es noch in den Fingern hatte? War es nicht andererseits sogar eine Schwäche, so etwas nicht tun zu können – wie es zum Beispiel bei mir der Fall war?

Denn ich selbst, das wurde mir jetzt erst richtig bewusst, hatte Schwierigkeiten, Geld einfach so – vor allem rein zum Vergnügen – auszugeben. Sicher, anderen Leuten, auch finanziell, hin und wieder helfen, oh ja, das musste sein, das war gut. Eines Tages, so hatte ich gelernt, bekommst du den Lohn dafür im Himmel – einen Heiligenschein, so nannte man ihn, diesen Lohn, und immer Fröhlichkeit droben ... Aber sonst hielt ich meine Groschen zusammen. Sparsam sein, für die Zukunft sorgen. Weiß Gott, was alles auf einen zukommen kann – man muss planen. Das war mir beigebracht worden. Das hatte ich verinnerlicht.

Richard Breiten und Hans und Robert dagegen, sie gaben mit Freuden Geld aus, vor allem, was das Essen betraf; sie speisten mit Genuss, schwelgten, strichen sich dankbar über die Bäuche. Und wenn sie nichts hatten, nicht einmal so viel, um mal richtig satt zu werden – okay, kann man nichts machen. Was soll's.

Sie konnten, wenn's drauf ankam – sicherlich im Negativen, aber auch im Guten – sich gehen lassen, spontan Freude äußern und verbreiten. Traten natürlich dadurch gelegentlich ins Fettnäpfchen, aber, so sah ich es, sie lebten. Während ich dagegen zu viel den Kopf einschaltete: *Du musst dich beherrschen, an das denken, was nachher kommt.* So hatte man mir es beigebracht. Und wenn man immer drauf aus ist, für die Zukunft zu sorgen, möglichst sich große Sicherheiten gegenüber den Unglücksfällen des Lebens zu verschaffen, dann kann man sich auch nicht im guten Sinne gehen lassen. Man ist immer bereit, auf dem Sprung. Sicher, beruflich gesehen mag das Vorteile bringen. Aber, für sich selbst, privat ... So sparsam man mit dem Geldausgeben ist, so sparsam ist man auch mit den Gefühlen – alles verschließen. Das alte Spiel.

Wie gesagt, von außen gesehen war ich der Beschützer, Betreuer. Aber, waren es denn nicht die Zöglinge, die mich von diesen toten Büchern wegholten, die mich ins wenn auch manchmal nervenzerreißende, aber immerhin ins LEBEN zurückgebracht hatten?

Sicher, ich gab den Jungen, Mädchen Vertrauen, Halt, Hilfe, – aber: War es nicht umgekehrt genauso?

25

Der SSK wurde zusammengehalten und geprägt von den Persönlichkeiten Gothe, Kippe. Der eine, wie gesagt, ein guter Organisator, der sich mit den Gesetzen gut auskennt, der formulieren kann, sich gern mit den Behörden schriftlich herumschlägt – und Gothe, der sich zur gegebenen Zeit an die Spitze stellt, Aktionen startet, der wortgewaltige Führer, der seine Leute mitreißt. – Aber vor allem der große Rhetor. Wenn etwa bei Hausbesetzungen – die Polizei ist im Anmarsch – die Leute ängstlich werden, niemand eine Entscheidung treffen will oder kann – plötzlich steht Gothe mitten in der Gruppe, fängt an zu reden. – Und schon, kaum dass er den Mund aufmacht, ist niemand mehr unsicher, furchtsam, und die Sache ist ganz klar, und man weiß, man gehört zusammen, und nur gemeinsam lässt sich was ausrichten, niemand gibt klein bei. Und die Leute fühlen sich, nach so einer alle aufrüttelnden, jede Resignation wegwischenden Rede Gothes wieder zuversichtlich und stark.

Einen großen Auftritt hatte Gothe damals vor allem im Jugendamt, als der Leiter sich mit allen Sachbearbeitern und dem SSK zusammensetzte, um über eine gemeinsame Linie zu beraten. Gothe, als er das Wort bekam, fing langsam, vor vielleicht hundert Leuten, an zu reden – über die Situation seines Vereins, über die Lage der Streuner, wie man sie nannte, der obdachlosen Jugendlichen in der Stadt, die Not, die Entbehrungen, denen die entlaufenen Heimzöglinge ausgesetzt waren. Erst ganz bedächtig, ruhig sprechend, saß er, umgeben von Jungen und Mädchen, am Tisch. Dann aber, warm geworden, erhob sich Lothar, seine Stimme wurde lauter, eindringlicher, mit knappen Gesten unterstrich er die Bedeutung seiner Worte.

Und der Jugendamtsleiter und seine Stellvertreter – vorher noch ein bisschen aufgebracht, wütend die ihrer Meinung nach unberechtigten Forderungen der SSK-Leute zurückweisend – wurden, je länger Gothe redete, immer ruhiger. Die Gespräche an den Tischen, das Murmeln vorher, es hörte auf. Alles lauschte, alle richteten ihre Gesichter auf Lothar, der sich jetzt von seinem Stuhl ganz erhob, sich an die Wand lehnte. Und man merkte: Dieser Mann hatte Kraft, Stärke, er wusste, wovon er sprach – und vor allem: Er meinte es ehrlich – man spürte das Feuer, den Elan für diese seine Sache, seine Hingabe, muss man fast sagen, seinen bedingungslosen Einsatz für das, was sich der Verein zum Ziel gesetzt hatte, nämlich sich ganz – vielleicht sogar im tiefsten, ursprünglich christlichen Sinne – diesen bisher vernachlässigten, abgeschobenen Jugendlichen, die selbst innerlich erregt seinen Worten lauschten, zu widmen, ja für sie sich aufzuopfern.

Und als dann Gothe nach ungefähr einer Viertelstunde aufgehört hatte zu reden, sich hinsetzte – tiefe Stille im Raum, von draußen hörte man, unnatürlich laut, wie jemand an der Wand des Hauses Zigaretten aus dem Automaten zog.

Und erst nach einigen Sekunden, die sich wie Minuten auszudehnen schienen, als jedem klar war, vor allem den Sachbearbeitern klar war, dass, gemessen an dem, was Gothe, Kippe und die anderen SSK-Betreuer für diese Jugendlichen geleistet hatten, ihr eigenes soziales Engagement ziemlich dürftig, kleinlich war, sie sich vielmehr ängstlich hinter Paragrafen versteckten, statt Menschlichkeit zu zeigen, wie Lothar angeprangert hatte – der schon älteren Sachbearbeiterin neben mir am Tisch standen vor lauter Ergriffenheit offen Tränen in den Augen – da erst hatte sich der Jugendamtsleiter, der sich nicht so ohne Weiteres an die Wand, ins Abseits drängen lassen wollte, gefasst.

Der Mann räusperte sich, erhob sich und ließ eine dieser üblichen, mit Sach- und Fremdwörtern gespickten Reden los, wie man sie oft von angeblichen Fachleuten und Juristen und Politikern hört.

„Uns sind die Hände gebunden“, so der Tenor seiner Ausführungen, „wir müssen uns an die Vorschriften halten. Wir können allein, ohne grünes Licht von oben, keine Entscheidung fällen“, und auch der Satz „Dafür sind wir nicht zuständig“ musste natürlich vorkommen.

Das Übliche also – es waren Ausreden, Ablenkungsmanöver, die der Leiter uns auftischte – knochentrockenes Holz, was er da vorlegte.

Gothe aber hatte allen, auch den Sachbearbeitern, gezeigt, wo es langging. Und wenn die Angestellten des Jugendamtes später vielleicht dennoch oft im alten Trott weitermachten, dann sicherlich, nach dieser großartigen klassischen Rede Gothes, nur mit schlechtem Gewissen. Doch ich hatte den Eindruck, dass seit diesem Tag der eine oder andere Sachbearbeiter, im Rücken des Chefs, häufiger als sonst den Jugendlichen gegenüber ein Auge zudrückte, Menschlichkeit statt „Gerechtigkeit" walten ließ.

26

Sicher, wenn man von einem „Gothe-Kippe-Verein" sprach, wenn man andeutete, dass der Verein ohne Gothe und Kippe – und ein Gothe war ohne die Unterstützung seines langjährigen Kampfgenossen und Freundes Kippe überhaupt nicht denkbar, ohne dessen Zähigkeit, Ausdauer, Beharrlichkeit, während Gothe, so imposant sein Auftreten als Redner auch manchmal war, doch schnell, der Dünnhäutige, seine Flinte ins Korn warf – wenn man also sagte, ohne die beiden würde der Verein nicht existieren können – dann winkten diese Bosse natürlich ab.

„Wir sind genauso Mitglieder des SSK wie ihr anderen auch, und alle Entscheidungen", sagten sie, „werden demokratisch gefällt. Jeder kann Vorschläge machen und mitreden."

Und es stimmte tatsächlich, denn ich habe noch nie so viele Leute zusammen gesehen, die so offen, auch so kritisch waren, sich nichts gefallen ließen, selbst Gothe und Kippe scharf angriffen. – Aber dennoch: Die Persönlichkeiten, die die beiden Freunde darstellten, sie konnten sie gar nicht verbergen; die Ausstrahlung, die die beiden hatten und haben, ihr Einfluss, er war eben zu spüren – abgesehen von der Erfahrung, die hinter ihren Worten stand, sie, die ja auch fast immer die Ältesten, die am längsten im Verein Dienenden waren. Ich hatte sogar manchmal –

vor allem später, als ich schon etwas Distanz gewonnen hatte – das Gefühl, die SSK-Leute, Betreuer wie Zöglinge, begannen, nicht nur wie ihre Bosse zu denken, zu urteilen, sondern auch den Stil, den Redestil der beiden zu übernehmen, den Tonfall, vor allem die für sie typischen Einschübe von „ne“ zu benutzen, die Pausenfüller, die es einem erlaubten, nochmals schnell das zu überdenken, was man sagen will.

Sicher, was die Öffentlichkeit betraf, Gothe und Kippe hielten sich immer zurück. Sie wollten nicht, dass sich alles auf sie zuspitzte, sie wollten, dass möglichst jeder mitmachte, auch die anderen eine ähnliche Kraft entwickelten. Und, wie ich das sehe, ist ihnen das auch gelungen. Nicht nur in den einzelnen Stadtteilen von Köln entstanden sozusagen Filialen, ziemlich selbstständige Filialen des SSK – sogar im Bergischen und auch im Ruhrgebiet gab es Vereinsgründungen dieser Art.

Der SSK war damals ein Modell für alle, die im Bereich Heimerziehung, Jugendarbeit tätig sind. So kamen zu meiner Zeit dort Abgeordnete von Bürgerinitiativen und Projektgruppen aus Berlin, Süddeutschland oder Frankfurt nach Köln, die sich für den SSK interessierten, die vor Ort sich Informationen und Anregungen verschafften. Und nicht zuletzt die beiden Dokumentationen AUSSCHUSS und AUFBRUCH machten den Verein weithin bekannt.

27

Eines Tages kam, was kommen musste: Der SSK, allmählich immer mehr als DER Unruhestifter unter allen sozialkritischen Gruppen der Stadt angeprangert, der die pädagogischen Bemühungen der Behörden ignoriert, missachtet, untergräbt, der SSK, der einige Zeit fast täglich infolge Besetzung leer stehender Häuser, oder auch mal, um den Verantwortlichen Druck zu machen, des Rathauses, von sich reden machte („Ungebetene Gäste im Zimmer des Oberbürgermeisters“, lautete zum Beispiel eine Schlagzeile im EXPRESS), der SSK, der sich sogar einmal vor einem besetzten Gebäude eine Straßenschlacht mit der Polizei lieferte, er wurde verboten.*

Fast zwangsläufig war es zu dieser Entwicklung gekommen. Der Verein war nicht nur von außen, sondern auch von innen einem immer größeren Druck ausgesetzt gewesen. Tatsächlich strömten, je bekannter der SSK wurde, aus allen Landesteilen Jugendliche nach Köln, die betreut, versorgt, verpflegt werden mussten. Die Arbeit wuchs allmählich den SSK-Betreuern über den Kopf. Auch das Haus, das die Stadt Köln dem Verein schließlich doch als lang ersehntes Kontaktzentrum zur Verfügung gestellt hatte, wurde schnell zu klein. Laufend kam auch die Polizei ins Haus, weil die Nachbarn sich über die nächtlichen Krawalle beschwerten, auf Grund von anonymen Anzeigen wurden Razzien veranstaltet, um nach Dealern, Kriminellen, Drogenabhängigen zu suchen.

Und Gothe und Kippe sahen wohl selbst, dass es so nicht mehr weiterging. Es waren einfach zu viele, die da um Hilfe anstanden. Sicher, die Aktionen, hervorgerufen eben durch den Druck der immer zahlreicher werdenden Jugendlichen, die ja irgendwo unterkommen mussten, rüttelten alle mit Heimpädagogik Beschäftigten auf. Es konnte von der Heimaufsichtsbehörde, dem Landschaftsverband, nicht mehr alles unter den Teppich gekehrt werden, wie all die Jahre zuvor. Der SSK nannte in Flugblättern und Plakatanschlägen die Verantwortlichen beim Namen. Aber, es war klar, das Problem konnte von diesem kleinen Verein allein nicht gelöst werden.

Die Jugendlichen wurden, um das Kontaktzentrum zu entlasten, in andere vom SSK besetzte Häuser gebracht – zunächst in eine Villa im eleganten Viertel Marienburg, die aber schnell von der Polizei geräumt wurde; dann gab es das Haus in der Niehler Straße in Nippes, und das ehemalige Hotel Astor am Salierring.

Diese Maßnahmen des SSK wurden mehr oder weniger von der Stadt geduldet, weil es keine andere Möglichkeit gab, mit den entlau-

* Das Verbot erfolgte 1974.

fenen Zöglingen fertigzuwerden. Man hoffte, dass sich die Lage im Laufe der Zeit von selbst wieder beruhigen würde.

Doch die Stadt hatte den Druck der Streuner, der Obdachlosen, unterschätzt, die von überallher auftauchten, und nun, da sie Beachtung und Unterstützung fanden, selbstbewusst auftraten und in der Öffentlichkeit zum Gesprächsthema wurden – eine Gruppe, die es vorher scheinbar gar nicht gegeben hatte, die in Heimen und Gefängnissen bisher still und schweigsam vor sich hin litt.

Die Stadtväter, nach anfänglichem guten Willen, gerieten in Panik: Alle Gelder für Jugendliche, die beim SSK unterkamen, wurden von heute auf morgen gestrichen, es gab keine Toleranz mehr, was die Rückführung der entlaufenen Zöglinge betraf. Ruhe und Ordnung in der Stadt waren angesagt.

Der SSK, das SSK-Problem war damit auch für die breitere Öffentlichkeit erledigt. Sicher, es gab kurze Zeit Proteste in der ganzen Bevölkerung, ein Demonstrationszug von hunderten zog durch die Stadt. – Aber, in der Presse tauchte der Verein kaum mehr auf.

Und Gothe und Kippe? „Die erste Phase des Widerstandes ist vorbei", sagten sie. „Die Öffentlichkeit ist, was die Heimerziehung betrifft, aufmerksamer und sensibler geworden. Missstände werden schneller erkannt und beseitigt. Aber es gibt noch viel zu tun."*

---

* In der 1992 erschienenen Originalausgabe von „Der lange Weg" setzte der Autor seine Ausführungen über den SSK – und dessen Wandel unter dem neuen Namen „Sozialistische Selbsthilfe Köln" – an dieser Stelle fort. So habe der SSK zunächst „die Zustände in den Psychatrien des Rheinlands, etwa das Verhalten der Pfleger und Ärzte in den Landeskrankenhäusern in Bonn, Düren, Brauweiler" erfolgreich in den Mittelpunkt seiner Aktionen gerückt. Und später habe er sich von „einem von der Stadt finanziell und auch rechtlich abhängigen Verein zu einer selbstständigen Firma, einer Entrümplungs-, Mädchen-für-alles-Hilfstruppe" entwickelt.
Diese Ausführungen blieben hier unberücksichtigt; vor allem, weil der Autor sich dabei ausdrücklich nicht auf seine eigenen Erfahrungen stützte (sondern auf Berichte aus dem „Volksblatt"). Außerdem ist (Stand: Januar 2023) der Rückblick auf der Webseite der SSK unter dem Reiter „Verein SSK" nicht nur abrufbar, sondern auch umfassender und für uns heute aussagekräftiger als die vom Autor seinerzeit verfasste Momentaufnahme; siehe: www.sozialistischeselbsthilfekoeln.de

29

Das SSK-Kontaktzentrum war übrigens gerade fertiggestellt, als ich mich auch schon abzusetzen begann. – Oh nein, nicht etwa, um meine viel zitierte Doktorarbeit zu Ende zu schreiben – Ebert und Genossen, ach ja, dachte ich, schön und gut, eine interessante historische Epoche damals, die Zeit nach dem Ersten Weltkrieg – aber, überlegte ich, was habe ich mit solchen Leuten eigentlich zu tun? Diese Burschen sind schließlich schon lange tot – warum sich dauernd mit der Vergangenheit abgeben?

Sicher, wenn es noch Überlebende aus dieser Epoche gäbe, dachte ich, und ich mich mit ihnen an einen Tisch setzen könnte, mich mit ihnen unterhalten, sie als „Zeugen des Jahrhunderts" befragen dürfte („also, Jungs, erzählt mal, wie war das damals ...") und unheimlich interessante, spontan erzählte, bis ins farbige Detail gehende Storys rüberkämen – und wir uns beim Cognac oder Bierchen auch menschlich annähern würden. Aber, stattdessen immer in diesen Seminaren hocken, statt lebendige Wesen totes Material, bleiches steriles Papier vor sich haben, umgeben von diesem alle Gefühle abtötenden Lesesaal-Schweigen – das war nichts für mich.

Und Doktor zu werden, und schließlich vielleicht sogar Professor, wie ich mir eigentlich vorgenommen hatte – ich wusste es jetzt, nach dieser SSK-Distanz: so interessant ist das auch wieder nicht. Denn die lesen ja auch dauernd Bücher, MÜSSEN Bücher lesen, nur um wieder neue, noch dickere Schwarten schreiben zu können.

Es ging also nicht mehr. Das hatte ich erkannt. Ich konnte das Rad nicht mehr zurückdrehen. Ich hatte mich auf die abschüssige Bahn, jedenfalls was meine berufliche Karriere betraf, begeben. Was sollte ich mich mit der Vergangenheit befassen, wenn die Gegenwart, das Leben vor der Haustür, einige Meter schon hinter den Fenstern des Lesesaals, der Seminarräume viel interessanter, spontaner, dramatischer war. Aber auch die SSK-Zeit war lediglich eine Phase in meiner persönlichen Entwicklung gewesen. Sicher, die soziale, politische Arbeit hatte mir Spaß gemacht, und ich hatte viele Erfolgserlebnisse gehabt, wie man es ja bezeichnet, ich hatte im Umgang mit Freunden und bei der Auseinandersetzung mit Andersdenkenden viel Selbstbewusstsein bekommen, und konnte mir unter den Kräften, die im Staat, in der Gesellschaft wirksam sind, nun konkret etwas vorstellen.

Aber, ich war kein Gothe, kein Kippe. Ich war keine Kämpfernatur. Ich hatte nicht die Energie, immer ganz vorne zu stehen, meine ganzen Kräfte dauernd auf ein Ziel zu lenken, auch wenn es dabei um die Durchsetzung des Guten, um die Verbesserung der Notlage ärmerer Volksschichten ging. – Dass der Schwung, nach zwei Jahren unermüdlichen Einsatzes, dahin war, merkte ich zunächst daran, dass ich immer wieder Gründe, Ausreden vor mir selbst suchte, NICHT zur Sitzung der Zelle ROTER REX zu gehen, NICHT zur Demonstration, zu den Terminen bei den verschiedenen Ämtern.

Sicher, in der ersten Zeit meiner Versuchungen trottete ich denn doch wieder hin. Du kannst die Jungs nicht so einfach im Stich lassen, warf ich mir vor. DIE BRAUCHEN DICH! Und was sollte ich Gothe oder Kippe für einen Grund angeben? – *Leute, ich kann nicht kommen, hab' 'ne Verabredung mit 'nem Professor oder muss endlich mit meiner Dissertation weiterkommen*, obwohl die Karteikästen mittlerweile schon längst in einer Ecke im Schrank standen, Staub ansetzten, einige sogar hinter Wäschestücken in der Schublade, nur damit ich sie ja nicht mehr sehen konnte und womöglich ein schlechtes Gewissen bekommen. – Es gab einfach keine einleuchtenden Argumente, die SSK-Arbeit NICHT zu machen.

Gothe und Kippe machten mir direkt keine Vorwürfe – wenn auch hin und wieder mal ein stummer fragender Blick zu mir rüberkam, was hieß: *Wie kannst du nur, Bert, diese ganze bürgerliche Uni-Scheiße UNS, unserer Arbeit, den Zöglingen vorziehen ...* – Aber, ich wusste auch so: hunderte von Jugendlichen in Köln, jede Hand wurde gebraucht, es ging sowieso schon drunter und drüber.

Es ist immer sehr schwer für den Einzelnen, sich von Gruppen, die ständig gegen einen gemeinsamen Feind ankämpfen und deshalb zu einer verschworenen Einheit zusammengewachsen sind, zu distanzieren. Man hat das Gruppendenken so in sich aufgenommen, die Ziele so sehr verinnerlicht, dass es einem ungeheuer schwerfällt, diesen Leuten den Rücken zu kehren und damit auch den Halt und die Geborgenheit, die ja die Gruppe den Mitgliedern bietet, aufzugeben. Vor allem zu Lothar Gothe und Rainer Kippe hatte ich auch eine persönliche Bindung, sie waren für mich die Starken, die Vorbilder, ich hatte viel von ihnen gelernt.

Aber ich hatte mich weiterentwickelt, wollte nicht nur Vorbilder um mich haben, Leute, die einem sagen, was zu tun ist. Um selbstständig zu werden, musste ich mich von ihnen trennen, mich ihrem Wirkungskreis entziehen. Ich wollte meine eigenen Wege gehen.

Ein letztes Wort auch an meine anderen SSK-Mitarbeiter. Ted, Richard, Hans und wie ihr alle heißt. Ich denke, hoffe es zumindest – euch geht es gut, ihr habt die Kurve gekriegt, den Weg gefunden.

Richard Breiten – ihm wünsche ich vor allem einen anständigen, gut bezahlten Job; er ist, trotz mancher Reibereien, wohl immer noch mit seiner Mia zusammen. – Robert, Freund von Hans, sehe ich ab und zu in der Südstadt – er hat den Hauptschulabschluss nachgemacht, ein Platz als Schreinerlehrling ist ihm sicher – er hat sich gefangen, macht Zukunftspläne. – Und von Hans liest man ab und zu in der Zeitung. – Hans, der sich bald von seinem Vormund Kippe löste, dem SSK nun ziemlich kritisch gegenübersteht und ihm Konkurrenz macht. Er hat im Bergischen einen „Jugendhof“ gegründet und führt die alte ursprüngliche SSK-Arbeit, nämlich Kampf für die entlaufenen Heimzöglinge, weiter.

Und Ted, der arme Teufel, der heimatlose Streuner. – Vor einiger Zeit ließ er, nach längerem Schweigen, wieder von sich hören: *Bin auf einer Moseltour,* stand auf der Postkarte, die ein Ausflugsschiff bei Cochem zeigte, *der Wein schmeckt, alles in Ordnung. Euer Ted.* –

Aber, einige Wochen später. Diesmal ein Brief, und das altbekannte graue linierte Knastpapier flatterte aus dem Umschlag: *Lieber Bert! Musst entschuldigen, bin seit einem Jahr in Rheinbach in Haft – traute mir das letztens nicht zu sagen. Hatte 'nem Kumpel, der entlassen wurde, die Karte von der Moselfahrt mitgegeben. War eben 'ne Falschmeldung. Bin aber demnächst wieder draußen. Einen guten Rutsch ins neue Jahr wünscht euch – Ted.*

Das war alles. Seitdem habe ich nichts mehr von ihm gehört.

Ein gutes Zeichen? Ich hoffe es.

IV.

Praxis-Schock

1

Und ich – wie stand es bei mir selbst? Wohin führte MEIN Weg?

Mit der Dissertation, mit der Uni-Laufbahn war es also nichts. Aber irgendwie, überlegte ich, muss ich ja meine Brötchen verdienen.

Und wie sollte es auch anders sein: Lehrer wollte ich werden. Wie sich das gehört. Ein schöner, ein dankbarer Beruf, hieß es überall. – Schließlich, ich hatte beim SSK genug mit jungen Menschen zu tun gehabt, was lag da näher.

Und so befand ich mich eines Tages im Frühjahr mit vielleicht 120 Bewerbern in einem alten ehrwürdigen Gebäude in der Kölner Südstadt. Vor uns bauten sich zwei Figuren auf, mit dezent grauem Anzug und Krawatte, und stellten sich als unsere Bosse vor.

Natürlich, es sollte in der nun beginnenden Lehrerausbildung gerecht, demokratisch, menschlich zugehen, hörten wir. Und: Wir als Bürger dieses Staates würden den jungen Nachwuchs zu eben solchen anständigen Staatsbürgern erziehen helfen – eine höchst verantwortungsvolle Aufgabe.

Und dann las einer von diesen Burschen am Pult vorn einen Text vor, und wir 120 standen auf und erklärten, dass wir für die Demokratie wären und sie hochhielten – und Gott war auch im Spiel, soweit ich mich erinnere.

Und schon waren wir nach diesem feierlichen Akt Diener des Staates mit einem Eid auf dem Buckel, verpflichtet zum Gehorsam gegenüber den Gesetzen des Landes und ihren Auslegern ...

Unsere Bosse waren wirklich sehr nett und sagten nur ganz vorsichtig was von unterordnen und sich einfügen und arbeiten. – Schließlich gab es immer noch – so um 1973 herum – ein paar von diesen Demonstrationen. Das Volk war immer noch etwas unruhig, manche Leute wollten immer noch mit dem Kopf durch die Wand, hatten eigene Ansichten – wenn auch der Schwung, der alte, längst nicht mehr da war.

Die Reaktion marschierte. Allerdings, wir Dickköpfigen, wir Naiven, Gutgläubigen, wir sahen uns damals im Grund immer noch an der Spitze der Revolution, an deren Ende der Sieg, das heißt was Neues, was Bedeutendes, eine andere Welt stehen sollte. Und dazu wollten wir, jeder an seinem Platz, das Nötige beitragen.

Aber diese Erwachsenen vor uns, die sowieso, wenn manche vielleicht auch liberal, mit sehr gemischten Gefühlen dem unruhigen Treiben der 68er-Generation zugesehen hatten, die begannen, wieder Oberwasser zu kriegen. – Noch hielten sie sich zurück, gossen nicht unnötig Öl ins Feuer, denn sie wussten: Die Zeit stand auf ihrer Seite, die Zeit arbeitete für sie.

2

Lehrer – oh ja, das war uns allen klar – Lehrersein ist fast das Allerwichtigste in der Gesellschaft. Schließlich, ein Lehrer stand an ganz entscheidender Stelle, durch ihn, durch seine Hände ging die Zukunft des Volkes. Was der Lehrer macht oder nicht macht, das würden die Nachkommen dieses Staates tun oder lassen ...

Die Schule, die Nährmutter des ganzen Volkes. Und wir Pädagogen an den Schaltstellen des Lebens, der Gemeinschaft. Und natürlich war uns allen klar: Wir würden es schon bringen, wir würden es diesen Alten schon zeigen. Die Energie, die wir bisher auf der Straße, beim Flugblattverfassen, beim Diskutieren, als Sozialhelfer an den Tag gelegt hatten – wie nutzbringend konnten wir nun unsere Fähigkeiten anwenden!

Andererseits durften wir auch nichts überstürzen, eine gewisse Anpassung an die Gegebenheit war unumgänglich. Schließlich, ohne Disziplin, das wussten wir, ohne Bereitschaft, auch Unangenehmes zu tun – zu büffeln, vielleicht auch ein wenig abgestandenes Zeug zu lernen –, ging es eben nicht.

Und – mochten die Alten auch konservativ sein im Allgemeinen – ein bisschen Erfahrung hatten sie uns denn doch voraus. Ein bisschen auf sie hören war ja eigentlich nichts Schlechtes. Das Gute rauspicken, alles andere ignorieren, war unsere Devise. Und im Klassenzimmer, beim Unterricht konnte man dann schalten, wie man wollte. Da war man allein, da hatte man niemanden, der einem dreinredete, da konnte man seine Vorstellungen verwirklichen.

Allerdings, mein neuer Arbeitgeber machte sich zunächst negativ bemerkbar: Mit dem Lohn für mein Bemühen, mit dem Geld, ohne das man eben keine Tasse Kaffee bezahlen, nicht mal ein Bier trinken kann in Freundesrunde, damit ließ mein Boss, der Staat, ziemlich lange auf sich warten. Kaum eingetreten in die Bürokratie, gab es auch schon Sand im Getriebe. Ich schrieb und schrieb, aber vom Schulkollegium kam keine Antwort.

Nachdem ich mir drei Monate lang von meinen Bekannten die nötigen Groschen für den Lebensunterhalt zusammengepumpt hatte, fuhr ich nach Düsseldorf, zur Zentrale.

Nach langem Suchen und endloser Rumfragerei saß ich schließlich vor dem für mich zuständigen Sachbearbeiter. „Unser Computer“, stöhnte der, „wir stellen gerade auf Computer um – das dauert seine Zeit – einige Pannen, Sie müssen schon entschuldigen“.

„Ich habe nichts zu essen“, sagte ich, „geschweige denn genug Geld, um mir ein frisches neues Hemd beispielsweise für den Unterricht zu kaufen oder wenigstens eine brauchbare Hose. Soll ich mit dreckigen alten Klamotten vor den Schülern erscheinen – vor ihnen, die ein Recht darauf haben, einen anständig gekleideten, gut ernährten Erzieher vor sich zu sehen? Was sollen die jungen Leute von dem Staat, der ihnen dauernd als Vorbild hingestellt wird, denken, wenn seine Vertreter und Repräsentanten so verlottert daherkommen?“

„Haben Sie nicht“, ich guckte den Sachbearbeiter, der nun mit ganz erschrockenem Gesicht vor mir stand, bittend an, „haben Sie nicht wenigstens ein paar Groschen für mich übrig, oder sogar ’n Markstück, damit ich mir nacher noch ’ne Portion Fritten unten an der Ecke kaufen kann?“

Der kleine rothaarige dickbebrillte Sachbearbeiter war äußerst bestürzt.

„Alle meine Freunde habe ich angepumpt", ergänzte ich, „die sehen mich alle schon sehr komisch an, schütteln nur den Kopf, können es mir kaum abnehmen – ich, der Lehrer, zum Bettler herabgesunken ..."

Der Sachbearbeiter schrieb mir ein paar Tage später einen sehr netten Brief – gab allerdings dem Computer alle Schuld (der neuzeitliche Sündenbock für alles und jedes), er wollte sich aber für mich einsetzen – und tatsächlich, das Geld kam kurz darauf, ich war gerettet.

3

Geld war auch damals deshalb nicht unwichtig für mich, weil ich hin und wieder Besuch bekam von jungen Leuten, denen man, wenn sie abends oder überhaupt zu jeder Tages- und Nachtzeit auf der Matte standen, möglichst schnell Brot und Milch und Fleischbrühe vorsetzen musste, damit sie nicht gleich vom Stuhl fielen. Ich konnte ihnen ja schlecht sagen „Leute, das geht im Augenblick nicht" und die Tür vor der Nase zuschlagen mit dem Argument, dass ich kein Aktivposten im SSK mehr war.

Die Zöglinge, ohne Eltern, ohne Freunde, ohne Anhang, ohne Geld und Wohnung hätten mich nur seltsam angeguckt. Erst einen auf hilfsbereit machen, den starken SSK-Mann spielen, und nun, kaum im Job, benimmt er sich genauso wie die anderen bürgerlichen Vögel, die ständig auf uns einprügeln.

Und so hatte ich die Arbeit dort auch zu Beginn der Referendarzeit noch nicht ganz aufgegeben – und wollte es auch nicht, nur weil ich jetzt meine Unterrichtsstunden vorbereiten und was werden und einen richtigen Beruf ergreifen wollte.

Und ich war auch später hin und wieder froh, aus dem Lehrerdasein durch andere soziale Tätigkeit herausgeholt zu werden. Ich wollte mich wirklich gar nicht so sehr reinknien in diese ganze Ausbildungs-Chose. Für mich war klar, die Praxis später in der Schule, im Klassenzimmer, der Umgang mit den Kindern war das Entscheidende, nicht das Durchochsen von pädagogischer, psychologischer, didaktischer Literatur.

4

Aber leider; die Theorie, sagten unsere Bosse, ist unumgänglich. Und das hieß, wir Referendare mussten für unser wohlverdientes Geld dicke Wälzer uns zulegen und blättern und abschreiben und büffeln. Denn, unterrichten ist eine Wissenschaft für sich, hieß es; ohne gründliche Vorbereitung läuft nichts, eine gute Schulstunde hinzulegen ist das Schwierigste, was man sich überhaupt vorstellen kann.

Unsere Weisen vorne, Leiter der Seminarsitzungen, nickten vielsagend mit dem Kopf. Oh ja, bedeutete das, wir haben den Durchblick, wir haben unsere Erfahrungen. Nur durch ganz langes Üben, durch unermüdliches Training, mit dem Einsatz der ganzen Persönlichkeit ist dieses Ziel zu erreichen.

Das Wichtigste an einer Unterrichtsstunde, so der erste Lehrsatz, ist die Arbeit zu Hause; man muss sich das Thema, das am nächsten Morgen in der Klasse behandelt werden soll, gründlich durch den Kopf gehen lassen. Und: Man muss einen genauen Plan, einen ausführlichen Stundenentwurf fertigstellen.

Und um diesen Stundenentwurf ging es hauptsächlich, das war Dreh- und Angelpunkt der ganzen anderthalbjährigen Ausbildung. Ein Plan, eine gute Unterrichtsvorbereitung ist die halbe Miete. Der Garant für jede gelungene Schulstunde. Und so saßen wir, die Referendare, tage-, nächtelang am Schreibtisch und tüftelten an dem Unterrichtsentwurf für die Stunden, die wir am nächsten Morgen, in der nächsten Woche unter den Augen der Ausbilder zu halten hatten. Man musste bei dem

Plan ein bestimmtes Schema einhalten: Links gab es eine Spalte, die die Unterrichtsstunde zeitlich einteilte: Die Einleitung dauerte fünf Minuten; der Hauptteil war gegliedert in jeweils zwei Mal 15 Minuten; die restlichen zehn Minuten der Schulstunde blieben für die Zusammenfassung des Gelernten und Stellung der Hausaufgaben.

Daneben war die Spalte, in der möglichst alle Fragen, die der Lehrer stellen wird, notiert sind. Eine weitere Spalte enthielt die an die Schultafel zu schreibenden Wörter, Erklärungen; eine war für den pädagogisch-didaktischen Teil reserviert: Welche Lernziele sollen erreicht werden, welche Hilfsmittel – Bücher, Karten, Folien, Dias etc. – werden eingesetzt?

Nach diesem schematischen Teil des Stundenentwurfs kam der ausführliche, wissenschaftliche Teil: Es ging um die Analyse der sogenannten Grob- und Feinlernziele, und um die genauere Darstellung des Unterrichtsstoffes. Man musste zeigen, was man zum Beispiel über Karl den Großen, das geplante Thema der Geschichtsstunde, wusste, wie viele Bücher man darüber gelesen hatte, und die Bücher musste man exakt zitieren. Schließlich war noch eine Art Psychogramm der Klasse, in der man unterrichtete, anzufertigen – welche Schüler auffällig, nicht auffällig, welche ruhig, unruhig waren und so weiter. Mit anderen Worten, dieser zweite Teil des Unterrichtsplanes, der wissenschaftliche, ging bald ins Uferlose.

Denn je ausführlicher, exakter, fremdwörterbestückter der Entwurf ausfiel, der oft bis zu 15 Schreibmaschinenseiten umfasste, desto besser war er, was hieß, desto besser fiel die Note aus. Lief auch die Stunde selbst ziemlich quer, baute der Neuling, der arme Referendar vor der Klasse noch so viel Scheiße – der Plan, der goldene Plan konnte alles rausreißen.

Ein sauber getippter, wissenschaftlicher, vor allem umfangreicher Entwurf, auf dessen Seiten möglichst noch die in der vergangenen Nacht vergossenen Schweißtropfen zu sehen waren – anschließend ein geschicktes Taktieren bei der obligatorischen Besprechung der Stunde, ein bescheidenes Augenwimpern-Senken, ein sanftes Lächeln, ein reumütiges Bekennen („Ich gebe zu, heute lief es bei mir nicht so gut"), eine totale Kapitulation vor der Autorität der Ausbilder konnte Wunder wirken.

5

Am Anfang natürlich waren, wie gesagt, die Bosse vorsichtig. Diese Aufmüpfler, wie es sie damals unter den Referendaren häufig gab, mussten zunächst behutsam angefasst werden.

Auch ich versuchte zum Beispiel, mal wieder meinen Dickkopf durchzusetzen, wollte meinen eigenen Weg gehen – hatte den allerersten Stundenentwurf nicht auf der Maschine – ein unausgesprochenes Gesetz – getippt, sondern mit einem Kugelschreiber auf ein kleines Stück Papier gekritzelt. Hauptsache, dachte ich, die Stunde, die ich halte, ist in Ordnung, das Geschriebene ist doch Nebensache.

Ich drückte also an dem betreffenden Morgen dem Seminarleiter – der mich sehr seltsam ansah – diesen Zettel in die Hand und ging dann mit ihm zusammen in meine Klasse.

Aber, die Burschen waren, wie gesagt, erst einmal vorsichtig, und weil der Unterricht bei mir einigermaßen lief, kam der Mann nicht weiter auf meinen Zettel zu sprechen.

Aber als ich beim zweiten, dritten Mal wieder ein handgeschriebenes Blatt abgab, nahmen mich der Seminar- und der Fachleiter mit Sorgenfalten auf der Stirn zur Seite. „Da und da ist Ihnen ein Fehler in der Darstellung unterlaufen – dies hier ist unleserlich – die Gliederung ist ziemlich unübersichtlich. – Ein wenig mehr Sorgfalt in Zukunft, bitte schön. Und das Ganze vor allem ausführlicher. – Haben Sie eigentlich keine Schreibmaschine?"

Und, ich gebe zu, ich bequemte mich. Tippte, wie sich das gehört – hatte schließlich meine drei, vier Seiten Entwurf fertig.

Aber, der Zwang, nach einem Plan zu unterrichten, vor Menschen, Jugendlichen, unberechenbaren Geistern also zu stehen und dann meine Vorstellung, am Schreibtisch entworfen, Punkt für Punkt umzusetzen, die vorher festgestellte Zeit einzuhalten, vorgefertigte Fragen zu stellen, alles Spontane demnach möglichst zu meiden, das behagte mir gar nicht.

„Sie brauchen sich nicht sklavisch an den Plan zu halten", hieß es zwar – aber wehe, der Unterricht lief nicht so, wie er sollte – der Grund für das schwache Abschneiden des Lehrers wurde immer in dem ungenügenden Stundenentwurf gesehen – da konnten die Ausbilder sich dran festbeißen in der Besprechung später, dran rummäkeln, da setzte es Hiebe; da holten die Oberpädagogen zum keineswegs pädagogischen Rundumschlag aus.

Und schon hatte man sein Ausreichend, oder gar sein Mangelhaft weg. Das Ausbildungsziel war gefährdet, es drohte ein beschämender Durchfall bei der Abschlussprüfung.

Sicher, Noten, so hörten wir zu Beginn unserer Ausbildung, Noten spielen zwar eigentlich keine Rolle. Denn das war ein Ziel der 68er-Unruhen gewesen: Abschaffung von Zeugnisnoten, von meist ungerechten, subjektiven, die Selbstachtung des Menschen untergrabenden Leistungsbeurteilungen.

Es gab eine Menge Literatur, die auch im Seminar behandelt wurde und die negativen Auswirkungen solcher Benotung wissenschaftlich belegte. Und unsere Bosse verschlossen sich diesen modernen Erkenntnissen keineswegs.

Nur war das, wie wir erst allmählich merkten, bloß Theorie. Denn in der Praxis hatte sich nichts geändert. Die Leistungen des Referendars mussten – das war Vorschrift – spätestens bei der Abschlussprüfung, dem Zweiten Staatsexamen, in einer der üblichen Noten zwischen Eins und Sechs zum Ausdruck kommen. Wie man also vom Ausbilder beurteilt wurde, war doch nicht so unwichtig – zumal auch der Mammon eine wesentliche Rolle dabei spielte: Denn wer im Examen eine Zwei bekam, wurde früher als der Dreier-Mann zum Beispiel Studienrat später, und der Einser-Mann noch schneller – und manche Referendare konnten exakt angeben, wie viel Geld man bei der Note Drei – im Vergleich zur Eins – während der Lehrerkarriere verlieren würde.

6

Ein gewisser Druck ist eben nötig, wenn bestimmte Leistungen erbracht werden sollen, so deuteten die Oberpädagogen vorsichtig an – was ich für meine Person ihnen allerdings widerlegte. Denn nach einem halben Jahr Ausbildung, nach einem halben Jahr Druckmachen schrieb mein Geschichtsfachleiter ein wenig verwundert in sein Gutachten: „Die Unterrichtsstunden, die ich bei Herrn Brune sah, waren zwar zufriedenstellend, aber seltsamerweise waren seine ersten die besten."

Ein Urteil, das die Fähigkeiten der Ausbilder nicht gerade ins beste Licht rückte.

Notenmäßig war ich im ganzen gesehen biederer Durchschnitt. Es kam immer wieder vor, dass ich von meinem Unterrichtsplan abwich, bestimmte Punkte mit den Schülern länger besprach, als vorgesehen, und auch nicht den Ehrgeiz hatte, die Klasse auf ein festgelegtes Lernziel hinzudrängen. Hauptsache, dachte ich, es hat den Schülern ein bisschen Spaß gemacht. Das war natürlich nicht im Sinne der Erfinder, und die Leiter drängten mich gewöhnlich, bei der Behandlung des Unterrichtsstoffes gefälligst etwas energischer vorzugehen.

Nun, ich bemühte mich, versuchte, wie gesagt, mit den Wölfen zu heulen, wollte mein Gesicht wahren. Schließlich, ich hatte mich für den Lehrerberuf entschieden, hatte ein entsprechendes Studium, was sollte ich anders machen?

Aber, wenn ich erst mal aus diesem Ausbildungszirkus raus bin, sagte ich mir immer wieder, wenn ich allein vor der Klasse stehe, dann wird alles ganz anders. Aber, bis dahin sich kleinmachen, hieß es, immerhin wollte ich, des höheren Zieles wegen, nicht durch die Prüfung fallen. Sich ein wenig ducken für einen guten Zweck ist schließlich nichts Böses ...

Natürlich standen viele Referendare, ehemalige 68er, Mitstreiter für mehr Menschlichkeit, Brüderlichkeit, Gerechtigkeit, über solchen Erwägungen. Aber auch meine Stundenentwürfe, merkte ich, wurden mit der Zeit immer länger, die Bücher immer zahlreicher, die ich nachts, oft bis kurz vor der zu haltenden Prüfungsstunde, wälzte.

Und ehe man sich's versah – so nach einem Jahr Ausbildung etwa – traten wir alle im Gleichschritt, war die Jagd nach einer guten Zensur in vollem Gange – was eben auch ein eifriges Buckeln und Dienern gegenüber unseren Bossen, den Notengebern, einschloss.

Nicht, dass das auch nur einer ausdrücklich zugegeben hätte. Wie schimpften wir über die täglichen Ungerechtigkeiten! – Wobei wir uns bezeichnenderweise gegenseitig oft in die Pfanne hauten („Der Soundso hat eine miese Stunde gehalten, kriegt aber, weil er so tiefe Bücklinge macht, 'ne Zwei.“ – „Die hat 'ne Eins wohl nur wegen ihrer schönen Augen“ und so weiter).

Und immer wieder der ständig beschworene Sündenbock: Die Gesellschaft ist an allem schuld, unser System. „Wir können nicht dagegen an, was sollen wir tun?“

Es kam zwar zu einem gelegentlichen Sich-Aufbäumen („Das mache ich nicht mehr mit, das können die bei MIR nicht bringen, ich tue keinen Handschlag mehr“), aber dann legten diese Aufmüpfler am nächsten Morgen doch wieder – verschämt – einen Zehn-Seiten-Entwurf auf den Tisch, waren blass wegen der Nachtarbeit und der Aufputschpillen, die sie zu sich genommen hatten.

Aber sich allzu klein machen, das zeigte sich bald, war auch ungünstig. Denn, ohne dass man sich's versieht, passt einem plötzlich kein Hut mehr.

Wie bei Gisela, meiner Mitreferendarin. Sie, aus wohlbehütetem Elternhaus, die nie einer Fliege was zu leide tun konnte, sie bemühte sich redlich, duckte sich mächtig; schrieb die erforderlichen Seitenzahlen, was den Unterrichtsplan betraf; nickte immer an den richtigen Stellen, wenn die Ausbilder etwas sagten, war fleißig, zeigte stets ihr Wissen vor, schnippte in den Fachsitzungen mit dem Finger und gab artige Antworten auf die Fragen der Leiter.

Doch dann sah ich sie leider eines Morgens, trotz aller Bemühungen, tränenden Auges nach einer Unterrichtsprobe aus dem Besprechungsraum kommen. – Höflich, aber bestimmt hatten der Fach- und der Seminarleiter erklärt, dass ihre Fähigkeiten – „man muss ja mal sagen dürfen, wie die Dinge stehen“ – dass ihre pädagogischen Anlagen immer noch recht dürftig seien. Sie müsse sich merklicher anstrengen, „sonst“, so winkte man mit dem Zaunpfahl, „im Hinblick auf das Examen ...“ Und dann ein dezentes, aber sehr bezeichnendes Stirnrunzeln.

„Aber“, lächelten sie dann jovial nach dieser vernichtenden Kritik, „Frau Herwig, noch ist nicht alles verloren“ – was hieß, wenn sie sich noch mehr reinkniet (auf allen vieren sozusagen auf dem Boden vor den Füßen der Ausbilder rumrutscht und jedes Wort von den Lippen der Herren abliest), dann könnte es noch was werden mit dem Lehrerjob.

Im Grunde meinten es unsere Chefs nicht böse. Bei dieser Holzhammerkritik war Taktik im Spiel. Sie wollten eigentlich, so in der Mitte der Ausbildungszeit, die jungen Referendare nur etwas anstacheln, die Leute heiß machen, sie bei der Stange halten, sie ein wenig zurechtstutzen, vor Selbstüberschätzung bewahren – um später dann, gegen Ende der Ausbildung, die bisher straff gespannten Zügel lockern zu können – erst Daumenschrauben, dann sich freuen, dass der Schmerz nachlässt ...

Ja, Frau Herwig, wird es dann in diesem Fall heißen – nach anderthalb Jahren, bei der Festlegung der Gesamtnote: Sie haben sich sehr gesteigert – herzlichen Glückwunsch! – Wir haben Sie doch noch aufgefangen, das Schlimmste verhindert.

Allerdings hatte Gisela einen kleinen, in dieser Situation aber leider schwerwiegenden Fehler: Ihre Haut, ihre Schutzschicht war ausgesprochen dünn, unterentwickelt. Einige Nadelstiche vonseiten unserer Bosse – und schon war sie am Schleudern – schon kamen ihr, wie an jenem Morgen, auf Grund der pädagogischen Tricks dieser Herren, die Tränen.

Und als das ein paar Tage später wieder passierte, erschien Frau Herwig nicht mehr zum Unterricht, zeigte sich auch nicht mehr im Seminar – lag sechs Wochen im Krankenhaus, wie sich dann herausstellte.

„Ich bin früher mal am Unterleib operiert worden", erzählte sie später, als sie, ausgeglichener und weniger zittrig als damals, wieder im Lehrerzimmer stand, „und die Narbe ist, wohl wegen der Aufregungen hier, wie der Arzt meinte, erneut aufgebrochen."

Nun, Gisela schaffte ziemlich locker das Examen – gerupft, aber lebendig begann sie ihre Lehrerlaufbahn.

Doch nicht für alle nahm die Referendarzeit ein so gutes Ende.

Einer meiner Kollegen, ein intelligenter Mann, nur etwas langsam in seiner Ausdrucksweise, ein wenig schüchtern, ein wenig unauffällig – dem drückten die Ausbilder noch schnell einen rein. Er, Eduard, hatte gute schriftliche Arbeiten hingelegt – aber dann, in der mündlichen Prüfung, flog er durch – für uns alle sehr überraschend.

Wir müssen, werden sich die Ausbilder gedacht haben, den jungen Referendaren auch mal zeigen, wer der Herr im Hause ist, und, natürlich, gerade die zurückhaltendsten, gutmütigsten, von denen am wenigsten Widerstand zu erwarten war, pickten sie raus – die erwischte es.

Clärchen, eine andere Leidensgenossin, die ich gut kannte, packte es zwar – aber unter welchen Umständen ...

Ich sehe sie noch vor mir, vor jeder Unterrichtsprobe, im Lehrerzimmer: Ich konnte es kaum glauben: Sie – dünn und blass, auch sie ohne Schutzschicht – saß auf dem Stuhl und schob eine Tablette nach der anderen in sich rein. Es schien nur eine Frage der Zeit zu sein, wann sie, vollgestopft mit Pillen, aus den Latschen kippte. Das Clärchen, Spätberufene, zweiter Bildungsweg, die schon auf die vierzig zuging, kippte allerdings nie, sondern marschierte, mit geweiteten Pupillen zwar, aber kerzengerade in die Klasse.

Wie gesagt, sie schaffte das Examen. Aber ob sie später auch den harten Schulalltag bewältigen konnte, war mehr als zu bezweifeln.

Damals wurden einige böse Geschichten erzählt, die in den Seminaren in Wuppertal bzw. Mönchengladbach passiert sein sollen – auch von Fällen in Hamburg hörte man.

So hat man einen Referendar, der den Druck nicht mehr aushielt, tot auf dem Dachboden gefunden – er hatte sich erhängt.

Der zuständige Seminarleiter, als er von dem Selbstmord erfuhr, war dann vor die versammelten Referendare getreten und hatte erklärt, sie, die Lehramtskandidaten, sollten mal in sich gehen und überlegen, ob sie nicht selbst einen Teil der Schuld an diesem tragischen Vorfall auf sich nehmen müssten. Schließlich hätten sie ihrem Kollegen in seiner Not stärker unter die Arme greifen, sich um ihn kümmern können.

So sprach also der Seminarleiter. Die Referendare, blass, geschockt, wären, nach einigen Sekunden tiefen Schweigens, plötzlich wie ein Mann aufgesprungen und hätten sich auf ihren Chef gestürzt – der nur durch schnelle Flucht sich in Sicherheit bringen konnte.

7

Was soll's, wird jetzt dieser oder jener einwenden – Lehrjahre sind keine Herrenjahre, wo gehobelt wird, fallen Späne.

Aber eine gewisse Diskrepanz, die immer wieder auftauchte, machte uns doch schwer zu schaffen. Einerseits nämlich lasen wir, MUSSTEN wir laufend Bücher lesen, die darlegten, dass ohne Spaß, ohne Freude an der Arbeit die Leistung, sei es in der Schule, sei es im

Referendariat, nur mittelmäßig werden kann; je motivierter ein Schüler, ein Auszubildender, so erfuhren wir, desto fleißiger, lernbegieriger, lernfreudiger ist er, desto schneller, wirksamer wird er das vom Lehrer angestrebte Unterrichtsziel erreichen.

Wie gesagt, solche Sätze mussten wir auswendig hersagen, vortragen. Aber in der Praxis, wenn wir uns nur umsahen, im Seminar, da wurde noch der gute alte autoritäre Gummiknüppel geschwungen. Kein Spaß, wenig Freude, wenig Motivation. Unsere Bosse hatten die Thesen der neuen Pädagogik, die durch die Umwälzung der letzten Jahre allgemein ins Bewusstsein der Öffentlichkeit gedrungen war, zwar parat, aber sie noch nicht verinnerlicht; die deutsche, vielmehr preußische Erziehungstradition steckte ihnen noch zu sehr in den Knochen.

Um auf die Erlebnisse einzelner Referendare während der Ausbildung zurückzukommen beziehungsweise die Sache abzurunden: Wie stand es eigentlich mit MIR? Lief ich damals auch angeknockt, bleich, mit zitternden Händen, dumpfer Birne in die Prüfungsstunden rein – und noch kaputter wieder raus? Brach mir der Schweiß aus, wenn ich beim Unterricht den Seminar- und Fachleiter von der letzten Bank aus misstrauisch zu mir herüberblicken sah?

Ich gebe zu, ich war auch nicht der Nervenstärkste. Stotterte ebenfalls wie die meisten, seufzte, schwitzte – wenn ich auch durch meine Tätigkeit als nebenberuflicher Sozialarbeiter im Umgang mit Beamten, Nörglern, Heuchlern, Kleinigkeitskrämern mir eine gewisse schützende Hornhaut bereits zugelegt hatte.

Und hin und wieder ließ ich, um nicht zu viel schlucken zu müssen, meinem Unwillen freien Lauf.

Das lag zum Beispiel an, als ich das Gutachten, das schriftliche halbjährliche Zeugnis des Fachleiters, in die Hand gedrückt bekam. Es gefiel mir nicht; es war sehr allgemein gehalten, strotzte nur so von leeren Floskeln, die Unsicherheit des Verfassers nur mühsam verbergenden Wendungen; und auch mit dem Inhalt war ich nicht einverstanden.

Also setzte ich mich hin und schrieb ein Gegengutachten. Das ist das Recht jedes Referendars, hieß es – was aber in der Praxis so gut wie nie in Anspruch genommen wurde. Der Fachleiter, Herr Dümpel, war natürlich sehr erstaunt – und statt meine Kritikfähigkeit – ja eines der Lernziele unserer Ausbildung – zu loben, meine Eigenständigkeit, meinen Fleiß etwa, stattdessen war Herr Dümpel sauer.

Ich hatte öffentlich sein Image als erfahrener Lehrer, als klasse Ausbilder angekratzt, seine Stellung untergraben. Leider aber war – was ich nicht wusste – Herr Dümpel zufällig mit einem der drei Seminarleiter, die uns vorstanden, verschwägert. Und eines Morgens saß nun dieser Schwager ebenfalls, obwohl er direkt mit meiner Ausbildung nichts zu tun hatte, aber als Oberboss der Leiter Einfluss ausüben konnte – in einer meiner Lehrproben.

Und in der üblichen Besprechung anschließend - die Unterrichtsstunde war nach meinem Gefühl zwar nicht stark, aber brauchbar gewesen - da ergriff dieser Bursche das Wort, und wir, der Mentor, der Fachlehrer der Klasse, in der ich unterrichtet hatte, und ich, wir lauschten. 15 Minuten benötigte immerhin der Seminarleiter, um alle Fehler aufzuzählen, die ich nach seiner Ansicht bei dieser Lehrprobe gemacht hatte. Nachdem der Mann, ein älterer Herr schon, angegraute Haare, einen bitteren Zug um die Mundwinkel - schließlich stand er, wie ich hörte, schon über dreißig Jahre im Schuldienst - seine Hände dünn, bleich, sein Blick traurig - nachdem also der Schwager meines Fachleiters geendet hatte - zunächst tiefes Schweigen. Der Mentor und ich sahen uns betreten an.

Ich räusperte mich und fing an, einiges zu meiner Verteidigung zu sagen. Schnell unterbrach mich der Seminarboss, meinte, indem er auf seine Uhr blickte: „Es ist schon spät, ich muss leider gehen, habe noch eine andere Lehrprobe. – Wie Sie wissen, Herr Brune, bin ich nicht direkt zuständig für Ihre Ausbildung. Ich wollte mir nur ein Bild machen. Und ich muss doch feststellen, dass das, was Herr Dümpel, mein verehrter Kollege, in seinem Gutachten über Ihre Arbeit erwähnt, durchaus zutrifft."

Und der Mann erhob sich vom Stuhl, verabschiedete sich, verschwand.
Ich gebe zu, der Mann hatte es gebracht. Souverän hatte er mich abblitzen lassen, mir gezeigt, wo es langgeht. Er hatte seinen Schwager herausgehauen, ihn von aller Schuld befreit, ihn rehabilitiert. Und ich stand da – sauer, wütend – machtlos.

Eine Woche später gelang es mir, den Meister vor seiner Seminarsitzung abzufangen.

„Ah, Herr Brune – um was geht es?"

„Nun – Sie waren ja letztens in meinem Unterricht ..."

„Und? – Zweifeln Sie etwa an dem, was ich Ihnen gesagt habe? Sie haben meines Erachtens noch eine Menge zu lernen."

„Möglich", sagte ich einlenkend, „aber wissen Sie", ich trat näher an ihn heran, „wenn Sie bei der Besprechung erklärt hätten: Ihre Stunde, vielleicht hier und da gute Ansätze, aber trotz allem schwach, ungenügend, das Urteil von Herrn Dümpel besteht also zu recht – wenn Sie so geredet hätten, sagen wir mal, ein bisschen menschlich, gewissermaßen vom Erwachsenen zum Erwachsenen, nicht so wie der Vater zum unerzogenen Kind – dann stände ich jetzt nicht hier, würde mich nicht beklagen. – Aber, nicht wahr, ein wenig Höflichkeit im Umgang mit dem Mitmenschen, ein wenig Fingerspitzengefühl kann man doch wohl erwarten vonseiten unserer Pädagogen. Meinen Sie nicht auch?"

Ich blickte mit meinen sanften Augen zutraulich zu ihm auf. Der Seminarleiter – wir standen auf dem Flur, gleich musste die Sitzung anfangen – sah mich stirnrunzelnd an.

Was ist denn mit DEM los?, wird er gedacht haben, *will der mich etwa auf den Arm nehmen?*

„Sehen Sie", fuhr ich, höflich, aber bestimmt, fort, „ich konnte meinen Ärger über Ihr Vorgehen, Ihr Benehmen natürlich nicht bei mir behalten. Ich musste es rauslassen. Allen meinen Freunden und auch den Kollegen hier im Seminar fiel sowieso mein anfängliches

Schweigen, mein In-mich-Gekehrtsein bereits auf. Also habe ich alles auf den Tisch gelegt, den Leuten alles erzählt. Und weil ich wütend war – sicherlich, möglicherweise zu Unrecht wütend – kamen Sie, als Seminarleiter, vor allem in Ihrer Eigenschaft als Pädagoge bei meiner Darstellung dieses Vorfalls nicht besonders gut weg. Das ist doch“, sagte ich, „in meiner prekären Situation, wo Sie mich doch so in die Pfanne gehauen haben, das ist doch ein wenig verständlich, nicht wahr?“

Der Seminarleiter glotzte mich an, als hätte ich ihm gerade eins mit dem Holzhammer versetzt.

„Und deshalb“, fuhr ich eindringlich fort, „deshalb dachte ich mir, wenn ich jetzt nicht mit Ihnen rede, werde ich im Laufe der Referendarzeit, und auch später, vor allen Leuten immer schlecht von Ihnen sprechen, schlecht von Ihnen denken. Und sicherlich wird sich das auch auf Ihre Beziehung zu den anderen Referendaren, die das ja alles wissen, auswirken. Sie wollen doch auch nicht“, schloss ich, „dass zwischen uns, wenn ich Sie mal auf dem Flur treffe oder in einer der Gesamtseminarsitzungen, dass zwischen uns und auch den anderen Referendaren eine gespannte Atmosphäre entsteht, oder? Damit wäre doch keinem geholfen. Denn diese unterdrückten, verborgenen Aggressionen, eben weil man sie nicht rauslassen will – man spürt sie doch immer. Und es ist besser, man macht reinen Tisch, nicht wahr?“

Der Seminarleiter machte ein paar Mal den Mund auf und zu.

„Ist ja richtig“, brachte er schließlich hervor, „ist ja gut, dass Sie mit mir darüber sprechen, wenn Sie das so bedrückt. Meine Beurteilung neulich sollte Sie nicht kränken.“ Er schluckte.

„Vielleicht war ich wirklich ein wenig schroff.“ Und siehe da, ein kleines verlegenes Lächeln erschien auf dem sonst so harten Gesicht des alten Mannes.

Er reichte mir plötzlich die Hand. „Wir wollen diese ganze Angelegenheit vergessen, ja?“ Er wandte sich um und trat durch die Tür zu seinen versammelten Referendaren.

8

Nicht leicht haben es die Vorgesetzten mit den Untergebenen – und umgekehrt.

Die rühmliche Ausnahme in diesem Zirkus war Frau Weinhaus, meine Deutschfachleiterin. Geduldig und aufmerksam hörte sie zu, wenn ich meine Attacken ritt, vor allem gegen den „ganzen theoretischen, unverständlichen, fremdwörterbestückten Wissenschaftskram" zu Felde zog. Und sie versuchte nicht, die sich oft aus solchen emotionalen Äußerungen entwickelnden Diskussionen unter den Referendaren abzuwürgen.

Bei solchen Erörterungen pflegte ich häufig meine Thesen durch Beispiele aus meiner Tätigkeit als Sozialarbeiter zu untermauern – was sich immer gut machte bei den Zuhörern. „Wir analysieren hier die Sprache der Unterschichten, wie man sie nennt", sagte ich etwa, „aber die Leute aus dieser Schicht, wir lassen sie nicht an uns ran, obwohl nur ein paar hundert Meter weiter, in der Stadt drüben, die Jungen und Mädchen nicht wissen, wo sie nachts schlafen können, wo sie Geld, Brot, Wärme hernehmen sollen. – Hauptsache, wir Referendare, Lehrer haben am Monatsende unser Gehalt, können tiefschürfende pädagogische, grammatische, stilistische Probleme wälzen und uns gegenseitig wegen der tollen rhetorischen Ergüsse auf die Schultern klopfen."

So redete ich, der engagierte, leidenschaftliche Weltverbesserer, der ehemalige 68er.

Und Frau Weinhaus, sie war immer ganz Ohr. „So Unrecht haben Sie nicht", konnte sie dann sagen, „immer neue wissenschaftliche Untersuchungen kommen in den Druck, immer mehr Bücher auf den Markt, die wir als Fachleiter durchackern müssen, immer neue sozialistische, pädagogische Theorien entstehen, mit denen wir uns beschäftigen müssen. Das heißt – da haben Sie ganz recht – statt eigene Erfahrung zu machen, selbst zu urteilen, zu denken, sitzen wir vor Büchern und wiederholen nur, was andere uns vorsagen."

Ohne Zweifel, auch Frau Weinhaus fühlte sich unbehaglich, übte Kritik an den herrschenden Zuständen, stand in gewisser Hinsicht auf unserer Seite. Sie war meine Trösterin, was meine Theorieängste betraf. Und sie war gütig, weich, ernsthaft, menschlich, interessiert, hatte Wärme.

Und die Referendare, wenn sie Krach mit der Seminarleitung hatten oder auch private Probleme – sie fanden bei Frau Weinhaus offene Ohren.

9

Das Gymnasium, dem ich zugeteilt war, wo ich meine ersten Gehversuche, an der Hand des jeweiligen Fachlehrers unternahm, diese Ausbildungsschule entpuppte sich als ziemlich progressive Einrichtung.

Die Lehrer dort, viele relativ jung, hatten Zeit für die Referendare, gingen auf sie ein.

Diese Pädagogen pflegten sich auch außerhalb ihrer Dienstzeit noch um ihre Schüler zu kümmern. Es wurden auch häufiger als an anderen Gymnasien Theaterstücke vorbereitet, Musikstücke geprobt. Nicht selten fuhren die Lehrer mit ihren Klassen übers Wochenende in Landschulheime.

Allerdings vermisste ich zunächst im Kollegium die damals übliche politisch-ideologische Auseinandersetzung, niemand machte sich groß darüber Gedanken, wie man die Umwelt, die Gesellschaft mit Hilfe der Schule verändern könnte. Die Pädagogen, so schien es, konzentrierten sich vielmehr auf die individuelle, vor allem musische Ausbildung ihrer Zöglinge.

Aber es wunderte mich doch und stimmte mich nachdenklich, dass gerade das Fehlen von politischen Grundsatzdiskussionen in den Pausen und bei den Konferenzen allen Beteiligten – Lehrern und Schülern – offenbar guttat.

Meine allererste Unterrichtsstunde – seltsam, dass mir vor allem dieses Erlebnis so sehr im Gedächtnis haften geblieben ist.

Ich bekam, als ich durch die Tür in die Klasse 5b trat, gleich ein gutes Gefühl. – Wohl hatte ich ein paar Mal als Zuhörer vorher hinten gesessen und Frau Mertens, meiner Mentorin, beim Unterricht zugesehen. Nun aber saß sie hinten – und bei mir wurde es ernst, ich musste mich bewähren. Der Referendar hat es am Anfang nicht so schwer, weil er keine Autorität vorzuzeigen braucht: Der Lehrer der Klasse sitzt ja dabei und vernichtet den Ansatz einer Unruhe gleich im Kern.

Geschichtsunterricht. Ich hatte Frau Mertens, Mitte dreißig, einer fachlich und auch menschlich sehr guten Lehrerin, erklärt, was ich mir als Thema vorgenommen hatte – die Auseinandersetzung zwischen Spartanern, Athenern, damals im alten Griechenland. Ich setze mich auf meinen Stuhl. Die Pause ist gerade erst vorbei – einige der Kleinen spielen noch hinten in der Klasse an zusammengeschobenen Tischen Tischtennis – im Wandschrank sind extra für diesen Sport eine Menge Schläger und Bälle deponiert. Die Schüler spielen gewöhnlich Rundlauf: Sie umkreisen, die anfliegenden Bälle zurückschlagend, die Platte; wer einen Fehler macht, scheidet aus. Gewinner ist der, der übrig bleibt. Und schon beginnt der Rundlauf, an dem bis zu zehn, zwölf Leute teilnehmen können, von Neuem.

Während ich meine Bücher aus der Tasche hole und ordentlich hinlegte, merken die Schüler allmählich, dass der Lehrer da ist. Ich mache aber keinen Terror, krähe nicht herum, lasse sie, weil der Rundlauf eben erst wieder begonnen hat, das Spiel zu Ende spielen.

Und die jungen Leute traben schließlich, ohne dass ich einen Ton gesagt habe, zu ihren Plätzen.

Als es ruhig geworden ist, geht es los mit dem Unterricht. Sicher, einige Minuten der Stunde sind schon so vertan – kostbare Zeit, wird wahrscheinlich der eine oder andere Lehrer sagen – aber, die Schule ist keine Fabrik, nicht mal eine Lernfabrik, so sagte ich mir immer wieder, es gibt – noch – keine Stechuhr, also: was soll's?

Ich werde nie vergessen, wie es anfing, dieses starke Gefühl in mir, wie es wohl jeder Lehrer hat, wenn er vor jungen Menschen steht – eine Art warme Wolke umgab uns, umhüllte uns – mich, der ich zu zeigen versuchte, dass ich sie, die Kleinen, mochte, und sie, die mit großen Augen erwartungsvoll mich ansahen.

Und kaum hatte ich das Geschichtsbuch aufgeschlagen und den entsprechenden Text lesen lassen und ein paar Fragen gestellt, da sprangen die kleinen Jungen und Mädchen auf, schnippten mit den Fingern, die Gesichter glühten, und sie ließen ihr Wissen, ihre Formulierkunst, die schon ganz beachtlich war, spielen. Man brauchte die Leute in diesem Alter kaum motivieren, die Schüler waren immer Feuer und Flamme.

In so einer Klasse machte es Spaß, Lehrer zu sein.

Auch in einer 6a, in der ich einige Zeit später – nun ganz allein – unterrichtete, gab es keine Schwierigkeiten. Ich war immer wieder beeindruckt, wie verantwortungsvoll diese jungen Menschen mit dem Lehrer umgingen. Der Job war überhaupt nicht anstrengend – im Gegenteil, man kam mit mehr Energie aus dem Klassenraum, als man vorher beim Reingehen hatte.

Leider aber war das bei höheren Jahrgängen nicht so. Mit zwölf, dreizehn wurden die Schüler, wie es wohl dem Alter entspricht, immer trotziger, aufmüpfiger.

Das ist normal, und es wäre auch nicht das Problem gewesen – wenn sich hier nicht der entscheidende Mangel bei allen Schulen, die ich kennenlernte, gezeigt hätte: 30 bis 40 Leute in der Klasse sind gerade in diesem unruhigen Alter einfach zu viel. Die Kinder schaukeln sich gegenseitig hoch, stören, weil man eben nicht mehr jeden im Blick haben kann, nicht jeden im Laufe des Unterrichts drannimmt.

Ob man will oder nicht – aus reiner Notwehr muss der Lehrer streng, hart werden, Druck ausüben gegenüber der Masse, die Leute treten, um nicht selbst unter die Räder zu kommen.

10

Es gab an meiner Ausbildungsschule nicht nur diese großartige Frau Mertens, sondern, als ich eines Morgens in der großen Pause gerade dabei war, mir in der Ecke des Lehrerzimmers einen Kaffee zu brühen, sprach hinter mir eine ziemlich tiefe Frauenstimme: „Hast du nicht Lust, mit meiner Klasse mit ins Landschulheim zu fahren?"

Ich drehte mich um: Es war Hanna, die das gesagt hatte, Hanna Matzdorf, Bio- und Erdkundelehrerin. Mit ihren blauen Augen – und in einen raffiniert geschnittenen, das heißt ihre Brust betonenden, sehr farbenprächtigen Pullover gekleidet – strahlte sie mich an.

„Hm", tat ich so, als überlegte ich. In Wirklichkeit – wer hätte so ein Angebot ausschlagen können?! Frau Matzdorf war, wie ich als gelegentlicher Gasthörer bei ihr selbst gesehen hatte, nicht nur eine Top-Lehrerin, sondern immer gut aufgelegt, witzig, temperamentvoll – und ausgesprochen sexy. Man merkte, sie legte Wert darauf, schön auszusehen und sich farbenfroh anzuziehen. Ihre Haut war, obwohl Hanna auf die vierzig zuging, ziemlich geschmeidig, glatt, ihr Körper zart, ihre Brust fest und rund, so sah es aus. Mit anderen Worten, Frau Matzdorf war die Star-Frau dieser Schule. Mindestens Herr Schmücker, ein fieser dicklicher schleimiger Oberstudienrat, und der flotte Herr Denksal, ein Möchtegern-Playboy, waren hinter ihr her – man konnte sie in den Pausen gewöhnlich in der Nähe ihres, Hannas, Tisches antreffen, sie überboten sich gegenseitig darin, dünne Scherze von sich zu geben, wobei sie ständig versuchten, Hanna in ein Gespräch zu verwickeln.

Aber auch die meisten Schüler standen auf Hanna. „Sie beugt sich", sagte mir mal ein Junge aus der 11, „so gern nach vorn, vor allem, wenn sie einen dieser Pullover anhat – sie weiß genau, wie sie uns bei Laune halten kann ..."

Auch sonst war Hanna sehr souverän im Umgang mit ihren Schutzbefohlenen. Als eines Tages in der Klasse 5 – ich saß hinten und durfte teilnehmen – ein kleiner Junge zu weinen anfing, weil er zurück nach Hause zur Mutter wollte, er befand sich erst seit zwei Wochen an dieser Schule, da griff Hanna sich den Kleinen, setzte ihn einfach auf ihren Schoß und unterrichtete weiter. Und der Junge war ganz ruhig und zufrieden.

In diesem Punkt kannte sie keine Scheu – Hanna strich auch häufig, wenn sie in der Klasse durch die Tischreihen ging, den Jungen und Mädchen übers Haar; oder wenn ein Schüler eine besonders gute Leistung gebracht hatte, konnte sie ihn spontan, dankbar in aller Öffentlichkeit umarmen und drücken.

Und da sie die Schüler ihrer Klasse oft auch zu sich nach Hause einlud oder mit ihnen in der Schule nachmittags freiwillig im Labor Experimente durchführte, oder auch einfach mit ihnen in der Stadt rumlief oder einen Spaziergang im Wald machte, hatte sie bei allen einen Stein im Brett. Allerdings nicht bei all ihren Kollegen. Sie übertreibt ein bisschen, war die Meinung vieler Pädagogen.

Frau Matzdorf war ihnen ein wenig zu schön, zu temperamentvoll, zu sorglos. Als sie eines Morgens, einen kleinen Sextaner an der Hand, im Lehrerzimmer erschien, ihn sich auf den Schoß nahm, dabei ruhig Kaffee trank, hörte ich einen Kollegen naserümpfend sagen: „Immer muss sie ihre mütterlichen Gefühle durchkommen lassen. Man kann sich doch auch etwas zusammenreißen. Aber, sie will sich mit allen Mitteln bei den Schülern Liebkind machen.“

Es fehlte Frau Matzdorf eben – was jeder altgediente Pädagoge für das Nonplusultra hält – die Distanz, die kritische, die Abgeklärtheit, Nüchternheit, die in diesem Job nötig ist. Ein richtiger Lehrer, wenn er sich durchsetzen will, braucht eine gewisse Härte, Coolness. Anders geht es nicht.

Hanna, die Star-Frau, tat also an jenem schönen Freitagvormittag, mich mit ihren blauen Augen anvisierend, diesen bedeutenden Ausspruch. Und als ich bereitwillig meine Zustimmung gab, hängte sie – ich wollte meinen Ohren nicht trauen – noch folgenden Satz dran: „Ich möchte nämlich gern mit dir schlafen; meinst du, das geht?“

Das sagte sie, Hanna Matzdorf, im hellen Neonlicht, mitten zwischen vierzig, fünfzig Kollegen.

Und meine Kaffeetasse, die ich mir gerade an die Lippe setzte, zitterte, ich gebe es zu, ein wenig.

Ich schluckte, sah zu Hanna auf, die mich nun breit angrinste. Und ich grinste zurück, machte einen auf cool, sagte – aber leise: „Wenn's weiter nichts ist."

Ein kleiner Scherz, dachte ich, als ich nach der Pause zu meiner Klasse schritt – mit Hanna hatte ich nicht mehr gesprochen, sie war gleich von Herrn Schmücker in ein Gespräch gezogen worden. Warum sollte sie eigentlich gerade mit mir so ein Ding anfangen? Mit mir, dem kleinsten, bescheidensten, zurückhaltendsten Kollegen, dem Neuling, dem Untersten der Unteren?

11

In den nächsten Tagen spielte Frau Matzdorf nicht mehr auf ihren Vorschlag an. Nur, sie hatte mich tatsächlich, wie ich feststellte, als Begleitperson in die Liste der Klassenfahrten eingetragen.

Schnell verging die Zeit. – Drei Wochen später: Wir versammelten uns mit der 6a auf dem Parkplatz hinter der Schule. Die Kinder stiegen in den Bus. Hannas Mann, ein gut aussehender Vierziger, mit sympathischen Lachfalten um die Augen, dunklen Haaren, drückte vor der Tür seine Frau heftig, sie küsste ihn. Sie sprang die Stufen hoch, setzte sich zu mir – und wir fuhren los.

Meine erste Klassenfahrt. – Hinter uns im Bus 35 Schüler, mit denen wir es nun eine Woche zu tun haben sollten. Ich kannte einige schon mit Namen, schließlich hatte ich bereits häufig als Gast am Unterricht teilgenommen.

Und ich ging nun, nachdem wir, die Lehrer, die Verantwortlichen, einige organisatorische Fragen besprochen hatten, durch den Wagen, sprach kurz mit jedem einzelnen Schüler, die alle so um zehn, elf Jahre alt waren – und merkte mir ihre Vornamen. Das ist wichtig, um möglichst schnell ein gutes Verhältnis zu ihnen aufzubauen, um den Einzelnen gezielt ansprechen zu können und die Meute in den Griff zu kriegen.

Als wir nach einstündiger Fahrt vor dem einsam am Waldrand gelegenen Landschulheim ausstiegen, konnte ich die kleinen Leute zügig, ohne erst auf die Liste zu sehen, in die entsprechenden Quartiere einweisen. „Woher kennst du die denn alle so schnell?“, rief Hanna erstaunt aus, „ist ja toll!“ Und dieses Lob ging mir, dem Hilfsassistenten, runter wie Butter.

Die Schüler machten einen Höllenlärm, als wir sie anschließend im Gemeinschaftsraum versammelten und Hanna, die Klassenlehrerin, ihnen einige Verhaltensregeln für die kommende Woche mit auf den Weg gab.

Und dann, sofort nach dem Abendessen, ging’s auch schon raus in den Wald. „Die sind heute so aufgedreht“, meinte Hanna, „mal sehen, ob wir sie etwas müde machen können.“ Und sie sprintete los, gleich von der Straße ab in die Büsche, hetzte in ihrem Jogginganzug durch das Unterholz des schon ziemlich dunklen Waldes; die Schüler johlend hinter ihr her. Es machte auch gar nichts, als es langsam zu regnen anfing. Frau Matzdorf und die jungen Leute krochen unbeirrt unter tropfenden Fichtenzweigen hindurch, wälzten sich den Abhang hinunter, sprangen sogar munter durch Schlammpfützen.

Jedenfalls sah die Meute, als wir nach einer Stunde zurückkamen, im Licht der Deckenlampen ganz schön schmutzig, zerknittert, zerbeult aus – und das schon am ersten Tag. Trotzdem hatte der Gewaltmarsch nicht alle ihre Kräfte verbraucht. Jedenfalls tobten die Schüler bis zwei Uhr nachts durchs Haus. Und wir beide, die Aufsichtführenden, hatten eine Menge zu tun, das junge Blut in die Federn zu kriegen. Als ich gegen halb drei die Runde durch meinen Bereich, den Jungentrakt, machte und zwei Betten leer fand und mich deshalb bei den Mädchen umsah, erblickte ich, unter einer Decke hervorlugend, statt ein Paar Füße deren zwei. Ich zog an einem Bein, und Herbert, ein blonder, lockiger Bursche, kam zum Vorschein.

Er setzte sich, erbost durch sein struppiges Haar fahrend, auf die Bettkante. „Sie sind ja richtig gewalttätig, Herr Brune“, sagte er mit seiner tiefen Stimme. „Kann ich nicht wenigstens noch ein paar Minütchen bleiben?“

„Das geht leider nicht“, sagte ich, „das ist verboten.“

„Hören Sie“, meinte Herbert missmutig, „Sie haben ja bloß Angst, dass ich mit Regina“, er zeigte auf das Mädchen, das nun ebenfalls den Kopf unter der Decke hervorstreckte, „dass ich mit ihr was anfange. – Aber ich bin erst zehn, und mit zehn ist man ja wohl noch unfruchtbar.“

UNFRUCHTBAR sagte er und blickte mich vorwurfsvoll an – wie hatte ich, der Lehrer, diesen wichtigen Punkt außer Acht lassen können! – und schüttelte missbilligend seine Mähne.

Nun, Herbert gab der Regina einen Abschiedskuss auf die Backe – ich schnappte ihn mir und trug ihn zurück in sein Bett. Diese jungen Leute hatten es ganz schön dick hinter den Ohren – vor allem eine ziemlich freche und deftige Sprache am Leib.

Ich erfuhr bald, woher das kam.

Im Biologie-Unterricht hatte die Klasse bei Frau Matzdorf kurz vor der Fahrt die Fortpflanzung des Menschen besprochen, offenbar nicht in einem der üblichen sterilen Vorträge, sondern ziemlich lebensnah. Die Schüler konnten Fragen zu diesem heiklen Thema auf einen Zettel schreiben und sie in einen Kasten werfen. Vor jeder Stunde wurden die Zettel aus dem Kasten geholt, und Frau Matzdorf versuchte, die Fragen zusammen mit den Schülern zu beantworten. „In welchem Alter darf man mit einem Mädchen schlafen?“, hieß es da, oder „welche Empfängnisverhütungsmittel gibt es?“

„Was bedeutet bumsen, ficken?“ – „Was ist eine Fotze?“

Mit anderen Worten, es wurde bei diesem Aufklärungsunterricht kein Blatt vor den Mund genommen.

Und die Schüler versuchten nun, ihr erworbenes Wissen an den Mann zu bringen.

„Man muss auch bei so einem Thema möglichst offen sein“, meinte Hanna, „dann gibt es auch weniger Geheimniskrämerei auf diesem Gebiet unter den Kindern, die Mädchen werden auch von den Jungs nicht mehr so angepöbelt, und sogenannte schmutzige Wörter seltener auf Bänke und Toilettenwände geschmiert.“

In dieser ersten Nacht wurde es, wie gesagt, nur langsam ruhig. Wir mussten gelegentlich ein Machtwort sprechen, bis die Meute, jeder lag an seinem vorgeschriebenen Platz, friedlich schnarchte.

Ich saß mit Hanna in meinem Zimmer; die Tür stand ein wenig auf, und wir konnten den Flur beobachten.

Wir hatten eine Flasche Korn angebrochen und tranken in kleinen Schlucken – und kamen natürlich ins Reden. Zuerst unterhielten wir uns über die Kollegen, die Schüler – schließlich über uns selbst. – Ich erzählte von meiner gerade beendeten Beziehung mit Gesina, Hanna von ihrem Klaus, mit dem sie 15 Jahre zusammen war, eine Partnerschaft voller Höhen und Tiefen – aber immer mit einer Basis, die sich, trotz einiger Schwierigkeiten, bewährt hatte. Nur, in letzter Zeit, da wurde es ihr allerdings zu bunt. Klaus, der beim Theater beschäftigt war, hatte tatsächlich mal eine Schauspielerin mit nach Hause genommen, und sie, Hanna, musste sogar Unterwäsche bügeln, während er mit der Freundin ein Stockwerk höher im Bett lag.

„Er braucht das“, versuchte sie ihn zu verstehen, „wir sind schon lange zusammen, er braucht die Selbstbestätigung.“ Das ist nur eine Phase, hätte er erklärt, das ist demnächst vorbei. Sie sollte Geduld haben. Aber das mit der Wäsche, das war ihr denn doch zu viel – und deshalb, als es schon auf drei Uhr zuging, fanden wir uns beide in ihrem Zimmer wieder, in ihrem Bett, und sie seufzte und lachte, und ich, obwohl ziemlich ruhig und zurückhaltend, war ganz hingerissen – und noch ziemlich weggetreten, als ich im Morgengrauen meine Schuhe und meine Kleider nahm, über den ziemlich laut knarrenden Parkettfußboden im Flur zu mir ins Bett zurückschlich. – Gerade noch rechtzeitig, denn kurz darauf klopfte es schon an der Tür. Franz, der

Klassensprecher stand vor mir und fragte, welche Leute denn nun das Frühstück vorbereiten sollten. Ich tat so, als wälzte ich mich gerade nach langem tiefem Schlaf aus den Federn. Obwohl hundemüde, aber innerlich frisch und voller Energie, ging's zur Tagesarbeit über.

12

Leider blieb das Wetter die ganze Woche über regnerisch. Der eine oder andere Lehrer hätte sich wahrscheinlich mit seinen Schülern in die Räume des Heimes zurückgezogen, Würfelspiele gemacht, und sich allmählich zusammen mit den Kindern gelangweilt.

Nicht aber Hanna. Auch wenn dicke Wolken aufkamen, der Regen einem nur so ins Gesicht spritzte: Wir zogen uns alle möglichst warm und wasserfest an, und schon raste der Haufen durch die umliegenden Wälder und Dörfer. Wir veranstalteten Geländespiele, Schnitzeljagden – und jeden Abend kamen wir schmutzig und nass in der Herberge an.

„Hast du keine Angst, dass sich einer der Kleinen erkältet", fragte ich Hanna, „oder sich gar eine Lungenentzündung holt?"

Aber sie lachte nur und fand nichts dabei, wenn die Kinder bei Balgereien auf dem Waldboden sich trotz der Kälte und Nässe die Kleider gegenseitig vom Leib rissen.

Es gab unter den Schülern ein Contergan-geschädigtes Kind, Hans. Die Arme waren verkrüppelt, die Füße mussten durch Leder- und Stahlschienen gestützt werden. Hans konnte kaum laufen, versuchte aber mit aller Gewalt, es den anderen gleichzutun, und es sah seltsam aus, wenn er seine Prothesen in Bewegung setzte und vorwärtsstolperte.

Aber, obwohl Hans auch oft hinfiel, in die Schlamm- und Dreckpfützen stürzte – es schien ihm, wie auch den anderen Kindern, nichts auszumachen. Wenn die Meute wirklich mal zu schnell durchs Gebüsch hetzte und Hans ziemlich abgeschlagen halb kriechend, halb taumelnd nachzukommen versuchte, griff ihn manchmal Hanna kurzerhand, oder auch einer der kräftigeren Jungen der Klasse, und er wurde so schnell wie möglich nachgeschleift oder galoppierte auf den Schultern eines Helfers hinterher. Abends taten Hans nach solchen ungewöhnlichen Strapazen natürlich die Knochen weh – er hatte Blasen oder blaue Flecken an den Druckstellen – aber man sah deutlich, er fühlte sich wohl.

Er wurde von allen akzeptiert, hatte keinen Sonderstatus. Man fasste ihn oft hart an, schubste ihn herum, er wurde sogar bei Balgereien ohne Rücksicht auf seine Gebrechen von der Gegenpartei verprügelt – aber er schlug auch um sich, hatte ein paar spezielle Tricks drauf, um sich zur Wehr zu setzen – und Hans war nicht auf den Mund gefallen, hatte ein großes Wissen, redete überall selbstbewusst mit.

Es traf sich gut, dass Hanna und ich, die wir ja von morgens bis abends spät auf den Beinen waren, nach einigen Tagen Unterstützung erhielten. Einige Schüler aus Hannas Bio-Leistungskurs kamen von Köln aus mit einer alten 2CV-Ente zu Besuch und nahmen sich nachmittags der Kleinen an, um uns zu entlasten. An dieser Schule gab es die löbliche Einrichtung einer Betreuung der unteren Klassen durch Schüler der Oberstufe. Und Hanna hatte das für ihre 6a perfekt organisiert. Sie lud zum Dank ihre älteren Schüler oft bei sich zu Hause ein, diskutierte, feierte mit ihnen, manche übernachteten sogar bei ihr – Beruf und Privatleben waren bei Hanna nicht besonders getrennt, und auch ihr Mann und ihr Kind hatten guten Kontakt zu den jungen Leuten. Auch in den Pausen befassten sich die Oberstufenschüler mit den Jungen und Mädchen der Anfangsklasse, nahmen die Kleinen auf die Schultern, trabten durch das Schulgelände und waren sogar während des Unterrichts manchmal als Aufsicht dabei.

Während also die Betreuer mit unseren Kleinen in den Wäldern verschwanden, kamen wir Lehrer zu unserem wohlverdienten Mittagsschlaf – natürlich in einem Zimmer, in einem Bett.

Gegen fünf Uhr standen wir wieder auf und bereiteten den Tisch fürs Abendessen vor.

13

Und so konnte man an jenen Tagen Hanna und mich Hand in Hand bzw. Arm in Arm mitten in einer Traube von Schülern durch die ländliche Idylle spazieren gehen sehen. Hanna musste ununterbrochen Fragen der Kinder beantworten, die zum Beispiel Zweige, kleine Bäume, Früchte, Steine aufsammelten und ranschleppten. „Frau Matzdorf, wie heißt diese Pflanze? Gucken Sie mal, ist dies ein Abdruck aus dem Karbonzeitalter, vielleicht eine Schnecke?“ – Eine richtige Expertendiskussion oft aus meiner Sicht, der des ahnungslosen Deutsch- und Geschichtslehrers.

Einmal machten wir in einem Dorf bei einer Kapelle Halt. Hanna hatte sich neben mich auf einen Zaun gesetzt. Holger, der größte Junge der Klasse, baute sich grinsend vor uns auf.

„Frau Matzdorf“, meinte er, „wird es Ihnen nicht ein bisschen heiß da unten?“ Hanna guckte vor sich – zwischen ihren Schenkeln ragte einer dieser Zaunpfähle steil nach oben. Sie schimpfte los: „Unverschämtheit!“, musste dann aber lachen, während Holger sich schnell verdrückte.

Wie gesagt, diese Zehn- und Elfjährigen hatten es ganz schön in sich.

Nach einiger Zeit betrat ich die Kapelle. Und was erblickte ich? Franz, der intelligenteste, belesenste von allen, der Klassensprecher, ging gerade vorne zum Altar, blätterte ohne Weiteres in dem großen, offen liegenden Messbuch herum, wobei der kleine Mann sich auf die Zehenspitzen stellen musste. Und dann klemmte Franz sich plötzlich das schwere Buch untern Arm und ging links die Stufen zur Kanzel hoch. Oben, unter dem geschwungenen Baldachin angekommen, legte er das Buch auf die Brüstung, schlug es auf und fing an zu sprechen – im salbungsvollen Ton eines Pfarrers, der seinen Schafen die üblichen Sonntags-Storys erzählt.

Auch Franz hatte seine Schäfchen versammelt – die Jungen und Mädchen der 6a, die das Spiel mitmachten und mit andächtigen Gesichtern unter die Kanzel getreten waren und zu ihrem Oberhirten aufschauten.

„Liebe Gemeinde“, sprach Franz, „ich begrüße euch herzlich. Ich hoffe, es geht euch gut, und Frau Matzdorf und Herr Brune haben euch heute nicht zu sehr gepiesackt. Herbert, nimm bitte den Finger aus der Nase, das hier ist ein heiliger Ort – und du, Stefanie, unterlass bitte das dämliche Grinsen. Betet zur Buße drei Vaterunser. Und so sollt ihr sprechen ...“

Und die andächtig dastehende Gemeinde hörte von der Kanzel diese bedeutenden Verse:

„Lieber Gott im Himmel“, rezitierte der Klassensprecher mit ernster Miene, „schenk mir einen neuen Pimmel, meiner ist geknickt, ich hab zu viel gefickt.“

Und Franz segnete seine Fans, sprach „Amen“, wobei er demütig seine blauen treuen Augen zum Himmel bzw. zur Friedenstaube, die an dem Baldachin über ihm schwebte, richtete, und dann schritt er, sein Kopf ragte kaum über das Treppengeländer, zu seinen Kameraden hinunter.

In diesem Augenblick bemerkte ich, der ich hinter einer Säule stand, eine dunkle Gestalt durch das Mittelschiff eilen. „Raus!“, brüllte eine kräftige Männerstimme, „verschwindet, aber dalli!“

Es war, wie ich nun sah, ein Schwarzrock, offensichtlich der Pfarrer des Ortes. Hatte er die letzten tiefschürfenden Weisheiten des kleinen Franz mitbekommen? – Jedenfalls, er trieb die Herde der Jungen und Mädchen, die es demonstrativ langsam angehen ließen, vor sich her durch das Portal nach draußen.

Ich verdrückte mich durch den Seiteneingang.

Auf dem Rückweg vom Dorf zum Heim kamen wir an einem Bauernhof vorbei. Die Kinder, frech und neugierig wie sie waren, traten gleich in die Ställe.

Eine kleine Versammlung hatte sich neben einem Kälbchen gebildet, das gerade an dem Muttertier säugte. Das Kälbchen hielt sich zitternd auf den Beinen, das Fell noch feucht – es war offensichtlich erst kurz vorher geboren worden. Der Bauer, der an der Wand lehnte, nahm hin und wieder seine Pfeife aus dem Mund und beantwortete bereitwillig die Fragen der Schüler.

„Wie alt ist das Kleine?“ – „Ist die Plazenta schon rausgekommen?“ – „Wie lange wird das Kälbchen von der Mutter gestillt?“ – „Was wird mit der Nachgeburt gemacht?“

In diesem Stil.

Der Bauer, keineswegs wortkarg und anscheinend erfreut, es mit Kennern zu tun zu haben, unterhielt sich ernsthaft mit seinen Besuchern.

Aber es dauerte nicht lange, da drängte es die Kinder wieder aus dem Hoftor heraus – auf der Suche nach neuen Anregungen. Ich schüttelte, während ich ihnen folgte, immer wieder den Kopf – erstaunt darüber, wie wissbegierig diese junge Leute waren, wie ernsthaft sie ihre Fragen stellten, wie konzentriert sie an Dinge, die sie interessierten, herangingen.

14

Wir alle fühlten uns auf dieser Klassenfahrt wie eine einzige große Familie. Die Wärme und Herzlichkeit, die zwischen Hanna und mir da war, übertrug sich offenbar auch auf die Kinder. Denn sie waren immer gut gelaunt, gingen ziemlich verständnisvoll miteinander, aber auch mit uns um.

Wir beide hatten wirklich den Eindruck, während wir unsere Tageswanderungen unternahmen, während wir morgens und abends im Speisesaal saßen, während wir alle zusammen den Tisch deckten, abräumten, spülten: Das hier sind unsere Söhne und Töchter, sie gehören zu uns – wir befinden uns auf einem Familienausflug.

Hinzu kam noch das prickelnde Gefühl des Abenteuers, des Gefährlichen, Verbotenen: Immerhin durfte niemand erfahren, dass Hanna und ich nachts zusammen waren; oft horchten wir, in der Bewegung innehaltend, erschrocken ins Dunkle, wenn das metallene ausgemergelte Herbergsbett mal wieder gewaltig quietschte und seufzte – wir lebten in einer Spannung, die auch etwas Großartiges an sich hatte.

Für die Kinder selbst war die Tatsache, dass wir beide, die Lehrer, uns so gut verstanden, natürlich von Vorteil. Man stelle sich vor, die betreffenden aufsichtführenden Personen könnten sich gar nicht riechen, oder gingen nur berufsmäßig, das heißt amtlich, nüchtern miteinander um – und nun sollen sie tagelang auf engem Raum mit einem Haufen sensibler Kinder zusammenleben, denen sie auch noch – in dem jungen Alter – Vater und Mutter sein mussten ...

15

Die Woche im Landschulheim war vorbei. Der Bus kam – ein großes Geschrei beim Packen, Saubermachen, Kofferverstauen – und schon ging's zurück nach Köln.

Die Kinder hinter uns im Wagen plapperten ununterbrochen, freuten sich aufs Zuhause, hatten offenbar viel zu erzählen – ihre Erlebnisse, Abenteuer, von denen wir selbst oft gar nichts wussten, die wir, die Lehrer gar nicht alle mitbekommen hatten.

Und Hanna und ich, wir saßen rechts vom Fahrer, guckten uns an. Wir hatten diese acht Tage harmonisch zusammen verbracht, uns gut verstanden, eine gute Zeit gehabt; es war niemand dagewesen, der uns dreinredete, wir hatten unsere Vorstellung von Erziehung, Freizeitgestaltung mit Schülern ungehindert verwirklichen können.

Hannas Mann wartete schon, stand wie damals auch auf dem Parkplatz hinter der Schule. Hanna hatte ihm allerdings einen Tag vorher in einem Telefongespräch angedeutet, dass zwischen ihr und mir was laufen würde. Aber, meinte sie, was konnte er groß dagegen haben, wo er doch selbst sich nicht anders verhielt?

Nun, Klaus umarmte seine Frau, als sie aus dem Bus sprang, herzlich, und sie drückte ihn heftig. – Die beiden winkten mir zu, nachdem wir alle Kinder an die Eltern abgeliefert hatten, und fuhren mit ihrem Wagen davon.

16

Ich traf mich in den folgenden Wochen mit Hanna hin und wieder, aber jetzt, im Alltag, war es doch schwierig. Sie musste sich um den Mann, ihren Sohn, ihre Schüler kümmern. – Wir waren eben nicht mehr auf einem „Familienausflug“, weitab vom Schuss. Sie hatte Klaus wohl nur mal einen Denkzettel verpassen, aber sonst keine weitere Unruhe in die bestehenden Verhältnisse bringen wollen.

Doch, Hanna und ich, wir verstanden uns auch so. Es gab keine Spannungen zwischen uns. Ich freute mich, wenn ich sie sah und wir in der Pause in einer Ecke des Lehrerzimmers bei einer Tasse Kaffee plaudern konnten.

Allerdings hatte unsere Reise noch ein Nachspiel.

Den konservativen Eltern war wohl die pädagogische Freizügigkeit Hannas schon immer ein Dorn im Auge gewesen. Jedenfalls erschien eine Woche nach der Klassenfahrt der Vater eines Kindes aus der 6a beim Direktor und drohte mit einer Anzeige.

Es ging zunächst um den Vorwurf der Verteilung pornografischer Schriften an Jugendliche. Hanna hatte, mit anderen Lehrern zusammen, die Schülerzeitung, die von der Oberstufe hergestellt wird, an die einzelnen Klassen weitergegeben; im Inneren des Blattes befanden sich tatsächlich einige ziemlich gewagte Zeichnungen, die ein Schüler, wie sich herausstellte, nach Redaktionsschluss ohne Wissen der Verantwortlichen, als Provokation gedacht, hineingemalt hatte. Aber der Vater brachte noch einen weiteren Anklagepunkt gegen Hanna vor: Ihr allzu freier Aufklärungsunterricht. Sein Junge wäre, vor allem nach der Klassenfahrt, mit Wörtern nach Hause gekommen, die die Eltern geschockt hätten: *Nutte, Wichser, Möse* wären noch die harmlosesten Ausdrücke gewesen. Es sei außerdem allgemein bekannt, hatte der Vater noch erklärt, dass Frau Matzdorf in der Schule als „blondes Gift" bezeichnet würde, weil sie sich dauernd an Kollegen heranmache. Dazu passe auch, nach einem Bericht seines Sohnes, dass nämlich auf der Klassenfahrt die Begleitperson, Herr Brune, einmal bei einer Rast ungeniert seinen Kopf auf ihren Schoß gelegt hätte.

Der Direktor versuchte, den Mann zu beruhigen, versprach eine Untersuchung der Vorfälle. Bei der Befragung stellten sich alle Kollegen, wenn auch ziemlich zögernd – als Beamte sind die Lehrer, was klare Entscheidungen betrifft, gerade in so einem delikaten Fall, nun mal vorsichtig – sie stellten sich hinter Hanna. Sie hätten alle ebenfalls diese Schülerzeitung, ohne von den Zeichnungen zu wissen, verteilt. Im Übrigen wäre jener Vater auch den anderen Lehrkräften immer schon als sehr verklemmt und rückständig erschienen ...

Es kam zu keiner Strafverfolgung und die Sache verlief im Sande.

17

Der Vorteil meiner Beziehung zu Hanna war: Andere Referendare quälten sich morgens aus dem Bett, schlurften mit klopfendem Herzen und schweren Beinen ins Schulgebäude. Ich dagegen – zwar ebenfalls mit klopfendem Herzen – aber nur wegen der Frage: Ist sie heute da, treffe ich sie wieder?

Hanna übrigens, die persönlich viel Zeit für die Schule opferte, nahm es mit den eigentlichen Pflichten nicht so genau. Hin und wieder machte sie einen auf krank – aber nur, weil sie in Ruhe in der Stadt

Unterrichtsmaterial besorgen wollte, oder sie den Eindruck hatte, sie müsse sich mal intensiver um ihre Familie kümmern.

Und auch mit der Pünktlichkeit hatte Hanna es nicht besonders. Sie war gewöhnlich die letzte, die aus dem Lehrerzimmer in die Klassenräume ging. Sie hatte keine Angst davor, als unzuverlässig, schludrig zu gelten, sie war selbstbewusst genug, sich solche Freiheiten herauszunehmen. Natürlich, dem Direktor, von Amts wegen sozusagen, gefiel das gar nicht. Und alle paar Wochen gab es in dieser Hinsicht Auseinandersetzungen. „Frau Matzdorf", hieß es dann in den Konferenzen, „Sie sind wieder häufig im Unterricht zu spät gekommen. Sie geben ein schlechtes Vorbild. Wenn das jeder Kollege machen würde." Die üblichen Sprüche. Und Hanna gab mit gleicher Münze zurück. Sie ließ sich nichts gefallen. Und weil sie immer offen und herzlich war und jeder wusste, dass sie sich ziemlich stark für die Schüler einsetzte, dass sie Weihnachtsbasare, Schulfeste fast allein organisierte, gab der Direktor schließlich, wenn auch knurrend, regelmäßig klein bei.

Die klar denkende, strenge, aber auch einfühlsame Frau Mertens, meine Geschichts-Mentorin, und die mehr mütterliche, etwas lasche, aber sich aufopfernde Hanna waren, was den Unterricht betraf, in meiner Referendarzeit meine Vorbilder. Ich wäre gern, fachlich und menschlich, als Lehrer später so aufgetreten wie die beiden.

Vor allem Hannas mutiges Verhalten in dieser oft allzu paragrafenhörigen Schulinstitution hatte mich stark beeindruckt. Denn als Referendar in der Ausbildung hörte man als Erstes von den Bossen: „Ein Lehrer steht immer mit einem Bein im Gefängnis!" Was besagen sollte: Oberstes Gebot des Pädagogen ist es, seine Aufsichtspflicht nicht zu verletzen. Der Lehrer muss immer und überall ein Auge auf seine Schutzbefohlenen haben. Wenn nicht – und es passiert den Schülern etwas: Schon ist der Lehrer dran, wird zur Rechenschaft gezogen, muss eventuell bei Wasser und Brot den Rest seiner Tage hinter Gittern verbringen.

Der Witz bei der Sache – und das wird von der Seminarleitung genüsslich nachgeschoben: Dem Lehrer ist es in der Praxis gar nicht möglich, diese Aufsichtspflicht strikt zu erfüllen.

Zur Anschauung wird dann diese Geschichte erzählt: Die Kinder einer Klasse 5 spielten draußen neben einem Gasthof auf dem Spielplatz; die Lehrer, die beiden Aufsichtführenden, saßen auf der Terrasse und tranken Kaffee. Hatten die Schüler zwar im Auge – aber in diesem Moment geriet auf dem Platz ein Kind unter die Schaukel, verletzte sich am Kopf, tödlich.

Und das Gesetz sagte: Die Lehrer, die das mitansehen mussten, aber nicht reagieren konnten – auch wenn sie daneben gestanden hätten, hätten sie nichts mehr machen können – diese Beamten haben die Aufsichtspflicht verletzt.

Und schon droht der Knüppel ...

Solche oder ähnliche Geschichten wurden uns erzählt. „Der Lehrer steht mit einem Bein im Gefängnis“ – und der Pädagoge erzittert. Nein, dieses Risiko – unvorstellbar! Und die Folgen solcher Grusel-Storys: Viele Lehrer weigern sich kategorisch, an Schulfahrten, vor allem mehrtägigen, teilzunehmen. Sie wollen nicht zur Verantwortung gezogen werden, wenn sich ein Schüler den Arm oder den Hals bricht.

Bezeichnend ist auch, dass kein Lehrer sich gern allein mit einer älteren Schülerin im Klassenraum aufhält oder gar sie bei sich zu Hause empfängt, wenn sie ihm von ihren Problemen etwa mit ihren Eltern erzählen will. („Nachher hängt sie mir noch ’ne Vergewaltigung an, wenn ich ihr mal eine schlechte Zeugnisnote gebe – und ich hab’ keine Zeugen.“) Denn der Pädagoge denkt zuerst an seine Sicherheit, und dann erst daran: Was brauchen die Kinder? Was ist gut für SIE?

Deshalb weigern sich viele Beamte, dieses Risiko einzugehen, die Klassenfahrten mitzumachen. Oder, wenn sie es doch tun, weil sie von den Direktoren dazu verdonnert werden – unter Androhung eines dienstlichen Verweises in den Akten – dann beißen diese Leute in den sauren Apfel. Aber sie sichern sich so ab, dass den Schülern keine Freiräume mehr bleiben: Die Kinder dürfen sich nicht von der Seite des Lehrers entfernen, können nichts selbstständig unternehmen, haben selten Ausgang. Macht die Klasse mal einen Ausflug in die Umgebung, dann sind die Aufsichtführenden ängstlich, verkrampft, finden keine Ruhe. (Hoffentlich geht alles gut! Mein Gott, habe ich nun alles Mögliche getan, um mich abzusichern? Wenn jetzt was passiert: Werde ich dann auch nicht belangt?) Und es beschäftigt die Pädagogen keineswegs die Frage: Was kann ich tun, damit es den KINDERN gutgeht?

So weit also diese vorsorgliche, als notwendig hingestellte Unterweisung der Referendare durch die Seminarleitung. Ihre eigene Beamten-Ängstlichkeit übertrugen sie auf uns – und wir, die Neulinge, wurden natürlich, wenn unsere erste Klassenfahrt losging, nicht gerade ermutigt, den Kindern das zu geben, was sie eigentlich brauchten. – Und statt uns in dieser Angelegenheit, die sowieso alle Kräfte der Verantwortlichen beansprucht, zu unterstützen, zogen sie den Schwanz ein, kniffen sie, warfen uns sogar Knüppel zwischen die Beine, erstickten schon im Ansatz den Elan, den ja gerade die jungen, begeisterungsfähigen Lehrer – im Gegensatz zu den mehr resignierenden alten – noch mitbringen. Ich selbst jedenfalls – Hanna, die in dieser Hinsicht ja keineswegs ängstlich war, als Beispiel vor Augen – nahm mir vor, mich nicht abschrecken zu lassen, nicht immer bei jeder Gelegenheit auf Paragrafen zu schielen.

Meine zweite Klassenfahrt als Referendar führte ich mit einer 11 durch, mit 16-, 17-Jährigen. Wir waren für ein paar Tage in einer Jugendherberge untergekommen und wanderten durch die herbstlichen Wälder des Siebengebirges.

„Um zehn Uhr schließt das Haus“, mahnte Frau Klein, die Klassenlehrerin, als wir auf einer Waldlichtung am Lagerfeuer saßen und es anfing, gemütlich zu werden, „wir müssen bald zurück.“

Aber die Jungen und Mädchen, die den ganzen Tag gelaufen waren, hatten noch gar keine Lust, wieder loszumarschieren.

„Wir können doch einfach hierbleiben, unter den Bäumen übernachten“, schlug jemand vor.

„Auf gar keinen Fall“, sagte Frau Klein, „das geht nicht, das ist nicht erlaubt.“

„Herr Brune wird dann die Aufsicht übernehmen“, schlugen einige vor, „und Sie können mit denen, die nicht wollen, in die Herberge zurück.“

Frau Klein sträubte sich, aber da die Schüler so sehr drängten, machte sie schließlich gute Miene zum bösen Spiel. „Herr Brune, wollen Sie das denn wirklich übernehmen?“

Ich nickte.

Und Frau Klein trat mit einigen Ängstlichen den Rückweg an.

Der verbliebene Rest sammelte erst mal Holz, und wir bauten einige Bänke um das Feuer; und die Flammen schlugen hoch. Einer der Jungs zog eine Pulle Wein aus der Tasche, und die Flasche ging von Hand zu Hand bzw. von Mund zu Mund, während wir den Funken nachsahen, die in den Abendhimmel stiegen.

Wir hatten eigentlich vor, die ganze Nacht am warmen Feuer zu sitzen und uns zu unterhalten und zu träumen. Aber so um zwei, drei Uhr begannen die ersten Schüler einzunicken. Also suchten wir auf der nahe gelegenen Wiese Heu zusammen und machten den Boden einer Wanderhütte, die am Waldrand stand, weich und bequem. Und wir drängten uns im Dunkeln in das Blockhaus und lagen wie die Heringe dicht an dicht in einem engen Raum. Der eine oder andere erzählte noch ein Witzchen – und schon waren wir eingeschlummert.

Ich hob den Kopf – schwaches Licht und eine frische Morgenbrise kam durch das kleine Fenster herein. Die Meute ringsum schnarchte friedlich vor sich hin. Ich bemerkte Ingrid, die auch im Schlaf ihren Hans mit Händen und Füßen umklammert hielt – die beiden galten als offizielles Liebespaar; Friedhelm, der Klassensprecher, hatte seinen Lockenkopf auf der breiten Brust von Gertrud ruhen. – Ich ließ mich wieder zurückfallen. Aber durch die Bewegung wurden Petra und Elly, die beiden Freundinnen, die rechts und links neben mir lagen, gestört. Sie froren anscheinend, denn sie rückten näher heran. Und Elly nahm, weiter vor sich hindösend, einfach meine Hand und küsste sie und legte sie unter ihren Kopf. Petra schob nach einiger Zeit meinen Pullover hoch und drückte ihr warmes Gesicht auf mein Unterhemd und schlummerte, mich einen Augenblick verschlafen grinsend ansehend, wieder ein.

Und ich, die Aufsichtsperson, blickte zufrieden auf die verwitterten Holzbalken des Hüttendaches.

Nach einiger Zeit machte ich mich von den beiden Mädchen frei, sammelte trockene Äste und brachte das Lagerfeuer wieder in Schwung.

Und die Schüler krochen allmählich aus dem Blockhaus, dehnten und streckten sich in der Morgensonne.

Um acht Uhr fanden wir uns pünktlich zum Frühstück in der Jugendherberge ein.

Frau Klein, sichtlich erleichtert, uns wohlbehalten anzutreffen, hatte in Gedanken an die tausend Paragrafen, die durch dieses nächtliche Unternehmen vermutlich verletzt worden waren, sehr schlecht geschlafen.

19

Gott sei Dank, nach anderthalbjährigem Buckeln und Notenjagen und Stunden-Entwürfe-Tippen ging's auf den Abschluss zu, das Zweite Staatsexamen.

Der Prüfungsunterricht morgens in den Fächern Deutsch und Geschichte ging glatt über die Bühne; am Nachmittag stand das mündliche Examen an, speziell im Fach Pädagogik. Dafür sollte ich mir „Lernpsychologie“, den Klassiker von Correll, vornehmen.

Nach den Befragungen in Deutsch und Geschichte, die sich hauptsächlich auf den Unterricht am Morgen bezogen, bei denen ich einigermaßen über die Runden gekommen war, trat vor der Pädagogikprüfung eine kurze Pause ein. Ich setzte mich draußen vor dem Gebäude auf eine Parkbank und blätterte in Corrells Buch.

Sollte oder sollte ich nicht? Das war die Frage, die ich mir dauernd stellte. Ich wusste, wenn ich Pech hatte, konnte ich den Kürzeren ziehen. Aber gleichzeitig war mir klar: Wenn du es nicht bringst, ärgerst du dich später mächtig. – Im Grunde hatte ich keine andere Wahl. Also ging ich mit ziemlich schlotternden Knien in den Prüfungsraum. Der Seminarleiter, der für das Fach Pädagogik zuständig war, fing locker an: „Nun, Herr Brune, Sie haben sich Correll vorgenommen. Erzählen Sie mal ...“

„Die Hauptforderung Corrells“, legte ich los, „ist folgende: der Lehrer, der Pädagoge sollte es grundsätzlich vermeiden, eine Situation zu schaffen, in der Angst entsteht. Denn, je weniger Angst im Unterricht, beim Schüler, desto größer die Leistung, die die Klasse bringt. Aber“, sagte ich und wandte mich an den Mann vom Düsseldorfer Schulkollegium, den Boss der Prüfungskommission, „wie sieht's nun in der Praxis aus? Ich, der ich hier sitze, habe ganz schön Angst – nämlich eine schlechte Note zu bekommen, durchzufallen – jene Angst, die nach Correll so schädlich ist. Und – haben diese Pädagogen, unsere Vorgesetzten am Seminar, versucht, uns, ihren Schülern, die Angst zu nehmen? Keineswegs. Sie scheinen durchaus nichts dagegen zu haben, wenn wir vor jeder Lehrprobe Beruhigungstabletten schlucken mussten, um unsere Nerven unter Kontrolle zu bringen; manche Referendare hatten regelrechte Zusammenbrüche, waren wochenlang krank, weil sie den Druck nicht mehr aushielten.“ Und ich, der ich mal wieder den Vorkämpfer spielte, den Oberen zeigen wollte, was Sache ist, der ich zugegebenermaßen eine Menge Wut aufgestaut hatte im Laufe der Ausbildung und sie nun loswerden wollte, nannte Namen, erzählte Storys aus dem pädagogischen Alltag, brachte Beispiele für meine Behauptungen.

Der Seminarleiter bekam einen roten Kopf, schluckte, unterbrach mich. „Bleiben Sie bitte beim Thema. Ihre Aufgabe ist es, dem Gremium die wichtigsten Thesen von Corrells ‚Lernpsychologie' exakt und präzise darzulegen. Ich habe den Eindruck, dass Sie mit Ihren Geschichten nur kaschieren wollen, dass Sie den Stoff nicht gründlich durchgearbeitet haben."

Und er begann schnell, einige Prüfungsfragen zu stellen. Aber das war nicht mehr viel, die Zeit war schon überschritten; ich wurde entlassen.

Vor der Tür stand zitternd und blass der nächste Referendar.

„Warum dauert das denn so lange?"

Ich setzte mich auf die Bank im Flur, erholte mich von den Anstrengungen.

Aber es verging noch mal eine halbe Stunde, bis die Tür sich öffnete und ich reingerufen wurde.

„Befriedigend", sagte meine Deutschfachleiterin, die nette Frau Weinhaus, und lächelte mich an. Auch der Vertreter des Schulkollegiums schien nicht böse zu sein. Nur der Seminar- und Geschichtsfachleiter kramten in ihren Papieren und sahen mich nicht an.

Wie ich später erfuhr, hatten diese beiden Herren die Note mangelhaft vorgeschlagen, weil ich die mir gestellte Aufgabe nicht erfüllt hätte.

Der Mann aus Düsseldorf konnte sie dann Gott sei Dank von ihrer Meinung abbringen.

Der Vertreter des Schulkollegiums war noch mit mir zusammen aus dem Zimmer gegangen – die Kommission machte eine Zigarettenpause. „Glauben Sie denn, Herr Brune", meinte der ruhige, ältere Beamte, „ich könnte an den Zuständen hier etwas ändern?"

„Wenn nicht Sie, wer sonst?"

Der Mann grinste versonnen vor sich hin, verschwand Richtung Klo.

20

Mein Studium war beendet. Nach insgesamt zwanzig Jahren Paukerei – nimmt man die Schulzeit dazu – hatte ich es endlich geschafft.

Nun trat ich zum ersten Mal als vollwertiger Bürger in die Arbeitswelt ein. Was bedeutete: Ich stand morgens um halb sieben auf, ging zum Bahnhof, setzte mich, mit vielen anderen Arbeitnehmern, in den Zug und fuhr bis Rheydt, zu meinem ersten Arbeitsplatz. Der befand sich in einem schönen, mit Weinlaub geschmückten Gebäude, das von einer gemütlichen Anhöhe auf ein kleines Tal heruntersah.

Nicht ich selbst hatte mich allerdings an dieser Schule beworben, sondern ich wurde, wie es üblich war, vom Staat dorthin geschickt. Natürlich können nicht alle Referendare, hieß es, nicht jeder Studienrat z. A. (= zur Anstellung, so unser neuer offizieller Titel) in Köln, in der näheren Heimat untergebracht werden. Auch die Provinz brauchte Lehrer.

Was soll's, sagte ich mir. Hauptsache, du bist jetzt FREI. Endlich stehst du selbstständig vor der Klasse, ohne jemand mit Notenbuch und misstrauischem Prüfungsblick in der letzten Bank sitzen zu haben. Endlich kannst du deine eigenen pädagogischen Vorstellungen verwirklichen. Der Marsch durch die Institutionen sozusagen, dieses markige Motto der 68er-„Revolution", war für mich an einem entscheidenden Punkt angelangt.

Sicher, wir, die Idealisten, hatten Federn lassen müssen in den letzten anderthalb Jahren; einige Gesinnungsgenossen waren abgesprungen, sogar total untergegangen, liefen bereits mit Schlips und schwarzem glattem Beamtenkoffer durch die Gegend. Aber wir, die übrig gebliebenen Hartnäckigen, hatten das Ziel noch nicht ganz aus den Augen verloren: Wenn wir auch nicht die Welt, die Gesellschaft insgesamt verändern konnten – so doch ihr Erziehungssystem, oder zumindest die Basis davon, also die Schulklasse, der man vorstand.

Vorsichtig geworden, um nicht durch tausend Verpflichtungen, wie ich das bei gestandenen älteren Kollegen gesehen hatte, unter die Räder zu kommen, hatte ich schon vorgebeugt, konnte es durchsetzen beim Schulkollegium, dass ich statt 24 nur 14 oder höchstens 15 Wochenstunden unterrichten musste. Die 1.200 Mark netto im Monat, die ich für diese Dreiviertelstelle bekam, reichten mir. So hatte ich mehr Spielraum, mehr Zeit für mich, für die Schüler. Das meine Überlegungen.

Allerdings war ich, wie ich feststellte, mit meiner reduzierten Arbeitszeit kein Beamter mehr, sondern lediglich Angestellter, was mich nicht groß kümmerte.

Meine Bekannten und meine Schulkollegen konnten es nicht fassen, dass ich freiwillig auf meinen sicheren Beamtenstatus und damit auf eine Karriere – vom Studienrat Richtung Studiendirektor – verzichtete. Doch ich hatte einfach keine Lust, mich voll in die Tretmühle zu begeben. Als Begründung gab ich offiziell an: „Ich bin in einer Filmgruppe, wir drehen Super-8-Amateur-Filme“, was tatsächlich auch stimmte, „und ich arbeite noch als ehrenamtlicher Sozialarbeiter. Wenn ich Vollzeit-Lehrer wäre, könnte ich das alles nicht machen.“

Diese Gründe wurden halbwegs akzeptiert. Aber es blieb immer ein gewisses Misstrauen wegen meines seltenen Status’ – zwar Zweites Staatsexamen, aber kein Beamter.

„Den haben sie sicher von der Beamtenlaufbahn ausgeschlossen“, mutmaßten einige, „weil er politisch zu aktiv war – vielleicht ein Anarchist, ein Terrorist gar ...“

21

Ich hatte es, wie gesagt, mit meinem ersten Arbeitsplatz insofern nicht schlecht getroffen, da ich weiterhin in Köln wohnen bleiben konnte. Die Fahrt mit dem Zug nach Rheydt zu meinem Gymnasium dauerte knapp 45 Minuten.

Auch der Direktor, der mich freundlich begrüßte, schien passabel zu sein, ein zwar sehr korrekter, aber sanfter Herr. Er nahm sich Zeit für seine Lehrer, versuchte, auf ihre Sorgen und Nöte einzugehen.

Allerdings liebte er es nicht, Entscheidungen zu fällen, weil er dauernd Angst hatte, irgendwann mal gegen einen der vielen Paragrafen zu verstoßen, die ihm, so stöhnte er oft, ununterbrochen vom Schulkollegium zugestellt würden. Doch hatte der Direktor ja einen Stellvertreter, Herr Brockhans, der solche Hemmungen nicht kannte – was verständlich war, denn er als Vize konnte kaum zur Rechenschaft gezogen werden; für die eventuellen Fehler, Schlappen würde ja sein Chef geradestehen müssen.

Und so kam es, dass in Wirklichkeit der Boss dieser Schule nicht der Direktor war, sondern Herr Brockhans, sein Schatten, die graue Eminenz, wie man ihn – hinter vorgehaltener Hand – bezeichnete.

Ich hatte den Stellvertreter bisher nur flüchtig auf dem Flur gesehen; er war Mathe- und Physiklehrer und hatte mit meinem Fachbereich kaum zu tun, dachte ich. Eines Tages, zwei Wochen war ich bereits im neuen Job, kam ich morgens in die Klasse und ließ, wie ich es gewohnt war, die Schüler erst mal sich in Ruhe setzen, ihre Sachen rausholen – während ich selbst auch mich fertig machte, die Papiere, Bücher vor mir auf den Tisch legte, sie ordnete. – In diesem Moment, als es schon still war im Raum, ich gerade meinen Kopf heben wollte, um mit dem Unterricht zu beginnen, wurde plötzlich die Tür aufgerissen, ein Schatten, ein grau-brauner Schatten flitzte durch die Klasse, eilte bis zur hintersten Reihe, ein Aufschrei – ein tierisches, markerschütterndes Gebrüll. „Sind das IHRE Karten? Ich werde Sie eintragen! Sie werden an dieser Schule nicht alt! SIE NICHT!"

Der total geschockte Junge, Heinz-Dieter, der in dieser Weise angegangen wurde, ein langer, bleicher, etwas behäbiger Typ, erhob sich – und kein anderer als der Stellvertreter, Herr Brockhans, stand, mit hochrotem Kopf, hervorquellenden Augen, vor ihm.

Und Heinz-Dieter, mit Lederjacke, narbigem Gesicht, kräftiger Figur, ein Mann, der sein eigenes Motorrad fuhr, hin und wieder an der Zapfsäule als Tankwart sein Geld verdiente – der lehnte, um einen Kopf den Stellvertreter überragend, an seinem Tisch und schlotterte mit allen Gliedern. Das stimmgewaltige Organ des Herrn Brockhans hatte ihn völlig geschafft.

Was war passiert? Heinz-Dieter hatte mit seinen Tischnachbarn Skat gespielt, war gerade dabei gewesen, wie ich selbst bemerkt hatte, die Karten einzusammeln, um am Unterricht teilzunehmen, da kam also der Stellvertreter, offensichtlich kannte er Heinz-Dieter von ähnlichen Vorfällen her, und er machte den jungen Mann zur Schnecke.

„Das Klassenbuch bitte", knurrte nun die graue Eminenz, und ich, der ich mit offenen Mund dasaß, selbst ganz blass um die Nase wegen dieses Wutausbruchs, reichte ihm ohne Weiteres das Buch herüber.

Und der Mann notierte: *Heinz-Dieter Müller spielt während des Unterrichts von Herrn Brune mit Wolfgang Bauer und Karl Seiler Skat. Gez. Brockhans, stellv. Direktor.*

Und dann ging Herr Brockhans, ohne mich weiter eines Blickes zu würdigen, federnden Schrittes aus dem Raum.

Ich begab mich, nach einer Weile tiefen Schweigens, die Schüler saßen wie gelähmt auf ihren Stühlen, zu Heinz-Dieter, versuchte den jungen Mann zu trösten. „Der darf das gar nicht", meinte ich, „dich ins Klassenbuch eintragen, während ich unterrichte."

Heinz-Dieter fuhr sich mit der Hand durchs Haar, stöhnte: „Der schmeißt mich doch von der Schule, diese Drecksau. Der hat mich auf dem Kieker."

In der großen Pause fasste ich mir ein Herz, konnte den Stellvertreter vorm Direktorzimmer abfangen.

„Herr Brockhans?"

„Ja." Der Stellvertreter blieb einen Moment stehen, fixierte mich, den Neuling, den Anfänger.

„Ich bin nicht sicher", sagte ich, „ob das richtig war eben. Sie kommen einfach in die Klasse ohne anzuklopfen, und tragen während MEINER Stunde jemanden ein. Geht das überhaupt?"

Herr Brockhans schaute mich etwas erstaunt an, hob die Augenbrauen. „Ob das geht? Natürlich geht das! Sie haben's ja selbst gesehen!“

Sagte es, drehte sich um und ging seines Wegs.

Herr Brockhans hatte mal wieder gezeigt, wer der eigentliche Boss war am Gymnasium. Er war der King – ein unumschränkter Herrscher. Sein Machtbereich erstreckte sich aber nicht nur innerhalb des Schulgeländes.

Die wöchentlich stattfindende Schulmesse, an der die Kinder mehr oder weniger gezwungen teilnahmen – das Gymnasium war eine katholische fromme Einrichtung – wurde etwa einen Kilometer von dem Schulgelände entfernt im Ort abgehalten. Und eines Morgens stieg eine Gruppe von Jungens in den Linienbus, der vor der Kirche hält, und fuhr nach der Messe eine Station bis zu ihrer Schule weiter.

Herr Brockhans, der auch – natürlich – regelmäßiger Kirchengänger war, sah dieses, sprang sofort in sein Auto, raste los, überholte den Bus, stellte seinen Wagen quer über die Straße. Der Bus kam zum Stehen. Herr Brockhans sprang die Stufen hoch, in den Wagen, in den offiziellen, städtischen Linienbus, und trieb seine Leute vor sich her durch die Tür nach draußen. „Es gehört sich für die Kinder einfach nicht“, hatte Herr Brockhans dem Busfahrer erklärt, „diese kurze Strecke von der Kirche zur Schule auf so bequeme Art zurückzulegen. Man darf es der Jugend nicht zu leicht machen.“

22

Ich selbst hatte mit dem Stellvertreter nichts mehr zu tun. Aber etwa drei Wochen nach dem Vorfall mit Heinz-Dieter ging, ich wollte gerade mit dem Unterricht anfangen, mal wieder die Tür auf, und ohne mich zu fragen, setzte sich der Chef, der Direktor persönlich an einen

Tisch, blickte mich erwartungsvoll an und sagte: „Fangen Sie ruhig an.“ Wie ich später erfuhr, hatte ihm Herr Brockhans einen entsprechenden Wink gegeben („dem Herrn Brune müssen wir ein wenig auf die Finger sehen“), und der Boss parierte. Dass der Direktor einen Neuling in der Klasse besucht, kommt vor – aber nie unvorbereitet, nie ohne vorher den Lehrer höflich gebeten zu haben. – Die Leitung wollte mir offenbar zeigen, wer hier das Sagen hatte.

Was soll's, dachte ich, soll er ruhig zugucken, ich habe nichts zu verbergen.

Die Klasse – eine 10 – hatte in dieser Doppelstunde verschiedene Textsorten über ein gemeinsames Thema zu untersuchen und die Stilmerkmale zu nennen und miteinander zu vergleichen. Ich teilte die Klasse in fünf Gruppen und gab jeder einen Text mit der Aufgabe, die gefundenen Ergebnisse später dem Gremium vorzutragen, wie das üblich war. Und da saßen nun die Schüler zu viert oder fünft, redeten leise, schrieben, arbeiteten.

Der Herr Direktor hinten bekam nicht viel zu sehen und zu hören – zumal er, statt wie ich von einer Gruppe zur anderen sich zu bewegen und Fragen der Schüler zu beantworten und Hinweise zu geben, auf dem Stuhl sitzen blieb und wahrscheinlich darauf wartete, dass sich endlich etwas tat, womit er wohl meinte, dass der Star, der Lehrer, wie üblich wie ein Dompteur vor der Klasse hin- und herläuft und Action macht und das alte Frage- und Antwortspiel durchzieht.

Nach einer halben Stunde, dem Direktor war es offensichtlich zu langweilig geworden, erhob er sich, meinte, er hätte einen Termin, und verschwand. „Kommen Sie anschließend in mein Büro“, sagte er noch.

In der nächsten Pause ging ich zu ihm. Der Direktor, mit strengem Gesicht hinter seinem Schreibtisch hockend, fing gleich an. „Herr Brune, was haben Sie sich bei so einem Unterricht eigentlich gedacht?“

„Das ist die neue Pädagogik“, sagte ich, „Gruppenarbeit. Das haben wir im Seminar so gemacht. Der Unterricht ist effizienter als der herkömmliche. Und die Schüler lernen, selbstständig zu arbeiten.“

Der Direktor runzelte die Stirn, blickte mich misstrauisch an.

„Effizienter", brach es dann aus ihm heraus. „Die lernen doch nichts dabei. Der Helmut, ich hab's doch gesehen, hat die ganze Zeit mit anderen geredet, selbst aber kaum was gemacht."

„Der Helmut", sagte ich, „ist auf diesem speziellen Gebiet nicht so stark, da lässt er sich lieber von den anderen belehren; aber in den reinen Grammatikstunden ist es umgekehrt, da ist er der aktivere."

Der Direktor seufzte, schüttelte den Kopf. Er konnte es nicht fassen. „Außerdem", sagte er, „der Lärmpegel ist doch ziemlich hoch. Die Schüler können sich kaum konzentrieren." Was er wohl meinte: Er vermisst die Ruhe, die nötig ist, damit der Lehrer vor der Klasse sein kostbares Wissen ausbreiten und glänzen kann, auch wenn die Schüler dabei einschlafen – Hauptsache, er kann ungestört seine Schau abziehen.

Ich erklärte dem Direktor, dass ein gewisser Lärmpegel, solange er in Grenzen bleibe, doch nur für die Aktivität, Lernaktivität, Lebendigkeit, die Spontanität der Schüler spreche.

Der Direktor knurrte vor sich hin, brachte weitere Einwände – war keineswegs von meinen pädagogischen Vorstellungen angetan.

23

Die neue Pädagogik. Natürlich versuchten wir gewesenen Referendare, unser frisch erworbenes Wissen an den Mann zu bringen, etwas zu bewegen. Denn vor allem in der Provinz war die althergebrachte Lehrmethode, der autoritäre Frontalunterricht, gang und gäbe.

Aber, es zeigten sich bald Probleme. Sicher, in meiner relativ kleinen Klasse10 konnte ich gut arbeiten, es gab keine Schwierigkeiten, die Jungens an der langen Leine zu führen, Gruppenarbeit sinnvoll zu organisieren. Aber als ich in die Klassen 7, 8, 9 kam, gab es die altersbedingten Unruheherde: Ich traute meinen Augen kaum – oft über vierzig Kinder waren es, die mich, den Neuling vorne am Pult, anstarrten.

Zunächst hielten die Burschen still – Mädchen gab es übrigens an diesem ehemaligen Jungen-Gymnasium kaum – sie warteten bloß ab, waren sogar bemüht, meine demokratischen Unterrichtsmethoden anzunehmen – sie konnten bei der Wahl des zu behandelnden Themas mitbestimmen, auch die Art der Durchführung mitentscheiden.

Aber dann, vor allem, wenn die äußeren Umstände nicht so waren, ich in der sechsten, der letzten Stunde unterrichtete, die Schüler sich nicht mehr konzentrieren konnten, der Raum im Sommer heiß und stickig wurde von der Mittagshitze, die Kinder vielleicht vorher durch einen strengen, autoritären, diktatorischen Kollegen genervt waren – dann kam es plötzlich aus den jungen Menschen heraus. Bei mir, dem wohlmeinenden Anfänger, brachen die Dämme.

So konnte es passieren, dass einmal in der sechsten Stunde, Klasse 7, Deutschunterricht, die Tür plötzlich aufgerissen wurde. Die Putzfrau, vom Lärm alarmiert, stand im Rahmen, brüllte los, im Glauben, die Klasse wäre ohne Aufsicht, ohne Lehrer – riss allerdings erstaunt die Augen auf, als sie mich erblickte, der ich gerade, sie verlegen angrinsend, Rechtschreibregeln an die Tafel schrieb, während die Schüler über Tische und Bänke sprangen und sich gegenseitig die Lineale auf den Kopf schlugen, sich mit Papierkügelchen beschossen.

Die Meute, eingeschüchtert durch die laute Stimme und das finstere Gesicht der Putzfrau, und auch, weil ich nun selbst rabiater wurde, den einen oder anderen an den Kragen packte und auf seinen Stuhl zurückwuchtete, kam allmählich zur Ruhe.

Es war ein harter Job. Man hatte uns in der Ausbildung leider nicht beigebracht, wie man mit solchen riesigen Klassen bei solchen schlechten Bedingungen modernen, freiheitlichen, aufgeschlossenen Unterricht durchführt. – Es schien darauf hinauszulaufen, dass man den guten alten Knüppel wieder rausnimmt und zuschlägt. Aber auch das will gelernt sein ... Und uns, die Neulinge, steckte man ausgerechnet bevorzugt in die unteren unruhigen Klassen – die Altgedienten drückten sich. Und wir mussten den Kopf hinhalten, wenn die Kinder – verständlicherweise – ihren Frust rausließen.

24

Ach, dachte ich oft, wenn ich nach der Schule, nach dem zermürbenden Kampf an der Arbeitsfront, matt und ausgelaugt aus dem Gebäude ins Tal schritt Richtung Bahnhof – ein hartes Leben ist es, zu malochen, sein täglich Brot zu verdienen. Ideale, schön und gut, moderne pädagogische Theorien, in Ordnung – nur, die Praxis, der Schulalltag, der sah leider ganz anders aus. Davon hatten uns unsere Ausbilder nichts erzählt.

Mit bleichem Gesicht und leerem Blick kroch ich mittags in den Zug, der mich nach Köln zurückbrachte. Neben mir saß häufig mein Leidensgenosse Heinz, ein Referendar noch am Seminar in Mönchengladbach, dem ausgerechnet dieses Rheydter Gymnasium als Ausbildungsschule zugeteilt worden war.

Heinz stand oft am Rande des Zusammenbruchs. Einmal hatte er, der Sanfte, sich sogar mit Herrn Brockhans angelegt. Was war passiert?

Heinz, der als Physiklehrer Geräte aufbauen, den Unterricht vorbereiten sollte, war in Bedrängnis gekommen. Er musste mal; hatte keine Zeit, nach unten ins Parterre zu laufen, sondern suchte das nächste – im dritten Stock gelegene – Klo auf.

Leider war dieses ein Damenklo, das allerdings so gut wie nie benutzt wurde. Denn die Sekretärin, die unten arbeitete, und die paar Kolleginnen – es gab vielleicht fünf oder sechs an dieser sonst von Männern beherrschten Schule – gingen auf die Parterre-Toilette.

Heinz also betrat das von Damen nur selten benutze Klo im dritten Stock. Und, wie es das Schicksal will – Herr Brockhans hatte es, mit seinem Sinn für Ungenauigkeiten, Rechtsverletzungen, gleich spitzgekriegt.

Und was tat der Fuchs? Er blieb vor der Klotür stehen. Als Heinz, der ahnungslose Referendar, rauskam und wieder in den Physikvorbereitungsraum wollte, sah er sich dem eisigen Blick des Stellvertreters gegenüber.

Der leckte sich die Lippen – so erzählte mir eines Mittags Heinz, den Tränen nahe, im Zug –, und sprach zunächst sehr leise, wurde aber immer lauter, und als sich die in der Nähe herumlungernden Schüler eingefunden hatten und fast alle dort oben beschäftigten Kollegen von dem Geschrei, das schließlich losbrach, angelockt worden waren, zog Herr Brockhans seine Schau ab.

„Wissen Sie", brüllte er nun wieder dieses ihm eigentümliche Schockergebrüll, „wissen Sie, dass Sie deswegen ins Gefängnis kommen können? Ist Ihnen das klar, dass ich Sie anzeigen, vor den Staatsanwalt bringen werde? Was haben Sie sich dabei gedacht? Sie betreten eine DAMENTOILETTE! Was werden die Schüler von Ihnen halten?"

Man muss hinzufügen, dass die Referendare, im Gegensatz zu den Referendaren an anderen liberalen Schulen, hier wirklich die Untersten der Unteren waren – die jungen Leute hatten sogar extra einen Raum, in dem sie sich in den Pausen aufhalten mussten – sie, die ja noch nicht das Examen hatten, also noch nicht vollwertig waren, durften sich nicht zur Garde der Profis setzen. Sie mussten erst mal zeigen, dass sie was brachten, dass sie bereit waren, sich hochzudienen.

Herr Brockhans hatte mal wieder hingelangt, hatte mal wieder einen Untergebenen zur Schnecke machen dürfen.

Dieser Vorfall hatte Heinz, der schon durch seine Ausbilder im Seminar geschafft war, den Rest gegeben. Fortan war sein ständiger Gedanke: „Hoffentlich falle ich nicht mehr auf. Ich will in Zukunft alles richtig machen." Und er saß morgens und mittags im Zug, dauernd Bücher, Papiere vor sich, lernte, bereitete verzweifelt seine Unterrichtsstunde vor, vergoss ununterbrochen Schweiß.

Mit ihm war kein vernünftiges Wort mehr zu reden. Vor allem die Angst vor dem Stellvertreter, der zudem noch sein Physiklehrer war, ließ ihn nicht mehr los.

Heinz war gebrochen worden. Wie man einen Hund dressiert, in die Knie zwingt, moralisch, seelisch das Rückgrat bricht – so war der Referendar Heinz von seinen Vorgesetzten ausgeknockt worden.

Doch so etwas schien fast das Normale zu sein. Jedenfalls, wenn ich mich umsah: nur Leute, die einen reingewürgt kriegten. Herta zum Beispiel, die immer mit uns, Heinz und mir, im Zug nach Gladbach fuhr. Drei Jahre Schuldienst hatte sie bereits auf dem Buckel. „Unser Direktor“, sagte Herta, „steht jeden Morgen, mit dem Blick auf die Uhr, an der Tür. Wer zu spät kommt, wird angemeckert.“

Und da sie, weil sie einen ziemlich knappen Zug nahm – sonst hätte sie eine Stunde früher aufstehen müssen – immer ein, zwei, drei Minuten die Zeit überschritt, musste sie häufig bissige Bemerkungen vonseiten des Direktors sich anhören. „Was sollen die Schüler sagen, wenn sogar der Lehrer nicht pünktlich ist? Ich denke, ich werde bei Ihnen einen Aktenvermerk machen müssen.“

„Ich bin eigentlich gern Lehrerin“, beteuerte Herta immer wieder uns gegenüber, „aber, unter solchen Umständen ...“ Sie war ständig erkältet, hatte immer Kopfschmerzen.

Eines Morgens war sie noch deprimierter als gewöhnlich. Sie hatte in der Vergangenheit bereits mehrere Versetzungsgesuche geschrieben, wollte weg von dieser Schule, und auch näher an Köln heran. Aber, es tat sich nie etwas. Bis sie erfuhr: Der Direktor hatte die Gesuche gar nicht weitergeleitet an das Schulkollegium, wie eigentlich vorgeschrieben – die Anträge lagen immer noch in seiner Schublade. „Ich will keine Lehrkraft verlieren“, hatte der dann ihr erklärt, „ich bekomme ja keine neue zugeteilt.“ Und: „Überlegen Sie es sich noch mal.“

Wie gesagt, dass war die Praxis, der Schulalltag.

Eine andere Kollegin saß manchmal ebenfalls bei uns im Abteil. Sie kam aus Bonn und brauchte zwei Stunden bis zu ihrem Arbeitsplatz. Der lag an der holländischen Grenze. Sie war dorthin versetzt worden, wollte aber, aus lauter Trotz, nicht in die Provinz ziehen.

Und so verbrachte diese Kollegin ihre Freizeit auf den Schienen, und auch sie, das noch junge Mädchen, mit jenem für Lehrer, so schien es mir, typischen bitteren Zug um den Mund.

25

Trotz dieser bedrückenden Erfahrungen, dem PRAXISSCHOCK, wie man es unter Pädagogen nannte, versuchte ich natürlich weiterhin, meine Vorstellung im Unterricht durchzusetzen.

So begann ich zum Beispiel in meiner Klasse 10 eine Schülerzeitung – als Alternative zur BRAVO – zu basteln, an dem Gymnasium etwas noch nie Dagewesenes.

Die Jungens waren natürlich sehr davon angetan, hatten schon die Fotos gemacht, die Zeichnungen waren fertig, die Artikel geschrieben, einige interviewten den Fußballer Allan Simonsen, den damaligen Gladbacher Stürmer-Star. – Aber schon kam wieder der große Hammer, das Aus vom Direktor. Er war der Ansicht, dass wir den vorgeschriebenen Unterrichtsstoff vernachlässigten, Grammatik und Rechtschreibung zu kurz kämen, die Disziplin in der Klasse leiden würde.

Der Direktor hatte seine Untergebenen fest im Griff, er wusste immer, was lief, und wo er gegebenenfalls einschreiten musste. BIG BROTHER IS WATCHING YOU. Es gab an dieser Schule wohl keine Kamera auf dem Klo – aber anscheinend Spitzel in dem öffentlichen Café. Dort saß ich oft in meinen Freistunden und trank meinen Kakao, und kam auch mit Schülern ins Gespräch, die dort flipperten oder Skat spielten. – Und sogar so ein unschuldiger Schüler-Lehrer-Kontakt war es für wert befunden worden, den Direktor davon in Kenntnis zu setzen. („Herr Brune unterhält sich auch in der Freizeit mit den Gymnasiasten, soll sich sogar zu ihnen an den Tisch begeben haben. Möglicherweise hat er sich auch mit ihnen VERSTANDEN! Sogar ein gemeinsames Lachen, Witzereißen sei vorgekommen!!") Und schon stand ich wieder vor meinem Boss.

„Das machen wir hier nicht", sagte der Mann und bemühte sich, ein energisches Gesicht aufzusetzen. „Das fördert nur die Kumpanei zwischen Lehrer und Schüler. Die nötige Distanz geht verloren. Vielleicht verstehen Sie das noch nicht, weil Sie jung sind und noch neu im Geschäft. Aber, ich gebe Ihnen den guten Rat – lassen Sie sich nicht so sehr mit den jungen Leuten ein."

Das war überhaupt das pädagogische Grundprinzip an dem Gymnasium: sich aus allem raushalten; keine Gefühle gegenüber den Sprösslingen zeigen. Sogar die paar Lehrer, die als liberal galten, befolgten diese Devise.

In der Klasse 10 gab es zum Beispiel den Schüler Harald, dessen Vater, ein reicher Fabrikbesitzer, ständig trank und sich mit seiner Frau herumzankte, sodass Harald von beiden vernachlässigt wurde, keine Liebe zu Hause bekam. Deshalb hatte sich Harald frühzeitig eine Freundin angeschafft, war heftig verliebt, und alles, was er zu Hause vermisste – Wärme, Geborgenheit – hatte er bei dem drei Jahre älteren Mädchen gefunden.

Als ich eines Morgens zum Unterrichten in die Klasse kam, war dieses Mädchen am Abend davor mit seinem Mofa auf einer Straßenkreuzung in Mönchengladbach von einem Lastwagen überfahren worden – tot.

Und da saß nun Harald zwischen den Schülern auf dem Stuhl, gebrochen – schon als junger Mensch hart vom Schicksal getroffen – hatte seine Geliebte, seinen einzigen Halt von heute auf morgen verloren.

Harald war betrunken, hatte, wie ich hörte, fast eine halbe Flasche Schnaps in sich reingeschüttet vor der Schule. Auf seinem Stuhl hockend, ein wenig hin- und herschwankend, blickte er stumpf vor sich auf die Tischplatte. Was war zu tun?

„Ich glaube", sagte der Klassensprecher, ein für sein Alter überaus besonnener, kluger Mann, „Harald ist in der Schule besser aufgehoben als zu Hause. Dort würde er durchdrehen. Hier hat er seine Bekannten, Freunde, hier kann er sich ablenken. – Sie müssen aber dem Klassenlehrer, Herrn Schmidt, Bescheid sagen, der hat nach Ihnen Unterricht."

Ich also in der nächsten Pause hin zu Schmidt. Noch ziemlich betroffen von dem, was Harald passiert war, erzählte ich ihm von dem Vorfall, „Sie kennen die Klasse und auch Harald schon ein paar Jahre“, sagte ich, „was kann man da nur machen?“

„Volltrunken?“, sagte Herr Schmidt, immerhin ein unter Kollegen und auch vielen Schülern beliebter Lehrer, „besoffen im Unterricht? Wenn das rauskommt, fliegt der sofort von der Schule.“

„Das wäre genau das Verkehrte“, meinte ich.

„Richtig. – Wie gehen wir da am besten vor?“ Herr Schmidt stand im Lehrerzimmer am Tisch, legte die Stirn in Falten.

„Schwierig, schwierig.“ Der Pädagoge gab sich einen Ruck: „Was ich machen kann, ist folgendes: Ich tue so, als bemerke ich seinen Zustand gar nicht. Harald ist einfach müde. Ich werde ihn auch nicht drannehmen.“ Herr Schmidt nahm seine Bücher unter den Arm, ging los. „Hoffentlich“, grinste er leicht, „fällt er mir während des Unterrichts nicht vom Stuhl.“

Das war der Beitrag, das Entgegenkommen des Klassenlehrers: die Augen zumachen, sich um nichts kümmern. Den Rest überließ er den Schülern: die Harald mittags nach Hause brachten, ihn trösteten, sich um ihn kümmerten. Wie gesagt: Schmidt, ein noch menschlicher Mann im Kollegium. Aber auch bei ihm galt das Motto: Nur ja nicht anecken, nur ja nicht dem Gesetz, dem Direktor in die Quere kommen.

26

Das Schulgebäude – wie habe ich es beim ersten Mal, als ich davorstand, bewundert! Die alten Mauern, die bunten Weinranken, die sich daran hochzogen, der Turm, die schöne Lage ...

Aber dann – die allzu große Sauberkeit in den Fluren machte mich schon misstrauisch, die Glätte des Parketts im Lehrerzimmer, das ständige Lächeln, die betonte Freundlichkeit der Kollegen, die sogar sich morgens per Handschlag begrüßten, die Reden, die sich hauptsächlich um Fußball drehten, um den nahe gelegenen Verein Borussia Mönchengladbach – das irritierte mich.

Sicher, mit einigen Lehrern, den jüngeren hauptsächlich, konnte ich mich sogar menschlich unterhalten. Aber, ich merkte schnell: Auch sie waren, besonders, wenn sie noch nicht lange an dieser Schule unterrichteten, geschockt, kamen nicht klar mit den dort herrschenden Sitten und Gebräuchen, hatten mit sich selbst genug zu tun – doch die Blässe des Todes, das heißt des Angepasstseins, der Trägheit, der Resignation zeigte sich bereits in ihren Gesichtern.

Die altgedienten Lehrer hatten die Macht. „Unsere Schule ist was Besonderes. Wer nicht spurt, wer meint, er müsste sich auflehnen, Neuerungen einführen, wird hier nicht alt.“ Das sagten der Direktor und sein Stellvertreter, und das war an Lehrer wie mich adressiert und auch an Schüler, die von den neuen liberalen Tendenzen im Lande gehört und gelesen hatten und aufmüpfig zu werden drohten. Die Lehrerkonferenzen zeigten deutlich die vorherrschenden Machtstrukturen.

Der Direktor, schon räumlich distanziert vom Rest, setzte sich dabei auch noch hinter ein Mikrofon, obwohl ein Verstärker in dem ziemlich kleinen Raum gar nicht nötig gewesen wäre. Neben ihm saß der Stellvertreter.

Kamen juristische Fragen auf – und bei den Konferenzen, an denen ich teilnahm, wurden von den Pädagogen fast nur juristische Fragen besprochen – wandten sich alle Köpfe, wenn ein bestimmter Paragraf zitiert und interpretiert werden sollte, zum Stellvertreter. Der ließ dann sein Wissen los. Herr Bockhans als der Experte hatte immer das letzte Wort. Das vorletzte hatte der Direktor – und nach diesen beiden kam lange nichts. Die Kollegen – nun, der eine oder andere sprach sogar gelegentlich einen Satz, aber, die beiden Bosse vorn, unterstützt vom alles übertönenden Mikrofon, schmissen den Laden. Mit Teamwork, Mitbestimmung, diesem modischen Schnickschnack, hatte die Leitung nichts am Hut.

Auch Elternvertreter gab es nicht bei solchen Konferenzen. Während in Köln, an meiner Ausbildungsschule, die Eltern der Kinder sich in solchen Gremien eifrig zu Wort meldeten, vor allem aber bei den kleineren Treffs, den sogenannten Klassenpflegschaftssitzungen, die Lehrer ohne Weiteres angriffen, die Pädagogen häufig in die Defensive gedrängt wurden, sich rechtfertigen mussten – hier, in Rheydt, saßen die Väter und Mütter bei solchen Anlässen, ich traute meinen Augen kaum, genau wie ihre Söhne und Töchter brav in den Schulbänken, die Hände artig gefaltet, schweigsam – erwartungsvoll den Blick auf den Lehrer gerichtet. Und die Damen hatten möglichst ihre Pelzmäntel angelegt, zeigten kostbare Ringe und Bänder – ihr einziger Schutz, so schien es, gegenüber dem Lehrer, dem Boss vorn am Pult, der den Vorsitz hatte – das einzige Zeichen, dass sie immerhin keine Schüler mehr waren, sondern zu den Erwachsenen zählten, die es zu etwas gebracht hatten.

Aber ansonsten? Als zum Beispiel der Klassenlehrer, durch eine im Übrigen ganz bescheiden vorgetragene Bemerkung einer Mutter, er hätte neulich im Unterricht ihren kleinen Sohn doch wohl ein wenig zu heftig geschlagen, angegriffen wurde, und der so angesprochene vierschrötige bullige Mensch bloß lässig grinste und meinte: „Nun ja, ein bisschen tätscheln, wenn die Jungens nicht spuren – dagegen kann ja wohl niemand was haben", wobei er ein paar Mal mit dem Lineal gegen die Innenfläche seiner Hand schlug – da nickten alle Eltern, sogar die eingeschüchterte Mutter, sofort zustimmend mit dem Kopf, und ich merkte, eigentlich hatte niemand von ihnen den Schatten der Schule abgeschüttelt, sie spürten noch die Knüppel ihrer früheren Zuchtmeister.

27

Ein dunkles Tal, in das ich getreten war, dachte ich oft, wenn ich morgens im Zug hockte und die schöne Herbstlandschaft am Fenster vorüberfliegen sah, den Kindern im Abteil zuhörte, die, auf dem Weg zu irgendeiner Schule, sich angeregt unterhielten. Kann das denn Wirklichkeit sein, fragte ich mich: diese Erniedrigungen, diese Demütigungen, die Hiebe, Tritte an solchen Erziehungsstätten?

Oder ist es vielleicht überall so, überlegte ich mal wieder – in der Arbeitswelt allgemein? Nur dass ich eben als Blinder rumgelaufen bin, nie etwas davon gemerkt habe früher? Ist das einfach von Natur aus, automatisch so: Wenn man Geld verdienen, also leben will, was werden will, ist man von vornherein solchen Schikanen ausgesetzt?

Wenn ich dann, in Rheydt, aus dem Zug stieg und ich noch etwas Zeit hatte bis zum Dienstantritt und unten im Tal, auf der Brücke, stehen blieb und in den Bach, ins klare frische Wasser blickte, und hin und wieder meine Augen zu dem auf der Höhe gelegenen Schulgebäude schweifen ließ – dachte ich: Die Natur um mich her, wie schön, wie friedlich – aber alles ein Traum eigentlich, alles ein Trugbild; die Wirklichkeit ist ganz anders.

Und ich merkte, wie auch ich im Laufe der Zeit innerlich immer mehr erlahmte, wie meine Energien allmählich verschwanden. Sicher, meine alten Freunde, die ich nach Feierabend hin und wieder mal antraf, sie versuchten, mich zu trösten: „Lass dich doch nicht von denen fertigmachen – der Anfang ist immer schwer.“ Doch wenn ich dann, am nächsten Tag, wieder auf jener Brücke stand, das Schulhaus vor mir sah – schon in der Entfernung verschwand jedes Aufbäumen – kraftlos der Verstand, kraftlos alles in mir.

28

Na, mein Junge, schön und gut. Aber, übertreibst du nicht ein bisschen? Zeichnest du nicht ein bisschen zu schwarz? Diese Bedenken gingen mir in den letzten Tagen, während ich an der Schreibmaschine saß, durch den Kopf. War das wirklich damals so an dieser Schule, an den Ausbildungsseminaren – hast du vielleicht nur die negativen Seiten in Erinnerung behalten, alles andere vergessen? Und wirklich, ich hatte fast schon ein schlechtes Gewissen. – Bis ich, gestern Nachmittag, mal wieder bei Christoph, dem Südstadt-Café-Besitzer, reinguckte. Christoph ist Kollege, ein gewesener Kollege. Er hat den Lehrer-Job vor Kurzem an den Nagel gehängt und dieses Café aufgemacht.

„Na, Alter", sprach ich ihn an, „wie sieht's bei dir aus? Zufrieden?"

„Nun", sagte er, „es läuft."

„Und", bohrte ich weiter, „willst du nicht wieder zurück in den Schuldienst, glaubst du, du hast die richtige Entscheidung mit diesem Café getroffen?"

„Natürlich", sagte Christoph, während er an der Espresso-Maschine hantierte, „und auch wenn ich Pleite machen würde – zurück: nie!"

Wir kamen ins Reden. „Seltsam", sagte er, „dass du das alles gerade jetzt fragst. Eben erst bekam ich einen Anruf: Mein Nachfolger, der mich an der Schule als Klassenlehrer ablöste, ist gestorben – Selbstmord. 27 Jahre. Gerade aus der Referendarzeit entlassen – hat es einfach nicht gepackt. Sicher, er war ein etwas ängstlicher Typ. Aber, wer ist das nicht? Er hat den Druck, den dieser Job erfordert – Noten geben, immer gerecht sein, die Schüler nötigenfalls treten, sie nicht versetzen, durchs Abitur fallen lassen, vom Direktor wegen Kleinigkeiten eins reinbekommen – er hat den Stress nicht ausgehalten."

„Vielleicht waren bei ihm aber auch private Gründe ausschlaggebend", sagte ich vorsichtig, „vielleicht war er sowieso labil?"

„Na ja. Möglicherweise." Christoph zuckte mit der Schulter. „Aber es ist kein Zufall, dass eine Bekannte von mir, Lehrerin, auch noch ziemlich jung, ebenfalls durchgedreht hat – letzte Woche erst. Liegt mit lebensgefährlichen Verletzungen, die sie sich selbst beigebracht hat, im Krankenhaus."

„Warum, warum lassen die Leute sich das gefallen?", rief ich kopfschüttelnd aus, „warum quälen die sich so? Warum suchen sie sich keinen anderen Job?"

„Was sollen sie machen?", meinte Christoph, „sie haben – wie sie glauben – keine andere Wahl. Außerdem: das Geld – sie lassen sich bestechen, durch den Beamtenstatus, durch die Sicherheit des Arbeitsplatzes, auf die ja jeder scharf ist. Die kriechen vor dem Staat zu Kreuze. Die könnten schon aussteigen", sagte er überzeugt, „wenn sie wirklich wollten. Aber Urlaub jedes Jahr, Ferien, ein dickes Auto, das tolle Lehrer-Image ... Man könnte allerdings", so Christoph weiter, „auch bessere Arbeitsbedingungen schaffen für den Lehrer. Vor allem kleinere Klassen, weniger Bürokratie. Dann wäre man aus dem Schneider. Der Lehrer könnte wieder sinnvoll pädagogisch tätig sein. Aber", Christoph grinste, „dafür, hört man, hat der Staat leider kein Geld – um die notwendigen neuen Planstellen zu schaffen. Stopft die Scheine lieber den Rüstungsleuten in den Hintern zum Beispiel." So weit Christoph, der engagierte Ex-Kollege, der Aussteiger.

Viele Lehrer nämlich, und oft die sensibelsten, menschlichsten, verantwortungsbewussten, werfen das Handtuch. Im günstigsten Fall gründen sie eine neue Existenz, werden freier Unternehmer zum Beispiel – oder finden eine andere, ihnen angemessene Position in der Gesellschaft. *Lieber alles andere werden, als weiter Lehrer spielen*, heißt es.

Lieber Penner als Pädagoge – nicht übertrieben. Im KÖLNER STADT-ANZEIGER las ich letztens: *„Adelheid ist ein Beweis dafür, dass keineswegs nur Personen der sogenannten Unterschicht im Milieu der Stadtstreicher leben. Sie war bis 1971 Studienrätin an einem norddeutschen Gymnasium, hatte es aber dann ‚nicht mehr im Staatsdienst ausgehalten, weil die ganzen Vorschriften eine freie Erziehung der Kinder unmöglich machen'. Sie ging zu den Kölner Stadtstreichern, erst um ihnen zu helfen; schließlich befreundete sie sich mit einem von ihnen und zieht seitdem mit ihm umher ..."*

29

Auch ich stand vor der Entscheidung – zwar (noch) nicht den Job zu wechseln, aber die Schule.

Denn statt meine pädagogischen Qualitäten, wie ich gehofft hatte, nutzbringend anzuwenden, den jungen Leuten den richtigen Weg in diese Gesellschaft zu weisen, trat ich auf der Stelle. Nicht nur das: Ich war jeden Tag froh, überhaupt einigermaßen unbeschädigt ohne allzu großen Kräfte- und Nervenverschleiß über die Runden zu kommen. Das Wohl anderer interessierte mich bald nicht mehr; ich war nur noch darauf aus, meine eigene Haut zu retten.

Aber ich gab nicht auf. *In der Provinz*, sagte ich mir, *läuft das eben nicht so gut; die Reaktion, die konservativen Kräfte sind einfach noch zu stark. Mir fehlt die Unterstützung von Kollegen, Gleichgesinnten. Als Einzelkämpfer habe ich nicht das nötige dicke Fell, um mich durchzusetzen.*

Und ich begann, meine Fühler an Kölner Schulen auszustrecken. Und tatsächlich, es hatte sich relativ schnell ein Gymnasium gefunden, das einen Deutsch- und Geschichtslehrer dringend brauchte – damals konnten die Direktoren noch, ohne Umweg über das Schulkollegium, eine Lehrkraft anfordern.

Auch der Rheydter Direktor legte mir keine Steine in den Weg, als ich ihm das Versetzungsgesuch brachte. Ein Querulant weniger, wird er gedacht haben. Immerhin hatten wir aber einige ernsthafte pädagogische Diskussionen gehabt. Im Gegensatz zu seinem Stellvertreter bemühte der Mann sich, den Geist der neuen Zeit zu verstehen. „Ihre Ansichten", meinte er mit einem versöhnlichen Lächeln, als wir uns verabschiedeten, „passen allerdings nicht in den Rahmen, in dem wir uns hier bewegen."

Und schon trat ich aus dem Schulgebäude und ging zum letzten Mal durch das sommerlich grüne Tal, stellte mich an den schönen, Jugendstil-schönen Bahnhof, und der Zug kam von Mönchengladbach herauf angebraust, ich stieg ein, setzte mich ans Fenster – die Kulisse des Städtchens verschwand hinter mir.

Ich legte die Beine auf den Sitz gegenüber, streckte die Arme weit aus – das wär geschafft.

Auf ein Neues.

30

Und neu war, dass Frau Menfried, meine künftige Chefin am Kölner Gymnasium, mich doch glatt mit einer Tasse Kaffee empfing. „Nehmen Sie bitte Platz“, sagte sie höflich. Und ich setzte mich zu ihr und ihrer Sekretärin, und wir tranken, und ich mampfte eine Menge Kekse, die Frau Menfried mir hingeschoben hatte.

Und als ich dann in der ersten Pause ins Lehrerzimmer kam, und alles für mich so neu war und ich weder wusste, wo das Klo lag, noch die Klassen, in denen ich nun meine Arbeit verrichten musste, da trat ein Kollege, der junge Kollege Dieter, ohne Weiteres auf mich zu. „Du bist neu hier? Komm, ich zeig dir die Räume.“ – Und wenn man weiß, wie hektisch es gewöhnlich in den Pausen zugeht – die Lehrer haben kaum Zeit, ihre Äpfel und Wurstschnitten zu verdrücken – dann erst kann man diese Willkommensgeste von Dieter, diese Aufmunterung, Bestärkung für mich, den Neuen, den Lehrling, richtig würdigen.

Als ich dann mit Dieter durch das Gelände ging – ich spürte es sofort: eine ganz andere Atmosphäre als in Rheydt. Menschlichkeit um mich herum. Und ich sah: Die Fußböden glänzten nicht wie an meinem früheren Arbeitsplatz hochstrahlig vor sich hin, an den Wänden konnte man den einen oder anderen Schmutzfleck entdecken, und die Schüler gingen nicht immer kerzengerade aufgerichtet, wie Holzpuppen, vorbei, wenn sie einen der Lehrer erblickten. Und es gab sogar eine Wandtafel, an der die jungen Leute ihre persönlichen Meinungen, eigene Zeichnungen, Gedichte veröffentlichen konnten.

Da wusste ich: Hier bist du genau richtig.

Sicher – der Schulalltag selbst, wie sich herausstellte, war natürlich auch hier kein Zuckerschlecken, auch hier gab es große Klassen, man musste, vor allem in der fünften, sechsten Stunde, sich ganz schön konzentrieren, die Masse immer im Auge behalten. Aber, ich merkte, ich war, weil doch schon etwas routiniert, aus dem Gröbsten raus. Es war zu bewältigen.

Und in den Konferenzen wurde uns nicht ein Direktor mit dem Mikrofon in der Hand präsentiert, der den ganzen Laden allein organisierte und Befehle erteilte – sondern die Lehrer redeten mit, sagten, was anlag. Und nicht immer Friede und Fröhlichkeit und allgemeines Kopfnicken, sondern es fiel manch hartes Wort, und den älteren Kollegen wurde es manchmal schon zu viel, denn eine Menge Zündstoff lag verborgen und musste hervorgeholt werden.

Hier in Köln nämlich bildeten die Jungen, Modernen, eine starke Fraktion, und es gab regelrechte Richtungs-, Grabenkämpfe zwischen den Lagern. Die Konferenzen waren alles andere als langweilig. Stunden vorher trafen wir uns, die Fortschrittlichen, im Wohnzimmer eines Kollegen, steckten die Köpfe zusammen. „Du machst folgenden Vorschlag, Dieter. Und dann formulierst du, Richard, diesen Antrag, wir werden bei der Abstimmung geschlossen hinter dir stehen."

Aber, wir wussten: Der „Feind" tagte ebenfalls in diesem Augenblick nur einige Straßen weiter, und auch diese Leute würden eine gewisse Strategie verfolgen und eine entsprechende Taktik ausarbeiten, um bei der anstehenden Konferenz als Abstimmungssieger hervorzugehen.

Und dann gingen alle in den Versammlungsraum – es kam zum Schlagabtausch.

Das Gefecht dauerte manchmal vier, fünf Stunden. Erschöpft hingen wir nach solchen Konferenzen in den Seilen.

Und für die Direktorin, die, ich konnte es erst kaum glauben, in wesentlichen Punkten auf unserer, der Seite der jungen Pädagogen stand, für sie war es besonders anstrengend. Von beiden Lagern wurde sie, wenn sie zwischen den verschiedenen Standpunkten vermitteln wollte, angegriffen.

Aber, es war Leben drin. Keiner der Kollegen brauchte sich zurückzuhalten, seine Ansichten verstecken. Wenn Feindschaft, Meinungsverschiedenheiten da waren, kamen sie auch zur Sprache. Und bei manchem Rededuell zwischen Dieter zum Beispiel, unserem Crack, und Dr. Holden, dem Star der anderen Seite, hätten sicherlich auch so klassische Könner wie Cicero oder Cato sich vor lauter Spaß auf die Schenkel geschlagen ...

31

Und ich selbst, mit fortschrittlichen Kollegen im Rücken, konnte mich endlich austoben, meinen Kräften freien Lauf lassen.

„Freundliche, farbenfrohe Wände müssen her“, sagte ich etwa eines Tages, „das erleichtert das Lernen, fördert die Leistung.“ Und ich besorgte mit meinen Schülern, denen ich als Klassenlehrer zugeteilt war, Farbdosen, und wir malten auf dem tristen grauen Putz nach dem Unterricht Landschaften und Fantasiegemälde – was natürlich nicht ohne Clinch mit dem Hausmeister, diesem berufsmäßigen Pedanten, über die Bühne ging. Der Mann beschwerte sich bei der Direktorin über unsere Farbeimer, die im Weg ständen, und über unsere „unqualifizierten Schmierereien“. Aber Frau Menfried gab uns grünes Licht, begrüßte sogar solche Aktivitäten.

Ich kniete mich tatsächlich mächtig rein, opferte meine Freizeit für meine Schutzbefohlenen.

„Teestunde“, sagte ich regelmäßig am Donnerstagmorgen zu den Schülern der Klasse 8, „wer will heute Nachmittag mitmachen?“

Und wenn sich eine gewisse Anzahl, eine den Aufwand lohnende Anzahl von Zwölf- bis Dreizehnjährigen bereitfand, was fast immer der Fall war, dann blieb ich über Mittag in der Schule – oft bis vier, fünf Uhr.

Die Schüler sollten bei diesen Teestunden, so meine Idee, auch außerhalb des Unterrichts sich mal sehen, unterhalten, kennenlernen – und dabei könnten eventuell Probleme, die die Einzelnen zu Hause oder mit den Klassenkameraden oder ihren Lehrern hatten, angesprochen und vielleicht sogar gelöst werden.

Ich als Lehrer hatte mir vorgenommen, bei den Treffs mich möglichst zurückzuhalten, die Schüler allein machen zu lassen.

Im Laufe der Monate entwickelte sich folgender Ablauf bei solchen Konferenzen: Die Kinder saßen zunächst auf den Matratzen herum, unterhielten sich zwangslos, bis einer der Schüler von den anderen aufgefordert wurde, den Diskussionsleiter zu spielen. Der stellte nun die vorgeschlagenen Themen zusammen, machte eine Tagesordnung. Dann wurden die einzelnen Punkte besprochen – wenn nötig Beschlüsse gefasst. Wie erledige ich am besten, erfolgreichsten, in möglichst kurzer Zeit die Hausaufgaben? Was kann man gegen den Herrn Soundso ausrichten, der zu schwere Arbeiten schreiben lässt und zu schlechte Noten gibt? Wie viel Taschengeld steht dem Schüler zu, was bekommen die Einzelnen von ihren Eltern? Wie kann man die Eltern rumkriegen, dass sie liberaler, vertrauenswürdiger im Umgang mit ihren Sprösslingen werden? Das waren die Fragen, die bei den Schülern immer wieder aufkamen.

In diesem Alter, in dem ja der Abnabelungsprozess von den Eltern beginnt, gab es bei vielen deswegen große Probleme. Tina zum Beispiel wehrte sich dagegen, von ihrer Mutter dauernd kontrolliert und schikaniert zu werden. Nach Schulschluss, nach jeder Feier mit Freunden hatte sie auf dem schnellsten Wege nach Hause zurückzukommen. Erschien sie auch nur um wenige Minuten zu spät, wurde sie mit Vorwürfen bombardiert: „Ich dachte“, schimpfte die Mutter dann, „du wärst unters Auto gekommen – oder überfallen, vergewaltigt worden.

Meine Nerven – du bringst mich noch ins Grab. Ich hab' schon Magengeschwüre wegen deiner Schludrigkeit."

In diesem Stil. Tina stand mächtig unter Druck. Auch einen Freund zu haben, war nicht gestattet. Eines Abends standen sogar ihr Vater und ihre Mutter vor der Tür eines Bekannten, den sie besucht hatte, und trieben die Tochter unter großem Geschrei und unter den Augen zahlreicher neugieriger Nachbarn aus der Wohnung zurück nach Hause. Die Mutter: „Wir stecken dich ins Erziehungsheim, wenn du so weitermachst."

Und Tina, während sie diese Geschichten bei einer der Teestunden erzählte – und es war offenbar wichtig für sie, ihre Schwierigkeiten den Klassenkameraden mitzuteilen –, fing an zu weinen. Und die Mitschüler versuchten, sie zu trösten, kamen mit Vorschlägen – und merkten, wie gut sie, trotz eigener Sorgen, es doch noch mit den eigenen Eltern angetroffen hatten im Vergleich zu Tina.

Der Beschluss der Teestunde damals: Ich, der Lehrer, sollte in ihrem Auftrag mit Tinas Eltern reden und vielleicht die Situation etwas entschärfen.

Ich also hin, unterhielt mich mit den relativ alten Leuten, die mir natürlich erzählten, sie hätten nur das Wohl ihrer Tochter im Auge, sie wollten ihr Bestes, und Tina brauche eine strenge Hand und so weiter.

Die Mutter wurde etwas ruhiger, ließ Tina mehr Freiheiten – auch die, weiterhin zur Teestunde zu kommen, was ihr eigentlich zwischendurch verboten worden war.

Auch Helgas Eltern besuchte ich „im Auftrag der Teestunde", wie ich der Dame erzählte, die mir die Tür öffnete.

Helga, anfangs zweitbeste Schülerin der Klasse, war plötzlich abgerutscht, drohte sogar sitzen zu bleiben. Die Mutter schüttete mir einen Cognac ein, seufzte, holte ein Taschentuch raus und trocknete sich die Tränen. Helgas Vater, so hörte ich, sei eifersüchtig auf den Freund der Tochter – Helga, 14-jährig, war schon ziemlich weit entwickelt – und er engte sie ein, wo er nur konnte. Und Helga verkraftete diese familiären Auseinandersetzungen offenbar nicht, brachte nichts mehr in der Schule. Hier konnte ich allerdings nicht verhindern, dass Helga auf das Betreiben des Vaters vom Gymnasium genommen und weit weg in ein Internat geschickt wurde.

Aber, einige Schülerinnen der 8 hielten Briefkontakt zu ihr, die Teestunde war immer auf dem Laufenden, und wir hofften, Helga eines Tages wieder bei uns zu haben.

Die Donnerstagsnachmittagstreffs waren für mich keine Arbeit, sondern Entspannung. Ich hockte zwischen den Schülern, beobachtete, und sagte nur etwas, wenn der Diskussionsleiter meine Meinung wissen wollte. Und weil ich mich zurückhielt und mich ziemlich unsichtbar machte, hatten die jungen Leute auch keine Scheu, sich zu benehmen, wie ihnen gerade zumute war. Sie tobten herum; die Jungen zogen vor den Mädchen ihre Schau ab, stritten sich, boxten – aber gingen auch mit den Mädchen in den Clinch, wälzten sich am Boden – Austausch rauer Zärtlichkeiten. Anlass der Rangeleien war – vor jeder Stunde – gewöhnlich die Suche nach dem besten Steh-, Sitz-, Liegeplatz. Aber wenn es so weit war, hatte jeder einen zufriedenstellenden Platz gefunden, wurde die Meute ruhiger – sie war bereit, in die Diskussion einzusteigen.

Vor allem der Teestunde hatte ich es zu verdanken, dass zu diesen Schülern, auch wenn ich später nicht mehr in der Klasse unterrichtete, der gute Kontakt erhalten blieb. Auch später noch riefen sie, als Studenten, hin und wieder bei mir an, besuchten mich auch mal.

32

Wie gesagt, ich engagierte mich heftig, was nicht schwer war, da ich als Junggeselle viel Zeit hatte und auf niemand Rücksicht nehmen brauchte.

Aber das, was ich mir eigentlich vorgenommen hatte, nämlich etwas zu bewirken, Veränderungen hervorzurufen, entscheidenden Einfluss zu nehmen auf die Entwicklung der Kinder – und natürlich in die nach meiner Meinung „richtige“ Richtung – das klappte nicht, wie ich im Laufe der Zeit feststellen musste.

Denn mein Bemühen war leider nur ein Tropfen auf dem heißen Stein. Ich konnte zum Beispiel nicht alle Eltern aufsuchen, um Probleme der Kinder zu lösen – abgesehen von der Schwierigkeit eines solchen Unterfangens. Auch an dieser Schule, wenn auch einer liberalen, waren meine Grenzen eng gesteckt. Ich als Lehrer musste natürlich ebenfalls Noten geben, eventuell auch Fünfen, eventuell auch Schüler beim Abitur durchfallen lassen. Denn es zählte letzten Endes die erbrachte Leistung, nicht der Grund, warum der junge Mensch versagt hatte.

„Sicher“, musste ich etwa sagen, „ich weiß, Beate, dass deine Eltern im Augenblick in Scheidung leben, oder dass dein Vater, Renate, sich nicht mehr um die Familie kümmert, oder dass du, Sylvia, von deiner Mutter vor die Tür gesetzt worden bist und ins Heim sollst. – Aber, ich kann nichts daran ändern. Dein Aufsatz ist nun mal nicht besser als eine Fünf, die mündliche Beteiligung im Unterricht schwach, zumal du in letzter Zeit kaum da warst. Das ergibt, will ich den anderen gegenüber gerecht sein, ein Mangelhaft insgesamt. Und damit bleibst du, liebe Beate, es tut mir leid, sitzen. – Vielleicht hätte ich mich vorher mehr um dich kümmern müssen, mit den Eltern reden. Aber, das habe ich schon bei Roland gemacht, und ich war auch bei der Mutter von Ingrid. Mehr schaffe ich einfach nicht. Außerdem habe ich noch anderes zu tun: die dicken Oberstufen-Hefte nachsehen, dauernd liegen Konferenzen an – es gibt auch noch mein Privatleben. – Es tut mir leid.“

Trotzdem, am Schuljahresende, bei den Versetzungskonferenzen, versuchte ich mein Glück. „Wenn Jutta jetzt sitzen bleibt“, argumentierte ich etwa, „muss sie von der Schule, kriegt auch garantiert, wie ich den

Vater kenne, Prügel. Und wenn wir sie noch mal mitnehmen, ist es ziemlich sicher, dass sie sich wieder fängt – sie hat wegen ihres Freundes eine momentane Krise. Und nur deswegen, weil sie im Augenblick eine schwierige Phase durchläuft, sie hängen zu lassen, womöglich dadurch ihr weiteres Leben entscheidend zu verändern – zum Negativen hin wahrscheinlich – das sollten wir, die Verantwortlichen, uns reiflich überlegen."

Und hin und wieder zeigten die Kollegen sogar Einsicht – wenn auch immer wieder solche Einwände kamen: „Wenn wir Jutta bei diesen Noten versetzen, hätten wir das bei Kurt aus der 7c, wo der Fall ähnlich ist, auch machen müssen. Wollten wir gerecht sein, dann müssen wir auch bei Thomas und Elfriede ein Auge zudrücken." Oder: „Jutta ist einfach zu faul, zu träge, die braucht endlich einen Denkzettel."

Immerhin, die Pädagogen an dieser Schule ließen den einen oder anderen Einwand sich durch den Kopf gehen, versuchten die Lage des jungen Menschen zu verstehen – konnten auch mal „ungerecht" sein, machten aus einer Fünf gegebenenfalls eine Vier, sahen, dass die Notengebung als Beurteilung eines Schülers nicht nur ein mathematisches, sondern auch ein menschliches Problem darstellt.

Der alte reformatorische Schwung, mein pädagogischer Ehrgeiz, erlahmte allerdings auch deshalb, weil nach zwei, drei Jahren Job Routine sich breitmachte. Immer der gleiche Unterrichtsstoff, immer dieselben Gesichter um mich herum, immer die gleichen Diskussionen in den Konferenzen, immer morgens in die Straßenbahn, in den Bus, und mittags denselben Weg wieder zurück – das nervte mit der Zeit, die Energien waren nicht mehr so da, wie es sein sollte.

V.

Baggerwehr

1

Gott sei Dank aber gab es, wenn die Schule aus war, noch einige andere Betätigungsmöglichkeiten, andere Aufgaben, die einen für den morgendlichen Frust, wie man es nannte, entschädigten. Nicht einfach nach Feierabend die Hände in den Schoß legen und zusehen, wie sich das Geld auf dem Konto sammelt, oh nein, das war denn doch zu abgeschmackt.

Und deshalb, als ich mich, wie gesagt, in der Schule schon fast wieder zu langweilen anfing, zu der Zeit, als ich gerade mal wieder einen Umzug durchgeführt hatte – diesmal nach Nippes, in den nördlichen Stadtteil Kölns, da trat ich eines Abends in das sogenannte Bürgerzentrum, in den Versammlungsraum der Stadtteilinitiative, die sich NIPPESER BAGGERWEHR nannte.

Diese Bürgerinitiative stand zu jener Zeit, als ich mein neugieriges Gesicht durch die Tür steckte, noch ziemlich am Anfang ihrer Entwicklung. Immerhin hatte sie dieses relativ große Lokal gemietet. Es gab sogar einen Keller, in dem Fahnen und Transparente gemalt, gebastelt, genäht wurden. Hier hatte Heinrich Pachl, einer der Bosse der Baggerwehr, auch die Theaterkulissen stehen, denn er beschäftigte sich, sozusagen in seiner Freizeit, mit Schauspielerei – Straßentheater, das war sein Anliegen. Und er übte damals fleißig mit Mischie, ebenfalls Mitglied der Baggerwehr, sozialistische, politische Stücke ein.

Ich lehnte mich also in den Türrahmen, blickte mich um: Etwa zehn Leute, viele in meinem Alter, saßen am Tisch und tranken Bier. Ich ging dann, Hände auf dem Rücken, ein, zwei Schritte vor, guckte mir diese Fotos an den Wänden von irgendwelchen Aktivitäten des Vereins an – es gab zudem Kinderzeichnungen, denn in den Räumen tagten auch Nippeser Kindergruppen.

Und schließlich, nachdem ich, mehr aus den Augenwinkeln, mir die herumsitzenden Leute ein wenig angesehen hatte, traute ich mich zum Tisch hin, warf eine Mark in eine Zigarrenschachtel und holte mir ebenfalls ein Bier aus dem Kasten.

Die Mitglieder der Baggerwehr wollten sicherlich besonders rücksichtsvoll und feinfühlig sein und sich nicht aufdrängen, denn ich wurde keineswegs angesprochen, gefragt: *Wer bist du, was willst du hier?* – oder so. Das hatte natürlich den Haken, dass ich eine Weile ziemlich allein, mit der Bierflasche in der Hand, im Raum stand.

Die anderen waren heftig ins Gespräch vertieft, hin und wieder einen Schluck zu sich nehmend.

Ich hatte die leere Flasche wieder in den Kasten zurückgestellt und wollte gerade gehen, da trat plötzlich ein schönes Mädchen, braunes Gesicht, große Augen, ein elegant geschwungener, sinnlicher Mund, auf mich zu.

„Komm, setz dich doch zu uns“, sagte sie. „Ich heiße Li.“

„Na ja“, meinte ich, „wollte mich nur etwas umsehen.“

Und ich hockte mich auf die Lehne eines Stuhles – und Li ging los, holte was zu trinken, und wir beide unterhielten uns, und ab und zu warf einer ihrer Freunde vom Tisch einen Blick zu uns rüber und grinste mich an.

Li, die ziemlich bewegliche, lebhaft sprechende Li, sie zeigte mir kurz darauf sogar den Keller, und erklärte, dass die Baggerwehr jetzt gerade eine Aktion plante gegen die sogenannte Sanierung des Viertels. Am Samstag hätten sie einen Stand an der Hauptstraße, ich sollte mich mal sehen lassen.

Und das reichte. Ich ging nach Hause, hatte ein gutes, warmes Gefühl. Mit den Leuten könnte ich ganz gut klarkommen, sagte ich mir: Das ist doch ein schöner Ausgleich zur Routine in der Schule – hier würde ich sicher Gleichgesinnte finden, Freunde, die mir den Rücken stärkten, Menschen, mit denen ich auskam, mit denen ich reden konnte.

Schließlich geht man nicht nur deshalb in eine Gruppe, weil man gleiche Interessen hat, seien es politische, sportliche, sozialkritische, sondern man sucht in erster Linie Kontakt, will Menschen kennenlernen, bei denen man sich wohlfühlt, Geborgenheit, Vertrauen spürt.

„Ihr dürft die Fremden, die hier bei euch reingucken, nicht einfach so rumstehen lassen", sagte ich später gelegentlich, „die trauen sich, wie auch ich damals, nicht, jemanden von uns anzusprechen. Die Baggerwehr ist ja auf Helfer, Idealisten, Freiwillige angewiesen, und wir müssen uns schon selbst bemühen, auf die Leute zugehen. Die wollen einfach einen kleinen Schritt sehen, eine Geste, dass sie willkommen sind. Keine übertriebene Rücksichtnahme – das wäre ganz fehl am Platz."

2

Am nächsten Samstag hatte die Truppe tatsächlich an der Geschäftsstelle einen Stand aufgebaut, und ich stellte mich dazu und verteilte auch schon Baggerwehr-Flugblätter an die neugierig herantretenden Bürger.

Und Heinrich schauspielerte mal wieder, ließ seine sarkastischen Witzchen los, baute sich zum Beispiel mit einem Zeigestock vor der Karte auf, in der die zukünftige Stadtautobahn schön dick eingezeichnet war, und die Autobahnzubringer, und die Häuser, die abgerissen werden sollten, und das Grün, das demnächst verschwinden würde, und klärte mit großer Geste die Einwohner von Nippes auf, dass sie am Beginn eines neues Zeitalters ständen, denn sie bräuchten dann gar nicht mehr zu Fuß zu gehen, könnten sozusagen mit dem Auto direkt in die Tiefgarage unter dem Markt auf den Wilhelmplatz fahren und unter die Kaufhäuser nebenan.

Zwar, die Waren würden wohl etwas teurer, man müsste ja die Investitionen, die die Geschäftsleute vornähmen, wieder reinkriegen, und die Gemütlichkeit des heutigen, von verwaschenen alten Hausfassaden geprägten und vom armen Volk hauptsächlich beherrschten Wochenmarktes, das wäre bald vorbei, die Mieten würden ja in die

Höhe schnellen, weil die alten Bauten eben abgerissen und schöne neue, zumeist Hochhäuser errichtet würden, bewohnt von sogenannten finanzstarken Bevölkerungsschichten, und man hätte nur noch mit Doktoren und Rechtsanwälten und Arztfrauen zu tun, und kein Ali und Antonio und Ahmed würden einem mehr über den Weg laufen, und die Straße wären immer sauber.

Zwar, wenn der Wasserhahn im 17. Stock des Hochhauses tropfen würde, müsste man erst bei der Hausleitung den Antrag stellen, das Ding reparieren zu dürfen, und die Fenster könnte man bei einem eventuellen Zimmerbrand oder auch nur Milchüberkochen nicht einfach aufmachen – das ginge bei solchen Bauten ja sowieso nicht mehr – wegen der Klimaanlage und so – und die Verkehrsstraßen dürfte man schön gemütlich mit Hilfe mehrerer Wendeltreppen, rauf und runter und links und rechts sich drehenden Stufen, überqueren. Aber, wie gesagt, dafür alles modern und Hochglanz und elegant demnächst.

In diesem Stil also zog der alte Satiriker und Straßenclown Heinrich vom Leder.

Manchmal kam bei diesen Standvorführungen samstags auch Prominenz vorbei, was hieß: Skutta von der FDP, der allerdings einer der Wenigen war, die sich hin und wieder fruchtbare Gedanken machten, sinnvolle, nützliche Gedanken über die Zukunft des Stadtviertels, oder gar der sogenannte Bürgermeister von Nippes, Nießen, SPD, von dem man sagt, er wäre ein Freund des großen Wehner. Und dieser Nießen, Bezirksvorsteher, stellte sich ganz ruhig hin, hörte sich alles an, grinste sich eins, und zog ab in die nächste Kneipe.

Wenn wir, die Baggerwehrleute, Nießen mal sprechen wollten, dann ging das nicht so einfach. Gewöhnlich sagte die Sekretärin: „Herr Nießen, nein, der ist gerade ausgegangen.“ Dann allerdings wussten wir Bescheid und suchten ihn EM GOLDE KAPPES, und oft war er, der Boss, eine der markantesten Figuren unter den Stadtpolitikern, dort vor einem Bier zu finden und dachte über die Zukunft des Landes bzw. seines Viertels nach.

3

Bald kannte ich mich in den örtlichen Belangen bestens aus. Manchmal machte ich mit Li oder auch Mischie sogar Hausbesuche, was hieß, wir schellten in den Straßen, die erweitert, deren alte Bauten abgerissen werden sollten, an den Türen, und die Leute führten uns ins feine Wohnzimmer gelegentlich, obwohl sie uns ja gar nicht kannten, und schütteten einen Tee auf.

Und wir hatten, wie die aufmüpfigen Studenten es seinerzeit immer gefordert hatten, die Hand nun wirklich am Puls des Volkes, und das Volk, das verstand die Politiker gar nicht. Die Nippeser Bürger fühlten sich fast immer übers Ohr gehauen, wenn in ihren Briefkästen diese Schreiben mit dem städtischen Briefkopf lagen, in denen von notwendiger Straßenverbreiterung „zum Wohle des Viertels" und aus „verkehrstechnischen Gründen" und so weiter die Rede war. Natürlich durften sich die einfachen Leute auch beschweren laut Gesetz – aber, wer hatte schon den Mut, es denn wirklich mit diesen Paragrafen-Jongleuren aufzunehmen?

Und Li und ich, wir trafen uns hin und wieder im Café an der Geschäftsstraße, erörterten die Lage, redeten auch über die Schule – sie war Berufsschullehrerin – und wir stöhnten uns gegenseitig was vor und wussten, dass unsere Arbeit – die Arbeit in der Bürgerinitiative, aber auch in der Schule – wichtig war, und wir erklärten, wir würden nicht locker lassen, wir würden den Häusermaklern und Miethaien, diesen hochnäsigen, schon Knüppel zwischen die Beine werfen und ihnen das Leben schwer machen.

Natürlich erntete das Häuflein der Baggerwehr-Truppe nicht immer Lob und Anerkennung für ihr Bemühen. Vor allem in der ersten Zeit traten oft Bürger – samstags am Stand – an uns heran: „Ihr Kommunisten, was habt ihr hier zu suchen, verschwindet!" – Und immer wieder: „Wenn die Verhältnisse hier euch nicht passen: Geht doch nach drüben!"

Drüben – die Ostzone, wie sie es nannten, die DDR.

Die meist älteren Leute hörten erst gar nicht hin, wenn wir erklärten: „Wir sind keine Kommunisten. Wir leben hier im Viertel und kämpfen bloß für eine bessere Umwelt. Wir sind gewöhnliche Nippeser Bürger, wie ihr auch.“

Aber diese Verbohrten schimpften und fühlten sich von uns bedroht. Dabei wollten wir doch nur, wie wir ihnen erzählten, das Grün an der Neusser Straße, die sogenannte Türkenwiese oder die Schrebergartenkolonie gegenüber retten und allen Bewohnern dieser Gegend eine bessere, gesündere Umwelt ermöglichen.

Aber, die Deutschen – die Kommunistenfurcht ist ihnen nicht auszutreiben. Kommunisten und Sozialisten und Bürgerinitiativen – alles war für sie dasselbe. Und ein Kommunist zu sein war für sie das Schlimmste, was es überhaupt geben konnte.

4

Allerdings gab es auch tatsächlich Stände auf der Neusser Straße von echten eingeschriebenen Kommunisten, Leuten von der DKP und der KPD/ML und dem KBW, die ebenfalls einen auf Umweltverbesserung machten. Und es war ganz in Ordnung so. Warum sollten wir was dagegen haben? Wir zogen an einem Strang.

Nur, diese Burschen sahen das Ganze natürlich mehr ideologisch, hörten bereits, wenn die Bürger sich mal auflehnten gegen die Beschlüsse des Stadtrates, Revolutionslärm aus der Feme herüberdringen, und immer wieder hatte man den Eindruck, diese Jungs wollten sich mit Hilfe des Umweltschutzes an das Volk, an die Seele des Bürgers heranmachen, um die Leute vor ihren Parteikarren zu spannen.

Ich sagte mir aber, jeder muss an dem Platz stehen und da arbeiten, wo er sich wohlfühlt. Wer nur auf politisch machen will, soll es machen. Es gibt wirklich genug zu kritisieren an dem, was man in den Lesebüchern und vor dem Gesetz Demokratie nennt. Es konnte gar nichts schaden, wenn der Staat hart angegriffen wurde von allen möglichen Seiten. – Er war immer noch mächtig genug.

Über das autoritäre Gehabe vieler KP-Leute und das Hersagen uralter Klassenkampf-Parolen konnten wir Bürgerinitiativler allerdings nur milde lächeln. Hin und wieder schlenderte ich rüber zur Konkurrenz, baute mich vor ihrem Stand auf und kam mit den Burschen ins Gespräch. Natürlich sahen sie umgekehrt verächtlich auf uns herab, weil wir, die Baggerwehr, die großen politischen, gesellschaftlichen Zusammenhänge angeblich nicht im Blick hatten und das System nur ein bisschen reformieren wollten, statt das Ganze von Grund auf neu zu gestalten.

„Tja, Leute“, pflegte ich dann zu sagen, „diese große Weltpolitik, ehrlich, das ist mir zu hoch. Ein bisschen auf Umwelt, ein bisschen Lokalpolitik, das ist was Greifbares, Überschaubares, aber diese anderen Sachen – ich habe im Grunde noch nie einen Imperialisten, einen Monopolkapitalisten, einen Finanzkapitalisten gesehen, ich kenne mich da nicht aus. – Und auch das Proletariat“, meinte ich anzüglich, während ich eines ihrer Flugblätter studierte und sah, dass fast nur Intellektuelle auf ihrer Kandidatenliste für die nächste Wahl standen, „die Arbeiter, die am Fließband stehen oder in der Eisenhütte oder auch bei Klöckner-Humboldt-Deutz, ich kenne diese Leute nicht. Ich bin keiner von ihnen, kann auch nicht sagen, was die wollen und so.“

Wenn ich also solche Sprüche losließ, guckten die KPD-Fanatiker mich sehr seltsam an: Will der uns verarschen oder ist der so naiv. Und sie wussten nicht, wie sie sich mir gegenüber verhalten sollten. – Vor allem dann, wenn ich sehr freundlich und höflich hinzufügte: „Wir können uns ja mal ganz zwanglos und locker über diese Sachen unterhalten, oder? Ich besorge Kaffee und Kuchen und ihr kommt bei mir zu Hause zum Tête-à-Tête vorbei – sagen wir um vier?“

Wie erwähnt, diese Jungens und auch die Damen – eine von ihnen sah sogar sehr schön aus – sie waren richtiggehend betreten. Meint der das nun ernst oder was?

„Wir reden“, sagte ich dann noch, „die erste halbe Stunde nicht von Politik, nur so vom Wetter oder vielleicht über uns, Privatleben und so, oder über unsere Hobbys, Briefmarken, Hühnerzucht meinetwegen – und später dann auch über die Befreiung Zimbabwes von der imperialistischen Ausbeuterklasse. Na?“

Wie gesagt, ich schlug so was gelegentlich vor. Und die Leute hörten mir, während sie rumschrien: „Hier die neue Volkszeitung! Mit dem ausführlichen Bericht über die Lage in Rhodesien!“ – sie hörten mir auch zu – aber: Nie ist jemand zum Kaffee gekommen.

Denn ich glaube, Privatleben, und einfach nur so Sahnekuchen essen und es sich zwischendurch mal gut gehen lassen – das ging anscheinend nicht. Wer die Revolution im Auge hat, der kann doch nicht einfach rumsitzen und nichts tun und das Geld, das man an die Befreiungsfronten in Afrika, Asien, Mittelamerika schicken könnte, für Leckerbissen ausgeben.

Weil wir, obwohl freundliche Leute, anscheinend als gefährlich eingestuft wurden und wohl nicht anerkannt waren als meinungsbildende kritische positive Gruppe in der Demokratie, zeigte sich hin und wieder jemand von der Polizei. Und meistens hatten wir auch gar keine Genehmigung, die notwendige, um den Stand an diesem Platz aufstellen zu dürfen. Und es kam vor, dass man unsere Namen aufschrieb oder sogar den Tisch einfach mitnahm und die Flugblätter und die Zeitung, und man konnte sie dann bei der Polizei abholen und hatte noch eine Anzeige am Hals.

Aber, es passierte auch, dass Li und ich mit den Polizisten länger redeten oder auch auf der Wache selbst ein Gespräch anfingen, und die jungen Leute in Uniform, sie bissen nicht, sie schlugen nicht und führten sich nicht als unsere Feinde auf, sondern sie sahen, dass Li eine schöne Frau war – und freuten sich, Unterhaltung zu haben und sagten: „Nun ja, von einer Anzeige wollen wir mal absehen. Besorgen Sie sich nächstens eine Standgenehmigung.“

5

Damals war ja noch nicht viel los, was die Bürgerinitiativen-Szene in Köln anbetraf. Sicher, es gab die BISA, die bekannte Gruppe in der Südstadt, und hier und da noch ein paar kleine, meist kurzlebige Verbindungen, und natürlich den SSK, der auch auf Anti-Sanierungskurs ging und als die radikalste Truppe oft in der Zeitung erwähnt wurde. Aber, alles in allem, ein kleines schwaches Häuflein von Aufrechten im Grunde, diese Initiativler.

Aber plötzlich tauchten doch eines Tages ganz junge Leute auf. Sie hatten diese komischen Anhänger am Hemd, eine schelmisch lachende Sonne mit der Aufschrift ATOMKRAFT? – NEIN DANKE! Und es ging aufwärts in der Szene. Denn die Anti-Atomkraftbewegung trieb alles, was Beine hatte, aus den Löchern.

Es kam bekanntlich zu riesigen Demonstrationen. Brokdorf war eines dieser ersten Wochenendausflugsziele.

Ich saß mit Heinrich und Li bei uns im Zentrum, als die fleißigen Demokraten Fritz und Hannes von Brokdorf wiederkamen. Sie waren ganz bleich um die Nase. „Wie in Vietnam“, meinte Fritz, abgeschlafft sich in einen Sessel fallen lassend, „die haben mit Raketen, Nebelraketen oder so was auf uns geschossen, einen Luft-Erdkampf von den Hubschraubern aus veranstaltet. Und dann wurden wir Demonstranten auseinandergetrieben und eingekesselt und dann immer drauf mit dem Knüppel.“

„Ich lege mir ein Waffenlager zu“, sagte Hannes, „ich gehe nächstens nur noch im Kampfanzug.“

Die beiden waren die ganze Nacht zurückgefahren, hatten mit viel Glück auf Schleichwegen das Demonstrationsgelände verlassen können. „Ein richtiger Krieg.“

Und sie redeten nur noch davon, wie man mit welcher Säure die Plexiglas-Schilder der Polizei und die Schutzbrillen zerstören könnte, welche Drahtzangen man entwickeln müsse, welche Sprungmaschinen, um die Absperrungen dieser anscheinend riesigen Atomkraftwerks-Baustelle zu überwinden.

Und es war, nach den letzten zwei, drei Jahren relativer Flaute, wieder was los. Man sah wieder demonstrierende Jugendliche im Fernsehen, und die Polizei rückte wieder ins Blickfeld, die Beamten, die nun wirklich, im Gegensatz zur 68er Zeit, kompromisslos zuschlugen.

Wieder war eine Volksbewegung entstanden. Anti-AKW-Gruppen bildeten sich überall – und auch die etablierten Bürgerinitiativen, die natürlich auch gegen Atomkraftwerke waren, hatten enormen Zulauf.

Man erkannte, dass das alles zusammenhängt, von denselben profitorientierten, die Technik anbetenden, die Menschen verachtenden Machern in Szene gesetzt wurde: Autobahnbau, Häuserabriss, Einrichtung von riesigen Wohnblocks, von sterilen Geschäftszentren, Supermärkten, und eben auch von Atomkraftwerken.

6

Vor der zweiten großen Demonstration in Brokdorf hatte man allgemein ziemlich Angst – wegen des vorangegangenen außergewöhnlich brutalen Einschreitens der Polizei.

Und wir von der Baggerwehr, Heinrich, Hannes, Li und ich, zogen mit sehr gemischten Gefühlen los. Wir hatten uns erst überlegt, auch solche Sturzhelme mitzunehmen, aber, es zeigte sich, wir waren doch wirklich – im Vergleich zu den anderen – etwas behäbigere, coolere meinetwegen, ältere Semester. So ein Ding auf dem Kopf, glaubten wir, hätte sicher nach Angst ausgesehen. Außerdem könnte ja so was den einen oder anderen aufbrausenden Polizisten nur noch zusätzlich provozieren.

Wir steckten uns immerhin ein Tuch mit dem dazugehörigen Zitronensaft – gut bei dem Einsatz von Tränengas – ein.

An der Sammelstelle kamen wir in einem Bus unter, in dem wir so gut wie keinen kannten. Fast alles KPD-Leute, Mitglieder dieser ganz linken kommunistischen Splittergruppe. Sie hatten auch im Bus ziemlich viel Gepäck mit, Flaggen, und lange Stangen, wahrscheinlich, um die Stacheldrahtverhaue zu überwinden – und natürlich eine Menge gelbe wasserundurchlässige Jacken, und viele Helme.

Kaum waren wir einige Kilometer - am frühen Morgen - auf der Autobahn, wurden wir auch schon von Polizeifahrzeugen eingekreist, beziehungsweise verfolgt. Und der Blaulichtwagen vorne hielt dann eine Kelle raus, wir sollten auf den nächsten Parkplatz abbiegen.

Ich fürchtete schon um meine Lehrerlizenz, denn sicherlich musste man die Ausweise vorzeigen – man kann ja nie wissen, dachte ich, was die einem dann alles anhängen später.

Aber, unser Fahrer, ein ganz normaler bürgerlicher Angestellter eines Busunternehmens, er hielt sich gar nicht an die polizeiliche Verordnung. Fuhr einfach weiter, tat so, als hätte er von nichts eine Ahnung. Ein mutiger Mann ohne Zweifel. Vielleicht hat er aber später auch die Ausrede bringen können: „Die haben mich bedroht, ich konnte nichts anderes machen als weiterfahren."

Irgendwann war aber Sense. Wir wurden einfach zur Seite gedrängt, auf einen Parkplatz bugsiert. Um uns herum eine Menge Polizistenmützen unterhalb der Fenster. Die Meute wartete offensichtlich mit gezückten Dolchen auf uns.

Der Boss kam, begleitet von zwei Befehlsempfängern, in den Wagen gehüpft.

„Steigen Sie bitte aus. Wir müssen den Bus nach Waffen durchsuchen."

Und der lange Mensch wollte schon durch den Gang marschieren und mit der Filzerei anfangen.

Aber da sprang vom Beifahrersitz eine Frau, noch ziemlich jung, auf und begann zu reden, sehr laut – schrie fast: „Sie haben gar nicht das Recht, den Wagen zu durchsuchen! Haben Sie denn eine schriftliche Genehmigung des zuständigen Gerichts? Können Sie mir so einen Durchsuchungsbefehl vorlegen?"

Der Polizeiboss, wohl weniger durch den Inhalt dieser Aufforderung als durch das forsche Auftreten dieses Fräuleins beeindruckt, das sich ganz dicht an seine Uniform heranstellte und selbstbewusst den Mann unter der Mütze anstarrte, war ziemlich verblüfft.

Und der Bursche trat tatsächlich zurück nach draußen.

Einige Minuten später erschien er wieder. „Wir möchten aber bitte Ihre Ausweispapiere sehen."

Hm, hm, dachte ich, sieht ja schlecht aus für mich, den Staatsdiener.

„Auch dazu haben Sie kein Recht", sagte aber die resolute Dame zu ihm und blieb einfach im Gang stehen, hielt sich an den Sitzen zu beiden Seiten fest.

Und der Boss guckte, während seine Untergebenen draußen warteten und hofften, uns ein wenig einschüchtern zu können, ganz verwirrt vor sich hin. Und man merkte jetzt, es war ihm gar nicht so angenehm, dieser Job, diese Filzerei, diese Geländeübung sozusagen an seinem sonst wahrscheinlich dienstfreien Wochenende. – Außerdem erkannte er wohl: Die Truppe da vor ihm, das sind ganz harte Burschen, denn die Helme und roten Fahnen in der Gepäckablage, die waren nicht zu übersehen.

Und seine Nerven, vermutlich sowieso schon bei früheren ähnlichen Auftritten an jenem Morgen strapaziert, machten gar nicht mehr so richtig mit.

„Wir müssen überprüfen, ob Sie Waffen bei sich führen", sagte er dann wieder mit fester Stimme und drängte sich, mit verzweifelter Geste fast, an dem Fräulein vorbei. Andere Beamten wollten folgen, aber schon standen zwei, drei KPDler im Gang, und der Polizistenoberst, er war von seiner Truppe abgeschnitten.

Aber, der Mann machte gute Miene zum bösen Spiel. Lief also durch den Bus, den Gang lang, stieg über die dünnen Latten und die

Schlafsäcke und Taschen mit nicht erkennbarem Inhalt. Und an die achtzig Augenpaare guckten ihm ganz ruhig ins Gesicht. Und der gute Mensch, er durchsuchte keine Tasche, rückte kein Gepäckstück beiseite, hatte auch nicht mal was gegen die offensichtlich als Schlagstöcke vorgesehenen kurzen Rundhölzer einzuwenden. Er machte hinten die Kurve, ging zurück, sagte „okay“ – und verschwand.

Und der Bus fuhr langsam los – die Masse der Polizisten, sie kam in Bewegung, die Herren traten zurück. Wir hatten freie Fahrt.

Die armen Uniformierten. Von überall her hatte man sie an jenem Wochenende zusammengetrommelt. Manche Schlägereien zwischen Demonstranten und Beamten waren einfach nur darauf zurückzuführen, dass die Polizisten keinen Bock hatten, Samstag und Sonntag Dienst zu schieben und deshalb ihr Mütchen an den vermutlich Schuldigen, den Demo-Leuten, kühlen wollten.

Außerdem zogen die meist noch sehr jungen und unbedarften Burschen den Knüppel, weil sie Angst hatten.

Denn die Bild-Zeitung hatte auf der ersten Seite groß verkündet, die „Provos“ aus ganz Deutschland wären auf den Beinen, um Brokdorf dem Erdboden gleich zu machen.

Die meisten von ihnen wären Kommunisten, die alle vom Ostblock, wie es hieß, unterstützt würden, sie hätten ihre Unterwanderungsstiefel angezogen – die übrigen, Bürgerinitiativler, wohlmeinende Kritisierer, wären nur Mitläufer und schwämmen in ihrem ideologischen Fahrwasser.

Und dann brachte die „Bild“ angeblich Zitate dieser finsteren Revolutionäre, nämlich, dass sie die „Bullen“, wo sie sie nur anträfen, niederschlagen, zertreten, erledigen würden.

Und natürlich hätte fast jeder der Demonstranten, so wusste das Blatt, eine Waffe bei sich, möglicherweise gäbe es sogar Maschinengewehre im Gepäck, deutete der Reporter an, und das größte Blutbad in der Geschichte der jungen Republik würde an diesem Wochenende wohl nicht ausbleiben.

Solche Sätze lasen wir beim Studium der feindlichen Zeitung im Bus, und wir wussten, die Polizisten, die solche Geschichten sich ebenfalls zu Gemüte führten, hatten zunehmend Angst vor uns, und diese Angst machte die Gesetzeshüter unberechenbar, und wir hatten wegen dieser Angst des Feindes auch ganz schön Bammel.

Leider war unser Bus am vereinbarten Treffpunkt, einige Kilometer von Brokdorf entfernt, schon sehr frühzeitig angelangt. Wie wir später hörten, gab es in der ganzen Republik auf allen Autobahnen ziemlich früh am Morgen Stör- und Aufenthaltsaktionen der Polizei.

Wir hatten verhältnismäßig Glück gehabt. Und standen nun, mit wenigen tausend Gesinnungsgenossen, die ebenfalls durchgekommen waren, ziemlich verlassen in der Landschaft herum.

Das wäre nicht schlimm gewesen, aber, die Polizisten warteten bereits auf uns, darauf gefasst, dass wir nun losschlügen.

Hier an der Zufahrtstraße nach Brokdorf hatten sie die ganze Macht zusammengezogen – standen auf der Höhe ringsum und guckten auf uns herab.

Und – Heinrich, Hannes und Li und ich, wir trauten unseren Augen kaum: eine KBW-Abteilung aus Westberlin, ganz junge Spunde, sie fingen doch glatt an, loszumarschieren. Wir bemühten uns sofort zu ihnen hin.

„Was soll das? Wohin wollt ihr?“

„Dahin“, sagten die Teenies, unter ihren Helmen selbstbewusst hervorlinsend, und zeigten auf die Straßensperren vor uns, „wir schmeißen die Barrikaden, und dann nichts wie los – zum AKW-Gelände.“

„Ach“, sagte Heinrich, „ich glaube, das geht nicht.“

„Nein?“, sagte der auch noch ganz junge Anführer, „warum geht das nicht?“

„Wir schlagen euch zusammen, sobald ihr auch nur ein paar Meter nach vorn rückt.“ Und Heinrich, der im Grunde ein sanfter Mensch ist, aber Gott sei Dank nicht so aussieht, mit seinen tiefen Falten im Gesicht und seiner kräftigen gedrungenen Gestalt, stellte sich mit fürchterlicher Geste vor diesen rotgelben Haufen.

„Denn“, meinte er nach einer Weile tiefen abwartenden Schweigens, „wie ich es im Moment übersehe, sind die Polizisten doppelt so stark wie wir. Die warten doch nur drauf, dass wir anfangen – um uns dann fertigzumachen. – Bleiben wir noch eine Zeitlang hier. Die anderen müssen jeden Augenblick zu uns stoßen.“

Und wirklich, diese Fanatiker, die wohl einen auf Märtyrer machen wollten, damit sie zu Hause dann ihre Storys erzählen konnten und Wunden vorzeigen – sie bequemten sich tatsächlich und blieben, wenn auch murrend, am Platze. Wir mussten allerdings noch ein paar Stunden warten, bis die Masse der Demonstranten eintraf.

Plötzlich waren die Barrikaden verschwunden, und kein einziger Polizist ließ sich mehr blicken.

Die Uniformen bemerkte man erst dann wieder, als wir nach einem kilometerlangen Marsch am Atomkraftwerksgelände ankamen.

Alles war abgesperrt, Betonmauern, darüber Stacheldraht, davor tausende von Polizisten.

Und weil das Oberkommando – UNSER Oberkommando, das auf einem Lautsprecherwagen mitfuhr – sich für eine friedliche Demonstration entschieden hatte, um dem Gegner nicht so viel Munition zu liefern und einen Vorwand, loszuschlagen, und um sein Bild von wegen militante Verbrecher und radikale Terroristen und so zurechtzurücken, verlief auch alles friedlich. Keinem Polizisten wurde der Helm verbeult von einem unserer Stoßtrupps, kein Staatsdiener brauchte den Gummiknüppel zu ziehen. Eine ruhige Demonstration in Sachen Demokratie von 30.000 Bundesbürgern.

Auch wir Baggerwehrleute, Li, Hannes und ich – während Heinrich doch gern ein bisschen mehr Rabatz gehabt hätte – wir waren wegen dieses friedlichen Tages dem Himmel und vielleicht auch dem einen oder anderen Oberkommandierenden auf beiden Seiten sehr dankbar.

Und das war nicht das einzige Wochenende, wo wir Baggerwehr-Initiativler unterwegs waren – und auch die Polizisten, die armen, mussten ständig Überstunden schieben.

Bei der Demo auf dem AKW-Gelände in Kalkar war das Besondere, dass die Staatsmacht auch Züge anhielt, auf offener Strecke, Hubschrauber daneben landeten und die Waggons von Spezialeinheiten nach Waffen durchsucht wurden.

Auch wir, in unserem Privatauto, wurden gestoppt, durften aussteigen, die Hände aufs Dach legen, und die Kleidung wurde abgetastet. Man nahm uns die Verlängerungsstange für den Wagenheber ab, weil er auch leicht hätte eine Waffe darstellen können, und auch eine Ersatz-Dose Motoröl, möglicherweise als Grundstoff für sogenannte Molotow-Cocktails geeignet, wie es hieß – die Sachen wurden beschlagnahmt, nicht ohne uns ein entsprechendes Papier mit gültigem Stempel und allem Drum und Dran auszuhändigen – denn die Deutschen, die sind in solchen Dingen bekanntlich sehr penibel und akkurat.

7

Eine Volksbewegung, eine freiheitliche kritische, war mal wieder entstanden. Die Politiker hatten durch ihre Forderung nach immer neuen Atomkraftwerken und durch eine rigorose Erweiterung des Autobahnnetzes und Technisierung aller Bereiche um jeden Preis und der gleichzeitigen Verteuflung aller Leute, die sich diesem Programm entgegenstellten, das Feuer des Protestes und Widerstandes kräftig geschürt.

Und auch die Kölner Stadtväter wollten die Modernisierung ihres Machtbereichs, was vor allem bedeutete: die Schaffung einer autogerechten City, wie sie es nannten.

Eines Morgens, als ich zur Schule ging, sah ich sie dann, die Bagger. Sie waren doch glatt in die Schrebergärten reingefahren, in das

Gartengelände an der Neusser Straße, aus dem die Besitzer der Lauben und Blumenbeete vor kurzem vertrieben worden waren, um der geplanten Stadtautobahn Platz zu machen. Und – zack, der blühende Pflaumenbaum, der mit Mühe viele Jahre gebraucht hatte, zu wachsen und schön zu werden, und nun in diesem Frühling richtig anfing, sich in Schale zu werfen – er wurde innerhalb einer Sekunde zu Boden gestreckt. Die harten Stahlketten fuhren über ihn hinweg, zum nächsten Baum.

Doch am folgenden Tag, da gab es einen Stopp. Mischie, Fritz und andere von der Nippeser Baggerwehr – während ich in der Schule meiner Arbeit nachging – hatten sich ein Herz gefasst und waren in die noch verbliebenen Pflaumen-, Apfel- und Birnbäume geklettert.

Die Baggerfahrer, die, wie sie sagten, ja bloß ihre Pflicht taten, sie waren natürlich irritiert. Denn Mischie, die hübsche, hatte sich zum Beispiel extra fein gemacht; deshalb konnten sie nicht einfach so mir nichts, dir nichts brutal vorgehen und Härte demonstrieren.

Die Fahrer stellten also die Motoren ab, kletterten vom Bagger und begannen, sich Zigaretten zu drehen. Und einer nahm sogar das Täschchen, das der Dame Mischie runtergefallen war, und reichte es ihr hoch.

Denn den Arbeitern passte es auch nicht, dass die alten Leute, die in diesen Schrebergärten in der Sonne gesessen hatten, vertrieben worden waren – und sie nun dieses Grün, das dazu noch mitten in der Stadt lag, beseitigen sollten.

Aber die Bosse dort oben, die wahrscheinlich noch nie den Platz betreten hatten und mit den Rentnern geredet und die blühenden Bäume bewundert – sie gaben neue Anweisungen.

Und so gegen Mittag, an diesem Tag, kam die Polizei. Und die Baggerwehr-Leute mussten schließlich das Feld räumen.

Noch waren wir nämlich zu wenige. Die Kunde, dass nun die Stadtväter, nach langer Überlegung, jetzt doch begannen, die Autobahn zu bauen, hatte sich noch nicht so richtig herumgesprochen.

Die Ersten kamen am nächsten Tag kurz nach Mittag an. Unter anderem Klaus der Geiger, „die Fliege“ mit der Gitarre und Toni mit der Ziehharmonika. Und wir veranstalteten einen Zug über die Geschäftsstraße. Vorne gingen die Musiker, um die Aufmerksamkeit der Leute zu erregen, und wir, das Fußvolk, zogen kleine Bäume und die eben erst von den Baggern abgerissenen Zweige über den Bürgersteig.

Und natürlich waren bald wieder Polizisten zur Stelle. Einer hatte einen Fotoapparat dabei und machte Bilder, während wir Flugblätter an die Passanten verteilten.

In der Nähe muss auch ein Reporter vom „Express“ gestanden haben, denn am nächsten Morgen war ein Bild von mir in der Zeitung. Aber auch der Polizist mit dem Fotoapparat war deutlich zu erkennen, der mich, der ich doch nur meinen Pflichten als kritischer Staatsbürger nachging, misstrauisch anblickte.

Als wir trotz der Ermahnungen der Polizei weiterzogen und Flugblätter verteilten, sagte der Mann mit dem Fotoapparat, dass das nun eine Anzeige gäbe.

„So so“, sagte ich, „wir setzen uns dafür ein, dass das Grün in diesem Viertel erhalten bleibt, kümmern uns also um öffentliche Angelegenheiten, wie das jeder Bürger machen sollte. – Und was bekommen wir zum Dank? Eine Anzeige! – Ich bin Lehrer“, sagte ich weiter und trat näher an den Polizisten heran, sah ihn mit sanften Blick an und setzte ein zutrauliches Gesicht auf. „Wissen Sie, Geschichts- und Politiklehrer bin ich. Und meine Schüler“ (was in der Tat richtig war) „sind zum Teil auch hier beschäftigt und machen ein bisschen in Sachen Demonstration. – Sehen Sie, was sollen die denken, wenn sie plötzlich für das, was sie in der Schule beigebracht bekommen, nämlich sich zu engagieren, sich zu artikulieren, den Staatsbürger herauszukehren, sich für die Gemeinschaft einzusetzen – wenn sie statt Anerkennung eine Anzeige bekommen?“

Der Polizist erklärte mir, dass wir mit unseren Bäumen und Zweigen den Verkehr aufhielten. Und: „Die Bürger sind doch gegen Sie. Die wollen hier einkaufen und nicht belästigt werden.“

„Haben Sie den Eindruck", fragte ich eine der in der Nähe stehenden Frauen, „dass Sie von uns belästigt werden?"

Die schüttelte den Kopf. „Nee."

„Sehen Sie", meinte ich zum Wachtmeister, „unter uns gesagt: Wenn alle Leute so wie diese Jungen hier damals unter Adolf auch etwas getan hätten, Flugblätter verteilt, sich engagiert hätten – das wäre doch sicher begrüßenswert gewesen, oder? Außerdem" – ich trat noch dichter an den Polizisten heran, „wenn zum Beispiel der Kommunismus vom Osten rüberkommt", sagte ich bedeutungsvoll, „und der sich hier festsetzt, was meinen Sie, passiert, wenn bei uns vorher niemand gelernt hat, sich zur Wehr zu setzen? Denn das Flugblätter-Drucken und das Kritisch-Sein und Protestieren, das ist Übungssache. Wenn also der Russe kommt und die böse Diktatur des Proletariats aufbauen will – seien Sie doch froh, wenn diese Leute dann aufstehen und was tun dagegen! – Das funktioniert aber nur, wenn Sie sie ein bisschen, auch heute und jetzt und hier, gewähren lassen. Nicht wahr?"

Der Mann, der ganz erstaunt war, bei mir antikommunistische Töne zu hören, konnte nicht anders, als zuzustimmen: „Wenn Sie das so sehen ..."

Während sich der Polizist das alles noch mal durch den Kopf gehen ließ – und wir weiter Flugblätter verteilten – hakte ich schnell nach: „Mit einer Anzeige – wie sieht's also damit aus? Wollen Sie denn wirklich ...?"

„Na gut", sagte der Mann, griff in die Tasche, holte den Strafzettel, den er schon ausgefüllt hatte, heraus und zerriss ihn.

Wir, die Baggerwehrleute, packten es aber trotzdem nicht. Die Befürworter der Stadt-Autobahn, deren erster Teil eben durch dieses Schrebergarten-Gelände führen sollte, waren stärker. Das lag auch schon daran, dass wir paar Bürgerinitiativler nicht ständig auf Achse sein konnten. Schließlich, wir mussten unser täglich Brot verdienen. Außerdem waren die Bagger bei den folgenden Einsätzen schon im Morgengrauen, wenn wir uns noch einmal gemütlich im Bett herumdrehten, auf dem Platz.

Die Stadtväter saßen am längeren Hebel. – Sicher, eines Morgens, als die Fahrer die Bagger wieder in Schwung bringen wollten, taten es die Motoren nicht mehr so richtig. Böswillige Leute hatten über Nacht doch tatsächlich Zucker in den Tank geschüttet ...

Doch es gibt genügend Bagger auf dieser Welt: Die letzten Pflaumenbäume, die letzten Apfelblüten wurden von ihren Ketten zermalmt.

Aber, als es überall in der Stadt bekannt wurde, dieses Verbrechen an der Natur, da standen am nächsten Wochenende eine Menge Menschen auf dieser nun sehr kahlen Fläche, wo noch vor Kurzem die Katzen durch das Gestrüpp gestrichen waren und Vögel in den Zweigen gesungen hatten und Rentner sich in der Sonne geaalt. Die Leute sahen sich erst mal gründlich um. Und man fand doch noch den einen oder anderen Baum, den das Leben nicht ganz verlassen hatte. Er wurde mit vereinten Kräften hochgewuchtet, die Wurzeln festgetrampelt, mit Wasser begossen. Einige gingen sogar zum Gärtner und holten sich Blumen und pflanzten sie auf dem öden Gelände ein. Es wurde Rasen gesät, man legte Schläuche zum Bewässern aus.

Nach einigen Tagen begann es zu grünen.

Zwar die Bäume – so recht war das nichts mehr mit ihnen. Aber auch, als die Blätter abfielen, die Zweige kahl wurden: Wie warnende, drohende Finger zeigten die Äste Richtung Stadtväter und Bagger: Wir lassen uns nicht unterkriegen; auch wenn Ketten über unsere Leiber hinwegfahren, immer wieder werden wir auferstehen.

Und es gab am nächsten Wochenende ein großes Blumenfest. Tage vorher schon waren Leute aus anderen Stadtteilen hinzugekommen. Ein richtiges Dorf entstand, mit Vorgärten und Hecken um die einzelnen Zelte. Und in der Mitte wurde ein sogenanntes Freundschaftshaus errichtet.

Man setzte sich um die Feuer, sang, grillte Würstchen, trank Bier. Und alles lachte und tobte, während die Stadtväter bereits wieder, nach wohl allzu kurzem Triumph, missmutig wurden. Und sie überlegten sich in ihren Glasetagen, was man denn nun machen könnte, um diese Lebensfreude, diese Aufsässigkeit der Jugend und der Kinder – denn Kinder gab es genug auf diesem Platz, und Mütter und Omas – zu beseitigen, wie man diesem frechen Treiben der Leute ein Ende bereiten könnte.

Wir ahnten schon Schlimmes, als wir am Sonntag noch unsere Rasenflächen bewässerten und uns dann abends auf die Bänke ums Feuer setzten. Und die Zeltbewohner, sie krochen später in ihre Schlafsäcke mit dem bangen Gefühl: Vielleicht morgen, im Schutze des Frühnebels, wie seinerzeit die Indianer – oder etwa schon mitten in der Nacht ...?

„Zum Frühstück sehen wir uns wieder", sagten die, die in der Nähe wohnten oder nicht im Zelt schlafen wollten.

Und so stellte auch ich meinen Wecker. Und als es sechs Uhr war, schleppte ich mich aus dem Bett, nahm meine Schultasche und begab mich zur Wiese.

Auch hier war man schon auf den Beinen. Die Feuer wurden in Schwung gebracht, man trank seinen Kaffee. Und auch Li und Heinrich und Hannes und wie sie alle hießen, waren zur Stelle.

Wir atmeten richtiggehend auf, um sieben Uhr, als sich immer noch nichts getan hatte. – Das wär's für heute, Glück gehabt.

Und als ich mich schon aufmachte, um in die Schule zu gehen – da sah man leider ihre Autos in der Ferne.

Sie schlichen an diesem frühen Morgen, während der normale Bürger zur Arbeit fuhr, ebenfalls sozusagen ihrer Arbeit nachgehend, heran.

Sie stiegen aus. Sogar Hunde, die sehr gefährlich vor sich hinguckten, hatten sie dabei; und Helme auf, mit dem Plexiglas-Schutz davor. Und sie hatten – wohl weil es Montag war, Wochenanfang – ganz auf schnieke geputzte Stiefel an.

Und dann gab es natürlich diesen Wagen, der auf dem Dach eine Kamera hatte, die sich ständig drehte, um ja keinen von uns Bösewichten aus den Augen zu verlieren.

Und natürlich: Der Oberboss meldete sich per Lautsprecher zu Wort. „Ich fordere Sie auf, innerhalb von fünf Minuten den Platz zu verlassen."

Und einige Augenblicke später waren es nur drei Minuten, die wir Zeit hätten.

Da nahm nun Heinrich, der Redner der Baggerwehr, die Flüstertüte und meinte, die Staatsschützer hätten kein Recht, uns von dem Gelände zu jagen; das wäre eine öffentliche Wiese; warum sollte man dort nicht zelten dürfen?

Und der Boss oben auf der Straße sprach von Hausfriedensbruch, Landfriedensbruch, und zählte noch den einen oder anderen Paragrafen auf, gegen den wir uns vergangen hätten und noch vergehen würden, wenn wir seiner Aufforderung, den Platz zu räumen, nicht nachkämen.

Der Mann sprach sogar davon, dass wir EINZELN das Feld verlassen sollten.

Und ein paar von uns dachten bereits: Okay, gegen die Übermacht kommen wir sowieso nicht an; und als einer von ihnen dann nach hinten durch die Polizistenkette rausging, da sahen wir es deutlich: Der Mann wurde zwar durchgelassen; aber schon waren zwei Gesetzeshüter und -beschützer da; sie fassten ihn am Ärmel, und es gab drüben auf der Straße genügend Autos, wo man sich reinhocken und das Ganze durch ein Fenster, ein vergittertes Fenster allerdings, von Ferne betrachten konnte.

Nun, wir Demokraten saßen also in dieser großen Polizisteneinkesselung und stimmten im Morgengrauen – der Wind trieb düsteren Rauch vom Lagerfeuer her über den Platz – darüber ab, ob wir bleiben oder uns zurückziehen sollten.

Aber, wie wir an dem Beispiel dieses einzelnen Mannes gesehen hatten: Wir konnten der Polizei doch nicht entgehen. Also blieben wir.

Und dann war die uns gesetzte Frist verstrichen. Heinrich legte resignierend – nicht innerlich resignierend, sondern nur, was eine friedliche Lösung des Problems betraf – die Flüstertüte zu Boden und grinste grimmig, als nun unter tiefem Schweigen die Polizisten, deren Gesichter man nicht erkennen konnte, sich behutsam heranpirschten.

Zunächst hatten sie sich exakt in einem Abstand von zwei, drei Metern aufgestellt; sicher wurde das häufig geübt. Dann rückten sie, indem sie näherkamen, immer dichter zusammen.

Und wir, die wir in der Mehrzahl doch sehr jung und schwach und bloß Idealisten waren, wir bekamen richtiggehend Angst. Denn wir hatten gehört, wenn die mit dem Knüppel losschlagen, wenn sie es darauf absehen, hat es schon Gehirnerschütterungen gegeben und schwere Verletzungen und auch Krüppel ...

Macht sie mal ein bisschen klein!, hätte ja zum Beispiel die Losung dieses Montagmorgens sein können, die vom Polizeichef ausgegebene Losung. *Wir wollen ein Exempel statuieren, als Warnung für alle, die gegen den „Stachel"* – was heißt, gegen den Staat, das Gesetz –*„löken"*.

Und wir, die wir ja meist mit dem Wort schnell dabei sind, wir eher verbalen als tatsächlichen Faustkämpfer, wir kamen gegen die schweigenden, ganz in Leder gekleideten Uniformen natürlich nicht an. Und außerdem gab es ja noch diese Hunde, die nicht gerade sehr fröhlich auf uns blickten. – Und ein Teil unserer Leute setzte sich, indem also die blank geputzten Stiefel immer näher schritten, auf den Boden, hakte sich unter – während draußen die Menschen aus dem Viertel zu ihrer täglichen Arbeit fuhren und nur mal kurz rüberblickten – *mit der Polizei wollen wir nichts zu tun haben, das gibt nur Ärger ...*

Die jungen Leute stimmten nun tatsächlich ein Lied an, irgend so ein Revolutionslied, in dessen Refrain „Brüderlichkeit" betont wurde. Sie sangen, um sich Mut zu machen. Immer enger drückten sie sich aneinander. Wie in Rom im Zirkus, wenn die Löwen kommen, dachte ich unwillkürlich, als ihre dünnen und furchtsamen, aber doch auch energischen, trotzigen Stimmen in die Morgenluft stiegen.

Und dann hatten die Polizisten ihr Ziel erreicht. Gott sei Dank, keine Gummiknüppel, oder nur wenige, wurden gezückt. – Immerhin, sie schleppten diese Leutchen an den Haaren hoch, auch die Mädchen, die wie betrunken mit den Beinen strampelten. Man versuchte, sich aneinander festzuhalten – aber, ein Ruck, die Körper wurden hochgehoben – und rein in die Polizistenautos. Mir selbst, etwas abseits an einem Baum lehnend, passierte nichts. Und auch Heinrich, der souverän dastand und ruhig sich alles ansah, wurde nicht angefasst. An ihn trauten sie sich wohl nicht heran.

Dann war Ruhe. Der Baggerfahrer, nachdem er noch durch die Blumenbeete und die frisch gesäten Rasenflächen kurvte, begab sich wieder dorthin, wo er hergekommen war.

Die Zuschauer aus dem Stadtviertel setzten ihren Weg zur Arbeit fort.

Ich selbst kam gerade noch rechtzeitig zur Schule.

Natürlich ließen wir uns trotzdem nicht entmutigen. Noch mehr Blumen wurden in den nächsten Tagen, Wochen herangeschafft, noch größere Rasenflächen gesät, sogar kleine Bäume eingepflanzt.

Wir erwarteten bereits einen weiteren Angriff der Staatsgewalt.

Aber, es tat sich nichts.

Denn im Laufe des Sommers wurde doch verstärkt Kritik laut an der Stadtautobahn. Die Zeiten, sie hatten sich geändert. Die sogenannten Bürgeranhörungen, in denen die Stadt ihre Bauvorhaben der Öffentlichkeit unterbreitete und die sonst immer nur eine Sache von Experten waren, die einigen wenigen hilflosen Protestlern ihre unverständlichen Fachbegriffe vor die Füße warfen – solche Veranstaltungen wurden nun zu einem großen Triumph der immer zahlreicher werdenden Umweltschützer.

Die Politiker traten vorsichtiger auf. Schließlich wollten sie die nächsten Wahlen gewinnen. Sicher, die Stadtautobahn muss aus verkehrstechnischen Gründen gebaut werden, hieß es. Aber, nicht sofort. Und natürlich sollten Lärmschutzwände errichtet werden, wie es nicht nur Langhaarige oder Jugendliche in grünem Parker, sondern normale Bürger mit Krawatte und weißem Hemdkragen forderten.

Die Stadtväter hatten gehofft, dass sich der Protest im Laufe der Zeit legen würde. Aber – er hielt unvermindert an.

Das Beispiel der jungen Demonstranten hatte Schule gemacht. Immer noch sieht man Gras auf jenem Schrebergarten-Gelände. Gras statt Beton.

8

Unsere Kumpels übrigens, die Leute, die damals abtransportiert worden waren, sie ließ man nachmittags auf Protest der Anwälte, und weil ein ziemlich lautstarker Haufen von sympathisierenden Bürgern vor den Toren des Polizeipräsidiums Unruhe verursachten, wieder frei.

Natürlich gab es eine Anzeige.

In der nun folgenden juristischen Auseinandersetzung ging es hauptsächlich darum, ob das Gelände als eingezäunt angesehen werden konnte, mithin von Unbefugten nicht betreten werden durfte, oder eben nicht.

Sicher, es gab Zaunreste. Aber, es gab auch große Leerstellen dazwischen, nur Gras, das da zu sehen war, und jeder vorbeikommende hätte eigentlich guten Gewissens auf diesem Teil der ehemaligen Schrebergartenkolonie herumlaufen können. Aber andererseits, so hörten wir, genügt schon eine unterschiedliche Färbung des Rasens hüben und drüben, um das Gelände als ein fremdes, unbetretbares zu kennzeichnen. Es ist im Grunde alles eine Sache der Auslegung des Richters.

Und wir als Zeugen schworen natürlich Stein und Bein: Nirgendwo haben wir einen Zaun gesehen, auch keinen unterschiedlich gewachsenen Rasen, geschweige denn ein Schild: *STOPP! WEITER-GEHEN VERBOTEN! Hier handelt es sich um ein der Öffentlichkeit nicht zugängliches Grundstück!*

Dies war der entscheidende Punkt, und erwachsene Menschen schrieben in wochenlanger, monatelanger Arbeit sehr viele Papiere voll, und mächtig zogen sich die Gerichtsverhandlungen hin.

Und wir als Zeugen langweilten uns draußen im Flur des Gerichtsgebäudes zu Tode. Denn manchmal dauerte es bis gegen Abend, dass man reingerufen wurde.

Aus lauter Langeweile nahm ich einmal irgendein Papier neben der Saaltür von der Wand, machte ein Flugzeug draus, beugte mich über die Brüstung und warf das Blatt in das Treppenhaus dieses schlossähnlichen Gebäudes.

Das Flugzeug segelte in einem eleganten Bogen immer tiefer und blieb auf dem Boden vor der Pförtnerkombüse liegen. Der aufsichtführende Mensch kam aus seinem Verschlag herausgeschossen und eilte in seinem grünen Uniformhemd die marmorne Freitreppe hoch.

„Wer war das?“ Der kleine Mann blickte mit finster zusammengezogenen Augenbrauen zu mir rauf.

„Tschuldigung“, sagte ich, „ich hatte keine Lust, die ganze Zeit hier so rumzusitzen. Ich warte schon seit Stunden, dass ich zur Verhandlung reingerufen werde. – So ein Stück Papier ist doch sicher harmlos, oder?“

Und der Mann ging schnurstracks in den Gerichtssaal und verursachte doch tatsächlich eine Unterbrechung.

Und unser Rechtsanwalt kam raus und erzählte, dass der Richter sauer wäre. – Der Pförtner klärte mich genauestens auf. „Dieser Zettel“, sagte er behutsam und hielt mein Papierflugzeug empor, „ist ein Dokument, eine Urkunde. Hier sind alle Prozesstermine des Tages notiert, sichtbar für alle Betroffenen neben der Tür befestigt. Im Falle einer Beschädigung oder gar Vernichtung des Blattes machen Sie sich strafbar und können gerichtlich belangt werden. – Unter Umständen“, fügte er hinzu, „muss der ganze Prozess wieder von vorn aufgerollt werden.“

Er sagte es und marschierte mit Amtsmiene die Treppe hinunter.

Die Verhandlung wurde fortgesetzt.

Ich fasste mich wieder in Geduld.

Zwei Tage später fing ich an, mit Christian, dem Reporter vom VOLKSBLATT, ebenfalls Zeuge, auf dem langen gewachsten Flur mit einem unverfänglichen zusammengeknüllten Butterbrotpapier Fußball zu spielen.

Aber auch das wurde unterbrochen. „So etwas verträgt sich nicht mit der Würde des Hauses", sagte ein Amtsdiener, der gerade vorbeikam, und blickte pikiert.

Und auch er sprach, weil wir nicht gleich parierten, von Verwarnung, Geldstrafen und Prozessunterbrechung.

Das Sitzen und Rumstehen und Warten hat sich dann doch gelohnt: Unsere tapferen Leute, in der ersten Instanz zunächst zu 400 Mark Geldstrafe pro Mann verurteilt, wurden beim zweiten Anlauf freigesprochen. „Hurra!", riefen wir am Ende dieses sehr langen Marsches durch den Paragrafendschungel – und ab ging's in die Kneipe um die Ecke, und es wurde gefeiert.

VI.

Knast

1

Diese Juristen ... Die Anwälte versuchen dauernd, sich gegenseitig auszutricksen. Im Grunde weiß keiner genau, wo es langgeht. Wer letztlich entscheidet, ist der Richter. Wenn der zufällig an dem betreffenden Tag gut aufgelegt ist, dann sagt er: „Leute, ihr habt zwar Mist gebaut. Aber, vielleicht hattet ihr doch gute Absichten. Ich will mal nicht so sein. Die überschäumende, manchmal direkt rücksichtslose, aber auch idealistisch eingestellte junge Generation. – Nun ja – das nächste Mal wisst ihr, was ihr zu tun und zu lassen habt, ich hoffe, ihr kennt eure Grenzen."

Und dann kommt die Ermahnung und der Freispruch zum Beispiel – oder nur eine geringe Geldstrafe.

Sozusagen beinahe alles Zufall.

Diese Erfahrung machte ich auch, als ich neben meiner Tätigkeit als Lehrer am Gymnasium und neben meiner Rotiererei in der Nippeser Baggerwehr im Auftrag der Volkshochschule im Ossendorfer Knast „Sozialkunde", wie das Fach hieß, unterrichtete.

„Hoffentlich hat der Richter heute Nacht gut geschlafen", oder: „Hoffentlich hat seine Frau ihn gestern Abend rangelassen" – das waren so die bangen Sprüche, die die Knastologen losließen, bevor sie sich für die Gerichtsverhandlung bereit machten.

Die Knastologen, das waren zum Beispiel Georg, dem man vorgeworfen hatte, eines Nachts seine Angestellte mit einem Schal erdrosselt zu haben; oder Gerd, der gemütliche, behäbige Schwabe, der laufend Schecks fälschte und alle paar Jahre dabei erwischt wurde; oder Leonhard, der, wie in der Kartei stand, „Mitglied einer kriminellen Vereinigung" war – er soll in einem Fahrscheinautomaten der Straßenbahngesellschaft eine Ladung Dynamit untergebracht haben, die dann, Gott sei Dank als niemand in der Nähe war, hochging.

Im Bau war damals auch Klado, ein alter SSK-Bekannter. Die Polizei hatte, aufgrund eines anonymen Hinweises, seine Wohnung durchsucht und ein paar Gramm Haschisch gefunden – und schon saß er in U-Haft. Seinetwegen eigentlich hatte ich den VHS-Job angenommen, um Klado zu besuchen und ihm tröstend auf die Schulter zu klopfen. Das Erfreuliche dabei war auch, dass ich 30 Mark pro Unterrichtstunde einstrich, plus fünf Mark „Gefahrenzulage“, wie man es nannte.

Auch Neugier war mit im Spiel. Ich hatte seinerzeit als SSK-Mann schon mehrmals im Knast mit Leuten gesprochen, kannte mich etwas aus – und jetzt hatte ich Gelegenheit, einen Blick HINTER die Mauern, HINTER die Wände der Besucherzelle zu werfen.

Leider war Klado, als ich in die Justizvollzugsanstalt, wie sich der Laden offiziell nennt, marschierte, wieder mal unangenehm aufgefallen. Hatte zusammen mit einem Knastologen, dem Dichter P. P. Zahl, einen Schrieb aufgesetzt mit Forderungen, was das Essen, die Rundgänge im Hof und die Freizeitgestaltung betraf. Und als Druckmittel hatten sie sich in den Hungerstreik begeben, was sie in zahlreichen Briefen nach draußen publik machten.

In solchen Fällen hatte die Anstaltsleitung keine Skrupel: Zahl und Klado wurden verlegt; Klado nach Duisburg-Hamborn, Zahl weit weg – in die Provinz.

Immerhin, ich konnte mir jetzt ein besseres Bild vom Knastleben machen. Und wenn Klado in seinen langen Briefen die Situation schilderte und stöhnte und schimpfte, konnte ich einigermaßen seine Lage nachempfinden.

2

Früher hatte ich mir vorgestellt: Landest du mal im Gefängnis – man weiß ja nie, das geht oft schneller, als man denkt – nun gut: Du hast viel Zeit, träumst, liest, schreibst Briefe, Bücher – du kannst in Ruhe philosophieren, meditieren.

Aber jetzt – wenn ich nach zwei Stunden Unterricht rauskam, hatte ich bereits Platzangst.

Neben, über, unter einem: nackter, weiß getünchter Beton; überall Glasbausteine, die ein bisschen Licht durchlassen, aber keinen Blick nach draußen gestatten. Und oft noch zusätzlich diese guten alten Eisengitter. Und die hohen Mauem – wohl ein großer Hof, auf dem man eine Stunde pro Tag rummarschieren konnte; aber ein kleines winziges Bäumchen bemerkte ich bloß auf dem schönen glatten Rasen – der jedoch nicht betreten werden durfte; es gab für den Rundgang eine mit Steinplatten vorgezeichnete Strecke, da tummelten und schlurften diese Figuren in einer Reihe daher, die Szenerie abends in Neonlicht getaucht wie auf der Bühne. – Kein Unkraut, keine Blumen, auf denen die matten Augen ein wenig haften bleiben und sich erholen können – nur dieses traurige, magere Bäumchen in der Ödnis.

Wenn ich nach dem Unterricht aus dem Gebäude trat und an der Haltestelle auf die Bahn wartete, war mir, als hätte ich die ganze Zeit zu wenig Sauerstoff bekommen: Ich zog tief die Luft ein. Nochmal davongekommen, dachte ich.

Denn immer hatte ich das Gefühl, wenn ich in die Anstalt reinging und die stählernen Flügel des Tores sich hinter mir schlossen: Vielleicht behalten sie dich da; ein kleines Versehen, und schon: Die Türen bleiben zu, du bist drin und kommst nie mehr raus.

Schon ich also, der Gast, der anerkannte honorige Dozent der Volkshochschule, gegenüber dem die Schließer, wie die Wachhabenden allgemein hießen, sich sehr höflich benahmen – sogar ich bekam nach kurzer Zeit Panik.

Verstärkt wird dieses Gefühl des Eingeschlossenseins auch durch die Prozedur, der man unterliegt, bevor man überhaupt mit dem Unterricht beginnen kann.

Denn folgender Ritus ist vorgeschrieben: Zunächst tippst du draußen am Haupttor auf einen Klingelknopf. Du hörst ein Summen – die

Stahltür, die große, öffnet sich. Du stehst im Vorraum. Vor dir befindet sich eine Glaskombüse, mit riesiger dicker Frontscheibe. Dahinter die Aufsichtführenden vor Mikrofonen und umgeben von Schaltpulten, Fernsehschirmen, Scheinwerfern.

Du hörst von oben her eine Stimme: „Was wünschen Sie? Wie ist Ihr Name?“

Und wenn du an das Außenmikrofon vor der Kombüse getreten bist und Auskunft gegeben hast, kriegst du von einem am Tisch sitzenden Menschen, nachdem du den Personalausweis vorgezeigt hast und in einem dicken Buch eingetragen worden bist, ein Holzschildchen mit einer laufenden Nummer. Du trittst auf eine Tür neben dem Glashaus zu. Der Mann in der Kombüse drückt auf einen Knopf, die Tür öffnet sich – du gehst weiter den Gang entlang. Durch einen Spiegel beobachtet der Mann vorn deine Schritte. Ein Summen, das Tor vor dir öffnet sich automatisch. Du überquerst einen Innenhof, begibst dich zur gegenüberliegenden Pforte. Du schellst, die Tür öffnet sich. Wieder ein Vorraum. Du zeigst dein Holzschild. Der Mann guckt drauf; du gehst einige Schritte bis zur nächsten Tür, deren unterer Teil ein Stück frei ist. Du wartest, bis der Mann hinter dieser Tür, ebenfalls in einem Glaskasten, umgeben von Schaltpulten, Fernsehern, die ihm einen Einblick verschaffen in die langen Gänge, die von einem Rondell vor ihm ausgehen – bis dieser Wärter dich bemerkt.

Er kann noch nicht wissen, um wen es sich bei dem Besucher handelt, denn er sieht lediglich durch die unten offene Tür deine Beine bis zum Knie.

Der Mann wendet sich von den Fernsehern, Schaltknöpfen weg, telefoniert. Daraufhin schlendert ein Beamter den langen Gang hinunter, öffnet die Tür vor dir. Du überquerst den runden Innenhof, trittst auf die nächste Tür zu.

Der Wächter, der dich bis hierher begleitet hat, dreht den Schlüssel, öffnet, du blickst in einen der Zellengänge. In der Mitte des Ganges, an dessen gekalkten Wänden einige kolorierte Landschaftsaufnahmen hängen, siehst du ein Eisengitter. Du gehst darauf zu, während unten in der Ferne, am Ende dieses weitläufigen Flures, ein Wärter auf dich zukommt. Der Mann schließt die Gittertür auf – und hinter dir zu. Er begleitet dich bis ans Ende des Ganges – öffnet rechts eine Tür. Vor dir erstreckt sich der eigentliche Gefangenentrakt.

Du befindest dich nun im Haus 10 der Vollzugsanstalt. Zwei Wachhabende begrüßen dich. Du hängst deinen Mantel in der Wärterkombüse in einen Schrank, betrachtest die Zierfische, die zur Erbauung der Beamten in einem grünen bepflanzten Behälter herumschwimmen, nickst dem einen oder anderen Goldfisch ermunternd zu – während der Schließer mit dem Schlüssel herumläuft und die Leute, deren Namen an einem Schwarzen Brett an der Wand festgenagelt sind, aus den einzelnen Zelle holt, die auf zwei Etagen weit in den Trakt sich hineinziehen.

Du hast noch Zeit, dir einige der ans Brett gehefteten Zettel näher anzusehen. „Herr Becher“, heißt es zum Beispiel, „muss nachts jede Viertelstunde, tagsüber jede halbe Stunde beobachtet werden, da selbstmordgefährdet“, oder du erfährst, dass ein Herr Bumke vorletzte Nacht das Mobiliar seiner Zelle zerschlagen hat und sich in ärztlicher Behandlung befindet, oder ein Herr Stefan Wölke wegen Unruhestiftung seit zwei Tagen in der B-(=Bunker-)Zelle sitzt.

Inzwischen schlurfen die Zelleninsassen, die am Unterricht teilnehmen dürfen – weil sie sich nichts haben zuschulden kommen lassen – heran. Wenn sich alles versammelt hat, trittst du in den Unterrichtsraum, in dem auch Tischtennis und Schach und Halma und andere Brettspiele gespielt werden. Der Wärter schließt hinter dir die Tür zu.

Und du sitzt dann so ungefähr zwanzig Männern unterschiedlichen Alters gegenüber, die dich neugierig oder auch gleichgültig oder auch gar nicht angucken.

Und du als Dozent hast den Auftrag, zur „Resozialisierung“, wie man es nennt, mit beizutragen, das heißt den Leuten zu helfen, damit sie nach der Entlassung ein normales bürgerliches Leben unter Beachtung aller Gesetze und Verordnungen und Vorschriften führen können.

3

Und zu diesem Zweck ist auch ein gewisses Maß an Allgemeinbildung nötig, eine Kenntnis von gesellschaftlichen, historischen, politischen Zusammenhängen. Und ich als Geschichts- und Politiklehrer hatte den Gefangenen entsprechende Fakten einzubläuen.

Folgende Fragen etwa sollten von meinen Schülern beantwortet werden können: Wie hieß unser erster Bundeskanzler? Wie viele Abgeordnete hat der Bundestag? Welche Rechte und vor allem Pflichten hat der Staatsbürger? Was versteht man unter Demokratie, und warum ist eine demokratische Staatsform allen anderen überlegen? In diesem Stil.

Nun, ich als gut besoldeter und gehorsamer Volkshochschulbeauftragter versuchte natürlich mein Pensum zu erledigen, aber wenn ich mir dann die Gesichter vor mir näher ansah und merkte, dass diese Jungens nicht unbedingt scharf darauf waren, Zahlen herzusagen und relativ abstrakte Gedankengänge nachzuvollziehen, schob ich bald meine Papiere in die Tasche, setzte mich bequem hin und meinte: „Na Leute, was soll's denn heute mal sein? Wo drückt der Schuh?“ Und die Burschen, als hätten sie darauf gewartet, legten los und erzählten ihre Storys, ihre persönliche Leidens-, Lebensgeschichte – ihren „Fall“.

Trotz der tiefen Tragik hörten sich die Darstellungen, vor allem die Knast- und Gerichtserlebnisse, oft lustig an. Ich hatte auch den Eindruck, dass die meisten Männer wirklich versuchten, aus dem Schlamassel rauszukommen, ein normales, bürgerliches Leben zu führen. Aber irgendwie klappte es nie. Vor allem, denke ich, deshalb, weil sie glaubten, einen gewissen Lebensstandard erreichen zu müssen, den sie durch eine geregelte Arbeit kaum schaffen konnten – abgesehen davon, dass viele die Belastung einer Acht-Stunden-Maloche psychisch über längere Zeit kaum durchhielten. Da sie nun gesehen hatten, wie andere zu Geld kamen – ihre Vorgesetzten, die reichen Bekannten – nämlich, indem sie die Konkurrenz an die Wand drückten, fertigmachten, rumtricksten, Gesetze umgingen, den Nächsten beschummelten, wo man nur konnte – da versuchten sie also auch hierin ihr Heil. Aber, sie selbst waren leider nicht so trickreich, nicht mit allen Wassern gewaschen, hatten nicht die nötige Härte – unterlagen deshalb im Kampf, im kapitalistischen Dschungelkrieg. Was bedeutet: Sie kamen mit dem Gesetz in Konflikt, wurden angezeigt, aktenkundig, erwischt – eingelocht.

Obwohl viele dieser Gescheiterten schon mehrmals hinter Gittern saßen, waren es alle keine abgebrühten Knastologen, die sagten: Die zwei, drei Jahre reiße ich locker runter, versuche dann einen neuen Anlauf. Nein, die meisten waren richtiggehend bedrückt, schämten sich, spürten die Schande des Gesetzesbrechers. Und hatten Angst, abgestempelt zu sein.

„Wenn ich rauskomme“, stöhnte einer, „bin ich zum dritten Mal vorbestraft; jeder wird weggucken, wenn er mich sieht. Sie können sich das gar nicht vorstellen ... Immer, wenn man eine neue Arbeitsstelle kriegt und es passiert was Krummes – ich, der Ex-Knacki, bin es natürlich gewesen. Und es gibt Leute auf der Straße, die zeigen wirklich mit dem Finger auf einen. ‚Der Paul, der ist jetzt wieder aus dem Gefängnis entlassen worden‘, hörte ich einmal meine Nachbarin zu ihrem Sohn sagen, ‚sieh ihn dir gut an, werde nicht so einer wie der da.‘“

Es gab kaum jemand, der sich an das Knastleben gewöhnen konnte. „Das Schlimmste von allem“, erklärte einer, „ist die Einsamkeit hier, weil die Freunde, vor allem die Ehefrau und die Kinder nicht da sind. Und die ständige Angst: Jetzt geht sie mit einem anderen – was man ihr ja fast nicht verdenken kann. Und die Vorstellung: Wenn ich nach Hause komme, nach einem Jahr oder zwei, sitzt da ein anderer. – Und die Besucher, sie bleiben mit der Zeit, je länger du drin bist, ganz aus."

Und die Gefangenen sind gerade an Familienfeiertagen wie Weihnachten oder Ostern besonders gereizt, stehen unter Hochspannung. Sie drehen durch, brüllen bei dem geringsten Anlass los. Aber weil man sich ja nicht ständig gegenseitig angreifen kann – sie sitzen doch alle im gleichen Boot – ist es die Polizei, die attackiert wird, oder der betreffende Richter.

„Nie mehr", ereiferte sich zum Beispiel ein dunkelhaariger Ausländer, der aber fließend Deutsch sprach, „lasse ich mich von einem Bullen anfassen und hierher zurückschleppen. Wenn die mich das nächste Mal verhaften wollen – ich halte mit der Maschinenpistole einfach rein. Und wenn zwanzig draufgehen – hierher kriegt mich keiner."

Als ich in der Woche vor Pfingsten einen Film zeigte, „DAS LOCH", die Geschichte eines gescheiterten Ausbruchversuchs, da ging es, bei der anschließenden Diskussion, plötzlich hoch her. Die Stimmung wurde immer gereizter. „Wir bekommen über die Feiertage keinen Ausgang!", schrie mich einer an „Die Schließer fahren ins Grüne, und wir gucken höchstens mal in die Glotze. – Weil hier nur noch mit reduzierter Besatzung gearbeitet wird, haben die keinen mehr, der uns beim Rundgang draußen bewacht, und deshalb fällt der eben ins Wasser!"

Und die Jungens brüllten durcheinander, und es sah aus, als wollten sie im Raum alles kurz und klein hauen – fast 25 erregte Männer um mich her, und ich hatte das dumpfe Gefühl, als müsste ich mir die fünf Mark Gefahrenzulage pro Stunde jetzt ernsthaft verdienen; denn es schien für die Gefangenen eine gute Möglichkeit zu sein, mich, den Lehrer, kurzerhand als Geisel zu nehmen, um ihre Forderungen durchzusetzen oder einfach, um sich mal Luft zu verschaffen, um ihrer Wut ein Ziel zu geben. Sicher, die Leute hatten nichts gegen mich persönlich, aber, würden sie nur bedauernd mit der Schulter zucken, es müsste eben sein – und es wäre leicht für sie gewesen, da sie wussten, dass ich eigentlich auf ihrer Seite stand, dass ich ihnen keinen Widerstand entgegensetzen würde.

Nun, ich blieb an diesem Tag vor Pfingsten länger als gewöhnlich da. Diskutierte, ließ die Häftlinge erzählen, wir überlegten zusammen, welche Schritte man gegen diese Maßnahmen unternehmen könnte. – Und Gott sei Dank konnte ich dann, wenn auch ziemlich nass unter den Armen, den Raum verlassen.

4

Um die Spannung zwischen Polizei und Gefangenen etwas zu mildern, war mir eines Tages die Idee gekommen, für den Unterricht Polizeibeamte, mit der Praxis vertraute Polizisten, einzuladen. Ich, der Gelegenheits-Sozialarbeiter, hatte ja gelernt: Bestehen irgendwo Differenzen zwischen Leuten – zunächst mal sich beriechen, miteinander reden lassen, das ist der erste Schritt zur Besserung.

Diese meine Aktivität stieß allerdings bei der Gefängnisleitung, obwohl die ja immer von Resozialisierung, Aggressionsabbau sprach, auf Unverständnis. „Was wollen Sie damit erreichen?“, hörte ich die Stimme des Bosses, den ich im Übrigen nie sah, am Telefon, als ich ihm meinen Plan mitteilte, „das gibt doch nur Unruhe unter den Insassen. Und, glauben Sie mir, die Polizei hat wirklich was anderes zu tun, als sich im Gefängnis mit den Häftlingen zu beschäftigen.“

Trotzdem setzte ich einen Schrieb auf, und der Polizeipräsident, der einsichtige, schickte sogar einen seiner Spitzenleute, nämlich Hauptkommissar Roth, der auch als Organisator in einem bekannten Radsportverein hin und wieder in der Zeitung erwähnt wurde, der jahrelange praktische Berufserfahrung hatte – und seinen Kollegen Kopf.

Und die beiden saßen eines Nachmittags, in Zivil, bei mir im Unterricht. – Und ich muss sagen, die Herren waren recht menschlich im Umgang mit meinen Schutzbefohlenen – wenn es mich auch anfangs irritierte, dass sie die Häftlinge ohne Weiteres duzten.

Die Polizisten hatten so einen Kumpelton drauf, mit Dialektfärbung – aber bei den Gefangenen schien das gar keinen Protest auszulösen. Sie waren offensichtlich froh, endlich mal mit Experten, mit Fachleuten, in Ruhe sprechen zu können, mit jemandem, der sich in der Szene auskennt. Die Männer hatten ganz konkrete Anliegen. Einer zum Beispiel war, gerade als er aus dem Auto stieg, verhaftet worden. Was war nun mit seinem Wagen? Wurde er abgeschleppt – wohin? Und Roth machte sich gewissenhaft Notizen und versprach, sich um diese Sache zu kümmern. Gerd, der Scheckfälscher, hatte von seiner Frau lange nichts mehr gehört und gesehen. Was war los? Roth notierte sich auch diesen Fall, wollte mal zu Hause nach dem Rechten sehen. – Und die Häftlinge schienen damit zufrieden zu sein. Offensichtlich hatten sie zu den Kommissaren Vertrauen.

Und dann kamen natürlich eine Menge Beschwerden an die Adresse der Polizei, der Justiz. „Kann man denn so was machen!“, rief ein junger Mann erbost. „Ich bin mit meiner Frau gerade erst ein halbes Jahr verheiratet, und wegen einer schon lange zurückliegende Bagatelle – ’nen Bruch in einem Bauwagen – muss ich, wenn ich Pech habe – die Verhandlung läuft noch – zwei Jahre sitzen. Wie kann man mir so was antun? Wer bezahlt die Miete? Wer sorgt für meine Frau? Wer gibt mir eine neue Arbeitsstelle – ich hatte gerade so einen tollen Job? Der Richter sagte mir beim letzten Termin damals: ‚Kümmern Sie sich nur um eine Arbeit, dann wird alles wieder gut.‘ Und ich habe mich um eine gekümmert – und da kommt eine Sache, die schon Jahre zurückliegt, und prompt bin ich wieder im Loch. Wo bleibt da die Vernunft?“

Der stark Kölsch sprechende Heinz erzählte diese Story: „Ich habe mich damals, weil die Schmier mir was anhängen wollte, eine Zeit lang verdrückt, bin immer nur abends ganz vorsichtig hinten durchs Küchenfenster in mein Haus geklettert, habe mich tagsüber nie sehen lassen. Und finde eines Morgens einen Einschreibebrief vor. Ich bin zur Post, weil ich dachte, es handelt sich um Geld. Der Mann am Schalter meinte, warten Sie einen Moment. Und prompt telefoniert der Typ mit den Bullen, und weg bin ich vom Fenster. Dürft ihr das denn? Einfach einen falschen Brief aufsetzen, um mich auszutricksen? Seit wann geht das denn, dass die Post und die Polizei zusammenarbeiten?“

„Das ist eben kriminalistische List“, grinsten die Hauptkommissare.

Ein Häftling warf den Beamten vor, dass sie häufig zu unüberlegt mit ihren Schießeisen umgingen.

Klar, meinte Kommissar Kopf, kämen Fehler vor. „Aber“, verteidigte er sich, „wenn ich eine Hausdurchsuchung vornehmen muss oder auch nur ein verdächtiges Fahrzeug anhalten, ich kann nie sicher sein, ob nicht ein Terrorist oder irgendein Verrückter seine Pistole hochnimmt und abdrückt. Die RAF-Leute haben bereits 18 von uns umgelegt.“

Der Kommissar gab allerdings zu, dass einige seiner Kollegen allzu leicht nervös würden und dann und wann ein Unschuldiger auf der Strecke bliebe. Psychologie, Menschenführung, das richtige Verhalten in bestimmten Situationen, so räumten die beiden Polizeibeamten ein, müssten mehr als bisher Schwerpunkte in ihrer Ausbildung sein.

Ich überzog den Unterricht an jenem Tage um über eine Stunde. Denn zum Schluss kamen die Polizisten und die Häftlinge ins Reden. Sie unterhielten sich über gemeinsame Bekannte – einen offensichtlich stadtbekannten „Schorsch“, der „Schränker“ war, ein Geldschrankknacker also, eine ominöse Wirtin namens Liesel und den Jerry und einen „fussig Heenz“. Und es ging in die Tiefen des kölschen Dialekts – ich verstand manchmal kein einziges Wort.

Nun, die Jungens wünschten den beiden Beamten, ohne wohl die Ironie zu bemerken, schließlich viel Glück bei der Arbeit (also dem Einfangen von ihresgleichen, den Gesetzesbrechern), und die Polizisten sagten grinsend: „Auf Wiedersehen. Bis demnächst.“

5

Die Leute, mit denen ich während des Unterrichts am intensivsten ins Gespräch kam, waren Leonard und Georg. Leonard, der Bombenbastler, hatte damals gerade eine halbjährige Isolationshaft hinter sich, was hieß, er durfte nur allein seinen täglichen Rundgang machen, er musste allein baden, bekam, abgesehen von dem Schließer, niemanden zu Gesicht, seine Zelle wurde dauernd durchsucht – und wenn er einsam auf dem Hof seine Runden drehte und jemand sich von drinnen bemerkbar machte, indem er ihm zuwinkte oder etwas zurief, wurde der Betreffende bestraft – es war vonseiten der Häftlinge verboten, sich in welcher Weise auch immer mit Leonard in Verbindung zu setzen.

„Man hört und liest dauernd davon, dass diese Isolationshaft eine Art Folter ist", fragte ich einmal Leonard, „stimmt das?"

Leonard guckte mich erstaunt an. „Natürlich", sagte er, „lassen Sie sich doch mal für ein halbes Jahr in dieser Weise einsperren ..."

Im Unterricht war er der hellste und lebendigste Schüler, sicherlich auch deshalb, weil er nun wieder reden konnte und eine Menge nachzuholen hatte.

Georg, der fleißige und eifrige Kursteilnehmer, wurde in der Presse als „der Computermörder" bezeichnet. Eine Angestellte war im Computerraum von Georgs Firma erdrosselt aufgefunden worden. Der Prozess lief gerade in die entscheidende Phase.

Eines Nachmittags kam Georg vor dem Unterricht auf mich zu, er war fast am Heulen. „Gucken Sie sich das an", meinte er und hielt mir eine Zeitung hin, mit der Schlagzeile „Computermörder kurz vor dem Geständnis!" In dem Artikel legte der Reporter scheinbar zwingend dar, dass nur Georg der Mörder des Mädchens sein konnte.

„Wenn der Richter das liest", stöhnte Georg, „ist es klar, dass ich keine Chance mehr habe. Die Leute stempeln mich, bevor das Urteil überhaupt gesprochen wird, schon zum Verbrecher. Und der Richter, will er sich nicht gegen die öffentliche Meinung stellen, kann gar nicht anders, als mich verurteilen."

Die meisten der Häftlinge saßen in Untersuchungshaft, ihr Prozess war noch nicht abgeschlossen. Und entsprechend waren sie gereizt, wussten nicht, wie die Verhandlung ausgehen würde, ob sie sechs Jahre, sechs Monate, oder gar einen Freispruch bekämen.

Aber immerhin, wenn ein Angeklagter nach einem Gerichtstermin in seinen Trakt zurückkam und es für ihn nicht gut gelaufen war, klopften ihm seine Leidensgenossen tröstend auf die Schulter. „Franz, dieses Richterschwein ist eben unberechenbar, hatte heute wohl seinen schlechten Tag. Vielleicht klappt's beim nächsten Mal besser."

Weil die Häftlinge ständig über irgendwelche nach ihrer Ansicht überflüssigen Maßnahmen der Anstaltsleitung meckerten, und auch oft über das schlechte Essen schimpften, schlug ich ihnen vor: „Beschwert euch doch: Ihr müsst gemeinsam etwas dagegen tun. Solidarisiert euch."

„Das ist verboten", erklärten sie. „Man kann sich nur als Einzelner beschweren. Wenn man sich zusammentut und zum Beispiel einen Schrieb aufsetzt mit mehreren Unterschriften, ist das Meuterei."

Im Laufe der Zeit kamen wir auf den Trichter, den sogenannten Hobby-Wart als den Sprecher des jeweiligen Zellentraktes anzusehen. Der Hobby-Wart war eigentlich nur für das Freizeit- und Spielmaterial zuständig, war verantwortlich für die Tischtennisschläger, Schachfiguren, Mensch-ärger-Dich-nicht-Bretter und so weiter. Nun sollte er sich auch um alle anderen Belange seiner Leute kümmern.

Georg, der erste frei gewählte Hobby-Wart mit neuer Funktion, bemühte sich gleich, Kontakt mit den Kollegen der anderen Häuser aufzunehmen, um die Dinge voranzutreiben.

Es gab in Ossendorf bereits ein von den Häftlingen gewähltes, übergeordnetes Gremium, nämlich den sogenannten Rundfunkrat. Diese siebenköpfige Gruppe entschied über das Radioprogramm, das den Gefangenen in die Zellen gesendet werden konnte. – Ein Mitglied dieses Rates war damals übrigens der Spion und ehemalige persönliche Referent von Willy Brandt, Günter Guillaume, dessen Entlarvung zum Sturz des Kanzlers geführt hatte. Guillaume besaß bei den Knastologen einen guten Ruf – nicht etwa, weil er ein hohes Tier war, sondern weil er, obwohl er finanziell das gekonnt hätte, sich sein Essen nicht von auswärts reinbringen ließ – was Leuten mit Geld erlaubt ist –, sondern sich an die übliche Anstaltskost hielt.

„Er fegt auch selbst seine Zelle", erzählte mir ein Häftling. – Das einzige, was manche an ihm auszusetzen hatten: Statt der gängigen Schlager brachte Guillaume oft klassische Konzerte von Beethoven, Brahms, Mozart ins Programm.

6

Obwohl die Gefangenen im Unterricht ziemlich aufgeräumt und locker waren und es dort oft lustig zuging – Leid und Kummer kamen letzten Endes immer durch.

Und ich war, wie gesagt, froh, wenn ich zwei Stunden später nach dem langen Weg zurück durch die Neonlichtgänge und Gittertüren wieder im Foyer stand und mein Holzschild abgeben durfte und an die frische Luft treten.

Und ich sehe die armen Jungens heute noch vor mir, wie sie, zwar gut genährt und sauber, aber bleich und sehr ruhig in ihre Zellen zurückschlurften – keine Power in den Knochen, wenig Energie, wenig Leben – wandelnde Leichen, eingetaucht in die ständig gleiche künstliche Beleuchtung.

Aber ihre Wächter – hatten sie es denn besser als sie? Wie kann man nur so einen Job annehmen, dachte ich oft. Denn sie, die Wärter, waren ja eigentlich genauso eingeschlossen, gefangen. Hinzu kam:

Dauernd hatten die Wachhabenden Angst, irgendeine der zahlreichen Vorschriften zu verletzen, um dann von der Anstaltsleitung eins draufzukriegen.

Einmal war Werres, mein zutraulicher Schließer aus Haus zehn, ganz geknickt. Er hatte in der Nacht Scheiße gebaut, wie er sich ausdrückte. „Ich guckte doch jede Viertelstunde rein, wie befohlen. Und der Typ sitzt ganz ruhig in der Nacht an der Heizung, ist einfach so im Sitzen eingeschlummert. Hat natürlich vorher rotiert – aber nun, ganz ruhig. Ach ja, dachte ich, alles in Ordnung."

Nur, als der Häftling dann morgens gar nicht mehr aufwachte und Werres schließlich in die Zelle reinging – da sah er: Der Mann hatte sich aufgehängt, an einem Streifen Leinen, an der Heizung, im Sitzen.

„Und ich bin natürlich jetzt dran", meinte Werres bekümmert. Er machte sich Sorgen um seine gerade anstehende Beförderung.

Nun, dieser Fall kam nicht in die Presse. Aber einige Monate vorher: Ein Gefangener, der kurz vor der Entlassung stand, also keineswegs gefährdet schien – „eines Morgens steckte der seine Matratze in Brand", empörte sich Werres, „erstickte – aus. Und wir, die Aufsicht, waren mal wieder die Dummen. ‚Folterknechte', hieß es, ‚hetzen die Leute in den Tod' oder was sich die Zeitungen sonst noch alles einfallen ließen."

Die schwierige Situation der Vollzugsbeamten. - Sowieso in ziemlicher Abhängigkeit von den Häftlingen selbst, auf die sie ja beim Saubermachen, der Essensausgabe und anderen Hilfsdiensten angewiesen sind, müssen sich die Wärter nicht nur nach unten in Acht nehmen, mit ihren Schutzbefohlenen diplomatisch umgehen, sondern auch nach oben schielen, gegenüber der Leitung vorsichtig auftreten.

Und eine in diesem Bereich wohl nötige pädagogische, psychologische Schulung des Personals, meinte Werres, gäbe es leider nicht. „Man muss einfach selbst zusehen, wie man klarkommt."

Tja, die Anstaltsleitung, mein Boss. Hin und wieder klingelte es in der Wärterkombüse – für mich. „Ich bitte Sie", sagte die anonyme

Stimme, „in der nächsten Stunde darauf zu achten: Die Gefangenen können über die Interna der Anstalt diskutieren, sich auch – einzeln – beschweren, wenn sie wollen, aber dulden Sie keine Hetzerei, lassen Sie es nicht zu aufwieglerischen Äußerungen kommen."

Immerhin, der Leiter hielt sich im Großen und Ganzen zurück. Ließ mich gewähren. Aber offenbar war er immer auf dem Laufenden, was im folgenden Telefongespräch deutlich wurde.

„Herr Brune", sagte der Boss am anderen Ende der Leitung, „ich habe erfahren, während Ihres Unterrichts nähmen sich die Teilnehmer einige Freiheiten heraus. Ein ungeniertes, provozierendes Furzen zum Beispiel wäre fast an der Tagesordnung. Notieren Sie bitte die Namen der Betreffenden, damit wir gegen die Störer vorgehen können."

Ich ermahnte die Jungens in der nächsten Stunde, sich ein wenig zusammenzureißen.

„Das kommt vom miesen Knastfraß", protestierte Georg, verlagerte sein Körpergewicht auf eine Seite – rums. Es stank.

Das war mein letzter Unterrichtstag. Aus Sparsamkeitsgründen, wie es hieß, und wegen der Verschärfung der Sicherheitsbestimmungen – es waren neue Terroristen eingeliefert worden – hatte man einen Teil des Kursangebotes für die nächsten Semester gestrichen.

VII.

Der lange Weg

1

Als ich, der Lehrer, damals, wie es hin und wieder geschah, mit einigen Schülern übers Wochenende aufs Land, in eine Jugendherberge fuhr, und es zu diesem allabendlichen vertrauten Beisammensein mit ihnen kam – Kerzen wurden auf den Boden, in dem Jungen- oder Mädchenschlafzimmer, gestellt – die ganze Bande saß im Nachthemd oder Schlafanzug wie die Spatzen aufgereiht auf den Betten, die nackten Füße baumelten herab, während die Rotwein- oder auch die Coca-Flaschen kreisten – da wurde in diesem intimen Kreis auch Privates besprochen, man öffnete sich.

Und eines Tages sagte denn auch Markus, 17-jährig, ein kräftiger braungebrannter Bursche, nachdem die aufgeschlosseneren Schülerinnen vom Pillen-Nehmen erzählt hatten, von Empfängnisverhütung, während die jüngeren, meist männlichen Zuhörer natürlich im Dunkeln aufmerksam die Ohren spitzten – da sagte also Markus, der 17-Jährige: „Ach, die Mädchen“ – und deutete an, dass es nicht so einfach sei, an eine Freundin zu kommen, und er in seinem Alter hätte es gerade dazu gebracht, ein einziges Mal – „mehr durch einen glücklichen Zufall“ – ein Mädchen zu küssen. „Dabei“, sagte Markus anschließend, „dabei steht doch in der ‚Bravo‘, dass schon die 14-Jährigen mit Mädchen ins Bett gehen, und dass jeder dritte Oberstufenschüler bereits mit seiner Freundin geschlafen hatte.“ Und Markus, der gesunde stramme Junge, er lachte. „Sicher, die übertreiben, die wollen ja nur ihr Blatt loswerden, diese Zeitungsfritzen.“ Aber, man merkte, es wurmte ihn trotzdem, dass er, in seinem Alter, es noch nicht geschafft hatte, noch nicht mit einem Mädchen im Bett gewesen war.

Markus fühlte sich bereits als Außenseiter, als einer, der's noch nicht draufhatte, der noch nicht mitreden konnte. Überall dieser Sex, auf den Kioskwänden, im Fernsehen, im Film, überall stiegen schon die kleinen Mädchen und die schon etwas älteren Jungen zusammen ins Bett, ‚brachten es‘ – und er???

Nun, ich forschte ein wenig herum bei den Schülern. Und wie ich feststellen konnte – natürlich nur vage, Sex, allem Anschein zum Trotz, war immer noch tabu, man hielt damit hinterm Berg. Nach meinen Recherchen war es keineswegs so, dass die Jugendlichen dauernd mit den Freundinnen ins Bett gingen. Ich hatte das Gefühl, dass von diesen 16-, 17-jährigen Mädchen vielleicht ein oder zwei, sagen wir von zwanzig, mal mit einem – meist viel älteren – Jungen geschlafen hatten.

Sex – ein Problem auch für die sogenannte aufgeklärte Jugend. Die ewig alte Frage: Wie komme ich an ein Mädchen, wie komme ich an einen Freund, wie verhalte ich mich überhaupt? Und die Schüchternheit, Verklemmtheit, die Missverständnisse, sie waren, wie ich auch bei den anderen Schülern heraushörte, trotz größerer Aufklärung keineswegs geringer geworden.

Allerdings, wie verstand ich die Schüler – damals, als Markus diesen Satz losließ, seine Schwierigkeiten bekundete – ich konnte es ihm nachfühlen.

Natürlich, es war gut, dass wir nun solch ein Thema, bei diesen außerschulischen Unternehmungen, besprachen. Britta, die Biologie-Lehrerin, die auch mitgefahren war, unterhielt sich mit den Mädchen, wusste alles, was Empfängnisverhütung betraf, und auch die Jungens, wie gesagt, hörten neugierig zu. Doch ich, was hatte ich zu bieten?

Sicher, ich versuchte – beispielsweise gegenüber Markus – zu beruhigen: „Ich bin auch erst ganz spät angefangen. Viel später als du. Damals war das überhaupt was anderes. – Es ist nicht nötig, mit der Brechstange vorzugehen, es unbedingt hinter sich zu bringen, mit einem Mädchen zu schlafen. Alles langsam kommen lassen, langsam angehen.“ Und ich erzählte auch von meinen eigenen Erlebnissen. „Als ich seinerzeit eine Freundin hatte – ich weiß noch, wie mir dies durch den Kopf ging: Ich muss jetzt (als wir zärtlich waren), ich muss jetzt mit dem Mädchen schlafen. Sie will es so. Und das Mädchen, so erfuhr ich später, dachte ungefähr: Nun kennen wir uns schon einige

Zeit, haben genug rumgeküsst. Es muss jetzt sein. Sicher will er schon seit Längerem mit mir schlafen. Ich will eigentlich nicht, ich könnte noch einige Zeit einfach so schmusen, noch Wochen, vielleicht auch Monate – aber, man weiß ja, die Männer sind so, die wollen eben das Ganze, ALLES. Ich möchte ihn ja nicht verlieren, schließlich liebe ich ihn, er ist ja auch so feinfühlig, nett. Also werde ich, nun gut, also werde ich eben mit ihm schlafen.

Und ich, der ich eigentlich auch noch gar nicht wollte, der ich noch irgendwie Angst davor hatte, ich habe es dann gemacht. Und wir beide, das Mädchen und ich, lagen dann im Bett, obwohl wir beide noch gar nicht so weit waren, nur weil jeder vom anderen dachte: Der will es so. Ein Mädchen will möglichst schnell von einem Mann genommen werden, erwartet das – sonst ist es für sie kein richtiger Mann, was heißt, ein forscher, sinnlicher, stürmischer Draufgänger – und der Mann, der das merkt, dem diese Rolle vom Mädchen aufgedrängt wird, er kann nicht anders, kann diese Rolle nicht ablegen. – Ein großes Missverständnis auf beiden Seiten, ein unausgesprochenes Missverständnis. Und die Freude, ach, die ist gar nicht so toll; vielleicht wird die Frau, das Mädchen, frigide (‚Ah, so ist das? Hat eigentlich gar nicht so viel Spaß gemacht ...‘) – und der Mann, wenn er's überhaupt bringt, wenn er nicht impotent ist – einfach, weil er keine richtige sinnliche Lust hatte – er denkt: ‚Na ja, immerhin, ich hab's mal gebracht!‘

Ja ja, die Werbung, die Medien, sie schreiben uns vor, wie wir mit unseren Partnern, Freundinnen, Männern umgehen, sie verfolgen uns bis unter die Bettdecke. Die Jugendzeitschriften wie ‚Bravo‘, die Boulevardpresse wie ‚Bild‘, die immer diese 14-Jährigen vorzeigen, die mit den ehrbaren Familienvätern, Ehemännern, Regisseuren, Bürochefs ins Bett gehen, sie stehen bei uns im Schlafzimmer, geben die Befehle.“

Das ungefähr war es damals, was mir durch den Kopf ging, und ich auch zum Teil sagte, als sich dieser Markus so freimütig alles von der

Seele redete. Und ich dachte mir: Du kannst nicht die großen Tipps geben und Sprüche klopfen und dabei dich selbst raushalten. Du kümmerst dich um die Schüler, willst ihnen helfen, das heißt, ihnen beibringen, was auch du kannst – aber, auf diesem Gebiet, auf dem sexuellen, in diesem sogenannten Intimbereich, da musst du letztlich passen. Hin und wieder ein paar leichte Andeutungen, das reicht nicht. – Und es ist wahr, die Schulatmosphäre ist ja auch wirklich nicht besonders geeignet, über solche Sachen zu reden.

Aber, wie gesagt, damals hatte ich mir vorgenommen, du musst dich öffnen. Wo sollen die Jungen und auch die Mädchen (die es, meine ich, etwas leichter haben, weil sie offener sind, von ihren Müttern, älteren Freundinnen mehr hören, als die auf Verschlossenheit getrimmten Männer), wo sollen sie sonst die Informationen herholen? Hier musst du mehr aus dir herausgehen. Die Blockade durchbrechen. Unterrichten, den Leuten Wissen beibringen – was für mich (den Deutsch-, Geschichtslehrer) hieß, Rechtschreibregeln, grammatische Strukturen, Geschichtszahlen – schön und gut. Aber in diesem anderen Bereich, an dem, wie ich täglich sah, die Schüler hart trugen, wo die Probleme, gerade bei 14- bis 17-Jährigen, immer größere Bedeutung erlangten – viel mehr, meines Erachtens, als alle schulischen, also für sie sozusagen beruflichen Probleme – da musste ich, der Lehrer, der Erzieher – denn damals war ich mit diesem allumfassenden Anspruch angetreten – da musste ich passen.

Um auf Markus zurückzukommen: Als ich, ans Bett gelehnt, im Halbdunkeln auf diese Schülerköpfe herunterblickte, in die Kerzen, und die Wärme spürte, die für einige Minuten zwischen uns war – solange, bis uns der Herbergsvater in die Betten scheuchte – da nahm ich mir vor: Das ist noch eine Aufgabe für dich. Lass die Leute – jedenfalls die, die es brauchen – nicht im Stich.

Nun, ich glaube, so sehr ich mich seinerzeit bemühte – auch ich war noch nicht so weit. Ich hatte ja selbst meine Schwierigkeiten, hatte selbst noch einen langen Weg vor mir. Auch ich musste noch lernen.

2

Es dauerte eine Weile, bis ich begriff: Zu diesem Lernen gehörte auch der Blick zurück. Auf die lange Geschichte, die ich hinter mir hatte, eine – sagen wir – 27 Jahre dauernde erotische Geschichte.

Denn ich war gerade neun Jahre alt, als ich eines Tages in einer Ritze meiner Bank, meiner Schulbank einen Zettel fand. „Ich sitze hier, Angelika."

Angelika! Wie wird sie aussehen – meine erste Freundin? Leider, ich habe sie nie zu Gesicht bekommen. Weder, als ich einen Antwortbrief verfasste – sicherlich in krakeligen, noch ungewohnten Buchstaben: „Ich grüß dich. Bert" – noch, als von ihr „Deine Schule ist nicht so schön wie unsere, Angelika" zurückkam. Noch immer hatte ich keine Ahnung, wie sie aussehen würde.

Denn diese Mädchenklassen, die vorübergehend in unsere Schule und auch in unseren Klassenraum eingezogen waren – ihre Schule wurde renoviert – diese uns fremden Mädchen standen, als wir dann nach der dritten Stunde raus- und sie ins Schulhaus hineingingen, auf dem Hof – und wir gingen, mehr wie ein Spießrutenlaufen, durch schweigende oder nur leise tuschelnde Gruppen hindurch. Und dabei konnte ich nicht ausmachen, um wen es sich bei „meiner" Angelika handelte. Und umgekehrt dürfte es ihr nicht anders ergangen sein.

Aber – ich hatte diese schönen Papiere in der Tasche, und ich freute mich schon den ganzen Tag darauf, am nächsten Morgen noch so einen Zettel erst mal zu suchen (denn der war oben in den Ritzen des Tisches, unter dem Deckel oder sogar unter dem Holzfuß versteckt) und dann heimlich die Buchstaben sich halblaut vorzulesen.

Ach, wie warm wurde es mir! Ein völlig unbekanntes Gefühl der Süße, der Lust – dieses großartige Gefühl, ein erstes noch kleines Rinnsal. Aber, unverkennbar diese schon damals einsetzende Träumerei (Wie wird sie wohl aussehen?). Ach, wie fühlte ich mich zu ihr hingezogen!

Leider dauerte die Freude nur einige Wochen. Dann waren wir wieder unter uns – unter Jungen.

Aber, wir erzählten uns natürlich, was wir – ich ebenso wie viele andere – erlebt hatten. Und wir spürten: Es hatte sich was Besonderes ereignet. Die Mädchen, ein Volk, eine Menschenklasse für sich. Irgendwie wurden wir unwiderstehlich zu ihnen hingezogen. Und: Es war etwas Gutes, dieses Gefühl. Wir, die wir unsere erste Liebe, wenn man so will, erfahren hatten, fühlten uns stark. Wir schätzten uns besser ein in diesem Moment als die Übrigen, hatten schon was erlebt, hatten Wärme, Mädchenwärme, Vertrauen gespürt. Und die anderen Schüler, die das nicht erlebt hatten, waren ganz offen neidisch – wir waren ihnen überlegen.

3

Seltsamerweise widerfuhr mir dann wieder so was Ähnliches, als ich zwölf Jahre alt war – nicht aber bei einem Mädchen, sondern bei einem Jungen. Fred hieß er, wohnte uns gegenüber, war Sohn eines Bauern. Und ich – vielleicht so über ein halbes Jahr lang – ging jeden Morgen raus, rüber zum Hof. Wird er heute wieder draußen sein? Werde ich ihn sehen?

Und er, der immer die Fuder in der Erntezeit beladen musste, Bunde hochstemmen, misten, die Kühe und Schweine füttern, selten überhaupt Zeit hatte zu spielen – er war damals mein großer Favorit.

Ach, wie gern stand ich, wenn er mal die schweren Strohbunde über sich in die Dachluke – zu einem Knecht oder zu seiner Mutter – schob, wie gern stand ich dann neben ihm, legte die Bunde so hin, dass er sofort mit der Gabel reinstechen und sie hochwuchten konnte. Jede Mühe hätte ich ihm erspart, immer hätte ich so bei ihm sein können, helfen.

Natürlich konnte ich meine Gefühle nicht offen zeigen: Ich habe dich gern, sollen wir heute zusammen spielen? Nein, über Gefühle sprach man natürlich nicht. Sicher, Mädchen durften das, unter Mädchen erzählte man sich ja allerhand.

Aber die Jungen ...

Nun, ich begab mich also auf den Hof unseres Nachbarn. Und wenn Fred rauskam, war ich in der Nähe, und dann, wenn ich merkte: Es war nötig, es lag an, dann war ich da, half ihm die Pferde einspannen, oder winkte ihm raus, wenn er – der schon Trecker fahren konnte – zurücksetzte.

4

Aber dann, nach einem halben Jahr etwa, war ich bei einem anderen Nachbarn, ebenfalls einem Bauern, beschäftigt. Runkeleinzelziehen hieß das Vergnügen. Dieser Bauer war ein größerer Landwirt; er hatte so viel zu tun, dass er in der Erntezeit – oder eben in dieser Frühsommerzeit, wenn die Runkeln schon ziemlich hoch standen – zusätzlich Leute einsetzen musste, um über die Runden zu kommen.

Und wir, die Schüler, wir saßen also in den Runkelreihen und zogen die kleineren jüngeren Pflänzchen zwischen den größeren weg, damit diese Platz zum Wachsen hatten, und sie sich nicht gegenseitig Sonne, Luft und Wasser stahlen.

Und wieder schlug mein Herz höher. Halma, die drittjüngste Bauerntochter, ein Jahr jünger als ich, kniete neben mir. Und wieder diese Wärme, dieses sanfte Pochen des Herzens. Und wieder dieser Trieb, dem Mädchen Gutes zu tun, oder auch wahrscheinlich nur deshalb Gutes zu tun, um ihm nahe zu sein, oder auch, um die Aufmerksamkeit zu erregen.

Und ich wollte es natürlich besonders gut bringen. Was so aussah: Wir hockten an der Erde, der Startschuss ging los – was hieß, der Bauer, der lässig herumstand und über das Feld blickte, gab das Zeichen – und schon wurde losgerobbt. Unter die Knie hatten wir alte

Säcke gebunden – andere hatten ganz dicke Hosen an – und rechts und links verschwanden die zarten Pflanzen unter unseren flinken Kinderhänden – rupf, rupf, schnell aus der Erde gerissen, möglichst zwei, drei auf einmal, und, wie gesagt, rechts und links gleichzeitig.

Wir knieten zwischen zwei Runkelreihen, der Nachbar direkt zwischen den nächsten. Und: Ich musste das Ganze natürlich so deichseln, dass ich den Platz neben Halma bekam. Und dann legte ich los wie der Teufel, zack, zack. Und kaum war ich ein Stück voraus (die anderen hatte ich, wenn ich mich ein wenig vorbeugte und nach hinten durch die aufgestützten Arme durchsah, gut im Blick) – dann also, wenn ich Vorsprung hatte, schnell nach links oder rechts, je nachdem, rübergelangt, und auch da, zack, schlürf, die Pflanze rausgezogen.

Und als nun Halma an der besagten Stelle, wo ich hingegriffen hatte, angekommen war, war alles schon passiert. Sie konnte nun ungehindert schnell voranmachen – da es für sie nichts mehr zu ziehen gab – und schon befand sie sich auf meiner Höhe. „Guck mal", sagte sie dann, „bei mir stehen die Großen schon einzeln!" – „Tatsächlich?" – Und sie lächelte mich an, dankbar und mit jenem Blick, der einem durch Mark und Bein ging (denn auch sie, oh ja, hatte mich gern, ich merkte es). Und wir zogen dann beide also nebeneinander, uns gegenseitig helfend, über das Feld. Und wir unterhielten uns, und manchmal, manchmal berührten sich sogar – im Eifer des Gefechts – unsere Fingerspitzen. Und das war natürlich der Gipfel.

Und abends, gegen fünf Uhr, fing ich mich schon an zu freuen. Um sechs nämlich nahm ich unsere Zweiliterkanne und trabte los. Ganz ruhig, ganz entspannt. Und ich betrat den Hof, IHREN Hof, den Hof ihrer Eltern und begann bereits rumzuschielen. War sie irgendwo? Guckte sie vielleicht aus dem Fenster? Und der Melker, der Schweizer, der Mann, der die Kühe versorgte, ließ aus der großen Kanne die kühle frische Milch in meine Kanne reinfließen. Und zwischendurch ein kleiner Schnack. Der Schweizer, ein urwüchsiger, bärtiger Mann, mit Muskeln wie Berge auf den Armen, er lächelte immer, wenn ich so losplapperte und dabei mich umsah, denn sicherlich wusste er genau Bescheid. Halma war nämlich – sogar offiziell – meine Freundin. Ihre Eltern wussten das, und die anderen ebenfalls, mit denen wir dann abends Fangen und Verstecken spielten auf dem Hof, der vollständig umgeben war von Pferdeboxen, Scheunen, Kuh- und Hühnerställen. Und wir konnten uns überall drin verkriechen, in tausend Ecken uns drücken, unter die Wagen, Heuhaufen legen. – Es war schön, dann im Dunkeln neben sich die Halma zu haben, ihren Atem, wenn wir leise sein mussten, zu hören, oder sie anzufassen, wenn ich sie abgefangen hatte (oder ließ sie sich hin und wieder mit Absicht von mir fangen?). Und nach dem Spiel, wenn es schon ganz dämmrig war, standen wir, wir beide inmitten der anderen und erzählten uns was, bis es schließlich Zeit war und ich nach Hause musste.

Und ich mit meinen dreizehn Jahren vielleicht.

Natürlich hatte ich sie nie geküsst, nie auch nur mehr als flüchtig, wie es einem eben beim Spielen passiert, angefasst. Eine unschuldige, wie man so sagt, eine kleine, aber aufrichtige Liebe. Und ich – wie stolz war ich, wenn ich merkte, wie sie mich, zwischen all den anderen, mich allein mit diesem besonderen Blick ansah, wenn ihre Augen glänzten, wenn ich mal was Schönes gesagt hatte oder einen Witz losließ.

Doch ach, leider, für Halma begann das erste Leid, kam der erste Liebesschmerz. Denn sie hatte eine um zwei Jahre jüngere Freundin – eine ganz zierliche, mit langem Hals, mit Rehaugen, die immer nur ganz kleine Schritte machte und nie grobe Wörter sagte und sicher auch nur ganz selten schmutzig dachte. Und die auch nur deshalb die harte Arbeit auf dem Feld mitmachte, weil sie eben die Freundin von Halma war und bei ihr sein wollte.

Und eines Tages, ich weiß gar nicht, wie das passieren konnte, begann ich auf einmal nicht mehr zu Halmas Seite mich rüberzubeugen, nicht bei Halma in die Reihe reinzulangen, bei ihr vorzuarbeiten, sondern eben bei ihr – Trudi.

Mein Herz, das treulose, wetterwendische Herz hatte sich der Freundin zugewandt. Und es tat elendig weh, wie es mich zu Trudi hinzog, und ich schämte mich fast, aber wünschte nichts sehnlicher als eben dieses, wenn ich nun – auf dem Feld, auf den Knien, mit meinen schmutzigen Fingern – immer ihre Nähe suchte, und wir beide, Trudi und ich, jetzt weit vorn, vor dem übrigen Haufen lagen, oder uns auch ganz zurückfallen ließen, nur um allein zu sein, um uns ansehen zu können.

Und Halma, meine erste große Liebe, sie zog nun einsam und traurig ihres Wegs, durch die Runkelreihen, und ich bin sicher, abends hat sie im Bett gelegen und geweint. Und ihre Beziehung zu Trudi, ihrer einzigen Freundin damals, wurde ebenfalls belastet.

Aber die Liebe, dieses Gefühl, dessentwegen, wie ich später erst erfuhr, sogar Kriege ausgelöst werden, die schlimmsten grausamen Verbrechen geschehen, Leute sich verstümmeln, umbringen – dieses Gefühl, das viele zu unerhörten Taten auch anstacheln konnte, Welten erobern ließ, Königreiche stürzen – dieses unbarmherzige, brutale, fürchterliche, schöne, grausige, unirdische, heilige Gefühl hatte auch mich ergriffen – und Leid und Tränen waren auf meiner Fährte, um es mal etwas pathetisch zu sagen.

Ich war einfach verrückt. Ich weiß noch, eines Tages, als ich auf dem Schützenfest mit Halma, die es ja immer mal wieder probierte, zusammen war, vielleicht sogar meine ersten Tanzschritte mit ihr machte – als ich sie dann nach Hause brachte und sie glaubte, möglicherweise ist doch alles gut, er hat sie, die Trudi, doch nicht so gern, und sie sich zutraulich an mich lehnte, und vielleicht sogar den Mund spitzte, um mich – zum ersten Mal – zu küssen, sich von mir küssen zu lassen – da plötzlich, ich konnte nicht, sie war einfach nicht mehr da, diese Wärme.

Traurig ging ich von dannen. Und damit war es zu Ende zwischen uns beiden.

Und ich hatte den ganzen Tag, die folgenden Wochen, Monate nichts anderes zu tun, als nach der Schule in die Stadt zu gehen – nur den einen Gedanken im Kopf: Hoffentlich treffe ich sie, Trudi, vielleicht geht sie gerade einkaufen. Und ich schlenderte die Hauptstraße rauf und runter. Und einmal stellte ich sogar einen Fotoapparat auf, zur Straßenseite hin in unser Fenster. Dort musste sie nach der Schule vorbeikommen. Und tatsächlich, nach vielem vergeblichen Warten erschien sie auch wirklich, und gerade wollte ich auf den Auslöser drücken, da kam mein Bruder, der älteste, ins Zimmer: „Was ist denn hier los?"

„Ach", sagte ich, „ich wollte nur mal die Hofmauer drüben, mit dem schönen Scheunentor dahinter, aufnehmen."

Mein Bruder verschwand. Und ich stand da ohne Aufnahme und war sauer.

Dieses zierliche Mädchen, die Trudi, wie schaffte sie es nur immer, wenn sie mich sah oder vielmehr ich sie anstierte, so graziös den unglaublich langen Hals zu drehen, und den Kopf, den schmalen feingeschnittenen, ins rechte Licht zu setzen! Und wie souverän klimperten ihre Augenlider!

Aber, ich war damals schon fast sicher, sie war nicht das, was eben Halma war. Sie spielte mit mir; sie hatte mich ihrer Freundin ausgespannt, sie hatte gesehen, dass sie wirkte, das reichte.

Und nicht nur ich war der Leidtragende. Auch andere, die die großstädtisch aussehende Grazile bewunderten, sie wurden von ihr an der Nase herumgeführt. – Ach ja, Ehrlichkeit, Lauterkeit, Treue – das zählte alles nicht in diesem Geschäft. Charakter und innere Werte, nein, das war nicht das, was man suchte.

6

Aber das war alles nur Liebes-Vorgeplänkel im Vergleich zu dem, was kam, als ich so gegen sechzehn, siebzehn war. Denn auf dem Schützenfest, als ich mit vielen anderen Teenies an der Raupe und auch am Autoselbstfahrer stand und Elvis' „Are You Lonesome Tonight" oder

Fats Domino's „Moody River" oder „Diana" von Paul Anka aus dem Lautsprecher dröhnte beziehungsweise schmalzig schmolz – da nämlich traf ich SIE – Corinna – wie sie, im Arm ihrer Schwester, Hof hielt. Denn sie, und auch ihre Zwillingsschwester, in ihren blauen Plisseeröcken, dazu die passenden blauen Jacken mit den weißen, zierlich gehäkelten Hemdkrägelchen dazu, sie sahen spitze aus.

Natürlich, die Jungens, die angehenden Männer, die 16- bis 22-Jährigen und drüber – die scharwenzelten um die beiden herum. Und die Schönen genierten sich natürlich, drehten und wendeten sich, oder sagten, wenn es ein ziemlich übler Bursche war, ganz eiskalt: „Bedaure."

Und ich, der ich, lässig am Pfosten gelehnt, das alles mitbekam, wagte mich dann schließlich auch vor, und eben diese Corinna, dunkelhaarig, ein rätselhaftes Lächeln, wie ich meinte, im Mundwinkel, musterte mich ein bisschen so von oben herab, und dann: „Okay."

Und die Dame hob ihren anmutigen kleinen Fuß, der da unter dem Rock, als Endstück eines schmalen grazilen Beines, hervorkam, sie ging rein ins Auto, und ich neben ihr. Und wir gondelten durch die Beat- und Schnulzmusik ins Land der Träume – ich jedenfalls, denn immer wieder, in der folgenden Nacht, stand Corinna mir vor Augen, und ich roch den tollen, sagenhaften Duft – irgendein Parfum, vom Toilettentisch der Mutter geklaut vermutlich.

Als es dann Sommer wurde – und die Jugend, wie üblich, im Freibad den lieben langen Tag sich auf den Wiesen aalte, und auch Corinna mit ihrer Zwillingsschwester, der blonden, dabei war, dann fand ich mich natürlich auch ein, plänkelte mit den beiden herum, und kam schließlich auch mal auf ihre Decke, am Berghang gegenüber dem Sprungturm, zu liegen. Und ich kaufte ihr am späten Nachmittag ein Eis, und wir – zu dritt – schlenderten gemütlich nach Hause – zu ihr nach Hause. Und vor der Tür, im milden Abendschein, diese endlosen feinsinnigen Gespräche (die Blonde hatte uns inzwischen verlassen), wie sie nur eben Verliebte verstehen und überhaupt führen können.

Corinnas Mutter, seit einigen Jahren Witwe, lernte ich ein paar Wochen später kennen. Die Sehnsucht war wieder einmal übergroß, als ich mich entschloss, sie einfach mal, nach einem kälteren, badelosen Tag, zu besuchen. Aber – war das nicht ein bisschen gewagt? Stellte ich mich, mit meiner Liebe, nicht doch zu sehr bloß? Zeigte ich mich doch vielleicht zu sehr als der Liebende, als der Sehnsüchtige? Machte ich mich vielleicht sogar lächerlich? Und vor allem: Hatte SIE mich denn auch gern? Sicherlich wohl nicht so wie ich sie – oh nein, daran durfte ich doch wohl nicht denken – aber, wohl ein ganz kleines bisschen?

Jedenfalls, ich sehe mich heute noch, wie ich meinen ersten offiziellen Besuch bei MEINEM Mädchen machte. Ich strebte eines Nachmittags auf dieses, auf der anderen Seite der Stadt gelegene Haus zu, und je näher ich kam, desto beklommener wurde mir. Mein Gott, dachte ich, wenn sie mich nun rausschmeißt, oder sich gar totlacht über mein sicherlich sehr täppisches seltsames Verhalten. Und wie zu einer Hinrichtung – mindestens – legte ich schweren Herzens die letzten Meter zurück. Mir wurde fast schwindelig, als ich endlich den Knopf, den Schellenknopf betätigte. Und sie, meine Angebetete, war tatsächlich zu Hause, öffnete sogar selbst die Tür, lächelte mich sogar an. Und ich setzte mich ins Wohnzimmer.

„Ich mach' mich eben schnell noch zurecht", sagte die schöne, eitle Corinna und verschwand. Und ich saß der breiten, robusten, warmherzigen Mutter gegenüber, die sofort: „Trinken Sie (Sie!!) einen Martini mit?" losließ. Und ich nickte. Und hier also, im Haus meiner ganz großen Liebe, trank ich meinen ersten Martini (bianco), und auch heute noch, wenn ich mal wieder einen Martini bestelle, natürlich immer einen weißen, muss ich an diesen meinen ersten Auftritt im Hause meiner Freundin denken.

Nach ungefähr zwei Martinis und eine halbe Stunde später, als Corinna fix und fertig und top angezogen auftauchte, zusammen mit ihrer Schwester – da war ich ganz aufgekratzt.

Ich hatte es geschafft, ich hatte es gewagt, ich war sehr stolz auf meine Großtat. Und ich war zufrieden, als alles bestens lief, was hieß, ein lockeres Gespräch im Kreise der Familie. Das Eis war gebrochen, ich merkte, ich war ein gern gesehener Gast. Ich durfte also wiederkommen.

Sicher, im Laufe der Zeit stellte sich bei der schönen Corinna Konkurrenz ein – für mich eine Konkurrenz. Denn die Jungens aus dem Internat, diesem Jesuiteninstitut, dem von Priestern geleiteten Gymnasium, an dem auch ich, als sogenannter Externer, weilte, diese Schüler strichen in den kärglich bemessenen Stunden ihrer Freizeit durch das Städtchen und liefen hinter jedem Mädchen mit auch nur halbwegs nettem Gesicht her.

Und natürlich, Corinna, die wohlerzogene Dame, die – nicht weit von unserer Schule – ebenfalls in einem religiösen, von Ursulinen geleiteten Mädchen-Gymnasium Bildung erwarb, dieses wohlerzogene Kind stand eben auch auf ihrer Abschuss- und Liebesliste.

Aber, was heißt schon Abschuss. Ich bemühte mich ja wirklich. Nicht unbedingt, um etwa mit Corinna ins Bett zu gehen – so weit war ich noch gar nicht, so weit ging meine Fantasie noch gar nicht. Aber, ein kleines zärtliches sanftes Küsschen hätte es denn doch im Laufe der Zeit ruhig sein können. Jedoch – diese Dame, die so gut über Camus, Sartre und andere hochgeistige Leute reden konnte – sobald es in die Niederungen der Liebe, des Sex gar ging, Niederungen, die ja eigentlich die wahren Höhen sind – da musste sie passen.

Einfach so Lippe auf Lippe und womöglich die glitschige warme klebrige Zunge reinschieben, sich gegenseitig zwischen die Zähne – oh nein, das war doch sehr verwerflich und viehisch, tierisch, unangebracht, einer echten wahren Beziehung unwürdig.

Ach, und ich, der Pennäler, der ja diesen Camus, Thomas Mann und andere feinsinnige Dichter ebenfalls draufhatte, machte diese Spielchen auch noch mit.

Sicher, wie gesagt, einen Kuss hätte ich denn doch ganz gern mal gesehen, ein Sich-Drücken und -Knutschen ebenfalls – oh ja. Aber, auch ich, glaube ich, war von diesem religiösen, sterilen Bazillus, was Frauenliebe betraf, angesteckt.

Anstatt zu sagen, Mädchen, nun mach mal halblang, oder einfach mal los – nicht mit Gewalt, oh nein, nur ein wenig direkter, fester zugegriffen – wahrscheinlich hatte die angeblich sich zierende Dame darauf im Grunde ihres Herzens nur gewartet – statt einfach mal auf energisch zu machen, blieb ich in den Startlöchern hängen, redete ebenfalls dummes, philosophisches Zeug, während die Wochen, Monate, Jahre vergingen.

Nun, ich hatte allerdings in dieser Hinsicht auch einige Vorbilder. Der Hartmut und Wilhelm, Söhne von Lehrern, Doktoren, die hatten – wie ich auch – diese richtige Liebe direkt nicht im Sinn. Wir waren jeden Tag zusammen, nicht etwa, um hinter Mädchen herzulaufen – sondern wir beschäftigten uns im „Bund Neudeutschland" hauptsächlich mit kleinen Jungens. Mindestens einmal in der Woche ging's in die Kirche, und keine schmutzigen Gedanken durchzogen unser Herz und unseren Kopf, wenn wir zu Maria, unserer Top-Heiligen, beteten. Wir waren ja schließlich die „Führer" dieser Kleinen – das heißt, wir, die Untersekundaner, Oberstufenschüler gegenüber den Sextanern, Quintanern. Und es gab sogar eine Übereinkunft, dass wir erst ab siebzehn, wenn überhaupt, rauchen durften. Und den Tanzkurs besuchten wir natürlich gemeinsam, erst in der Unterprima, also mit siebzehn, achtzehn.

So lief das also. – Es gab jedoch auch Ausnahmen: Da war zum Beispiel Fritz, den ich abends in der Kneipe traf, wohin ich mich, als Einziger von allen sogenannten ND-Führern wohl, regelmäßig begab. Denn hier waren ich und Fritz und Heinz und wie sie hießen zu Hause. Nicht Leute von Akademikern, sondern meinesgleichen, Söhne von Bauern, Handwerkern – wie ich ja auch einer war (mein Vater war Schneider).

Und wir kloppten unsere Sprüche, spielten auch mal Skat und Chicago, und machten dann und wann auch mal einen Zug in die Disco der nächsten größeren Stadt – oder klauten auch mal im Suff einige Kästen Bier aus dem Keller des reichsten Bierhändlers des Ortes.

Nun, dieser Fritz und Heinz und Hannes, sie waren, was Mädchen betraf, ziemlich aktiv. Und weil die schönsten Mädchen eben in diesem Ursulinenhaus wohnten, das auch ein Internat in sich einschloss, stiegen diese Jungens dann nachts über lange Leitern ein, störten die Nonnen als nächtliche Gespenster auf den weiten glatten blanken sterilen Fluren, und holten wahrhaftig das eine oder andere Mädchen heraus aus dem Bau und machten eine Spritztour. – Nur eben, leider, ohne mich. Das alles schien mir denn doch sehr gewagt. Ich war immerhin als guter aufmerksamer Zuhörer dabei – und besuchte die Truppe mal im Krankenhaus, denn bei einer dieser nächtlichen Touren geriet das Auto, mit dem sie die Landstraßen unsicher machten, aus der Kurve – und schon kam alles raus, und die beiden Mädchen, die kurz vor dem Abitur standen, hatten mit den Nonnen enorme Schwierigkeiten. Aber da diese Mädchen meist Eltern mit Geld und Ehre und Image hatten, bogen die das so ungefähr wieder hin, und dem Abitur stand dann trotz dieses Skandals nichts mehr im Wege.

Ich also, das Doppelgesicht – einmal der Obermessdiener, was ich auch mal eine Zeit war, dann wieder der Typ, der mit Fritz sich einen ansoff und in den Kneipen rumhing.

Aber die heiße Liebe, das war, allen Vorbildern, Freuden zum Trotz, meine Corinna.

Doch wenn ich zurückblicke – die natürlichen Triebe – wollte ich sie nicht erkennen oder warum habe ich sie unterdrückt? Wie bei Asmut, die gerade die Lehre anfing und von der ich dachte, dass sie von Schwärmereien in meiner Preislage gar nichts hielt. Eines Tages lud sie mich ein zu einer Fahrradtour. Wir fuhren raus aus dem Städtchen, rein in die Felder. Und Asmut war, trotz ihrer fünfzehn Jahre, ein gut entwickeltes Mädchen. Die Brüste prächtig und straff und schön und duftend, und die Bluse, die sie anhatte, war, wohl wegen der Hitze, ein wenig geöffnet, und die sanften Brüste konnte man gut sehen, wenn sie sich vorbeugte, um sich zum Beispiel mit mir am Feldesrand ins Gras zu setzen.

Erst viel später fiel mir auf: Wir hatten da also gesessen und uns unterhalten – und nichts war gelaufen, obwohl dieses Mädchen mich mochte und sich wohl gern mit mir abgegeben, mich gedrückt hätte – sie wollte sicherlich, dass es nun ein wenig losging mit dem Küssen und so weiter. Aber, ich Idiot, ich Schwachkopf, ich intellektueller Schüler – ich hatte nicht den Durchblick.

Und als dann einige Wochen später Fritz um unser Haus strich – dort nämlich wohnte Asmut, oben unterm Dach mit ihren netten Eltern – da war es schon zu spät. Fritz brachte es, und sie, Asmut, mochte mich wohl weiterhin, aber es reichte nur, sich abends mit mir auf die Couch zu setzen und Songs von Cliff Richard und den Shadows und „Runaway“ von Del Shannon zu hören – denn Asmut war Verkäuferin in einem Schallplattenladen und bildete sich in dieser Hinsicht weiter.

Ach, ich gebe zu, auch damals schon beneidete ich Fritz, den Draufgänger, der sogar in seinem Kohlenkeller - gegen den Protest seiner Mutter - eine Band gründete und dort Rock und Jazz spielte.

Nun, ich hatte allerdings meine Corinna – und man kann es glauben oder auch nicht: Manchmal hatte ich sogar richtiggehend ein schlechtes Gewissen, als ich dann am nächsten Schützenfest doch spät abends mit einem feurigen Mädchen aus der Nachbarschaft nach Hause zog, und wir im Tal uns am Bach auf die Bank setzten und uns drückten und die Zungen betätigten, und ich merkte, wie das Blut in mir hochkam – die Dame, dachte ich, hat aber wirklich keine Hemmungen (was ich aber sehr gut fand andererseits), und wenn es nicht so kühl gewesen wäre – wir waren fast dabei, uns ins Gras zu werfen und unter die Kleider zu gehen und uns auszuziehen.

Oh ja, ich merkte, ich begann den Kopf zu verlieren, das Animalische, Tierische brach durch, der Kopf, die Reflexion, der Verstand kam gar nicht mehr so richtig mit – und, was das Fürchterlichste war: es war sogar unheimlich – unheimlich schön nämlich! Darfst du das denn, versuchte ich mir zu sagen. Du liebst sie doch gar nicht! Du hast sie zwar gern und sie ist nett und so – aber du liebst doch eigentlich Corinna!

8

Natürlich hatte bei all dem die Religion die Hände im Spiel. Wenn etwa unser kirchliches Oberhaupt, der Dechant, wie er sich nannte, gegen die neue Disco von der Kanzel aus wetterte, die Disco, die allerdings auch hart am Gelände der Kirche, direkt neben dem Vorplatz, gebaut wurde – dann kann man sich denken, dass allzu viel Toleranz – was Lebensfreude, Sex, Liebe betraf – nicht erwartet werden durfte. Der Bürgermeister und der Dechant – und vielleicht auch der reichste Mann im Ort, der Fabrikbesitzer, der, wie es sich gehört, gewöhnlich aber auch der Bürgermeister war – diese beiden waren die Bosse.

Der Dechant, die Kirche konzentrierte sich dabei auf die Beherrschung der Seelen, hatte die Gefühle der Gläubigen fest im Griff – was natürlich nicht sehr angenehm war.

Ich sehe mich noch zu bestimmten Tagen bei Ablässen, ich glaube, am Allerseelentag, in die Kirche reinlaufen. Zehn Vaterunser, zehn Ave-Maria für die armen Verstorbenen, raus aus der Kirche, in den Himmel geguckt – und dann wieder rein. Und der Gag: Wenn man lange genug aus der Kirche raus- und wieder reingegangen war, dann war man der King, dann hatte man die Seelen des toten Opas, der Oma, wen man sich gerade vorgenommen hatte, einige Stufen im Himmel hochgeschoben, die durften dann mit deiner Hilfe einige Jahre früher als die anderen aus dem Fegefeuer raus und in den Palast und Halleluja singen. Und du hattest selbst als eifriger Beter Pluspunkte für dein späteres Heil gesammelt.

Das waren also die Ablässe. Und nicht zu vergessen: alle vier Wochen hin – samstagnachmittags – und gebeichtet. Und der springende Punkt war immer dieses sechste Gebot, das mit dem Sex. Unkeusche Gedanken gehabt? Unkeusche Werke getan? Und dann hieß es überlegen. Was war denn nun unkeusch? Die Träume, wo die nackten Frauen drin vorkamen? Oh weh! Konnte man zwar nichts direkt zu – das Ding, der Traum, kam ja einfach so – aber, trotzdem musste natürlich gebeichtet werden.

Und dazu gehörte vor allem – was sie, die dunklen Figuren hinter den Gittern des Beichtstuhls, der meist in einer düsteren Ecke der Kirche stand (und alle Gläubigen davor, geduckt, die Köpfe gesenkt), was sie genau wissen wollten – der Gipfel, der springende Punkt für uns Jungen: Selbstbefriedigung. Ha, am Pimmel gespielt? Onaniert, wie es in den Büchern hieß? Das ist natürlich große Scheiße. Eine Todsünde fast. Also, demnächst die Hände weg – sonst gibt's Senge.

Und wenn man dann seine Sachen gebeichtet hatte, wusste man anschließend nie: War das alles, was du verbrochen hattest? Fehlte noch was? Warst du sogar unehrlich? – Denn wenn was fehlte, war alles umsonst. Der liebe Gott hat ja den Bogen raus, sieht alles – dem kannst du nicht einfach so was unterjubeln. Wenn du also getrickst, gelogen hast – alles vorbei und vergeblich. Und nicht nur das: Die Vergebung ist nicht eingetreten, sondern auch: Es hat sich alles vervielfacht, die Sünden. Du bist unehrlich gewesen, hast den Vertreter Gottes angeschwindelt – das ist so ungefähr das Schlimmste, was es gibt. Und wenn du dann Sonntag zur Kommunion gehst und du hast in der Beichte geschwindelt: das Fürchterlichste, was man sich vorstellen kann. Du warst unwürdig, ein Todsünder sozusagen, und hast dann, wie es hieß, in diesem Zustand den heiligen Leib des Herrn geschluckt – UNWÜRDIG bist du zur Kommunion gegangen.

Ein hartes Brot für uns Jugendliche, die wohl, wenn die Kirche die Macht dazu gehabt hätte, ständig mit schlechtem Gewissen, in der Angst, ja alles richtig zu machen, rumgelaufen wären.

Gott sei Dank, wenn man aus der Kirche rauskam: Die Sonne schien, es sah alles nicht mehr so schlimm aus. – Aber, hatte man mal einen schlechten Tag, war man sowieso depressiv, schlechter Laune, oder hatte man am Sonntag wieder so eine Predigt gehört: Schon kam denn doch das Schuldbewusstsein. Man fühlte sich als der letzte Dreck, ein wirklich armes Schwein. Und, was hilft dann in so einem Fall, wenn man sich als Sünder ertappt hat? Na? – Richtig: Die Kirche, das heißt der Priester im Beichtstuhl, der ja alle Sünden vergibt, er ist dann der große Retter. – Und tatsächlich: Wenn du mal wirklich alles rausgelassen hast, stellt sich für einige Stunden danach das große Erlösungsgefühl ein: Du bist rein, du bist von allem Bösen befreit.

Trotzdem, das half natürlich alles nicht auf die Dauer. Denn zum Beispiel diese unkeuschen Gedanken, man konnte sie ja nicht verdrängen, das war ja irgendwie menschlich – man sündigte, ohne dass man sich's versah. Und schon stellte sich das schlechte Gewissen ein. Und die Kirche, die ja nur allein von diesem allen erlösen kann, hatte einen wieder am Kanthaken.

Tja, so ungefähr ging das damals zu, in diesem Städtchen. Bezeichnenderweise – seinerzeit, als wir diese Bierkästen aus dem Keller des dicken Bierverlegers holten, dessen Sohn uns leider beim Einsteigen beobachtete und uns umgehend mitteilte: „Ihr seid erkannt und gemeldet worden. Wir, mein Vater und ich, werden euch beim Gericht anzeigen, wenn ihr nicht alle heute Nachmittag um drei zu ihm kommt" – da also gingen wir hin zu dem Alten. Und der hielt uns 'ne Predigt mit seiner versoffenen krächzenden drohenden Stimme.

Und was war die Strafe für diese unsere Tat? Jeder musste 20 Mark nicht in die Gerichtskasse etwa zahlen, sondern in den Kirchenteller, der sonntags rumging. So wurde das in dieser unserer Kleinstadt, die ungefähr 6.000 „Seelen" zählte, gehandhabt.

Nun, wir allerdings waren jung. Wie gesagt, die Sonne schien – wir rannten nicht mit düsterer Miene herum, saßen nicht dauernd in der Kirche – aber ... so ganz raus kam man nie.

Das Leben lief – denn es gab da zum Beispiel immer noch diese Corinna. Und dass das mit dem Küssen und dem Zärtlichsein nicht sehr voranging – was machte das schon? Ich hatte jemanden, der mich mochte, der mir zuhörte, nahm den Duft wahr, der von ihr ausging, konnte sie aus nächster Nähe bewundern, wie sie etwa den Kopf in den Nacken warf und lachte, oder wie die schönen dunklen Haare ihr Gesicht wie in einem Rahmen einfassten, oder wie sie in der Sonne dunkelblau glänzten.

Und ich war verliebt. Jeden Tag, an dem ich sie sah, war ich happy. Was sollte das mit dem Küssen? War nicht das Lächeln, das sie mir zeigte, viel schöner, und die Gesten, von denen ich wusste, dass sie nur für mich waren?

Ich wusste ja auch: Wir beide waren uns ähnlich, wir beide waren eben noch nicht so weit – wir waren eben keine Draufgänger wie Fritz, nicht die Typen, die gleich die richtigen Sätze parat hatten, um sich ein Mädchen, einen Freund zu angeln und eventuell auch noch „rumzukriegen".

Und es war auch alles ganz richtig so, wie alles lief, jedenfalls was mein Verhältnis zu Mädchen betraf. – Nun, sicherlich: Ein wenig mehr Freiheit wäre schön gewesen, was die Kirche, den kirchlichen Gehorsam, die kirchlichen Pflichten anging – das war eben doch ein wenig mittelalterlich. Aber: Was wäre gewesen, wenn ich gleich eine sogenannte feste Freundin gehabt hätte, mit der ich anschließend ins Bett gestiegen, richtig „gegangen" wäre, mit allem Drum und Dran? Was wäre aus mir geworden?

Möglicherweise hätte ich mit zwanzig mich verlobt oder gar mit neunzehn, und dann, wenn ich lange genug mich der Öffentlichkeit gezeigt hätte, und die Eltern sich gegenseitig beschnuppert hätten, dann hätte natürlich die Hochzeit mit allen Kumpels und dem Dechanten stattgefunden, und ich hätte zusammen mit meiner Frau in der Zeitung, im Anzeigenteil, und in dem Kasten am Standesamt gestanden, und ich wäre nach dem Studium in der nächstgelegenen Großstadt oder in dem Heimatörtchen Lehrer geworden, das ja immer Pädagogen suchte, oder in einem der umliegenden Dörfer. Und ich hätte ein Häuschen gebaut und viele liebe nette Kinder gekriegt und schließlich Enkelkinder und hätte mich mit dem Dechanten und dem Bürgermeister geduzt ...

So aber – nirgendwo blieb ich hängen, nirgendwo konnte ich mich ausruhen, immer weiter wurde ich getrieben, die Unruhe, sie legte sich nicht, keine Zufriedenheit breitete sich aus – Glück wohl – aber keine ruhige, gemütliche, leicht ins Behäbige, Matte, Dumpfe abgleitende Zufriedenheit.

9

Ich machte schließlich Abitur – und die Bundeswehr rief mich. Ich hatte allerdings auch nichts dagegen, Soldat zu werden, denn schließlich war unser Ältester schon seit Jahren dabei – Flieger wollte er werden, und er erzählte von Lehrgängen, auf denen es hoch hergegangen war. Man kam weit rum, musste boxen können zum Beispiel und gut laufen. Und da ich schon in der Schule ein guter Sportler war und den Leuten von auswärts mal zeigen wollte, was ein richtiger, dickköpfiger ausdauernder Westfale alles kann, meldete ich mich sogar für zwei Jahre – freiwillig.

Und in der Tat – sportlich ging es dort zu beim Bund, aber auch laut, sehr laut. Die Ausbilder brüllten ununterbrochen – obwohl, wenn ich mich umsah, es überhaupt keinen Anlass dazu gab. Die Gefreiten, Unteroffiziere stellten sich an den Treppen auf, und wenn wir aus den Zimmern kamen, fingen sie einfach an zu brüllen, einfach so – das gehörte zu ihrem Job anscheinend.

Dann mussten wir unten im Hof antreten, und immer noch wurde gebrüllt, und unter Gebrüll sprangen wir alle, hundert Mann, in einen großen Raum, zogen uns aus, und von oben kamen plötzlich Wasserspritzer auf uns Nackte, die wir mit staunendem offenem Mund dastanden – und obwohl sich der Vergleich verbietet, musste ich doch an die als Duschräume getarnten Gaskammern in den KZ denken.

Ich hatte mich ja noch nie so richtig – auch beim Sport in der Turnhalle nicht – nackt ausgezogen, ich war deswegen peinlich berührt, machte aber gute Miene zum bösen Spiel, versuchte, mich auch da reinzufinden. Doch dieses Brüllen, dieses maschinenhafte Brüllen und Gehorchen – und dann noch einem sozusagen gewaltsam die Klamotten auszuziehen, dieses offensichtliche, burschikose, brutale Nacktsein, dieses sinnlose Herumstehen und sich auf Befehl duschen – eine Waschung also, die doch eigentlich, so jedenfalls stelle ich mir das vor, im gemütlichen Rahmen stattfinden sollte, mit viel Zeit und Zufriedenheit und innerer Gelassenheit – oh ja – nun aber diese Hetze, und eben dieses fürchterliche Brüllen trotz meiner sportlichen Fitness, weswegen ich im Übrigen eigentlich gut klarkam beim Bund – das nervte mich.

Allerdings hatte ich, wie gesagt, diesen Dickkopf, und ich ließ mir das nicht so einfach gefallen, ich machte Action – was aber auf einem anderen Blatt steht. – Denn, um auf mein Thema zurückzukommen – hätte ich damals bei dieser fürchterlichen Grundausbildung, während der in der Nähe sogar Leute zu Tode gehetzt wurden, einfach dahinstarben (Nagold-Affäre*) – hätte ich da nicht meine Liebe gehabt, die Corinna, die noch an der Schule war, gerade Abitur machte – ich hätte wohl doch ziemlich schlecht ausgesehen.

So aber: Auch wenn draußen im Gelände rumgebrüllt wurde und wir mit diesen grotesken Mordwaffen im Arm über den Boden robbten, sah ich sie immer vor mir, ihr Gesicht, ihre dunklen Haare,

* Ausgangspunkt der sogenannten Nagold-Affäre waren die Misshandlungen durch Vorgesetzte einer Grundausbildungskompanie für Fallschirmjäger in Nagold (Schwarzwald), die nach dem Tod eines 19-jährigen Rekruten infolge eines „Hitze-Marsches“ im Juli 1963 einer breiten Öffentlichkeit bekannt wurden.

und fühlte ihren letzten Brief, den ich in einer meiner Taschen gewöhnlich mit mir trug.

Denn – oh ja – das machte sie denn doch; sie schrieb mir, seitenlang – weil ich natürlich, in meiner Einsamkeit und Wut und Angst, ebenfalls massig Briefe schrieb.

Und es ist wahr – als ich dann so durchs Gelände lief, oder einfach dalag, zwischen den Gräsern nach dem angeblichen Feind Ausschau hielt, natürlich dabei gen Osten, in die Feindrichtung, blickte, da fing ich regelrecht an zu träumen, sogar mitten im Lauf, im Sturmangriff träumte ich, und ich spüre jetzt noch dieses wohlige warme Gefühl, dieses Süße: Ich habe jemand, der mich gern hat, der zu mir hält; alle diese armen Scheißer, die Ausbilder, die besaufen sich jedes Wochenende, oder auch abends, alltags (einer machte sogar im Suff einen Selbstmordversuch mit der Granate, ich fand ihn, der die Gedärme heraushängen hatte, auf dem Flur), sie alle drehten durch. Aber – ich stehe über ihnen, ich habe die schönste Freundin der Welt – dieser Schmutz und Unrat, der kann mich mal.

Oh ja, ich war und bin froh, dass ich sie damals hatte, diese Liebe. Und einmal, als ich Jahresurlaub bekam, schnappte ich meinen Bundeswehrschlafsack, hin zur Autobahn, und ab und rein in den Schwarzwald, wo Corinna zusammen mit ihrer Schwester bei Bekannten war.

Und ich ging, in Hinterzarten, die Dorfstraße lang (Corinna wusste überhaupt nicht, dass ich kommen wollte) – da sehe ich sie zusammen mit ihrer Schwester daherspazieren. Mein Herz, das bubberte natürlich wie verrückt. Ist sie nicht doch sauer, dass ich einfach so komme? Störe ich sie vielleicht? Hat sie mich denn immer noch gerne? – Und sie gehen also daher, machen eine Kehrtwende, kommen zurück, auf mich zu. Und als sie in der Nähe sind, trete ich vor, sage, meinen Schlafsack unterm Arm, ganz ruhig (äußerlich ruhig natürlich nur): „Na, ihr beiden, wie sieht's denn aus?!" – und bin cool, männlich, ganz Kavalier, wie sich das gehört.

Und Corinna kriegt große Augen. Wir haben uns Wochen nicht gesehen – und da stehe ich, weit ab von der Heimat, mitten im Schwarzwald. Und sie lacht und freut sich tatsächlich und drückt mir den Arm (so einfach umarmen, das konnte sie allerdings nicht, spontan loslegen, die Ursulinenschülerin ... Aber, was soll's, ich war aufgenommen).

In Neustadt hatte ich in der einsamen, auf einer Wiese gelegenen Jugendherberge meine Bleibe. Und jeden Morgen wanderte ich los, durch die Wälder, über sonnige Lichtungen, sprang über umgefallene Tannen, und freute mich, sie zu sehen. Sie wohnte mit der Schwester, die dort eine Haushaltslehre machte, bei einem reichen Fabrikanten. Und eines Tages – er, der Fabrikant, feierte mit seiner Angetrauten irgendeinen Hochzeitstag – da nahm er mich doch tatsächlich mit, und wir gingen alle in ein Super-Hotel, wo die Kellner nur so rumstanden und guckten, ob irgendwo was fehlte, und wenn das Weinglas leer war, sprang, nein, glitt einer heran und füllte das Glas, einfach so, ohne dass man es sagte. – Und ich glaube, für jede Weinsorte hatten sie in diesem superfeinen Laden einen anderen Kellner.

Und weil es nun mal ein Hochzeitstag war, musste natürlich auch so eine Kapelle dabei sein, echte original ungarische Zigeuner standen plötzlich um unseren Tisch herum, so bei Kerzenlicht und sanfter Beleuchtung. Und sie spielten auf den Geigen Lieder – ich glaube, ich habe nie so eine Wehmut, so eine Glut, so ein Feuer gehabt wie damals bei diesen Zigeunern (vielleicht war es auch der gute Wein). Und der Fabrikant guckte seiner Frau tief in die Augen, während die Geigen heulten und winselten und klagten … und ich, ich hatte natürlich meinen Blick tief in Corinnas Augen, die ganz weiß angezogen war und duftete und so süß und nett und knusprig aussah wie noch nie vorher.

Ach ja, die Reichen, dachte ich damals (als ich sie noch nicht näher kannte), die haben's doch gut, einfach so eine Musik kommen lassen und – bumm – alles läuft, der Himmel auf Erden.

Und ich glaube, damals, im Schwarzwald, da haben wir uns ganz sanft geküsst.

Aber der größte Augenblick – ich weiß auch nicht, warum, weshalb gerade der – war, als wir oben auf dem Berg (war es der Feldberg?) standen. Schönes Wetter, wir beide allein (die Schwester musste ja im Haushalt arbeiten), und wir guckten über die Wälder, die Tannenwipfel hinweg, und unter uns, zu unseren Füßen, der Schluchsee, wie er hieß, unergründlich, blau, dunkelblau, fast schwarz, tief und unheimlich trotz des schönen Wetters. Und da stand ich einen Moment, neben Corinna, hatte ihre Hand gefasst, wir berührten uns, wie Kinder in einer sonst schauerlichen grotesken wirren Welt, und wir waren glücklich und zufrieden, wir gehörten zusammen. Die große Ruhe überkam uns.

10

Aber auch zwei Soldaten-Jahre gehen vorbei.

Nun hieß es studieren. Corinna, die gerade Abitur gemacht hatte, begab sich nach der kleinen trauten schnuckeligen Universitätsstadt Münster und studierte Englisch und Geschichte. Ich hatte damals immer die Idee, eines Tages DEN großen Film zu drehen. Hatte sogar Kontakt zu Instituten aufgenommen, wo man in dieser Richtung was lernen könnte – aber die speziellen Filmschulen in Berlin und München gab es noch nicht. – Und außerdem, so einen auf Künstler machen – zu diesem Sprung gehörte doch allerhand Mut und Entschlossenheit, die ich noch nicht hatte. Studierst du was Reelles, dachte ich mir, aber etwas, das sich durchaus mit dieser Filmidee in Einklang bringen lässt. Und so entschied ich mich für Literatur, Theaterwissenschaft und Geschichte.

Und dann setzte ich mich eines Tages in den Zug und begab mich – nicht etwa nach Münster, nicht zu Corinna, wie es vielleicht nahegelegen hätte – sondern an die Uni in Köln. Die Liebe, so schien es, war doch nicht so romantisch, doch nicht so unrealistisch, versponnen, als dass ich nicht auch an meine berufliche Zukunft gedacht hätte.

Denn nur in Köln konnte man, nicht aber in Münster, Theaterwissenschaft studieren damals. Und außerdem: Irgendwie wollte ich einfach nicht nach Münster (Corinna hatte in dieser Hinsicht auch nie einen Wunsch geäußert, jeder entschied für sich allein). Ich glaube, ich hatte schon damals, mehr instinktiv, das Gefühl, du musst raus, du musst einfach was Neues machen, dich neuen Leuten, einer neuen Umgebung aussetzen.

Was allerdings nicht so einfach war. Denn ich hatte jetzt, im Unterschied zu manchen anderen, auch das Handicap: Als ich nach Köln kam, meiner nun für lange Jahre zweiten Heimat, kannte ich in der Stadt damals nicht eine einzige Seele. Und – ich kam aus einer Kleinstadt und irrte nun durch die riesigen Straßen, durch die Menschenmassen. Sicher, ich hatte die Nase immer vorn, jeden Tag war ich auf Achse – dieser Ort war für mich die Welt, ich, der Provinzler, war dabei, über den von der Heimat abgesteckten kleinen Rahmen rauszuspringen – aber, wie schwer war es doch manchmal! Tagelang sprach ich mit keinem Menschen. Und was die Frauen betraf – wenn es sich ergab: Die mochten mich, den Kleinen vom Lande – wohl weil ich diese provinzielle Schüchternheit hatte – sie mochten mich gern. Aber: erst eben dann, wenn ich mit ihnen ins Gespräch kam – und das, wie sollte man das anstellen?

Und in solchen Momenten griff ich, um das mal so auszudrücken, wieder auf Corinna zurück. Setzte mich abends hin, und in Ermangelung anderer Kontakte beschriftete ich Briefbögen, malte nette Bildchen an den Rand, wie ich das immer zu tun pflegte.

11

Aber als dann das dritte Semester kam, sagte ich mir: Du musst doch mal den Studienort wechseln, immer dasselbe Programm, immer dieselben Leute, das ist doch nichts – zumal damals, als der Unibetrieb noch nicht so geregelt war, die Studenten häufig von Köln nach Heidelberg, München wechselten, nur um sich in der weiten Welt umzusehen. Das war ganz einfach zu bewerkstelligen und gang und gäbe.

Und ich, der Provinzler – ging ich nach Heidelberg, nach München, Berlin, Hamburg? Oh nein, ich zog nur ein wenig nordwärts – richtig: Münster. In Münster nahm ich ein kleines Zimmer bei einer alten Dame. Und weil es gerade ein Sommersemester war, war ich auch sehr zufrieden. Denn überall blühte und grünte und duftete es – und in Münster hatte ich sogar Bekannte, meinen alten Freund Michael, und gelegentlich traf ich auch ein freundliches Gesicht aus meiner alten Schule, ältere Semester, die mir die entsprechenden Tipps gaben. Und nicht zuletzt: *Corinna was there* – und nicht nur das, sie studierte ja ebenfalls Geschichte, und nichts lag näher, als die eine oder andere Vorlesung zu besuchen, die auch sie in ihr Studienbuch eingetragen hatte.

Und weil es Frühling war, schwangen wir, Corinna und ich, uns nachmittags aufs Rad und radelten zum KÜ, wie es hieß, zum Kanalübergang, badeten dort zusammen mit tausend anderen Studenten, die im hohen Gras lagen – und sogar nachts ein ständiges Kommen und Gehen – und hin und wieder flackerte ein Feuer auf, und im Dunkeln glänzten nackte Leiber.

Na ja, so nackt wurde es zwischen uns, Corinna und mir, natürlich nicht. Denn – wir hatten uns ja längere Zeit nicht gesehen – und es hatte sich offenbar in der Zwischenzeit ein Freund eingestellt, ein Friedhelm, älteres Semester, der im Augenblick in Frankfurt studierte.

Diesen Freund nahm ich allerdings nicht allzu ernst, denn ich bekam ihn nie zu Gesicht. – Wohl, er schrieb Briefe – aber, was soll's. Die Sonne schien, und die Luft war voller schwerer süßer Düfte.

Die alte Liebe, die Wärme, sie kam noch mal zur Blüte. Ich war wieder der Romantiker, der beim kleinsten Händchenhalten in Verzückung ausbrach – das heißt natürlich nicht direkt äußerlich sichtbar – es war mehr ein abendliches Erinnerungsträumen, wenn ich am Nachmittag mit Corinna mal wieder unterwegs gewesen war, und ich, am Schreibtisch sitzend, ihr Bild vor mir sah, wie sie zum Beispiel mit nassen

Haaren neben mir unterm Baum im Sommerregen stand, die kleinen nackten Schultern von meiner sie beschützenden Jacke bedeckt.

Natürlich sahen wir uns nicht jeden Tag – manchmal sogar zwei, drei Wochen nicht. – Und da zeigte sich, dass sogar Corinna, die schöne, auch allein sein konnte, allein sein musste, Schwierigkeiten hatte, Kontakt mit Leuten aufzunehmen. „Vier Tage", sagte sie mir einmal, als ich sie nach einer längeren Pause wiedertraf, „habe ich mit keinem Menschen mehr geredet." Und sie sagte es stockend, mit Schwierigkeiten beim Aussprechen, die Worte, sie kamen, wegen der langen Enthaltsamkeit im Reden, nicht mehr so locker.

Und ich hatte auch daran gemerkt: Die Studenten, die armen, das war ihre größte Bedrängnis: das Alleinsein, das Sich-einsam-Fühlen in der Masse, die zwar von außen gesehen recht munter war, aber in Wirklichkeit: Gerade die geistige, die Intellektuellen-Arbeit, das Bücherlesen, das Nachdenken erschwert das Zusammengehörigkeitsgefühl, die Kommunikation, das Aus-sich-Herausgehen, das Sich-Öffnen gegenüber Fremden.

Nun, für mich gab es ja Corinna. Doch eines Tages – ich hatte sie eine Woche nicht mehr gesehen – saßen wir bei ihr in dem zum Garten gelegenen Zimmer, tranken Kaffee. Und ich rührte gerade mit dem Löffel den Zucker herum, als sie plötzlich meinte: „Übrigens, mit dem Friedhelm – er war vorgestern hier – und wir haben uns wirklich gut verstanden. Er ist so nett" (wie ich jetzt erfuhr: Er war sogar der Sohn eines hiesigen Geschichtsprofessors, und schien offenbar ziemlich intelligent und überhaupt ...). Jedenfalls, nach dieser Einleitung meinte sie, meine Corinna: „Und im August fahre ich nach Amerika."

„Nach Amerika!", da war ich nun doch ziemlich verblüfft, „Teufel, Teufel."

„Ja, ja", sagte sie nach einer Pause, „ich studiere doch Englisch, und da ist es gut, wenn man einige Zeit in einem Englisch sprechenden Land verbringt."

„Sicher“', sagte ich, „wie lange bleibst du denn?“

„Hm – so ungefähr ein Jahr, denke ich.“

„Was, ein ganzes Jahr?“

Nun, überlegte ich, während ich also immer noch in meinem Kaffee rührte, sicher, sie muss mal richtig Englisch sprechen, ist ja so wie für einen Historiker nach Rom oder Athen fahren und die altehrwürdigen klassischen Stätten besuchen - und ein Jahr ist eigentlich nichts im Grunde. - Aber, dass Corinna sich einfach so entschieden hatte, für ein Jahr wegzugehen, und ich selbst bei der Entscheidung anscheinend überhaupt keine Rolle spielte – das wurmte mich doch. Und außerdem spürte ich ganz hinten tief drinnen, dass das noch nicht alles war.

Und ich wusste, welche Frage ich nun stellen musste. Nicht musste, aber, ich KONNTE sie stellen – eine, ach ja, eine gefährliche Frage. Und ehe ich mich's versah, war sie schon draußen, und ich hörte mich, ein wenig krächzend allerdings, sagen: „Nun, wenn du also im August losfliegst, so ganz allein, hast du keine Angst?“

„Ich fliege nicht allein“, sagte Corinna, „Friedhelm fliegt mit. Er hat wegen seiner Examensarbeit ebenfalls in Amerika zu tun.“

„Ach so“, sagte ich, und – na ja, ich schluckte richtiggehend, und mein Herz, es zog sich wirklich schmerzhaft, ein wenig, zusammen – dabei schien die Sonne heftig durch die Gardinen ins Zimmer, und die Vögel im Garten zwitscherten und die blaue Luft draußen ...

„Da werdet ihr beide euch dann“, sagte ich wieder – und immer noch war ich am Kaffeedurchrühren – „da werdet ihr euch“ – und ich lachte ein wenig, „da werdet ihr beide euch sicherlich ziemlich nahekommen, oder?“

Die arme Corinna, auf diese Frage hatte sie wohl mit Bangen – oh ja – gewartet. „Äh“, meinte sie nach einer Weile, wobei sie sich drehte und wandte – aber es kam: „Wir beide – äh – Friedhelm und ich, werden vorher heiraten.“

„Was!“, rief ich und ließ den Löffel fallen, „heiraten – das muss doch dann bald sein!“

„In vier Wochen", sagte meine Jugendliebe, meine süße kleine hilflose, nun verlegen vor sich hin blickende Corinna – und wie ein Blitz zogen all diese Jahre, die ich mit ihr gelebt, in denen ich von ihr geträumt hatte, vorbei.

Und ich, der ich mich doch bisher bei ihr immer wohlgefühlt und mich geöffnet hatte - plumps, krach - der Vorhang fiel, die Schotten waren dicht. Blackout, aus und vorbei. „Ja, ja", sagte Corinna, als sie nun mein plötzlich bleich gewordenes Gesicht sah, „ich hätte es dir eher sagen sollen. Aber, es kam auch für mich so überraschend. Wir mussten uns schnell entscheiden."

„Nun", sagte ich – und sagte irgendwas, ich habe es vergessen. – Und dann: „Ich muss jetzt gehen, danke für den Kaffee, und der Streuselkuchen schmeckte auch sehr gut."

Aber, obwohl ich sogar grinste und sie mich auch angrinste – wir wussten beide, ach, das war nicht so gut – irgendwie war doch alles sehr hart.

Und ich ging dann aus dem Haus und ging durch die Straßen von Münster und fühlte mich so kaputt.

Der erste große Hammer. Ich war selbst ganz erstaunt, dass ich, nach diesem Gespräch, noch Wochen danach, so völlig daneben war, und ich hatte tatsächlich Bauchweh, Magenschmerzen. Und körperlich war ich alles andere als fit.

Nun, ich hatte immerhin noch meinen Freund Michael. Und auch er war unglücklich verliebt, denn seine schöne Freundin war allzu lebhaft und neugierig, was Männer betraf - und Michael, ihr glühender Verehrer, hatte seine Schwierigkeiten. Wir gingen also spazieren und versuchten, uns zu trösten. Sicher, er selbst hatte ja noch Hoffnung, in seiner Beziehung wurde es mal heiß und kalt. - Im Gegensatz zu mir ...

In der Uni allerdings wirkte sich mein Down-Sein überhaupt nicht negativ aus. Da ich nicht mehr so oft wie früher draußen war, viel zu

Hause rumsaß, an die Wand guckte und aus lauter Langeweile in die Bücher, musste ich sogar eines Tages ein Referat von mir, als Einser-Mann, vorlesen. Und der Leiter schlug mir lobend auf die Schulter.

Nun, was hielt mich jetzt noch in Münster? Doch letztlich nur traurige Erinnerungen. Sicher, Corinna tauchte natürlich hin und wieder auf – ich war ihr alter Kumpel – ihr Freund war ja so selten da, sie suchte Abwechslung – und ich Schaf ging auch gelegentlich brav mit ihr aus.

Das tat natürlich nicht immer besonders gut. Und ich war froh, als das Semester auslief und ich wieder meinen Rückflug, nach Köln, antrat.

12

Inzwischen war dort, in Köln, auch mein alter Schulfreund Gregor eingetroffen – er hatte als Student in Würzburg genug deutschen Wein getrunken und sich in der Natur ergangen und wollte mal Großstadtluft schnuppern.

Und das machten wir denn auch. Jeden Abend waren wir unterwegs, im „Ding“, im „Café Paris“, in studentischen und bürgerlichen Kneipen.

Und ich hatte mich allmählich an der Uni eingelebt, wusste mittlerweile, wie das mit den Ober- und Hauptseminaren lief, wie man Referate anfertigte, nach welchen Kriterien bewertet wurde, welche Macken die Professoren hatten usw.

Und so gewannen wir nach und nach die Oberhand, wussten, wo es langging, hatten die entsprechende Ellenbogenfreiheit.

Es ist ja wohl ein Irrtum zu glauben, ein Student, der sitzt den lieben langen Tag im Lesesaal oder in der Dachkammer zu Hause und lernt, wälzt Bücher, und denkt im Übrigen höchstens noch daran, wie er Geld aufbringen kann, um das Mensa-Essen und die Kohlen für den Buller-Ofen und die Bücher zu bezahlen.

Denn in Wirklichkeit hat so ein Student – im Schnitt, sagen wir, 22 Jahre alt – nichts anderes im Kopf als: Wie komme ich am besten an ein Mädchen ran, wie lerne ich schnell eine Kommilitonin kennen – oder gar: die Frau meines Lebens, die Wärme spendet, mich durchs Studium begleitet, die die Einsamkeit, die Angst nachts im Bett vertreibt, mich, wenn ich mal durch eine Prüfung gefallen bin, in die Arme nimmt, den Frust, den geistig-psychischen Prüfungs-, Notenfrust lindert.

Und so hatte auch ich - sagen wir nach den zwei, drei Stunden Arbeit zu Hause, plus vier Stunden (höchstens) in der Uni - nichts anderes zu tun, als in die Kneipen zu laufen und das Glück auszuprobieren. Sicher, ich war eigentlich darauf getrimmt, zu malochen, hatte diesen Mythos „du musst im Schweiße deines Angesichtes ran, in die Knechts-, Tretmühle“, übernommen von den Altvätern und saß wirklich mal wochenlang, monatelang im Lesesaal am Tisch. - Aber dann abends, oder auch, wenn wirklich nichts mehr ging, schon am Nachmittag begab ich mich doch auf die Uni-Wiese, wo sich diese weiblichen Wesen gehäuft tummelten. - Wo ist MEINE Frau - so die ständige Überlegung - wie komme ich raus aus meiner Isolation? Woher krieg ich die ach so nötige Wärme?

Mit Corinna war ja nichts mehr - ich befand mich sozusagen im Niemandsland.

Und so stand ich abends mit meinem alten Freund Gregor im „Ding“ beispielsweise, wo sich nicht nur Studentinnen, Intellektuelle, sondern auch ganz normales bürgerliches und proletarisches Volk rumtrieb. Und wenn es so weit war, der Diskjockey die Platte aufgelegt hatte, die ersten Töne zu hören waren, hatten wir uns bereits – oder möglichst schon vorher – vom Tresen abgestoßen, und dann auf die Frau zu, die wir, irgendwo im Halbdunkel, als gerade noch annehmbar, halbwegs hübsch oder sogar als klasse erkannt haben. – „Darf ich bitten?“ oder „Sollen wir mal?“, „Wie wär’s?“

Das waren die magischen Formeln. Und wenn die Dame gut gelaunt war, oder einfach Lust hatte zu tanzen, oder sogar einem tief in die Augen sah und dachte, oh, der Typ, mit dem könnte ich was anfangen – dann nickte sie, und stand auf, und wir gingen zur Tanzfläche, die Gott sei Dank immer voll war, sodass man ganz legal, aus Platzgründen, die Dame zu sich ranziehen konnte, zumal man vielleicht einen langsamen Blues erwischte, und – da war sie, die Wärme, die Weiblichkeit, dieser Duft, der über alle anderen Düfte ging, und man spürte sogar manchmal ihre Brust an seinem Körper und den heißen Atem am Ohr, oder gar die Oberschenkel an seinen eigenen, oder – das war das Höchste – sie legte gar die Arme, die weichen mütterlichen sanften warmen Mädchen-, Frauenarme einem um den Nacken, auf die Schulter ...

So war das, wenn es gutging. – Allerdings, von zehn Anläufen hattest du vielleicht nur einmal Erfolg – nein, von zwanzig Anläufen höchstens.

Denn, in Wirklichkeit: Kaum hatte man sich abgestoßen von der Tresenstange, aus dem Stuhl hochgewuchtet, da standen schon zwei, drei Mann, die eben einfach schneller waren, vor dir, hatten die Dame, die du angepeilt hattest, bereits aufgefordert. – Du versuchtest zwar sofort, nach was Neuem Ausschau zu halten – aber natürlich, deine Konkurrenten waren in der Zwischenzeit auch nicht faul gewesen – und du, ertappt vor allen anderen, die lässig an den Wänden lehnten und dieses Wettrennen amüsiert, meist aber auch mitleidig betrachteten (sie hatten ja selbst ihre Erfahrungen gemacht, wussten genau, wie schwer dieser Job war), du zucktest dann vielleicht, wenn du noch cool genug warst, mit den Schultern: Okay, war also nichts – bis zum nächsten Mal.

Deprimierend war allerdings – und das kam oft vor: Du warst wirklich als Erster vor dem Mädchen erschienen, hattest den entsprechenden Satz losgelassen, hattest schon ein gutes Gefühl (der schwarzhaarige Lange da drüben, der auch auf diese Frau spekuliert hatte, er kam zu spät), du fühltest dich bereits stark – endlich einmal geschafft, endlich einmal ganz vorn dran – da aber – da zuckte die Dame ablehnend die Schultern, guckte nicht einmal zu dir hoch. – Oder, das Schlimmste, sie guckte dich zwar an, taxierte dich – aber schüttelte den Kopf: „Nein, danke", sagte sie, „ich möchte jetzt nicht."

Oder, der Gipfel, der größte Hammer: Sie guckte also zu dir auf, aber dann, plötzlich wurde ihr Blick offen, strahlend – und sie nickte – dem Mann, dem Konkurrenten, der HINTER dir stand, zu. Erhob sich also und ging dann, obwohl du doch wirklich der Erste gewesen warst, ging dann, wobei sie dich anscheinend überhaupt nicht mehr bemerkte, mit diesem Typ, diesem gelackten Schönling zur Tanzfläche. Ausgetrickst. Und du musstest schon ein ganz dickes Fell oder ausnahmsweise mal einen ganz guten Tag erwischt haben, um dich nach so einer Niederlage, die fast tausend Augen beobachtet hatten, zu erholen. Es blieb dir im Grunde nur noch übrig, zu zahlen und unauffällig aus dem Lokal zu verschwinden.

Wie habe ich immer diese Frauen, die alles so auf sich zukommen lassen konnten, beneidet. Denn nicht sie hatten den schwersten Part bei diesem Spiel, wie viele Emanzen doch einfach dreist behaupten. – Denn was gibt es Schlimmeres, als in seiner Ehre, seiner männlichen Ehre – oh ja, die gibt es – so hart und vernichtend getroffen zu werden.

Nicht nur für mich, sondern auch über die meisten anderen (ich kannte sie ja fast alle, meine Konkurrenten, hatte mit allen mal ein paar Worte gewechselt) kann ich sagen: Kaum einer, der wirklich dieser ganz coole Mann war – alles bloß Schau, eben auf Grund der großen Verletzbarkeit sich zugelegt – alles bloß eine antrainierte, die dünne Haut schützende Masche.

Das sah alles so locker aus. – Doch nur wenn man selbst einigermaßen gut drauf war, WAGTE man überhaupt erst loszugehen, zur Frau hin, sie zum Tanz zu bitten. Schon dieses Risiko der Niederlage, des Zurückgeworfen-Werdens, der Ablehnung einzugehen erfordert ja ziemlichen Mut. Und viele Männer kannte ich, die sich einfach aus

Angst gar nicht erst darauf einließen, Frauen aufzufordern und den offenen Schlagabtausch im „Ding" oder im „Café Paris" mitzumachen.

Ich, der Träumer, der Romantiker – wie oft lag ich, innerlich, am Boden! Sicher, ich sagte mir: Die Frau hat möglicherweise keine Lust im Moment zu tanzen, oder: Sie kennt eben diesen Typ, der sie vor meinen Augen weggeschnappt hat, das ist doch nicht GEGEN DICH PERSÖNLICH gerichtet. Aber, trotzdem – jede Abweisung traf einen.

Dennoch, du musst es bringen, sagte ich mir immer wieder, oder du kommst nie an eine Frau. Und: Die anderen machen es auch, sei nicht so zimperlich; ist das alles denn letztlich nicht ein Abenteuer – diese Jagd nach einer Freundin, nach Wärme?! Wie kannst du einfach das Handtuch schmeißen? Mach' weiter, nur so entwickelst du dich. Lass dich nicht von diesen anderen Burschen, Ausländern oft (gerade sie waren Reißer, die es wirklich gut brachten – ich bewunderte sie widerwillig), lass dich von denen nicht fertigmachen.

Sicher, den ganz heißen Stiefel – was hieß: eine Frau anmachen, und dann möglichst mit nach Hause, damit man nicht allein im Bett lag – das war natürlich nicht. Und wirklich, das wollten wir, mein Kampfgefährte und Leidensgenosse Gregor und ich, gar nicht.

Wir freuten uns, wenn wir mit einer Frau ins Gespräch kamen, diese oben beschriebene Wärme spürten, ein bisschen zärtlich waren. Aber, nun die Frau mit nach Hause nehmen ... Oh nein. Wir waren jung und standen – vielleicht auch, weil wir auf diesem Gebiet eben noch sehr viel lernen mussten, wir Provinzler – gar nicht auf diese Anmach- und Aufreiß- und Abschleppmasche.

Uns beiden, Gregor und mir, genügte diese Spannung abends, es war wie bei einem Wettrennen, und wir hatten immer das Gefühl, etwas Außerordentliches zu erleben, wenn wir mit einer der tollen Großstadtfrauen, wie wir sagten, auch nur ins Gespräch kamen. Diese komischen weiblichen Wesen, sie hatten für uns etwas Geheimnisvolles,

Übermächtiges, Starkes, Betörendes – und mit ihnen dann diese schmutzige Tour durchziehen, so sahen wir es, einfach einen auf Sex machen und am nächsten Morgen die Frau vor die Tür setzen, wie wir das von anderen manchmal hörten, meist von solchen, die das Studium schon lange hingeschmissen hatten und nur noch in den Kneipen rumhingen – oh nein, das wollten wir, Gregor und ich, keineswegs. Wir waren auf der Jagd nach dem geheimnisvollen Leben, wir wussten, wir kannten noch nicht viel davon.

13

Da gab es zum Beispiel Marianne. Marianne, die, was das Leben betraf, wohl tatsächlich den Durchblick hatte. – Jedenfalls, sie zog pro Tag mindestens zwei Packungen Zigaretten in sich rein, und mit den Männern lief es auch außerordentlich. „Der Mario", sagte sie etwa. „war gestern wieder hier. Der hat einfach so ein ungestümes sizilianisches Blut in sich – kaum war er im Zimmer, hat er mir", und sie lachte und fand das äußerst witzig, „hat er mir die Hose heruntergerissen." Und wirklich, die Hose musste sie in eine Schneiderei bringen (selbst Hand anlegen an der kaputten Hose, das lag ihr weniger).

Und dieses Gerangel mit dem Mario fand statt, als sie, Marianne, gerade eine Abtreibung hinter sich hatte – sie war ebenso schlampig, die lustige Marianne, dass sie, wenn Liebe im Spiel war (und sie war in Mario verliebt), dass sie einfach – wie auch in diesem Fall – nicht an Verhütungsmittel dachte.

Damals, beim ersten Mal, nahmen Gregor und ich uns dieser Sache an, das heißt, besorgten für die schwangere Marianne einen Arzt, und der war sehr freundlich und machte es ihr dann weg, dieses drohende, gefährlich wachsende Etwas in ihr.

Wie gesagt, nicht viel später, da passierte das erneut mit dem Mario, wieder war sie schwanger.

Und ich, der ich natürlich die Augen überall hatte, war in einer Kneipe abends mit so einem Typ ins Gespräch gekommen, und der schwor Stein und Bein: „Wenn du diese Mischung (eine ultraharte dicke Teemischung) nimmst, ist alles okay."

Ich selbst besorgte also der Marianne diese verschiedenen Kräuter und Ingredienzen in der Apotheke, sie schluckte tapfer – war ganz verzweifelt, in diesen Tagen völlig durchgedreht, soff sich mehrmals einen an („Das muss mir nun schon wieder passieren. Wenn der Mario noch einmal kommt, ich lasse ihn nicht rein").

Und dann ging ich eines Abends zu ihr, und sie schrie und tanzte in der Wohnung herum und setzte sich auf die Couch und lachte sich halbtot. „Es hat gewirkt!" schrie sie immer wieder, „ich habe wieder meine Blutung!" Und ich war, wie man sich denken kann, für sie *der King*, der Experte in Sachen Abtreibung.

Und als ich mal zu Hause in Büren in der Kneipe darüber was verlauten ließ, prompt war jemand, eine junge Dame, die ich gar nicht näher kannte, zur Stelle – und ich mit dem Tee ran – aber diesmal war's 'ne Ente. Keine Wirkung. Und ich wieder los, alles organisiert, mit dem Arzt geredet. Und der nahm sich die Dame vor, und sie, die junge Studentin, wollte plötzlich das Kind. – Und nicht lange danach kam's einfach raus, dieses Embryo. – Sie hatte es nicht bei sich behalten können.

14

Ja, ja, das ist das Leben, sagte ich mir, wenn ich vor meinen Büchern saß. Sicher, so völlig am Schleudern, das würde mir gar nicht behagen. – Aber, immerhin, die Marianne, die riskierte was, die war immer entweder ganz munter oder ziemlich am Ende. Sie hatte zwar nicht das, was Gregor und ich hatten: Wir konnten uns zusammenreißen, konnten planen, organisieren, logisch denken einigermaßen, das Feuer zähmen, die Lust bremsen, damit sie nicht allzu sehr ein Chaos anstellte. Aber trotzdem, ich hatte schon damals gespürt: Zwar, wir sind die Größten im Organisieren, im Runterschalten, im Nüchternsein, aber – das Herz, es musste ja auch mal ein wenig sich zeigen, ein wenig aus der Tiefe an die Oberfläche steigen, hochkommen mit allem, was drin ist.

Und ich, ich besaß diese Fähigkeit nicht: leidenschaftlich sein können, das Blut kochen lassen, sich einfach reinstürzen.

Ja ja, da waren wir – auch Gregor ging es in dieser Hinsicht ähnlich – nicht besonders gut drin: einfach mal sich gehen lassen, fünfe gerade sein lassen. Zu leben, zu lieben. Nach außen kam das natürlich gar nicht so raus. Im Gegenteil, wir fühlten uns – oder sprachen es uns jedenfalls vor – wie die Kings. Zum Beispiel bei Figuren wie Marianne. Sie bewunderte uns – mich wegen meines Spezial-Tees, Gregor, der ein oder zwei Semester höher war als wir beide, wegen seines Durchblicks in Uni-Sachen.

Zwar – Marianne, was die Intelligenz betraf: Sie hatte was drauf. Aber, was bringt das? Sie besaß eben nicht diese Coolness, die Gregor und ich hatten. Wir konnten mit relativ geringem Arbeitsaufwand etwas erreichen, ein kurzes, aber die wichtigsten Punkte umfassendes Referat schreiben, lasen nur die nötigsten Bücher. Und eine Drei, die sprang allemal für uns dabei raus.

Wenn Klausuren oder schriftliche Prüfungen anlagen, stellten wir eine Liste auf: Die und die Bücher kommen vermutlich dran und aus diesen Büchern wohl nur die und die Kapitel. Und die Textstellen gründlich durchgearbeitet, und das Ding war gelaufen.

Und zur Sicherheit, wie etwa bei Gregors Staatsexamen (später auch er dann bei mir), stand ich dann auf dem Klo, die entsprechenden Bücher und Notizen in der Hand, und Gregor musste mal während der Klausur, der von vielen Dozentenaugen bewachten, aufs Klo, wo ich also hinter der Tür mich aufhielt, und einfach die Papiere rausholte, die ich mitgebracht hatte. „Alles klar, Gregor? Wie sieht's aus? Sind die richtigen Themen drangekommen?"

„Alles in Ordnung.“ – Und nur noch so, zur Sicherheit, ein Blick in die Bücher – und er ging wieder raus, und erledigte locker seine Aufgabe.

Aber Marianne, und auch viele andere Großstädter, die ich getroffen hatte: Vor jedem Referat machten sie sich allesamt vor Angst in die Hose. Lasen tausend völlig unwichtige, nebensächliche Bücher, lernten, aus Panik, von morgens bis abends, vor allem eben, um sich zu beruhigen. – Und prompt, weil sie nervös waren und weil sie Tabletten eingeworfen hatten, brachten sie nichts an dem entsprechenden Prüfungstag. Oder, die Referate waren zwar dick, 200 Seiten – aber, es gab nur eine knappe Vier, weil zum größten Teil das Thema verfehlt war.

Wir waren dann auch dabei, als Marianne das Examen machte. Die ganze Bude voller Zigarettenrauch, überall stapelten sich Bücher, lagen Papiere rum, und überall Aschenbecher. Und natürlich schaffte sie den Termin für die Abgabe der Arbeit nicht. Sie rang die Hände – stand kurz vorm Nervenzusammenbruch. Also schritten wir, Gregor und ich, ein. Zack, die Seiten geordnet, die richtigen Textstellen aus den Büchern fotokopiert, ihr gut zugeredet, die Sachen sogar zum Teil selbst geschrieben; und wir schließlich noch zum Prüfungsamt hin, um die Verlängerung zu beantragen, was sie alles in dem Chaos längst nicht mehr schaffte.

Und sie kam letztendlich glatt über die Hürden.

Natürlich war Marianne froh über unsere Hilfe, und ich gebe es zu, wir aalten uns in ihrer Dankbarkeit. Und natürlich hätte sie gern uns was Gutes getan – was bei ihr hieß: ihren Körper einsetzen – wir hätten ohne Weiteres mit ihr schlafen können. Ich glaube, damals kam uns das aber doch ziemlich übertrieben, fast pervers vor. Trotzdem, sie wollte, wie ich das jetzt so sehe, uns einfach was Gutes tun, kam dauernd angeschnurrt, sie hatte eine Menge Wärme und wollte uns was abgeben. Aber, wir waren eben noch nicht so weit.

Ich glaube fast, wir hatten noch die kirchlichen altväterlichen Provinzsprüche intus: sauber bleiben, Leute. Liebe ist das Größte, Edelste, Wichtigste – nicht einfach sich gehen lassen in dieser Hinsicht. Du bist schließlich kein Tier – man muss sich auf diesem Gebiet zusammenreißen.

Ach, arme Marianne, sicher verstand sie uns gar nicht. Sie merkte doch auch, wir hatten sie ganz gern, gerade wegen ihrer Macken. – Ich glaube, nicht mal geküsst habe ich sie – obwohl ich es eigentlich doch gern gemacht hätte. – Aber, es ging einfach nicht. Und Gregor – sicher, später hat er mal bei ihr übernachtet, es ergab sich irgendwie: „Wir haben die ganze Zeit geredet und natürlich geschmust. Aber mehr war nicht."

Dabei war ich immer auf der Suche nach der Wärme, nach der Beziehung. Doch, kaum hatte ich mich einer Frau genähert, kaum sollte es richtig losgehen – schon trat ich zurück. Es schien, als dürfte ich mich gar nicht festlegen, als wäre es einfach mein Los gewesen, ein mir auferlegtes, nur so herumzuschweifen, um möglichst viel zu hören, zu fühlen. – Und ich fand das in Ordnung so, ich war ein Fisch im Wasser, ich spürte Leben um mich – und wenn es auch nicht geklappt hatte mit dieser oder jener Frau, wenn die heiße Liebe tragisch wurde, und wenn ich ganz kaputt durch die Straßen lief und nur Schmerz und Leid da waren – dann hatte ich immer dieses Gefühl, trotz aller Mühe: Ich lebe, ich bin mittendrin im Strom.

Und ich war letztlich keineswegs niedergeschlagen. Denn Leid und Trauer, das wusste ich, gehören eben dazu. Konnte ich mich denn überhaupt richtig mit diesen geschlagenen Seelen, auf die ich dauernd stieß, unterhalten, wenn ich nicht selbst einer der ihren war, selbst getreten, zu Boden geworfen, am Ende gewesen war?

Und wenn diese Leute, vor allem die Studentinnen und Studenten, immer eine Leere um sich fühlten, sie einsam waren, im Seminar Hemmungen hatten, was zu sagen, sich als hässlich einschätzten oder vielleicht auch waren und sich nie trauten, ein Mädchen oder einen

Jungen anzusprechen – ach ja, wie gut verstand ich sie! Und ich setzte mich hin und hörte zu – und Mitleid, das manchmal so verpönte, als geringschätzig angesehene Mitleid, ich hatte es immer, denn erst so konnte ich mich in die Armen, Einsamen reinversetzen, und ich versuchte, ihnen das Gefühl zu geben: Ja ja, genau so ist es mir auch oft ergangen. Und sie waren nun in ihrem Unglück gar nicht mehr allein.

Nicht, dass mir das damals alles so klar gewesen wäre – abgesehen von diesen hellsichtigen Momenten, wenn man in der Straßenbahn vor sich hinträumt oder morgens noch im Halbschlaf, wenn sich plötzlich die Schleier heben und alles so eindeutig und so über- und durchschaubar wird.

Im Grunde war auch ich ein Blatt im Wind, hin- und hergetrieben, und ich konnte mich gar nicht dagegen wehren – was hieß: ich saß immer in der Patsche.

15

So zum Beispiel sah ich eines Tages in der Karnevalzeit ein schönes junges Mädchen auf den Stufen der Sartory-Säle sitzen. Ich wollte gerade hochgehen, rein in die Räume, in denen alles lärmte und tobte und auch der Karnevalsprinz und die sogenannte Jungfrau und der Bauer auftraten und die Studenten und alle Bürger Kölns die Schlager der Saison brüllten und die Junggesellen nach den Frauen sich umsahen und die Verheirateten ein wenig über die Stränge schlagen durften – wollte mich reinstürzen in dieses Chaos – da bemerkte ich dieses Mädchen, dunkle lange Haare auf den nackten Schultern, und als ich näher hinguckte: Die Schöne hatte ganz rotgeränderte Augen. – Und schon ging ich nicht hoch, stürzte mich nicht rein in den Trubel, ging nicht auf die Jagd nach Abenteuern (oder hatte ich dies, ein Abenteuer, vielleicht schon gefunden? Die lang gesuchte Frau, die liebe, nette bereits entdeckt?)

Mein Herz, es schlug heftig. Und Mitleid mit diesem traurigen Mädchen – dieses komische, unehrliche, ehrliche Gefühl – kam in mir hoch. Und ich setzte mich – nicht zu ihr, ich war ja gewöhnlich schüchtern und vornehm zurückhaltend, sondern ungefähr drei Schritte entfernt. Ich saß da, die Leute gingen zwischen uns die Stufen hoch. Und plötzlich guckte das Mädchen auf, sah mich, guckte wieder weg. Nach ungefähr einer Viertelstunde erst wagte ich mich näher, saß direkt neben ihr.

Sie hatte nun keine Angst mehr vor mir, ich war nicht mehr der Fremde. Wir hatten uns aus der Entfernung zunächst eine Menge Blicke zugeworfen – erst dann war ich näher gerückt. – Und das alles, diese sanfte Annäherung, passierte, während um uns herum die Besoffenen raus- und die Erwartungsvollen die Treppe raufgegangen waren.

Ich hockte also neben ihr – und es stellte sich heraus: Sie hatte eine Verabredung gehabt, mit 'nem Freund, und der hatte sie einfach sitzen lassen, sie ganz allein zwischen diesen lauten fremden Gestalten.

Wie gesagt, mein Herz quoll mal wieder über. Und ich war behutsam, stellte immer zwischendurch vorsichtig die Fragen, und sie guckte mich an und sagte: „Du bist lieb – aber willst du dich nicht amüsieren?"

„Nein, nein", sagte ich, „ich fühle mich ganz wohl." Und ich – ja, ja – war fast schon wieder verliebt. – Und wirklich, wir saßen über zwei Stunden auf diesen Stufen, und natürlich hatte ich auch Absichten: Wenn sie erst mal sich an mich gewöhnt hat, dachte ich, dann ist alles klar, du hast die schönste Frau im Saal ergattert, und du bist der King; sie kann dann gar nicht anders als mit dir zu feiern oder sich von dir nach Hause bringen zu lassen.

Sicher, zwischendurch ging ich auch mal hoch, guckte rein in die Räume, holte was zu trinken – aber, immer wieder kam ich zurück, setzte mich zu ihr.

Zwei Stunden waren vergangen. – Da ging plötzlich wieder die Tür auf. Und Roswitha, wie sie hieß, machte ganz große Augen.

„Heinz-Dieter!“, rief sie, stand zum ersten Mal auf, lief ihrem Freund, dem lang vermissten, dem lang ersehnten, in die Arme, und ich saß auf den Stufen, und die beiden verschwanden oben im Saal.

Nun, sie hat sich noch mal umgedreht, die Schöne, hat die Hand gehoben, vergnügt lächelnd – nur, ich, ich hatte mich mal wieder verausgabt, hatte wieder unheimlich rausgelassen, was an Wärme, Liebe und so weiter da war. – Und prompt, ich Idiot, ich Schwachkopf, hatte einen reingekriegt.

Ich ging wohl – weil ich ja auch Eintritt bezahlt hatte – nach oben, aber sie dann zu sehen, wie sie mit ihrem Heinz-Dieter auf der Tanzfläche rumsprang, sie, die Schöne, mit einem anderen, das anzusehen war fast schon Masochismus.

Und ich machte bloß meine Runde und ging dann raus, setzte mich in die Straßenbahn, in die Kälte, in das Dunkle, und legte mich allein ins Bett und ärgerte mich und war traurig. Die ganze Welt war gegen mich.

16

Ich ärgerte mich vor allem darüber, dass ich mich überhaupt auf solche Mätzchen eingelassen hatte. Das sollte mir nun wirklich nicht noch mal passieren.

Und es funktionierte sogar. Denn als in dieser Session, so gegen Weiberfastnacht, an jenem bunten tollen Straßenkarnevalstag, ich mit einer Frau, irgendeiner nur flüchtig bekannten Studentin, durch die Kneipen lief und wir nur Fez machten und uns von den meist bürgerlichen Leuten zu einem Bier einladen ließen, wo auch mal diese oder jene ältere Dame sich an mich ranmachte und mir einen schmatzenden Kuss auf die Wange setzte, während Irmgard, meine Begleiterin, hinten am anderen Ende der Kneipe sich mit einem ebenso alten Herrn abgab – da lief alles glatt. Ich war der Coole, der es eben brachte, der die Leute an sich rankommen ließ, ein bisschen spielte, aber nur in dosierter Menge Wärme abbekam und auch verteilte – und es war gut so, keiner der Beteiligten erwartete etwas anderes.

Und sogar, als ich abends allein in irgendeine Fete reinstolperte und tausend Leute sich in zwei winzigen Zimmern drängten und eine heißblütige Dünne mit sinnlichem breiten Mund mich im Halbdunkeln abküsste, während sie aus den Augenwinkeln um sich blickte, ob nicht der Mann, ihr Ehemann, der im Nebenraum rumknutschte, auftauchte - auch da blieb ich gelassen. - Allerdings etwas weniger dann, als die Dame nun wirklich unglaublich sich bewegte, ihren Unterleib heftig an meinen presste beim Tanzen - da war ich denn doch nicht mehr so gleichgültig, die Natur brach durch, und als ich den halb geöffneten Mund vor mir sah und die halb geschlossenen Augen und sie irgendwas stammeln und seufzen hörte, und ich merkte, sie war ganz heiß zwischen den Beinen - da, wie gesagt, fing auch ich an, aus mir herauszugehen, ich konnte gar nichts dagegen machen - der Verstand, mein guter alter, alles kontrollierender Verstand setzte doch fast aus. Und obwohl doch der Angetraute meiner Partnerin jederzeit auftauchen konnte - die Frau kannte da gar nichts, und wir schoben uns in die dunkelste Ecke und fummelten rum, und wir hörten erst auf, als mir was Nasses in die Hose fuhr. Ah - ein gutes Gefühl, dachte ich, Teufel noch mal. Und die Arme grinste mich mit ganz rotem Gesicht an und war ebenfalls zufrieden.

Nun, es war richtig spannend gewesen: der Ehemann, der drohende, der jeden Moment hätte erscheinen und unsere Verrenkungen - sofort alles wissend - beobachten können, und die anderen Leute im Raum, die sicher auch was gemerkt hatten. Aber, das Tierische, das Schöne, Animalische, Feurige, Unbedenkliche, Hitzige, alles Erfassende, das war doch eben Klasse.

Und selbst als die Dame schließlich dann doch von ihrem Ehemann erwischt wurde – wir tanzten allerdings wohl eng, aber ganz harmlos unsere Runden – und er sie sich einfach griff und abschleppte und mit ihr endgültig nach Hause ging – da war ich keineswegs voller Reue, dass ich mich hatte so gehen, so verführen lassen.

Denn (und die Dame grinste mir beim Abschied hinter dem Rücken ihres Mannes auch noch schelmisch zu) – denn das war das Leben – zumal ich keineswegs getroffen, verletzt war – sicher, ich mochte sie, dieses Fräulein, vielmehr, die junge Frau, die ich nicht mal dem Namen nach kannte – aber, verliebt oder gar unglücklich, schwärmerisch verliebt, das war nicht, das ist man nur, wenn gar nichts gelaufen ist.

17

Seit dem dicken Reinfall seinerzeit bei meiner netten schönen zurückhaltenden vornehmen Corinna hatte ich mich eigentlich immer ziemlich gebremst. Wer will denn das Risiko eingehen, kaum, dass man sich geöffnet hat, wieder einen Tritt verpasst zu kriegen?

Aber, mein Weg in dieser Hinsicht war leider noch nicht zu Ende. Denn eines Tages – und wieder waren Schwestern, zwar nicht Zwillinge, aber zwei eng miteinander befreundete Geschwister im Spiel.

Sie, Lisbeth und Mathilda, tauchten eines Morgens also im Historischen Seminar der Uni auf, hauten ihre Taschen ziemlich laut auf die Lesetische, holten – ritsch, scharb, boller – die Stühle ran, schoben sie unter ihre Hintern, ließen sich mit einem Seufzer und Ach und Weh draufplumpsen, und fingen an zu studieren.

Aber, kaum hatten sie die Seite eines Buches umgeblättert, legten sie ’ne Pause ein. Ein Rumgekicher, Rumgegucke, und dann beugten die beiden gegenübersitzenden Damen ihre Köpfe vor und flüsterten. Ohne Zweifel zogen sie über die, tief die Nase in die Bücher steckenden, Kommilitonen her – und natürlich wohl auch über mich, der ich am Ende des langen Tisches saß und leicht grinsend zu ihnen rübersah. Und prompt machten sie mich an. „Willst du ’ne Apfelsine?“

„Sicher.“

Und schon flog eine Apfelsine rüber. Und später kriegte ich dann sogar noch ’n Butterbrot mit. – Und was machte ich Esel? Ich hatte nichts Eiligeres zu tun, als sie in den E-Raum (Erfrischungsraum) einzuladen zu ’ner Tasse Kaffee.

Und so saß ich zum ersten Mal zwischen diesen hübschen, aber eben auch sehr lebhaften, anstrengenden Mädchen. Und sie erzählten von Perugia in Umbrien, wo sie gerade erst ein Sommersemester verbracht hatten, und ließen sofort bestimmte gezielte Bemerkungen fallen – wobei sie sich, jahrelang geschult, die Bälle zuwarfen.

„Der José, Lisbeth!“, rief ganz laut Mathilda, „weißt du noch!“ Und Lisbeth, die ein wenig jünger war, errötete richtiggehend, und ich hatten den Eindruck, musste den Eindruck gewinnen, dass der José, Medizinstudent, der Mann mit den flinken Fingern, unheimlich pervers und schweinisch und schlimm war.

„Ach, lass doch“, sagte Lisbeth, „wenn der Bert das hört ... Nein, das dürfen wir ihm nicht antun.“

„Nun, was hat denn, verdammt noch mal, der José für ’ne Platte draufgehabt, hat er euch heiß gemacht oder was?“

Ich hatte natürlich damals hin und wieder diese starken Ausdrücke drauf, mimte eben einen, der den Durchblick hatte.

Nun, ich glaube, die beiden Hübschen wussten genau, dass ich in dieser Angelegenheit nicht so ganz fit war, denn sie tuschelten immer wieder was von „eines Morgens hat José Sachen erzählt ... und dann seine Freundin ...“. Und ich hörte was von Abtreibung, die dieser Jose bei seiner Freundin vorgenommen hatte. Und dann war er auch noch mit Lisbeth verabredet, und sie saßen dann allein in seiner Studentenbude, der José – Hände hatte der! Das war ein Spanier oder Mexikaner, Hände – bei Gott! „Wir gucken ja immer zuerst auf die Hände. Aber so was Feingliedriges, Starkes, Schmales hast du noch nie gesehen! – Moment“, unterbrach sie sich, „hm, deine Hände sind auch nicht schlecht“, natürlich fasste sie mich nicht an, sie beobachtete aus gebührendem Abstand, „aber der José ...“

„Na – und was war denn dann, als du allein mit dem José im Zimmer warst?“

Und die beiden, sie wurden rot und kicherten vielsagend vor sich hin. „Das dürfen wir keinem erzählen, oh je, wenn das unsere Mutter wüsste!“

Auf die Tour ging’s dann weiter. Und ich, ich fuhr natürlich auf diese Masche ab. Mein Gott, dachte ich mir, richtige Großstadtmädchen. Fahren in den Ferien in der Weltgeschichte rum, lernen die tollsten Männer kennen. Und die beiden konnten, wie ich auch wirklich feststellte, fließend Italienisch, Französisch, Englisch; waren in der Uni dauernd von irgendwelchen Ausländern umgeben.

Allerdings, seltsamerweise hatten beide auch an mir einen Narren gefressen.

Dass ich sie beide gernhatte, merkten sie natürlich. Aber schon früh hatten sie sich überlegt (wie sie mir später sagten): Wen von uns beiden liebt er eigentlich? Für wen hat er mehr übrig? Für mich war ziemlich schnell klar: Ich stand auf Lisbeth, die drahtige, die mit den feurigen, glühenden Reh- oder auch Pantheraugen, die lebendige, manchmal auch ganz verträumte Lisbeth. – Sicher, Mathilda, die dunkle, die rassig aussehende, sie war auch in Ordnung. Nur, mein Herz schlug eben bei Lisbeth besonders schnell.

Aber, wie gesagt, alle beide waren meine Freundinnen – meine Studienfreundinnen. Denn wir sahen uns fast nur in der Uni. Und gingen mittags gemeinsam Essen. Und allmählich fuhren wir, zu dritt, so aufeinander ab, dass – kaum hatten wir uns irgendwo getroffen (im Café oder auch in der Mensa) – das Plappern losging.

Wahrscheinlich hatten sie an mir einen Narren gefressen, weil ich noch der unbescholtene Junge aus der Provinz war – und ich deshalb ein dankbares, willfähriges Opfer darstellte. Und – was uns gemeinsam war: Wir waren alle drei katholisch erzogen worden, gingen

Sonntagmorgens sogar – wohl aber nur, weil die Eltern es so wollten, und ich mehr aus Langeweile und natürlich aus purer Gewohnheit – in die Kirche.

Wir hatten, wie man so schön sagt, den gleichen sozio-kulturellen Hintergrund. Jedenfalls, kaum hatten wir uns getroffen, ging's los – ein Wort ergab das andere.

Vor allem bei unseren mittäglichen Mensa-Gesprächen ging es ziemlich hektisch zu. Das Essen zog sich lange hin; und man konnte ein Phänomen beobachten: Wir redeten uns in Ekstase. Wir hingen einander an den Lippen, hatten nur den anderen im Blickfeld, alles um uns versank – unsere Fantasie brach sich Bahn, nirgends eine Grenze – und dazu, als Feuerungs-, als Antriebsstoff: die Liebe, zumindest das Gernhaben, die Sympathie, die wir füreinander hatten – und die Wärme, die schon nach kurzer Zeit der Unterhaltung über uns, zwischen uns war. Jedenfalls, ich weiß noch, wir saßen manchmal in der Mensa, und hatten plötzlich wieder diesen Zustand der Ekstase erreicht – ein hoch schwebendes, ein geistiges Abheben, sodass, kaum hatte man die richtigen Worte, Sätze zu formen begonnen, der andere den Gedanken bereits aufnahm, weiterführte, wir uns gegenseitig Bruchstücke von Bildern zuwarfen, und jeder wusste sofort, was gemeint war – und das Wort- und Ideenkarussell drehte sich immer schneller. Und während wir so redeten, wurde uns bewusst: Mein Gott, was für ein Gefühl – das ist ja nicht zu glauben! „Wunderbar!", jubelten wir, „wie sehr verstehen wir uns! Ist das denn möglich?"

Und die Wärme, die Liebe zwischen uns, sie schwoll an, stieg hoch, wir kamen gar nicht mehr auf die Erde, sahen uns verzückt an, und Mathilda schrie: „Genau so ein Gefühl, wie du es beschreibst, hatte ich auch damals, meine Mutter reagierte genauso", oder „ach ja, als kleines Kind habe ich das Gleiche empfunden – Mensch, du auch?!!" – In diesem Stil.

Und ich weiß noch, eines Tages hoben wir völlig vom Boden ab – und kamen zu uns, als plötzlich vollkommene Stille war. – Wir guckten uns um: Die Mensa, die eben, vor einigen Minuten, so schien es, noch voller Studenten, voller Lärm gewesen war wie üblich – jetzt herrschte, wie gesagt, Ruhe – und niemand war mehr da, die Stühle standen, außer unseren, umgekehrt auf den Tischen – und nun bemerkten wir sie, die Putzfrau. Sie lehnte an Mathildas Stuhl und sagte, wie aus weiter Ferne klang ihre Stimme: „Könnten die Herrschaften wohl allmählich sich erheben und aufhören mit dem Diskutieren?“ Und verdattert sahen wir uns an – und erhoben uns mit schleppenden, müden Knochen und gingen nun ganz erschöpft in das Institut zu unseren Büchern zurück.

Die beiden, Mathilda und Lisbeth, wenn sie in die Stadt zum Einkaufen fuhren, samstags etwa, mussten bei mir in der Nähe vorbei mit der Straßenbahn. Und manchmal stiegen sie aus und gingen hoch zu meiner Studentenbude unter dem Dach und klopften an. Und wenn ich nicht da war, lag oft, wenn ich abends nach Hause kam, ein Blumenstrauß oder ein kleines Geschenk vor der Tür.

Eines Tages klopfte es, und wieder standen die beiden da, grinsend, und ich freute mich, kochte Kaffee, und sie setzten sich auf mein Bett – ich hatte nur einen einzigen Stuhl – und erzählten.

Sie hatten sich an diesem Tag Ohrringe gekauft.

„Nun, wie gefallen sie dir?“

Ich nahm sie in die Hand. „Sehr gut.“

Sie, Lisbeth, wollte die Ringe wieder an sich nehmen. Aber, aus einer plötzlichen Laune heraus, machte ich eine Faust. „Du kriegst sie nicht mehr, ich behalte sie als Erinnerung.“

„Das wollen wir mal sehen!“

Die Geschwister guckten sich kurz an – und dann kam dieser Überfall. Sie stürzten sich auf mein Bett, auf dem ich saß, wollten mir unbedingt meine Finger öffnen. Wir lagen zu dritt auf der Matratze, balgten und lachten zunächst, dann lachten wir nicht mehr so. Ein Keuchen, die Kleider verrutschten, die Strümpfe, die Seiden- oder Nylonstrümpfe, die damals modern waren, verschoben sich – Haut kam zum Vorschein.

Man wälzte sich über-, untereinander, mir wurde ganz warm, Lisbeths Mund war sehr nah, ihre Augen, ihre Reh- oder Tigeraugen befanden sich direkt mir gegenüber, und nun lachten wir gar nicht mehr, rissen uns an den Kleidern – angeblich ging es immer noch um diese Ohrringe, die sie mir wegnehmen wollten – aber, die Haut an den Beinen, den Armen, die zum Vorschein kam, sie glühte. Wir rieben uns aneinander, drückten uns, fühlten das Blut, wie es durch die Adern raste – und dann war alles vorbei. Wir lagen auf den Kissen, ein heftiges Atmen, Mathildas Kopf lag in meinem Schoß, mein Kopf an Lisbeths Oberschenkel. Stille im Zimmer. Und dann erhoben sich die beiden, ohne ein Wort zu sagen. Ich gab ihnen die Ohrringe zurück.

„Mach's gut" – und sie gingen, ziemlich verlegen vor sich hin guckend, aus der Tür.

Ach ja, wir kannten uns alle sehr gut, waren ein Herz und eine Seele. Manchmal ging auch ich in die Kirche in Lindenthal, wo die beiden gewöhnlich die Messe besuchten sonntags, und kaum hatte ich mich unten hinter den Pfeiler gestellt, da drehte sie, Lisbeth, vorne schon ihren Kopf und sah zu mir herüber - wir waren so aufeinander eingespielt, dass so was gar nicht anders möglich war. Man fühlte mehr, als man sprach. Sex war natürlich im Spiel – aber nicht heiß küssen oder miteinander schlafen, sondern wir waren verzückt – wir spielten ein unheimliches Spiel, und manchmal schmolz man, wenn man sich plötzlich allein fühlte, Sehnsucht hatte, vor Schmerzen dahin, und dann wieder diese Augenblicke der gemeinsamen Ekstase, des Aus-der-Welt-Seins, des Dahinschwebens.

18

Erst viel später stellte sich heraus: Lisbeth, meine Liebe, mein Herzblatt, ausgerechnet sie – wie sollte es anders sein – hatte einen Freund. „Ein junger, netter Medizinstudent", sagte sie, das heißt, er WOLLTE

Medizin studieren, denn er war kaum auf der Szene, weil er zurzeit bei der Bundeswehr seinen Wehrdienst absolvierte.

Wie gesagt, davon erfuhr ich erst reichlich spät. Allerdings machte das gar nichts – was ich nicht weiß, macht mich nicht heiß, dachte ich. Denn Lisbeth erwähnte ihn, Albert, kaum, und hin und wieder sollte er angeblich mal am Wochenende aufgetaucht sein. – Nun ja, „Freund", was heißt das schon?

Ich war jedenfalls beinahe ununterbrochen zur Stelle, und Lisbeth, die verführerische, hatte anscheinend gar nichts dagegen.

Und eines Tages hatte sie von Nachbarn, die verreist waren, den Auftrag bekommen, die beiden acht und neun Jahre alten Kinder zu beaufsichtigen. Und was lag da näher, als dass ich ihr bei der Arbeit half.

Es war ein schönes älteres Haus. Der Blick aus dem Wohnzimmer ging auf uralte Bäume, einen Garten mit Springbrunnen, eine alte hohe Mauer. Und Vögel sah man durch die Zweige der Bäume segeln.

Und hier, in den tiefen Sesseln, im Wohnzimmer, saßen wir abends, wenn die Kinder schon im Bett waren. Und wir kamen ins Erzählen – zu zweit, oder mit Mathilda, zu dritt – wie gehabt. Mathilda hatte übrigens zu der Zeit einen Typ kennengelernt, natürlich einen dunkelhaarigen Ausländer, und hatte sich sogar in ihn verliebt. – Jedenfalls, sie war traurig, denn der junge Student hatte doch glatt noch einige andere Mädchen am Laufen ...

Und das passte genau zu der Atmosphäre, denn auch bei mir, mit meiner Liebe zu Lisbeth, legte sich ein wenig Schmerz auf die Seele. „Morgen kommt mal wieder der Albert", hatte sie nämlich gesagt, „hat einige Tage frei". Womit sie mir zu verstehen gab: Ich denke, wir sollten uns in dieser Zeit nicht sehen – und es war keine Rede davon, dass sie diesen Albert einfach mal wegschickte und mich an seiner Stelle ...

Sicher, sie hatte mich gern, die Lisbetta, wie Mathilda sie im italienischen Slang manchmal nannte. – Wohl also auch bei mir Trauer und

Schmerz, aber er wurde doch versüßt, denn immerhin, ich saß nur einige Zentimeter von Lisbeth entfernt.

Und im Grunde war alles in Ordnung. Manchmal gab's einen Händedruck, und ein feuriger, leidenschaftlicher Blick glitt unter den dunklen Haaren zu mir herüber, und ein, wie man so schön sagt, „reizendes Lächeln". Und die prickelnde Spannung zwischen uns, sie war da. Es war sehr schön.

Natürlich durften ihre Eltern nicht wissen, dass ich mich im Haus der Nachbarn aufhielt. Leicht hätte jemand von ihnen rüberkommen, mal nach dem Rechten sehen – und mich noch spät nachts antreffen können, wie ich mich im Sessel, als wäre ich hier zu Hause, lümmelte ... Also auch dadurch Spannung, der Reiz des Verbotenen.

Mathilda, die Traurige, ging dann, während draußen es zu regnen anfing und das Wasser die Baumrinde und die Fensterscheiben runterfloss. Und ich habe heute noch dieses schmachtende Lied im Ohr – „Paris s'éveille" von Jaques Dutronc, was zu der Zeit dauernd aus dem Radio kam, und Donovan's „Jennifer Juniper". Kaum war Mathilda weg, setzten wir uns näher zusammen, erst in einem dieser großen Sessel, und dann auf dem Teppich.

Und weil die Stimmung melancholisch war und Lisbeth vermutlich auch mit dem Medizin-Freund Schwierigkeiten hatte oder sich zwischen uns nicht entscheiden konnte, sahen wir uns wehmütig an – sie küsste mich und drückte mich und wir redeten natürlich fast nur von Liebe und wälzten uns schließlich auf dem Teppich, zu Füßen des Radios, aus dem immer diese schrecklichen schönen traurigen Lieder kamen.

Und wir rieben uns und fummelten, auf dem Boden, an unseren Kleidern herum – und es war ein großes Ah und Oh, als wir uns gegen Morgen, ganz aufatmend und ganz glücklich, ganz verrückt, wenn auch noch immer angezogen, zufrieden nebeneinanderlegten, ganz verschwitzt, ganz heiß.

„Ich muss jetzt aber wirklich schlafen", sagte Lisbeth, und sie stand auf und kroch nebenan in eins der großen Ehebetten, die weißen, sauberen. Und hier, als ich dann gehen wollte, als sie sich vorbeugte und mich küsste zum Abschied und ich sogar ihre Brust sah – ach, hier hätte es passieren können, ich hätte mich einfach vergessen, verlieren können, mich einfach zu ihr ins Bett legen, aber, als ich Ansätze machte: Sie zierte sich. – Ich habe gar nicht verstanden, dass sie es eigentlich doch wollte, das ging gar nicht anders, das war irgendwie in dem Moment gar nicht anders zu machen.

Aber auch in dieser äußerst günstigen Situation konnte ich nicht aus mir herausgehen – das Leben, ich hatte es noch nicht – ich war einfach noch nicht so weit.

Ich traute mich nicht, hatte den Mut nicht. Es war so schön gewesen, sagte ich mir wohl – warum jetzt noch weiter? Es war doch alles bestens! Und ich tat so, machte mir selbst vor (und ich höre mich regelrecht flüstern): Nein, nein, du darfst das nicht ausnutzen. (Ich glaube, das hatte ich irgendwo gelesen: Der Mann muss beherrscht, ritterlich sein, seine Stärke liegt in der Selbstdisziplin, im Verzicht.) – Und wie auch immer, ich ging doch tatsächlich los, und hatte ein wehmütiges, trauriges Gefühl, und es war auch irgendwie ein Aufatmen, ein zufriedenes Gott sei Dank. – Ich glaube tatsächlich, ich hatte wirklich Angst, mich zu verlieren. – Die Freiheit, die große – nicht immer und zu jeder Zeit kann man sich ihr ausliefern. Und ich weiß noch, als ich im Morgendämmern in den Linienbus stieg und die schlaftrunkenen Ausländer sah, die zur Frühschicht fuhren, da hatte ich doch ein glückliches Gefühl. Und ich stolperte zu meiner kleinen engen Studentenbude hoch – mein Herz, das schlug ganz heftig vor Liebe. – War es denn jetzt nicht klar: Lisbeth stand auf MEINER Seite? – Und verzückt schlief ich ein, während die ersten Straßenbahnen unten vorbeidonnerten.

Es zog sich hin. Die Gelegenheit, ein Haus für uns beide ganz allein zur Verfügung zu haben, kam nicht wieder.

Lisbeth wurde auch jeden Tag nervöser und deprimierter. Eine Entscheidung musste gefällt werden. Ihr Freund Albert hatte auch was spitzgekriegt. Entweder ja oder nein, was anderes gab es nicht.

Und wieder war ich der Abgezehrte, der unglücklich Verliebte, denn dauernd lief ich in die Uni, um sie zu sehen. Und es kam dieses Erschwernis hinzu: Mathilda hatte es nun verstärkt auf mich abgesehen, lief regelrecht hinter mir her. Aber ich kümmerte mich nicht drum. – Mit Lisbeth ging es dem Ende entgegen. „Du musst dich entscheiden", sagte ich, „entweder Albert oder ich. So geht das nicht weiter."

Ach, diese dicken, großsprecherischen Phrasen. Als ob es in der Liebe diese sogenannten Entscheidungen gäbe. In Wirklichkeit, glaube ich, war alles schon klar.

Und dann bestellte sie mich eines Morgens gegen elf ins „Metropolitain" am Ring. Und wir saßen hinten in der Ecke – und tatsächlich, ich weinte, und sie auch. – Und zum Trost schenkte sie mir sogar – eine seltsame Idee – ein Portemonnaie.

„Ich liebe euch beide", sagte sie, „aber ich kann Albert nicht im Stich lassen. Er hat's nicht so leicht. Wir kennen uns schon seit Kindesbeinen an."

Ich hatte es ja bereits geahnt. Trotzdem kam wieder dieser fürchterliche, unglaubliche Schlag – der zweite, nach Corinna damals. Der Magen rumorte, fiel durch, krümmte sich. Ich stieg in meinen alten VW, fuhr einfach los. Eine Woche lang. Nach Calais in Frankreich, Dieppe, Dunkerque, klapperte die Küste ab, stand auf diesem Verteidigungswall, diesen kaputten dicken Betonplatten am Atlantik, guckte ins Meer, in den Wind.

Als ich auf der Rückreise in der Nähe der Klever Jugendherberge saß, ich hatte die ganze Woche mit niemandem geredet, und tief in einem dunklen Loch war, da kam plötzlich über die Wiese ein etwa zehnjähriger Junge auf mich zu. Er stellte einen Glaskasten neben mich, und ich sah darin zwei Hamster. „Die heißen Max und Moritz. Ich schenke sie dir." Er legte eine Tüte Futter dabei, erklärte mir, wie ich sie pflegen sollte. Und ging weg.

Ich war ganz durcheinander. Was sollte das? Wie kam ein mir ganz fremder, ein völlig unbekannter Mensch dazu, mir ein Geschenk zu machen? – Ich saß auf der Bank – und neben mir diese zwei warmen kleinen Hamster, die mich durch die Glasscheibe zutraulich anguckten.

Nun, was blieb mir anderes übrig? Ich nahm, obwohl ich eigentlich nicht besonders begeistert war, die Tiere in meinen Wagen. Und während der Fahrt öffnete sich hin und wieder die Abdeckplatte des Kastens, und die beiden Hamster liefen in dem Auto herum.

Und ich musste grinsen, wenn sie plötzlich zwischen meinen Füßen auftauchten oder ich sie hinten an meinen Büchern rumknabbern hörte.

Allmählich taute ich auf – hielt sogar an, um Tramper mitzunehmen, und hatte meinen Spaß, wenn die Mädchen regelmäßig Huch! schrien, weil die Hamster unvermutet irgendwo hervorkrabbelten. Wie gesagt, ich konnte wieder lachen.

19

Das reicht erst mal, dachte ich, als ich wieder vor meinen Büchern saß und aus dem Fenster guckte. Gott sei Dank war es nun Winter, das Blut floss gemächlich seine Bahn. Und ich kniete mich ein bisschen rein – in die Uniarbeit.

Was die Frauen betraf: Die Zeiten, wo ich mich richtig engagierte, waren wohl endgültig vorbei.

Sicher, ich ging auch an Karneval mal wieder los, traf auch tatsächlich eine nette kleine Schwarze, doch als wir zusammen den Ballsaal verließen – sie als Katze verkleidet, mit ’nem langen Stoffschwanz, ich als Torero lässig unter der breiten Hutkrempe hervor in die Gegend guckte – da hatte ich es keineswegs eilig, sie etwa mit zu mir nach

Hause zu schleppen. Wir saßen noch lange in einer Kneipe, küssten uns. – Na ja, ich gebe zu, so ganz gleichgültig ließ mich das doch nicht. Und ich hatte wirklich so ein schönes – wenn auch nicht ganz heißes – sanftes Gefühl. Und der kalte Regen draußen machte mir kaum was, auch als wir in die verkehrte Richtung fuhren mit der Straßenbahn, und es Stunden dauerte, bis wir im Morgengrauen in Leverkusen ankamen – denn dort wohnte sie, dorthin wollte sie gebracht werden.

„Meine Mutter ist nicht da", sagte Ilse, wie sie hieß, „macht über Karneval Urlaub im Schwarzwald." Es interessierte mich auch nicht sonderlich, dass sie einen Verlobten hatte. „Der sitzt gerade in Nürnberg, schreibt an seiner Doktorarbeit." Aber es schien nicht so weit her mit der Verlobung zu sein, denn „der macht sicher gerade wieder 'ne Frau an – Doktorarbeit – ha, ha."

Na ja, immerhin, ich ging mit ihr ins Haus, setzte mich dann artig zur ihr auf die Couch. Und Ilse fing an, von diesem Freund zu erzählen. Natürlich war das ein Chauvi, einer, der dauernd hinter anderen Frauen her war und eine Karriere als Anwalt machen wollte und schon ein dickes Auto fuhr.

Schließlich stiegen wir rauf in ihr Schlafzimmer – und als ich gar keine Anstalten machte, ihr den BH auszuziehen, machte sie es einfach. Sie guckte mich im Dunkeln so seltsam traurig und bittend an. – Aber, geschlafen habe ich nicht mit ihr.

„Ich finde das toll", sagte sie, „die anderen Männer wollen gleich ran – ich find' das gut an dir, dass du anders bist." Sicher, ich war nicht unbedingt besonders verliebt, aber, so cool war ich in Wirklichkeit gar nicht. Trotzdem, ich fühlte sie denn doch wieder in mir, die alte Krankheit, dieses Sich-Beherrschen, dieses Zurückweichen. Mein Gott, sagte ich mir, wenn ich jetzt mit der schlafe – nachher kriegt sie ein Kind, und dann habe ich sie am Hals. Oder: Nachher ist sie in mich verliebt, und ich nicht in sie – und dann ist sie unglücklich. – Mit anderen Worten, ich traute mich einfach nicht, voll aus mir herauszugehen.

Aber sie fand das nur toll, dass ich nicht gleich mit ihr schlief. Ich blieb da bis zum nächsten Abend. Wir erzählten uns viel, aßen all die schönen Sachen aus dem Kühlschrank weg. Und guckten zu, wie der große langweilige Rosenmontagszug über die Mattscheibe lief und die Leute einen auf angestrengt fröhlich machten.

Als ich wieder zu Hause eintraf, war Gregor, mein Kumpel, ganz neidisch. „Toll, einfach mit 'ner Frau zwei Tage unterzutauchen." Er selbst war von Sitzung zu Sitzung gezogen, hatte nicht die Richtige gefunden.

Dann allerdings schellte es ein paar Tage nach Karneval. Und Ilse stand vor der Tür. „Ich habe im Historischen Institut an der Uni nachgefragt, die kannten dich, haben mir deine Adresse gegeben."

Na ja, sie war wirklich sehr nett und aufmerksam und hatte immer, wenn sie kam, ein Geschenk dabei. Aber, mit der Zeit, so nach vier, fünf Wochen, fühlte ich mich eingeengt. Und was mich störte, daran jedenfalls hielt ich mich immer fest: Sie hatte zu dicke Waden, einfach zu dicke Beine. Verdammt, ich beherrschte mich (Äußerlichkeiten sind doch wirklich nicht so wichtig, wollte ich mir einreden), guckte auch immer schnell weg – aber, die Waden ... ich weiß nicht, ich hatte einfach was gegen diese dicken Dinger.

Dabei sah sie eigentlich ziemlich gut aus. Aber dass sie immer „Ich denke, das funktioniert" sagte, „ganz schön funktionstüchtig, nicht wahr", hier 'ne Funktion und da 'ne Funktion – und sie sagte das so komisch, als wenn das Wort „funktionieren" was ganz Tolles, ein unglaublich schicker Begriff wäre. – Es reichte mir bald.

Wenn du nicht bald was unternimmst, sagte ich mir, hat sie dich so weit, dass du dich verlobst und sie gar heiratest.

Eines Tages verabredete ich mich mit ihr im Zoo, im Restaurant. Es war ein grauer Wintermorgen. Ich rührte in der Kaffeetasse. Tausendmal hatte ich mir die Sätze, die Wörter, die ich sagen wollte, durch den Kopf gehen lassen. Aber – Ilse hatte wirklich keine Ahnung, dachte an nichts Böses. Ich kann es ihr einfach nicht antun, überlegte ich. Bis ich mir dann doch – grausam, grausam – einen Ruck gab.

„Du Ilse – übrigens, ich glaube, heute sehen wir uns zum letzten Mal."

„Was? Warum denn?"

„Na ja, ich glaube – äh" – Pause. Und sie machte gar keine Anstalten, sich zu wehren, saß dunkelhaarig und blass und schwach neben mir.

„Ich fühle mich eingeengt, ich weiß auch nicht, weshalb."

Und Ilse sagte immer noch nichts. Bis eben diese kleinen sanften Tränen kamen nach einer Weile.

Und ich rührte in meinem Kaffee und fühlte mich so schwach und kaputt und so grau wie das Wetter.

Und ich ging und sah sie nie mehr wieder.

Du bist getreten worden, warum sollen nicht auch mal andere dran sein, redete ich mir später, als mögliche Erklärung für mein Verhalten, ein. Ich will ja keiner weh tun - aber, anscheinend, man kann nicht anders. Für einen Außenstehenden bin natürlich ich der Grausame, Kalte. - Vielleicht musste ich das auch tun, überlegte ich: Ich bin in der Vergangenheit getreten worden - und, sozusagen aus Rache für meinen erduldeten Tritt, hole ich nun auch mal aus.

Aber, ich war damals einfach nicht so weit, immer noch nicht, eine Beziehung, eine festere zu ertragen. Keine Kraft für Verantwortung. Ich wollte die Welt, was hieß: auch andere Menschen, Frauen erleben – nicht an einer hängen bleiben.

Ach, die Frauen, sagte ich mir traurig. Wie macht man es eigentlich? Wie „funktioniert" das? Warum habe ich Angst, mich zu öffnen, sowohl innerlich als auch äußerlich, sodass ich mich nicht mal traue, mit ihnen zu schlafen, obwohl ich das vielleicht will - aber, immer wieder kommt die Bremse?

20

Nun ja, trotz allem – das Leben lief. Ich fühlte mich, nach einigen Tagen Trauer wegen der Härte gegenüber Ilse, fit und hatte die Nase wie immer überall vorn, strich durch die Straßen, besuchte unzählige Leute – irgendwo konnte sie jederzeit auftauchen, die Frau meines Lebens, die ich doch wieder heftig suchte, oder das ganz große Abenteuer. Vielleicht war 'ne Zigeunerin für mich genau die richtige, oder gar 'ne schwarze Prinzessin aus Ghana, oder 'ne coole Amerikanerin.

Und mein Freund Gregor und ich, wir rasten, in unserer Neugier, zum Beispiel einfach mal – zur Karnevalszeit – ins Senatshotel, einem vornehmen Kasten, am Pförtner vorbei, die Treppe hoch, rein in die Halle, wo die große Musik rauskam. Und der grün livrierte Pförtner lief hinter uns her, und wir durch die Tür, in die GESCHLOSSENE GESELLSCHAFT, wie vorn dick an der Scheibe stand, und die Mäntel in die Ecke geschmissen und den Pförtner lässig angegrinst, während wir schon eine der älteren allein sitzenden reichen Damen aufgefordert hatten zum Tanz – und uns im Gedränge verbargen und einen netten Abend hatten.

Oder ich lümmelte mich eines Tages im Foyer des Gürzenich, dem Prunksaal Kölns, rum, da trat ein sauberer, etwas steifer Herr auf mich zu, eine weiße Fliege am Hals. „Könnten Sie sich nicht an unseren Tisch setzen? Meine Tochter wünscht sich noch einen Tanzpartner." Und ich betrat das Parkett, auf dem Bundeswehroffiziere in Gala-Uniform mit wohl betuchten Damen Tango tanzten, und setzte mich auf der Empore zu der blassen, unansehnlichen Frau und der jungen Tochter meines Gastgebers. Und der stellte teuren Wein und Sekt vor mich hin, und ich süppelte und machte auf Konversation und hatte den Hausherrn und seine Frau und auch ein wenig die bleiche, schweigsame, schnell errötende Tochter bald auf meiner Seite. Und der Herr fühlte sich sehr stark, wenn er mal wieder vom Kellner einen der kostbaren Weine bringen ließ und ich „Ah" und „Oh, ein guter Tropfen!" rief.

Nachher, als ich nach Hause ging, kugelte ich mich allerdings vor Lachen. Denn der Mann war ein höherer Jurist und langweilig, sehr langweilig.

21

„Ich brauche wirklich mal was ganz Ruhiges, Solides, Nettes! Und vor allem Dauerhaftes!“, rief ich eines Tages so vor mich hin, bei einem meiner städtischen Spaziergänge.

Und es ergab sich, dass ich die bereits erwähnte Gesina traf, die lustige, aber keineswegs flippige Gesina. Und, was das Wichtigste war – es schien keine Probleme zu geben, denn: Sie stand momentan ganz allein, hatte gerade keinen Freund; sicher, der Egmont und der Hartmut, die schrieben ihr, oder besuchten sie dann und wann, hatten was für sie übrig, wie sie erzählte, aber ansonsten ...

Langsam – klug, auf Grund von Erfahrung klug geworden – tastete ich mich heran. Schaffte mir sogar wieder ein Auto an, pfiff durch das offene Fenster in den Wind, und auch unter ihrem Fenster, wenn sie dann rief: „Moment, muss noch gerade das Referat zu Ende schreiben.“ Aber schnell kam sie doch runter, und wir gondelten mit meinem Schlitten gut gelaunt durch die Gegend.

Und, was das Schönste war: Gesina, die sonst so sichere, war, was das Studium betraf, noch ziemlich grün hinter den Ohren. Wusste zum Beispiel nicht einmal, wie das bei der Ausleihe in der Unibücherei gehandhabt wird. Und ich konnte in dieser Hinsicht ganz groß rauskommen.

„Wie du das machst, Schätzchen“, sagte Gesina, „einfach fantastisch!“

Hm, ich gebe zu, ein wenig, ein ganz klein wenig zurückhaltend, vielleicht mehr als nötig gewesen wäre, verhielt sie sich dann, wenn wir alleine waren und zärtlich. Sie wurde noch richtig rot. Und auch hier, sah ich bereits, konnte ich selbst mal einfach forsch drauflosmarschieren, konnte die führende Rolle übernehmen.

Wie gesagt, sie war ein wenig zurückhaltend. Und eines Tages, ich dachte, du musst das Ganze forcieren, schließlich muss ich auch mal in diesem Punkt weiterkommen, muss auch dort mich entwickeln – eines Tages also ließ ich den Satz los: „Na, Gesina, wäre doch Zeit, wenn wir mal richtig so zusammen schlafen, meinst du nicht?"

Ich, der Forsche, spielte wieder jemanden – das erkannte ich aber erst später – der ich gar nicht war.

Denn Gesina, sie nickte wohl – ein wenig betrübt, nehme ich an. Und als wir dann im Bett lagen und ich mich wieder so groß gab (aber ich, der Neuling, der Anfänger, ach, in der Praxis gar nicht so fesch und forsch, sondern in Wahrheit ganz unsicher war), und Gesina meinte, weil ich so nervös wurde und sie glaubte, es läge an ihr – da sagte sie, vielleicht, um sich zu verteidigen: „Was ist denn? Nun mach schon!"

Nun wollte ich ja wirklich, wie von mir angekündigt, mit ihr schlafen – so wie es ja auch anliegt, wenn man sich einige Zeit kennt. („Wie?", hörte ich die Freunde, Bekannten schon lästern, „du hast noch gar nicht mit ihr gebumst, du kennst sie doch schon 'ne Weile. Ja, Junge, dann lass mal gehen, brauchst keine Angst haben – musst einfach mal loslegen, nicht groß rumfentern*.")

Jedenfalls brachte ich es nicht, konnte nicht, weil ich gar nichts mehr fühlte, und deswegen ein schlechtes Gewissen hatte und auch auf Gesina sauer war, weil sie mich so angefaucht beziehungsweise, weil ungeduldig, mich ein wenig kritisiert hatte. Ich brachte es nicht – versuchte es – es ging nicht. Er kam einfach nicht hoch, mein Schwanz – das Barometer der Lust zeigte nach unten, jedenfalls so ungefähr.

„Du liebst mich nicht", sagte Gesina, „bin ich denn für dich nicht sexy genug?" – oder so ähnlich. Man sieht, wir wussten beide noch

* Westfälisch für: rummachen, probieren, unnützes Herumspielen.

gar nicht, dass man alles langsam angehen lassen muss, mit Vertrauen und Verständnis und „Na ja, ist ja schon gut“ sagen und trösten und „macht doch gar nichts – wir lieben uns doch.“

22

Und noch einmal musste ich erfahren, dass manches doch nicht einfach so ex und hopp und zack geht – und man als bürgerlich-religiöser Mensch, der immer auf Arbeit und Gehorsam und Selbstdisziplin getrimmt ist, dass man es eben nicht leicht hat, und dass man sich helfen und verzeihen muss.

Dabei hatten wir beide uns wirklich gern und liebten uns. Aber, der lange Weg, mein langer Weg, er war eben noch nicht zu Ende – eine weitere Lektion wartete auf mich, die Täler, die tiefen, sie waren noch nicht durchschritten.

Trotzdem, Gesina und ich mochten uns und hatten auch viel Spaß. Aber – das reicht anscheinend nicht. Gesina – ja, wenn sie einen Typ gehabt hätte, der sie – nicht nur durch die Unibibliothek, sondern auch durch die Gefilde der Liebe, der Zärtlichkeit, Leidenschaft hätte führen können – ja, dann wäre für sie alles klar gewesen.

Denn ich war wohl nicht der Richtige – und sie nicht für mich. Allerdings, immerhin, wir hatten einen gegenseitigen Halt an uns gefunden; eine richtige Freundschaft, eine Hilfe. Wir unterhielten uns über alles, was anlag – und unterstützten uns gegenseitig, wenn man in der Uni Probleme hatte, oder die Eltern schwierig waren usw. Das war schön und sicherlich nötig und wichtig und eine gute Erfahrung.

Und als ich dann das Staatsexamen gemacht hatte, schließlich sie auch – unglaublich, wie wir beide da zusammenhielten, und ich für Gesina sogar ’ne Mittelhochdeutsch-Klausur schrieb, und sie immer, wenn ich später in der Referendarzeit Schwierigkeiten hatte, sagte: „Lass dich nicht fertigmachen!“ – Das war gut.

Nur, irgendwann ist die Luft raus. – Zumal wir eben so richtig miteinander kaum schliefen. Denn das war unser Krisengebiet: Zärtlichkeit wohl, aber ... Gesina verschloss sich, öffnete sich wohl nicht, im wahrsten Sinne des Wortes, auch sie ganz leicht verletzbar. Wie gesagt, wenn ich ein cooler Typ gewesen wäre – was hätte ich da alles bei ihr verändern können, sie richtig handhaben, sie trösten, führen können (so denke ich mir jetzt). – Und ich, einmal getroffen, kam gar nicht mehr aus dem Tal hoch – was das Schlafen betraf.

Ich schwitzte jedes Mal, wenn ich dachte: Verdammt, du musst es endlich bringen. Was werden denn die Leute sagen, wenn sie hören, du kriegst keinen mehr so richtig hoch? – Und wenn er einigermaßen stand, der Ständer, dann Puff zack, die Luft war kurz danach schon wieder raus – zurück blieb ein Versager, ein impotenter Schwächling.

Ach, es gab wirklich Zeiten, da lief ich mit düsterem Gesicht durch die Gegend.

Und statt der Wahrheit ins Auge zu sehen und zu sagen: „Gesina, ich bin ein Idiot, ich muss selbst noch 'ne Menge lernen, lass mir Zeit; du tust mir weh, wenn du mich immer so anmotzt", spielte ich weiter den Coolen. Hörte mir alles an und sagte mir: Lass sie man reden – eines Tages komme ich groß raus in dieser Beziehung. Ich zeige es dir.

Leider, wenn man auf sexuellem Gebiet Schwierigkeiten hat, dann wird jede Kleinigkeit aufgeputscht. Man streitet sich, weil man ja so richtig keinen Ausgleich hat. – Und ich besaß nicht die Kraft oder den Mut, dagegen anzugehen: Stopp, Mädchen, hau mich nicht so in die Pfanne. Denn Gesina war, was die Äußerung ihres Gefühlslebens, ihrer Freude oder auch Trauer betraf, frei und geradeheraus – was ja richtig und schön ist; aber, ich schluckte alles. Du musst dich zusammenreißen, sagte ich mir – wenn sie so rumtönt, musst du dich extra zurückhalten. – Und Gesina ärgerte sich, dass ich nicht so aus mir herauskam und ihr keine Grenzen setzte. („Bis hierher und nicht weiter, du verletzt mich, wenn du weiter so auf mir herumhackst.") Sie dagegen glaubte: Der Bursche ist ein Holzklotz, ein gefühlloser, und du musst erst richtig voll zuschlagen, damit überhaupt ein Echo kommt.

Dennoch – trotz allem hatten wir viele schöne Momente und Erlebnisse zusammen. Nur, auf die Dauer – da war das Zusammenleben doch sehr anstrengend.

Und so saß ich dann wieder mit einem Mädchen im Café. Und wir beide, Gesina und ich, sahen uns an und grinsten verlegen. Und wir wussten, das ist das Ende. Es musste wohl sein. Warum alles noch hinauszögern, warum sich weiter nerven und das Leben blockieren? Ist ja nicht unbedingt nötig. Das sagten wir, älter geworden und weiser und gar nicht mehr sprunghaft und ein wenig geschafft – oh ja. Aber wir wussten, der Weg geht weiter.

Und Gesina hatte bald auch wieder einen Freund, und ich lange keine Freundin. Und ab und zu trafen wir uns und erzählten unsere Geschichten. Und Gesina: „Ach, hätte ich das alles gewusst damals, was ich jetzt weiß!“ Und ich: „Ach, wäre ich doch ehrlicher zu dir gewesen, hätte mehr gezeigt, wie ich wirklich bin und fühle und denke.“

Aber den Weg, so sieht es aus, kann man nicht einfach mehr zurücklaufen, um dieselbe Strecke noch mal zu gehen.

Alles verändert sich, nichts ist mehr das, was es gewesen war.

23

Nun, es fanden sich dann im Laufe der Zeit auch andere Frauen bei mir ein. Ilona zum Beispiel, die verrückte, die immer so durcheinanderredete, von Beruf so 'ne Art Fotomodell –in „Praline“ etwa war sie mal drin, mit schwarzer Wäsche und diesem angeblichen sexy Blick. „Nun“, sagte sie, „es hat Geld gebracht.“

Sie kannte da offensichtlich keine Hemmungen. Und ich lag neben ihr – und sie war so anhänglich und auch so wenig belastend und einfach und mütterlich und sanft. Ach ja, das war Labsal für meine arme Seele. – Oder eben die resolute Hanna, die ich als junger Lehrer traf, oder ...

Und dann – ein paar Jahre vergingen – dann warf ich das Handtuch – beruflich gesehen, meine ich. Ich warf das Handtuch, nachdem ich in ein Stadtviertel gezogen war, wo fast nur Leute mit solchen traurigen, unglücklichen Gesichtern herumliefen. Abends sammelten sie sich am Tresen, und kaum jemand, der nicht eine von diesen trüben Geschichten zu erzählen gehabt hätte.

Immer drehte es sich um Beziehungen zu Frauen, oder zu Männern, und ich sah: Ich war keineswegs auf weiter Flur allein. Es ist, so dachte ich manchmal, das Höchste, das Schwierigste, sich auf diesem Gebiet – Sex, Liebe, Partnerschaft – zurechtzufinden, damit klarzukommen.

Und während man also in jener Gegend sich ungeniert diese privaten Geschichten erzählte und sich tröstete – siehe da, es war alles plötzlich gar nicht mehr so schwierig – und man fühlte, da jeder mitbetroffen war und tröstete und selbst getröstet wurde: Im Grunde ist alles recht lustig. Und wir lachten uns halbtot.

Wir fühlten, wie das Blut durch die Adern raste. Und wir merkten, wir begannen Oberwasser zu kriegen. Wir hatten den Durchblick. – Jedenfalls, wir wussten, was anlag, was los war. Wir hatten den Bogen raus. Und: keine überspannten Höhenflüge mehr.

Und wir sahen aus der Distanz, weil wir plötzlich allen Ehrgeiz, beruflichen oder auch privaten Ehrgeiz, hatten fahren lassen und uns mal genauer umguckten: Die Leute überall, die armen, geschundenen – sie strampelten sich offensichtlich zu Tode ab, und das nur, um sich 'nen guten schönen stolzen Wagen zu kaufen oder eine Eigentumswohnung oder ein bestimmtes Image zu haben.

Was auf der Strecke blieb (und als Ergebnis sichtbar wurde in diesen unzähligen bleichen Gesichtern), war eben dies: die Zärtlichkeit, die Partnerschaft.

Wie konnte man denn, gebeutelt von den Ausbildern, den Chefs, den betrieblichen Zwängen – und immer die Angst im Nacken, beruflich weiterkommen zu müssen – dann noch den Frauen zärtlich über das Haar streicheln abends, wenn man tagsüber als Vorgesetzter etwa den harten Mann markieren musste? Wie konnte man sich gehen lassen, wenn man die Karriere, den Terminkalender im Blick hatte?

Oder meinetwegen auch nur die Hetze morgens im Auto, und alle Schilder, Ampeln rufen: Achtung! Vorfahrt! Und: Blinker raus, Achtung! Und: nicht auffahren, Achtung! Und: da hinten die Polizei, langsamer fahren, sonst erwischen sie dich! – Und das täglich – morgens, abends – und was ist nachts dann im Bett ...?

Und ich, auf meinen langen Spaziergängen, ich, der neuerdings arbeitslose, aber freie Mann, der Gelegenheits-Jobber, ich sah dann diese Gesichter, die toten Gesichter in den sauberen, modernen, teuren Anzügen – ach, die Welt, dachte ich, nun wirklich ein wenig in dieser Hinsicht sensibel geworden – wohin steuerte das alles? Und ich merkte innerlich, ich kam zu mir.

Irgendwas, was in mir war – und immer getrennt von mir dahinvegetiert hatte – einerseits der Verstand wohl, die Disziplin, die sicherlich nötig ist zum Leben, aber nicht für sich allein – und andererseits eben dieses warme Gefühl, dieses Sich-öffnen-Können, die Liebe, dieses unkontrollierte Dahinschweben – sie hatten zueinandergefunden.

24

Und als ich dann schließlich Gilla bei mir hatte, neben mir im Bett, erst da ging es richtig los – dieses Abheben und Wegsein. Die kleine sanfte Gilla, die eines Abends sagte: „Kennst du das Reversi-Spiel?“

Ich: „Nee.“

Und sie holte es aus dem Bücherregal – wo es noch nicht lange und noch unbenutzt lag –, erklärte mir die Regeln und wir fingen an zu spielen.

„He“, sagte sie so gegen Mitternacht, ganz erstaunt, „du hast noch nie Reversi gespielt?“ – „Nein.“

Und sie war ganz überrascht, dass ich, der Anfänger, sie, die Erfahrene, geschlagen hatte.

Und zwischendurch, während wir die Steine setzten, lief ich nebenan in meine Bude und baute die Betten. Und als wir nun das Spiel beendet hatten, führte ich sie in das Zimmer und sagte: „Welche Farbe hättest du denn am liebsten? Dieses Blütenmuster oder das rot-weiß-karierte?“

„Natürlich die Blumen. Ja, die sind schön!“

Und schon lagen wir auf dem Laken, zum ersten Mal, und ich hatte mir diesen Trick mit dem verschiedenen Bettzeug ausgedacht, um sie zu überlisten. Lass sie bloß nicht zu guter Letzt abspringen, hatte ich während des Spiels immer wieder gedacht, denn wir kannten uns noch nicht so gut, und sie war „nur so“ einfach mit zu mir raufgegangen. Jederzeit hätte der Satz „Du, ich muss jetzt gehen, tschüss“ fallen können.

Nun, ich gebe zu, in solchen Sachen bin ich ein Ass, ehrlich, habe schließlich lange genug geprobt und geübt und Erfahrungen gemacht. (Ahem ...)

Und es war ein Volltreffer – mit Gila nämlich. Sie hatte Gott sei Dank auch gerade erst eine Beziehung hinter sich. Ganz vorsichtig näherten wir uns. Und es gab sogar Augenblicke, da sagte sie: „Jetzt reicht es, jetzt ist aber Schluss“, und sie ging einfach raus aus der Wohnung. Und, wie gesagt, da sah man mich, wie ich hinter ihr her flitzte, an der Apotheke vorbei zur Straßenbahnhaltestelle. Und seltsam, ich merkte, ich vergab mir gar nichts dabei. Denn sie, Gilla, war von ihrem früheren Typ enttäuscht worden, und sie brauchte ein paar Zugaben, Zeichen der Treue, des Festhaltens, der Liebe.

Und ich begann, richtig aus mir herauszugehen, sagte gleich, was mich bedrückte – vorsichtig, nicht mit dem Holzhammer natürlich.

Und dann – klang! – dann war alles in Ordnung. Ich war überhaupt nicht mehr nervös, wir streichelten uns einfach so, kein Schwitzen, und kein „ach Gott“ und „ich fühle nichts mehr“, „mir ist kalt“, „ich stehe so weit außer mir“ – oder so was.

Gilla, die Meisterin, hatte es glatt hingekriegt. Und ich gab ihr wieder Vertrauen in die Menschheit.

Und Werner und Gerda, mit denen wir zusammenwohnten, kriegten die erste Zeit überhaupt den Mund nicht mehr zu. Denn wir kamen tagelang sozusagen kaum aus dem Bett.

Na ja, ich hatte schließlich ’ne Menge nachzuholen.

Nun - das war es denn auch, Markus. Eine lange Geschichte, und du musst zugeben, ein bisschen zu lang , so für einen Abend, und vorausgesetzt, ich hätte damals den Nerv gehabt, das alles so auf die Reihe zu kriegen.

Und – siehe da. Ich sitze in der Südstadt, bin nicht mehr im Stress, weil ich meinen Lehrerjob hingeschmissen habe – ein harter Kampf bis dahin – und ich habe meine Ruhe, blicke aus dem Fenster. Und wenn ich Lust verspüre, nehme ich diese schmutzige, kaputte, ausgemergelte Schreibmaschine, hole tief Luft, öffne mich. – Und schon donnere ich los, lasse die Buchstaben springen ...

——-

Bert Brune im Roland Reischl Verlag

Bert Brune
Der Aufbruch
Autobiografische Erzählung
ISBN 978-3-943580-45-7

Brune/Döring/Schüssler
Wir Wolkensteiner
Eine unwahrscheinliche Verlagsgeschichte
ISBN 978-3-943580-19-8

Bert Brune
Der Stadtwanderer
Eine Runde Köln
Gedichte, Bilder, Randnotizen
ISBN 978-3-943580-14-3

Ohne Abbildung:

Rheinwärts. Sonntagsspaziergangs-Geschichten. ISBN 978-3-9812648-4-5

Eine Runde um den Block. Alltagsgeschichten. ISBN 978-3-9812648-3-8

Mein Rodenkirchen. Gedichte. ISBN 978-3-943580-17-4

Corona-Logbuch aus dem Kölner Süden. ISBN 978-3-943580-36-5

Die etwas anderen Bücher

Zum 80. Geburtstag des Kölner Stadtwanderers

Norbert Rath
Zum Werk von Bert Brune
Einladung zur Lektüre
ISBN 978-3-943580-47-1

Unter **www.eingeklammert.de** finden Sie im Internet den Link zu dem vom Autor René Klammer produzierten Kurzfilm ***Der Stadtwanderer***. Außerdem ist dort die von den beiden gemeinsam produzierte CD ***War eben im Paradies*** mit Bert Brunes 13 schönsten Liedern erhältlich.

Weitere Lektüre-Tipps

René Klammer
Wir kannten uns
Roman
ISBN 978-3-943580-08-2

Thomas Striebig
So troll'n wir uns ganz fromm und sacht
Aus dem Leben des Carl Michael Bellman
Ein unhistorischer Roman
ISBN 978-3-943580-38-9

Über den Autor

Bert Brune, 1943 in Büren bei Paderborn geboren, studierte von 1966 bis 1970 an der Uni Köln Germanistik, Geschichte und Theaterwissenschaften. Brune unterrichtete zunächst an einem Gymnasium, bevor er 1979 seine Stelle aufgab, um freier Schriftsteller zu werden. Neben Lyrik und Prosa in zahlreichen Zeitschriften und Anthologien sind (Stand: Frühjahr 2023) rund 30 Bücher von ihm veröffentlicht. Brune lebt seit 2011 mit seiner Frau in Köln-Rodenkirchen. Das Foto zeigt ihn neben der Bronze-Statue eines Schülers auf dem Schulhof des dortigen Gymnasiums. ❑